Martha Grimes

Inspektor Jury gerät unter Verdacht

Roman

Deutsch von
Susanne Baum

ROWOHLT

Veröffentlicht im Rowohlt Taschenbuch Verlag GmbH,
Reinbek bei Hamburg, Mai 1996
Copyright © 1995 by Rowohlt Verlag GmbH,
Reinbek bei Hamburg
Die Originalausgabe erschien 1991 unter dem Titel
«The Old Contemptibles» bei Little,
Brown and Company, Boston/Toronto/London
«The Old Contemptibles»
Copyright © 1991 by Martha Grimes
Alle deutschen Rechte vorbehalten
Umschlagtypographie
Büro Hamburg/Peter Wippermann
Umschlagillustration Bruce Meek
Gesamtherstellung Clausen & Bosse, Leck
Printed in Germany
1490-ISBN 3 499 13900 6

Je serais bien l'enfant abandonné sur la jetée partie à la haute mer,
le petit valet suivant l'allée dont le front touche le ciel.

Arthur Rimbaud

Inhalt

DANKSAGUNG

Fiona dankt Janine Adams dafür, daß sie mit heiler Haut davongekommen ist;

Alex dankt Chris Havrilesko für den Turf und den Tisch;

und ich danke nicht nur den Lake-Dichtern für ihre Werke, sondern darüber hinaus Arthur Wainwright für seine Führer über die Lakeland Fells; Don Gifford für *The Farther Shore* und Richard Holmes für *Coleridge: Early Visions*.

Es war ein regnerischer Tag in der Camden Passage. Die kleinen Antiquitätenhändler hatten ihre Stände unter schützenden Schirmen auf dem Platz aufgestellt, Kisten und Kästen geöffnet und alten und neuen Krimskrams arrangiert.

Jury und seine wunderschöne Nachbarin, die in dem Reihenhaus in Islington zwei Etagen über ihm wohnte, suchten ein Geschenk für ihre gemeinsame Freundin aus der Souterrainwohnung.

«Was sollen die kosten?» fragte Carole-anne und hielt zwei geschwungene türkisblaue Straßkämme hoch.

Der Trödler in der Jacke aus künstlichem Eidechsenleder lächelte – passend zur Jacke. «Für Sie nur zwei Pfund, Süße.»

Zwei Pfund war es schon wert, Carole-anne Palutski einfach nur anzuschauen, dachte Jury, als er sie mit ihrem rotgoldenen Haar unter einem pinkfarbenen Schirm so dastehen sah.

«Über fünfzig Pence ließe sich schon eher reden», sagte sie und hielt die Münze hoch.

«Sind aber echte Saphire», sagte der Händler, band seinen purpurrot getupften Schlips neu und schob ihn bis zu seinem vorstehenden Adamsapfel hoch. Dann schaute er sie anzüglich an und fügte hinzu: «Die glänzen wie Ihre Augen – einfach wunderschön.»

«Meine Augen sind aber nicht aus Straß», sagte sie und beharrte auf ihrem letzten Angebot.

Jury griff nach Carole-annes Hand mit dem Geld und

nahm die glänzenden Kämme aus der anderen. Er inspizierte ein Paar Jettkämme, die in Mrs. Wassermans Haar hübsch aussehen würden – vorausgesetzt, es war wieder in seinen ursprünglichen Zustand zurückversetzt.

«Aber, Superintendent, ich will Mrs. W. doch nur ein bißchen aufmuntern. Sie ist am Boden zerstört wegen ihrer Haare. Dauernd steckt sie Haarnadeln rein.»

«Sie ist am Boden zerstört, meine Liebe, weil man ihr auf Ihren Rat hin bei Vidal Sassoon einen Wassermanschen Schnitt verpaßt hat.» Jury hielt die ebenholzschwarzen Kämme hoch. «Wieviel?»

«Die da? Drei Pfund. Echter Jett.»

«Seien Sie nicht albern. Fünfundsiebzig Pence.» Wieder hielt sie das Geld hoch.

Während die Eidechse feilschte, sah sich Jury auf dem Platz um und suchte fast schon automatisch einen Hehler namens Gladd, der in der Passage bestens bekannt war. Da er schon zweimal wegen Hehlerei verknackt worden war, war Jury sicher, daß Gladd nichts von dem, was er feilbot, käuflich erworben hatte. Er hielt auch Ausschau nach Jimmy Langfinger, einem seiner kleineren Lieblingsbösewichte. Sein Blick blieb auf einer Frau in weißem Regenmantel vor den Tischen auf der anderen Seite haften. Sie musterte entweder sich selbst oder den Spiegel eines kleinen Kommodenaufsatzes. Sehr attraktiv, sogar mit nassem Mantel und Schal. Einen Schirm hatte sie nicht.

«... und versuchen Sie bloß nicht, *ihn* zu bescheißen», sagte Carole-anne und deutete auf Jury. «Er ist Polizist.»

«Ein Pfund fünfzig, mein letztes Angebot.»

«Gut, ein Pfund», sagte Carole-anne, die davon ausging, daß sie hier das letzte Wort haben würde.

Der Trödler grummelte resigniert und warf dabei schlüpfrige Blicke auf Carole-annes jadegrünen Pullover. Auch Jury war nicht entgangen, daß das erste Paar Kämme ausgezeichnet dazu gepaßt hätte.

Ihm war aber auch nicht entgangen, daß die Lady in dem weißen Regenmantel inzwischen ein zartes Satinnegligé mit Spitze musterte. Als Jury nach ihr Ausschau hielt, sah sie sofort weg. Anscheinend wollte sie sogar ein Erröten verbergen, denn sie hielt sich das Negligé sehr nah ans Gesicht. Er lächelte. *Kauf es.* Es war satt goldfarben, goldener als ihr Haar, und der Stoff würde die Farbe ihres Haares und ihrer Augen noch betonen.

Während der Händler die schwarzen Kämme in Seidenpapier wickelte und versuchte, mit Carole-anne zu flirten, die ihren pinkfarbenen Schirm drehte, ohne darauf zu achten, daß das Gestänge Mäntel oder Augen treffen könnte, bemerkte Jury am Ende des Tischs etwas Diademähnliches. Allmächtiger, laß sie das nicht finden!

Der Allmächtige begegnete Jury auf die übliche Art, und als nächstes spürte dieser, wie ihn Carole-anne am Ärmel zog. «Gucken Sie doch mal, Superintendent. Ein Diadem.» Sie mußte sich einfach in die eigene Haarpracht fassen, die ja wohl die rechte Heimstatt für eine Krone wäre.

«Lassen Sie das doch, Carole-anne.»

Nichts ließ sie. Sie schob Jury das ominöse Päckchen mit den schwarzen Kämmen in die Hand und steuerte auf das Diadem zu.

Noch bevor sie fragen konnte, sagte der Kronen- und Gralshüter: «Für Sie zehn Pfund, meine Schöne. Sehen Sie sich mal die Steine an!»

«Hab ich schon, vier Pfund.» Immer wieder drehte sie das zarte Diadem in der Hand.

«Carole-anne, um Himmels willen, Sie *brauchen* kein Diadem. Sie sehen jetzt schon königlich aus.»

«Ganz Ihrer Meinung, Chef», sagte der Händler.

Carole-anne warf ihm einen verächtlichen Blick zu. «*Superintendent* für Leute wie Sie.»

Diese Anrede gilt ja wohl nicht nur für windige Antiquitätenhändler, hoffte Jury. Er hatte Jimmy erspäht, der wie nebenbei eine Frau mittleren Alters anrempelte, die gerade ein frisch erworbenes antikes Armband in ihre Tasche gestopft hatte. (*Warum* schoben sich Frauen ihre Handtaschen immer auf den Rücken, wenn sie sich etwas ansahen?)

Mit einem durchtriebenen Lächeln sagte der Händler: «Also, das Diadem hat einer österreichischen Prinzessin gehört. Einer Nachfahrin der Zaren –»

«Eines bestimmten?» fragte Jury und merkte, wie die Dame in dem weißen Regenmantel lächelte. Ganz offensichtlich genoß sie das Feilschen.

Der Trödler tat so, als sei Jury gar nicht da. «Sieben Pfund, und wir sind quitt», sagte er zu Carole-anne.

«Fünf Pfund, mein letztes Angebot», erwiderte sie und zog eine Fünfpfundnote aus ihrem Handtäschchen.

Miss Palutski war nicht zum Bitten auf der Welt, sondern zum Befehlen. Der Kopfputz war also keineswegs fehl am Platze.

Jury merkte, wie die attraktive Frau ihn anlächelte. Jetzt hielt sie eine Halskette aus gelben Steinen hoch, topasfarben wie der Stoff. Sie legte sie sich um und blickte in einen Spiegel. *Kauf das auch.* Selbst in der düsteren Camden Passage ließ die Kette ihre Augen funkeln.

Und als der umlagerte Trödler ein Einwickelpapier für die Krone suchte, sagte Carole-anne: «Die paßt genau zu meinem neuen Kostüm.»

«Was für ein Kostüm? Das der Königin von Soho?» Jury war zum nächsten Tisch weitergegangen und nahm die angeblich antiken, feinziselierten Elfenbeinzähne in Augenschein – eindeutig Schmuggelware. Er betrachtete abwechselnd die Wilddiebsbeute, Jimmy Langfinger, den Hehler Gladd und die Dame in dem weißen Regenmantel.

«So, ich hab diesen Basar hier satt. Ich muß sowieso zum Starrdust, Super.» Sie hievte sich ihre Tasche über die Schulter. «Die Lady da in dem weißen Regenmantel hat schon die ganze Zeit ein Auge auf Sie geworfen. Ist doch durchaus Ihr Typ – wie SB-Bindestrich-H. Ciao.»

Carole-anne war der Auffassung, daß keine Frau Jurys Typ war oder es jemals sein würde. Sie hatte «Typen» aller Art aus der Wohnung in Islington vertrieben. Es lag in ihren Händen, die Wohnung über Jury zu vermieten. Sie hatte den Hausbesitzer überzeugt, daß sie ihm einen großen Gefallen tat, wenn sie sie «zeigte», und er deswegen ihr sogar ein paar Pfund von ihrer Miete erlassen hatte. Wegen eines Londoner Hausbesitzers vergoß Jury zwar keine Mitleidstränen, aber dieser hier würde wohl bis zum Sankt Nimmerleins-Tag warten, bis jemand «Passendes» auftauchte.

Er schüttelte den Kopf und beobachtete, wie die Männer für Carole-anne auseinandertraten. Ihre tropfenden schwarzen Schirme schoben sich schwungvoll über Carole-annes pinkfarbenen. Das Ganze wirkte wie eine gut eingeübte Choreographie in einem alten Musical.

Jury hatte nicht die Absicht, Jimmy zu schnappen, der sich anscheinend bei der Frau im mittleren Alter entschuldigte, weil er sie angerempelt hatte. Das war nun wirklich nicht sein Job. Er und Jimmy waren fast schon Busenfreunde, denn Jimmy informierte ihn über Missetäter, die weitaus Schlimmeres taten, als in der Passage ihr Unwesen zu treiben.

Das jedenfalls redete Jury sich ein, während die Frau in Weiß von Tisch zu Tisch ging und immer näher auf ihn zukam. Er mußte unwillkürlich an die *Frau in Weiß* denken,

Wilkie Collins' Heldin, die plötzlich und geheimnisvoll mitten auf einer dunklen, verlassenen Landstraße vor einer Kutsche aufgetaucht und dann genauso geheimnisvoll wieder verschwindet. Aber die verregnete Camden Passage voller Regenschirme mit einer nebligen Landstraße und einer gespenstischen Gestalt zusammenzubringen, war vielleicht doch zu weit hergeholt.

Jetzt näherten sie sich beide demselben Tisch, um sich irgendwelche Gegenstände genauer anzusehen, sie in das schwache Licht zu halten und auf ihre Echtheit zu prüfen.

Die Bemerkung, über die sie dann ins Gespräch kamen, war mehr als banal; irgend etwas über das Wetter und darüber, daß sie beide keinen Schirm hatten. Sie lachte und fragte ihn, ob er je im Lake District gewesen sei. Da gebe es vielleicht Regen und Nebel! Wie in gegenseitigem Einvernehmen gingen sie zusammen weiter, bis sie vorschlug, etwas trinken zu gehen, «bevor die Kneipen zumachen».

Jury lächelte. «Dann sind Sie nicht aus London? Seit die Schankgesetze geändert worden sind, haben manche Kneipen den ganzen Tag auf.»

«Oh, das hatte ich ganz vergessen. Schade eigentlich; es macht Drinks irgendwie weniger verlockend, wenn man sie jederzeit kriegen kann.» Sie schwieg und sah zu ihm hoch. «Es ist das Ende von etwas.»

Jury lächelte. «Ich hoffe, nicht.»

Im King's Head war es nie besonders hell; aber heute nachmittag war es so feucht und fahl wie draußen auf dem Bürgersteig. Wie Straßenlampen im Nebel warf die Deckenbeleuchtung Strahlen gelblichen Lichts auf den polierten Tresen; der Regen floß in Strömen die bunten Scheiben der Bleiglasfenster neben ihrem Tisch herab.

Sogar das glatte Haar der unglücklich dreinschauenden Kellnerin sah verregnet aus. Sie wischte die Wasserringe vom Tisch, bevor sie die Drinks von dem feuchten Tablett nahm und vor sie hinstellte. «Sauwetter, was?»

Als die Kellnerin wegging, lächelte Jane Holdsworth. «Das bißchen Nieselregen! Da sollte sie mal das Wetter im Norden erleben!» Sie fuhr sich durchs Haar, das an den Spitzen, wo der Schal es nicht bedeckt hatte, feucht war und sich kringelte.

«Wo genau kommen Sie denn her?» fragte Jury und hob sein Bierglas, um auf ihre Begegnung anzustoßen.

«Ich? Von nirgendwo, jetzt jedenfalls. Aber ich habe Verwandte im Norden. Eine Schwester und ein paar Angeheiratete. Ich war verheiratet. Jetzt nicht mehr. Er ist tot.»

«Das tut mir leid.»

Sie nickte bloß. «Meine Verwandten sind eigentlich die Verwandten meines früheren Mannes. Bis auf meine eine Schwester. Sie wohnen in der Nähe von Wast Water – einem der Seen des Lake District – in einem der alten Landsitze, die die Reichen im letzten Jahrhundert dahin gesetzt haben, nachdem die Dichter und Maler zu dem Schluß gekommen waren, daß es sich lohnte, die Gebirgsszenerie zu malen und zu bedichten. Ich fahre immer noch zu Besuch hin. Ich habe einen Sohn, und es gehört sich ja wohl, daß die Großeltern ihn ab und zu sehen.» Sie lachte.

Aber der harte Ausdruck in den Augen, die ihn über den Brillenrand hinweg betrachteten, verriet, daß sie auf die Besuche keinen sonderlichen Wert legte. «Ich habe ein kleines Haus in der Lewisham Road. In der Nähe von Blackheath. Meine Verwandten sind der Meinung, daß die Seite der Themse nicht ‹in› ist.» Ihr Ausdruck wurde weicher. «Mehr gibt's über mich nicht zu erzählen, was ist mit Ihnen?»

«Ich kann kaum glauben, daß Sie nicht noch mehr zu erzählen hätten. Aber ich, ich wohne hier. In Islington, meine ich.»

«Aha, *sehr* nobel und vornehm.»

«Meine Bude nicht; es ist ein Reihenhaus. Eigentlich bloß eine Wohnung im Erdgeschoß.» Er winkte der Kellnerin, die ihm einen kurzen verzweifelten Blick zuwarf. Sah er nicht, wieviel sie zu tun hatte? Die ganzen Gäste? Das Sauwetter?

«Ich fand das Diadem toll. Die kleine Diva an Ihrer Seite hätte ihm den ganzen Tisch voll Klamotten abschwatzen können.» Sie stützte ihr Kinn auf die Hand. «Mit Schönheit ist nicht gut handeln.»

«Dann haben Sie für das Negligé bestimmt auch nicht viel bezahlt.» Er blickte auf die braune Papiertüte. Sie nahm es wahrscheinlich als Kompliment, aber er wußte nicht genau, ob es wirklich eins war. Er war überrascht, daß ihn ihre Bemerkung über Carole-anne ärgerte.

Jane nahm die Tüte vom Tisch, legte sie wieder hin und lachte. «Woher wußten Sie das mit dem Negligé?» Sie wühlte in der Riesentüte, glücklich wie ein Kind, das ein versprochenes Geschenk sucht. Der topasfarbene Satinträger hing über ihrem Finger.

«Ooh!» Die müde Kellnerin tauchte hinter Jane auf. «Ham Sie das vom Trödel? Da sehnse bestimmt klasse drin aus. Noch zwei also?» Sie nahm die Gläser. «Wenn bloß der verdammte Regen aufhören würde.»

Hastig nahm Jane die Papiertüte an sich und griff nach ihrem Mantel. «Nein, danke. Ich muß wirklich gehen.»

«Wie Sie wollen.» Die Kellnerin verschwand, fast so, als hätte die Bemerkung sie beleidigt.

«Bei dem Regen? Und nach Süden über die Themse?» Aber da hatte sie sich schon erhoben. Auch er stand auf, um ihr in den weißen Regenmantel zu helfen, denn sie hatte offensichtlich Schwierigkeiten, ihre Arme hineinzubekommen.

«Ich mach mir nicht viel aus Kneipen. Zu Hause ist es gemütlicher. Sogar in Lewisham.» Ohne ihn anzusehen, fing sie an, ihren Mantel zuzuknöpfen, und schob dabei den obersten Knopf in das falsche Knopfloch.

Jury seufzte und zog ihr die Hände weg. «Der hängt ja ganz windschief.» Er knöpfte die obersten Knöpfe neu zu.

Sie schlang sich den Schal um. «Was soll man bei dem Wetter anderes tun als nach Hause gehen und ein Buch lesen?»

«Weiß ich auch nicht.» Jury strich ihr den Kragen glatt, und sie gingen zur Tür.

Er schloß die Wohnungstür hinter sich und nahm sich mehr Zeit als eigentlich nötig, um ihr aus dem Mantel zu helfen. Sie sollte Gelegenheit haben, das Zimmer zu mustern und zu entscheiden, was sie sagen wollte.

Sie entschied sich für die Bemerkung, wie ordentlich es sei, worüber er lachen mußte. «Carole-anne nimmt es manchmal auf sich, hier die Putzfrau zu spielen.» Er deutete auf den gekachelten Kamin. «Ich habe nur ein elektrisches Feuer im Kamin, aber Ihr Mantel wird wahrscheinlich trocken, bis Sie gehen.»

«Er ist aber ziemlich naß.» Sie sah ihn ganz offen an.

Er wollte gerade etwas der Situation Angemessenes sagen – *Dann müssen Sie vielleicht länger bleiben... Was ist mit den restlichen Kleidern...? Nehmen Sie einen Morgenmantel von mir... Soll ich Teewasser aufsetzen...?* – um das Unvermeidliche, doch so Angenehme hinauszuschieben; die erotische Spannung zu erhöhen; etwas sagen, damit sie beide entspannter wurden. Die Variationen zum Thema waren endlos. Ein Lächeln huschte über sein Gesicht, als er seine alte Stereoanlage sah. Es gab ja immer noch Musik, aber Kiss of Death (Carole-annes Lieblingsgruppe) war jetzt vielleicht nicht ganz das Richtige. Sie fand immer neue Gruppen – What the Cat Dragged In zum Beispiel. Oder ihr Lieblingslied über Julio und Willie und die ganzen Mädchen, die sie je geliebt hatten. Er dachte über die Mädchen nach, über ihre Verletzlichkeit und darüber, was für ein chauvinistisches Lied es war. Eine Frau nach der anderen...

Er spürte Janes Hand auf seinem Arm. Sie räusperte sich und sagte: «Woran denken Sie?»

«An nichts.» Er lächelte.

«Dafür war das aber ein langes Schweigen.» Ihr Lächeln war nicht gerade überzeugend. Sie war nervös.

«Na gut, ich habe an die ganzen Mädchen gedacht, die ich je geliebt habe.»

Jane wußte offenbar nicht genau, wo sie hinsehen sollte; ihr Blick wanderte durch das (für ihn) langweilige Zimmer, und sie fragte: «Waren es denn so viele?»

Er legte ihr ganz sacht die Hände auf die Schultern. «Praktisch überhaupt keine. Ich mußte gerade an ein Lied von Kiss of Death denken – das Lieblingslied der Nachbarin über mir. Wobei ihr die Männer garantiert nicht abhauen. Sie läßt sie sitzen, wenn sie will.»

Erneutes Schweigen, während dessen sie seine Hemdbrust zu studieren schien. «Das klingt ja entsetzlich endgültig.»

Jury lächelte. «Ach, sie kann ja immer zu ihnen zurück, wenn sie Lust hat.»

«Die Glückliche.»

Er zog sie näher zu sich heran, aber nicht so nahe, daß ihre Körper sich berührten. «Ich kann Ihnen nicht viele solcher Nachmittage versprechen. Dies hier ist der erste seit Gott weiß wie langer Zeit, an dem ich nicht arbeite.» Er lächelte. «Aber einen freien Abend könnte ich ab und zu mal einrichten.»

Er war überrascht, wie plötzlich und schnell sie ihm die Arme um den Hals schlang und wie fest sie ihn hielt; ihre Körper berührten sich nicht einfach, sie verschmolzen. Seine Stimme war sehr tief, als er sagte: «Soll ich nicht doch noch Teewasser aufsetzen?»

Von seinem Bett aus konnte er durchs Fenster beobachten, wie über dem kleinen Park eine Schar Schwalben hochflog; sie trieben vor der Sonne wie brennende Blätter, die dunkler werden und sich kräuseln. Plötzlich stützte er sich auf beide Ellenbogen, so daß sie ihre Arme anders hinlegen mußte. Die Schwalben flogen höher, zogen Kreise, bildeten ein dunkles V und verschwanden. Aus irgendeinem Grund dachte er an einen Scheiterhaufen bei einer Leichenverbrennung; er dachte an Äneas.

«*Vestigia flammae*», sagte Jury laut und unvermittelt.

Sie verbiß sich ein Lachen. «Oje. Bitte kein Latein. Nach alldem nicht auch noch Latein.»

Ihr kurzes Lachen klang irgendwie falsch. Es war nicht ihre Schuld, sagte er sich, aber er fühlte sich unwohl.

Plötzlich angespannt, sah sie ihn an. «Hab ich was Falsches gesagt? Was ist los?»

Anstelle einer Antwort legte er sich wieder hin und zog sie erneut zu sich herunter. Aber der falsche Ton hing in der Luft und konnte zu einem falschen Akkord werden. Als sie ihm das Gesicht zuwandte und es an seinen Hals drückte, fand er sich unhöflich, weil er nichts sagte. «Das hat die Königin von Karthago gesagt, als sie Äneas zum erstenmal gesehen hat. ‹...nah spür ich die Glut meiner früheren Liebe.›»

Er versuchte, den falschen Ton abzuschütteln, die böse Vorahnung. Aber das Fenster war ein leeres weißes Quadrat, das Licht der Sonne verschwunden und der Park verlassen.

Erster Teil

Die Glut
unserer früheren
Liebe

1

MELROSE PLANT FÜHLTE SICH wie Lambert Strether und sah über den Rand der *Gesandten*, die er sich extra für diese Reise gekauft hatte, in Richtung Adria.

Neben ihm ließ Trueblood sein Buch zuklappen und seufzte. «Was für ein Reißer!»

Melrose kniff die Augen fast zu. «Das habe ich auch noch nie erlebt – daß jemand den *Tod in Venedig* als Reißer bezeichnet. Warten Sie, bis Sie zum Schluß kommen, wo Aschenbach in seinem Liegestuhl stirbt.» Er sah auf die buntgestreiften Strandkörbe. Kein Liegestuhl weit und breit.

«Da bin ich schon, alter Junge. Ich gebe ja zu, das mit der Pest ist nicht gerade lustig, aber dann kommt der wunderschöne Jüngling und steht am Meer. Diese ausdrucksvolle, sonnendurchflutete Schilderung.»

«Nehmen Sie den orangen Schal ab. Er ruiniert die ganze Wirkung», sagte Melrose. Sie trugen beide Weiß – Armani-Weiß. Glücklicherweise machte der Designer auch naturweiße Kleidung, denn Trueblood hatte gesagt, nur über Melroses Leiche würde er Weiß tragen.

Dieser lächerliche Streit hatte in der Calle dei Fabbri hinter San Marco stattgefunden. Trueblood war plötzlich stocksteif stehengeblieben und hatte einen Zusammenstoß von vier schwarzverschleierten alten Frauen verursacht, die sie darauf mit italienischen Beschimpfungen überschüttet hatten.

Die Giorgio-Armani-Boutique. Trueblood starrte mit solch inbrünstiger Ehrfurcht in die Schaufenster, daß Melrose fast einen Gebetsteppich ausgerollt hätte. Die Suche nach der heiligen Stätte hatte Trueblood eine gute Stunde durch die Gegend getrieben, aber Melrose erblickte den locker geschnittenen naturweißen Wolle-Seiden-Anzug erst, als Trueblood seine Reiseschecks zückte. Nur wenn es Armani war, trug Trueblood Weiß.

«Und rollen Sie die Ärmel herunter. Sie sehen aus, als wären Sie in Wimbledon.» Zuerst der orangefarbene Schal, und jetzt sah Melrose auch noch, daß ein jadegrünes Tuch in der Jackettasche steckte. «Und in Gottes Namen, nehmen Sie das Taschentuch heraus. Sie zerstören das ganze morbide Flair.»

«Ich sehe nicht ein», sagte Trueblood und stopfte die jadegrüne Seide tief in die Tasche, «wieso die Giappinos nie krank werden. Warum muß es immer *unser* Zweig der Familie sein?»

In Vivians jahrelanger Verlobungszeit hatten sie um diese Italiener, denen sie nie begegnet waren, so viele Geschichten gewoben, daß sie fast Long Piddletons zweite Familie geworden waren.

«Wir sind nicht krank; sind wir nie gewesen», ermahnte Melrose ihn.

Trueblood bestand darauf, im Vaporetto hinter Melrose zu sitzen.

Als sie sich Venedig näherten, dachte Melrose, daß die Stadt, wie sie dort in der Ferne im Wasser lag, vielleicht doch die schönste der Welt sei – wie es die Reiseführer eben behaupten. Als seien alle Engel im Himmel auf einmal eingeschlafen und als sei Venedig ihr gemeinsamer Traum.

«Und vergessen Sie nicht zu husten!» rief er Trueblood zu, während der Vaporetto schlingerte und sein Gesicht naßgespritzt wurde.

«Husten? Warum sollte ich *husten*?» schrie Trueblood

durch den Motorenlärm, das Klatschen des Wassers, durch fremde Sprachen und gebrabbelte Dialekte.

Auf dem Boot drängten sich Europäer (dem Aussehen nach hauptsächlich Osteuropäer), die aus Rom herangeströmt waren. Für März waren überraschend viele Touristen da.

«Wegen der Lungenentzündung, zum Teufel! Sie erholen sich doch gerade erst davon!» Konnte der Mann sich denn überhaupt nichts merken?

Marshall rief zurück: «Sie sind der mit der Lungenentzündung. Ich bin der, der von einem Lastwagen angefahren worden ist –»

Flüche verloren sich im Wind.

«Oh, Verzeihung.» Melrose schämte sich, vergab sich aber schnell, als er sah, wie ein Regenbogen seine Palette blasser Violett- und Rosatöne über einer Stadt verschwendete, die doch auch so schon schön genug war.

Seit Vivian Rivington an einem Januarmorgen von der Victoria Station abgefahren war, hatten Melrose Plant und Marshall Trueblood natürlich nur in Northamptonshire herumgesessen, entweder über einem Old Peculier in der Hammerschmiede oder bei Portwein in Ardry End, dem Familiensitz der Earls of Caverness, oder über Queen Annes und Laliques in Truebloods Antiquitätengeschäft.

Und hatten Pläne ausgeheckt. Pläne, wie sie die Hochzeit von Vivian Rivington mit Graf Dracula hinauszögern konnten. Da Vivian selbst ihre Verlobungszeit mit Franco Giappino ewig verlängerte – wie viele Jahre waren es schon? drei? vier? –, waren Plant und Trueblood überzeugt, daß ein bißchen moralische Unterstützung aus Northants nicht ungelegen kommen würde.

Vivian war sentimental. Nur im Kreise ihrer alten Freunde aus Long Piddleton würde sie ihre Hochzeit feiern.

Marshall Truebloods angeblicher Lastwagenunfall hatte das Ereignis um gut fünf Wochen hinausgeschoben. Vier davon hatte Marshall mit Gips verbracht. Jetzt humpelte er noch immer an einer Krücke durch die Gegend. (In Venedig aber stellte er sich stur und weigerte sich zu humpeln.)

Der vollständige medizinische Check-up, zu dem sich Melrose entschlossen hatte (nachdem er mehr als zehn Jahre einen Bogen um seinen Arzt gemacht hatte), erbrachte eine schattendurchflutete Lunge (so Melroses überaus poetische Beschreibung), über die sich der Arzt aus der Harley Street so lange keine *übermäßigen* Sorgen machte, wie Lord Ardry wochenlange Bettruhe hielt. Womit für den Monat Februar alles geritzt war.

Nein, nein, nein, nein, Vivian! Es ist nicht nötig, daß Sie nach England kommen. Ehrlich…

Es hätte die beiden in Teufels Küche gebracht, wenn sie angereist wäre.

Als drittes Debakel hatten Plant und Trueblood einen Unfall von Lady Agatha Ardry in Erwägung gezogen. Falls erforderlich, hätte sie sich bei einem ihrer häufigen Autounfälle den Kiefer brechen können. Und der könnte dann mit Draht verschlossen werden, hatte Melrose hinzugefügt.

Das hatten sie aber verworfen, weil es die Heirat vielleicht eher beschleunigt als verzögert hätte.

Vivian war nicht dumm; und Melrose fragte sich sogar, ob sie nicht schon ganz am Anfang, bei dem Lastwagenunfall, Verdacht geschöpft hatte. Leider schmückte Trueblood seine Geschichten nämlich so aus, wie er auch seine Garderobe ausschmückte, und spann immer ein paar sehr unwahrscheinliche Fäden hinein.

Deshalb wäre ihnen ein bißchen Unterstützung von Scotland Yard sehr gelegen gekommen.

Aber von Richard Jury bekamen sie die nicht.

Nein, er würde kein Ammenmärchen von einem Axtmörder erfinden, der einen Polizeikordon in Heathrow durchbrach und in ein Flugzeug nach Venedig schlüpfte...

«Warum sollte ich? Sie beide haben es ja selbst gerade ausgedacht», hatte Jury sie durchs Telefon angebrüllt.

Vor drei Wochen hatte sich folgendes ereignet:

Eine Konferenzschaltung aus Truebloods Antiquitätengeschäft in Long Piddleton. Marshall besaß jeden Schnickschnack von British Telecom, den man sich vorstellen konnte – Konferenzschaltung, Warteschaltung, Anrufweiterschaltung («Anrufvortäuschschaltung», hatte Jury hinzugefügt) –, und die beiden hatten im Laden gesessen und die Nummer von New Scotland Yard gewählt.

«Ist es Ihnen denn so egal?» hatte Trueblood Jury ins Ohr gejammert. «Ist es Ihnen denn ganz egal, wenn sie eine seiner Bräute wird und in einem weißen Nachthemd durch Venedig geistert und nach Opfern Ausschau hält?»

«Ach, halten Sie doch den Mund», sagte Jury. «Und merken Sie sich eins: Es ist *Vivians* Leben, nicht Ihres, aber wenn man Sie beide so hört, könnte man das glatt vergessen.»

«Wir versuchen, sie vor sich selbst zu schützen; oder vor der idiotischen Vorstellung, daß sie nur deshalb, weil sie, hm, schon so lange zwischen England und Italien hin- und herfährt, verpflichtet ist, den Mann zu heiraten.»

«Das ist doch ihre Sache, oder?»

Plant vernahm eine untypische Schärfe in Jurys Stimme.

Jury fuhr fort: «Und was ist mit Ellen Taylor? Ich dachte, Sie wollten in die Staaten. New York. Oder Baltimore.»

«Will ich ja. Sobald Vivian außer Gefahr ist.»

«‹Außer Gefahr›. Meine Güte, jetzt wachen Sie endlich mal auf!»

Trueblood zündete sich eine grüne Sobranie an und legte

29

die Füße auf einen seiner unbezahlbaren Fauteuils, während Melrose die Stirn runzelte. «Und wenn ich wach bin, was dann?»

Keine Antwort. «Richard? Sind Sie noch dran?»

«Bedauerlicherweise ja.»

«Gut, jetzt hören Sie mal zu. Sie sind der einzige, der sie davon abhalten kann. Ihretwegen würde sie zurückkommen.» Aus irgendeinem Grunde sagte er das gar nicht gern. «Erinnern Sie sich nicht an den Morgen an der Victoria Station?»

Schweigen. «Ja.»

«Erinnern Sie sich, wie hinreißend sie aussah? Das cremefarbene Kleid, das rotbraune Haar –»

«Ja. Und erinnern *Sie* sich daran, wie wir uns alle das erstemal begegnet sind? Vor zehn Jahren war das. In Long Piddleton. Damals war sie auch kurz davor zu heiraten.»

«Ja, großer Gott. Das kann man doch nicht verglei–»

«Glauben Sie etwa, *den* wollte sie damals heiraten?»

Melrose starrte an Truebloods Decke. Spinnwebgirlanden, von Gipsengeln gehalten. «Ich weiß nicht, wovon Sie reden.»

Ein langes Schweigen, ein langer Seufzer vom Londoner Ende. «Nein, Sie sind so blind, Sie wissen es vielleicht wirklich nicht. Haben Sie Polly Praed mal wiedergesehen?»

«Was, zum Teufel, hat sie denn damit zu tun?»

«Weiß ich nicht.»

«Wir reden über *Sie*.»

In London quietschte ein Stuhl. «Und?»

«Hm, Sie müssen doch *irgendwas* gedacht haben, als der Orientexpreß aus Victoria rausfuhr.»

Noch eine lange Pause.

«*Agnosco veteris vestigia flammae*», sagte Jury und legte auf.

Der Palazzo Gritti war gewiß ein hübsches Hotel, aber nicht so groß und prächtig, wie Melrose erwartet hatte. Bis auf eine ältere Dame, deren Puder zu weiß und deren Wangen zu rosa waren, war die Bar leer. Die Art, wie sie ihren Sambuca herunterkippte und mit dem Glas auf den Tresen klopfte, um die Aufmerksamkeit des Barmanns zu erregen, erinnerte Melrose an Mrs. Withersby. Nach jedem Schluck starrte die Dame hinaus auf den Canale Grande. Ihr grauer Pony lugte unter einem braunen Hut hervor, dessen Band ein sich mausernder Vogel zierte.

Wahrscheinlich eine Millionärin. Oder eine Gräfin. Oder beides. Melrose dachte, wenn er und Trueblood hier säßen, bis sie alt und grau wären und ihnen die Zähne ausfielen, wären irgendwann sämtliche Berühmtheiten dieser Welt an ihnen vorbeiflaniert.

Trueblood, normalerweise extrem mäkelig, stopfte sich mit Nüssen voll. Er wirkte eigentlich nicht, als sei er gerade bei einem Autounfall dem Sensenmann entkommen.

Immer wenn er heruntergeschluckt hatte, überlegte er. «Herr im Himmel, alter Junge, wir müssen uns für eine Geschichte entscheiden. Ich favorisiere immer noch die, in der bei ihr eingebrochen wird – Vivian muß für mindestens eine Million Pfund Antiquitäten in ihrem Cottage haben.»

Melrose schüttelte den Kopf. «Das ist eine Kragenweite zu groß für uns, und wir müßten es nachts machen. Die Leute würden reden. Und überhaupt, angenommen, wir kriegen Vivian nach Hause, wie schaffen wir dann den Krempel auch wieder zurück?»

«Stimmt. Also, was spricht dann dagegen, daß Ruthven verrückt wird und in die geschlossene Anstalt muß? Vivian mochte Ruthven immer.»

«Sie würde ihr tiefes Bedauern aussprechen, aber ich bezweifle, daß sie deswegen die Hochzeit aufschieben würde.

Es ist nicht dasselbe, als wenn Sie oder ich verrückt würden. Und wir können nicht noch mal so tun, als ob mit uns was wäre. Und Ruthven würde es sowieso nicht schaffen, selbst, wenn er wollte.»

«Wie wär's, wenn wir ihr einredeten, Venedig sei ein gefährliches Pflaster?» Trueblood kaute noch eine Handvoll Nüsse, seine Augen leuchteten. «Erinnern Sie sich an die Geschichte mit dem verrückten Zwerg? Vielleicht können wir sie davon überzeugen, daß diese Kreatur noch auf freiem Fuß ist und durch die Gegend läuft und Leute ersticht.»

Melrose schüttelte den Kopf. «Nein, nein, nein, nein! Wenn das wirklich so wäre, stünde es in allen Zeitungen: *Killerzwerg macht Stadt unsicher.* Das hätte sowieso von Jury kommen sollen –» Melrose hielt inne. «Ich hab's!»

«Da kommt sie!»

Die Venezianische Vivian stand vor ihnen und sah wie immer, wenn sie unter italienischem Einfluß stand, phantastisch aus: wunderschön und furchtbar modisch in einem enganliegenden, sehr eigenwilligen Kleid mit winzigen Falten. Melrose allerdings mochte die soliden Wollröcke und Strickjakken, die sie zu Hause immer trug, lieber.

Sie umarmte beide, gab ihnen einen Kuß und setzte sich.

Und Trueblood setzte an: «Sie haben meinen Rat befolgt und den Utrillo gekauft! Die Perspektivik ist wunderbar.»

«Nein, ich habe meinen eigenen Rat befolgt und ein Dickens and Jones-Kleid gekauft. Im Ausverkauf.»

Ein Ausdruck der Abscheu zog über Marshall Truebloods Gesicht.

«Sie sind beide blaß. Marshall hat fast überhaupt keine Farbe.» Sie runzelte die Stirn.

«Es geht uns aber viel besser, wirklich», sagte Melrose.

«Viel besser.»

«Sie sehen auch aus, als hätten Sie ein schlechtes Gewissen.» Vivian lehnte sich über den Tisch und nahm sie ins Visier.

«Wir wollen erst mal einen Drink für Sie bestellen, Vivviv.» Er erwischte den Kellner, bevor dieser die ältere Dame bedienen konnte.

«Wenn Sie den weiten Weg auf sich genommen haben, nur um mich zu sehen, schmeichelt mir das wirklich ungemein. Die Hochzeit wurde noch mal um zwei Wochen verschoben. Einen Gin mit Orangensaft, bitte», sagte sie zu dem wartenden Kellner.

«Hm, früher oder später *müssen* Sie es ja erfahren», sagte Melrose, «es betrifft Richard Jury.» Pause. «Er wird heiraten.»

Trueblood stopfte sich noch ein paar Nüsse in den Mund und nickte eifrig mit dem Kopf.

«*Richard?*» Vivian riß die Augen auf und sah so schockiert aus, als habe der Killerzwerg sie gerade hinterrücks erwischt. Sie machte mindestens dreimal den Mund auf und zu, bevor sie ein ersticktes «Wen?» über die Lippen brachte.

«Sie heißt... Ich weiß es nicht mehr. Sie?»

Trueblood tat so, als versuche er, sich zu erinnern, und zuckte mit den Schultern. «Sie kennen sie nicht.»

«Hm, haben Sie sie denn *kennengelernt*?»

«Oh, ja», sagte Melrose in Richtung Trueblood.

«Sieht gut aus, finden Sie nicht?» Trueblood nahm noch eine Handvoll Nüsse.

Vivian sah den Drink, den der Kellner ihr vorgesetzt hatte, an, als handelte es sich um einen Schierlingsbecher. «Er hätte es mir erzählen können», sagte sie weinerlich.

Melrose stellte ihre Trauer auf die Probe und sagte: «Er möchte, daß Sie kommen.»

Überrascht sah sie auf. «Und wann soll diese Hochzeit stattfinden?»

«In einer Woche», sagte Trueblood.

«In zwei Wochen», sagte gleichzeitig Melrose.

Trueblood korrigierte sich schnell: «Ach ja. In zwei Wochen.»

«Aber da wollten doch Franco und *ich* –»

«Na, Franco würde es doch nichts ausmachen, noch ein kleines bißchen länger zu warten. All die langen Jahre ist er so geduldig gewesen. Muß ja ein äußerst verständnisvoller Bursche sein.» Melrose grinste.

Vivian fragte verdrießlich: «Wie sieht denn die Superfrau aus?»

«Kastanienbraunes Haar, haselnußbraune Augen und ein ovales Gesicht.» Um Gottes willen, er hatte gerade Vivian beschrieben.

«Wie hat er sie kennengelernt?»

Melrose dachte nach. «Bei mir, auf einer Party.»

«Sie geben doch nie Parties.» Wenn Blicke töten könnten! *Verräter*, sagten ihre Augen. «Und was macht sie?»

Während Vivian tiefer in ihren Stuhl sank, sagte Marshall Trueblood: «Sie ist Schriftstellerin.»

«Schriftstellerin?»

«Na jaaa... sie schreibt so was ähnliches wie biographische Romane, wenn ich mich recht erinnere.»

Melrose sah Marshall Trueblood argwöhnisch an. Vielleicht war seine Beschreibung doch etwas zu genau. Bei der Haarfarbe eines Menschen konnte man sich schon mal irren. Aber wohl kaum ein Buch fabrizieren.

Ob dieser Neuigkeiten fiel Vivian noch mehr in sich zusammen. Plötzlich nahm sie ihren Gin, trank das halbe Glas auf einmal und knallte es auf den Tisch; die Nüsse sprangen hoch. «Und berühmt ist sie vermutlich auch noch?»

Trueblood hatte gerade Luft geholt, um die Geschichte weiter auszuschmücken, aber Melrose sagte: «Nein, überhaupt nicht. Sie haben bestimmt noch nie von ihr gehört. Eigentlich weiß ich gar nicht so genau, ob sie überhaupt noch schreibt, oder wie war das?» Unter dem Tisch stieß er Trueblood mit dem Fuß an.

«Sicher nicht mehr.» Trueblood kicherte. «Wahrscheinlich war sie als Autorin eh nur eine Eintagsfliege. Vielleicht lebt sie jetzt sogar von Sozialhilfe.»

«Da hat er ja das große Los gezogen», sagte Vivian. «Attraktiv, klug und belesen. Und sie braucht Hilfe. Die perfekte Frau für Richard Jury.» Ihr Ton schwankte zwischen Sarkasmus und Verzweiflung.

Trueblood konnte es nicht lassen: «Sie mag Rimbaud. Oder war es Verlaine?»

Melrose warf ihm einen bösen Blick zu, und Vivian setzte sich wieder kerzengerade hin. «Perfekt. Wenn sie nicht zu Hause sitzt und Socken stopft, kann sie Sie besuchen und mit Ihnen über französische Literatur sprechen. Holen Sie uns noch was zu trinken!»

Trueblood humpelte zum Tresen.

«Sehen Sie, er zieht immer noch das linke Bein nach.» Aber Vivian schien es einerlei zu sein, von ihr aus hätte er am Knie amputiert sein können.

Sie sagte nichts, bis Trueblood ihr den Drink brachte und (da er Zeit gehabt hatte, die Geschichte auszuspinnen) sagte: «Um Ihnen die Wahrheit zu sagen, Vivian, ob diese Frau wirklich ‹das große Los› ist, wie Sie vermuten, hm, das wissen wir nicht so recht.»

«Na und?» fauchte Vivian. «Sie heiraten sie ja auch nicht.»

«Wir haben ihm gegenüber sogar leise angedeutet, daß sie eigentlich nicht die Richtige für ihn ist.» Trueblood wich Melroses Blick aus.

«Sie haben aber gerade von vorne bis hinten die Richtige *beschrieben*.»

Marshall Trueblood entnahm seinem Zigarettenetui eine rosa Sobranie, zündete sie an und lehnte sich zurück. Melrose trat ihm auf den Fuß. «Es bleibt doch alles unter uns, oder, Viv? Wir beide würden sonst ziemlich im Schlamassel stecken.» Er legte Melrose die Hand auf den Arm.

Was zum Teufel hatte er denn jetzt vor? *Ganz so* naiv war Vivian auch wieder nicht. Andererseits, wenn es um Richard Jury ging, konnte man ihr das Blaue vom Himmel herunterlügen. Jedenfalls nötigte Trueblood ihnen das Versprechen ab, es nicht weiterzuerzählen... was weiterzuerzählen? Jetzt war Melrose genauso gespannt wie Vivian.

«Die lieben Kleinen...» Sowohl Vivian als auch Melrose hingen an Truebloods Lippen.

«Eine Frau mit drei – oder sind es vier? – Kindern zu heiraten, davon zwei noch im Kindergarten – scheint doch sehr unvernünftig zu sein. Und der halbwüchsige Sohn...» Trueblood musterte die Schale mit den Nüssen. «Hat einen Zeitungsladen überfallen, ist beinahe im Knast gelandet.»

Vivian wurde puterrot und dann kreidebleich. «Ist Jury verrückt? Verbringt sein Leben damit, Verbrechen zu bekämpfen, und jetzt will er die Mutter eines Kriminellen heiraten?»

«Wir haben versucht, ihn davon abzubringen, aber...» Ein kurzes niedergeschlagenes Schulterzucken verriet, daß Trueblood auch am Ende seines Lateins war.

Melrose trat ihm vors Schienbein. Großer Gott, nach den ganzen Geschichten, die sie über die Familie Giappino erfunden hatten, wie konnte sie da so blauäugig sein, *diesen* Quatsch zu glauben?

Tat sie aber. «Das ist sein Helfersyndrom. Für einen Kriminalbeamten läßt er sich wirklich tief in die Probleme anderer Menschen hineinziehen!»

«Eigentlich hatten wir ja gehofft, Sie würden ihn vielleicht davon abbringen. Sie wissen, wie sehr er Sie mag.»

«Nein, weiß ich nicht.» Sie machte mit ihrem Glas nasse Ringe auf dem Tisch.

Ein unbehagliches, ratloses Schweigen senkte sich über die Gruppe. Vivian tat, was sie konnte, um beschäftigt zu bleiben – öffnete ihre Handtasche, ließ sie wieder zuschnappen, trank etwas, fiel über die Nüsse her, die noch in der Schale waren. Dann sagte sie mit gepreßter Stimme: «Ich kann nur sagen, er muß völlig vernarrt in sie sein, wenn er drei oder vier Kinder in Kauf nimmt. Ein jugendlicher Crackdealer – das hat ihm gerade noch gefehlt.»

Melrose und Trueblood lachten. «Die ganze Situation übersteigt unser Vorstellungsvermögen. Ich kann mir nichts Schlimmeres vorstellen, als daß sich der Rücken unseres Superintendent beugt unter der Last –»

Melrose trat ihn noch einmal.

«Also hatte er nicht vor, zu meiner Hochzeit zu kommen?» Sie zog die Stirn kraus und zupfte an einem Faden ihres Dickens and Jones-Kleides. Melrose beobachtete, wie die Naht an ihrem Ärmel aufribbelte.

Trueblood sagte: «Doch. Natürlich mit der Familie.»

Melrose legte die Hand vor Augen. Ursprünglich sollte ihre Taktik nur dazu führen, sie zurück nach Northants zu kriegen. Jetzt zerstörte Trueblood auch noch die Verbindung zwischen Jury und seiner Zukünftigen – o Gott, allmählich glaubte er es selbst!

Vivian wußte nicht, wo sie hinsehen sollte – auf die beiden Männer? den Ärmel? die Decke? «Ich muß gehen. Franco wartet auf mich.»

«Es war wunderbar, Sie zu sehen. Sie sehen strahlend schön aus. Franco muß sehr gut zu Ihnen sein.» Trueblood lächelte.

Das würde sie nun völlig aus der Bahn werfen, dachte Melrose. Nicht ein einziges Mal war von Särgen, Transsylvanien, angespitzten Pflöcken oder Spiegeln die Rede gewesen.

«O ja, ja, das ist er.» Diese neue Sichtweise auf den Grafen verwirrte sie. Sie erhob sich.

«Wir sind in dem Hotel am Lido, falls Sie Ihre Meinung ändern sollten», sagte Melrose und gab sich niedergeschlagen.

«Ändern? Ich habe mir ja noch nicht einmal eine gebildet.»

«Um so besser.» Er hielt Vivians Hand in beiden Händen. Wahrscheinlich würde sie es nicht aushalten, daß er und Trueblood wieder abzogen.

Sie verließen den Palazzo Gritti alle zusammen. Sie war blaß und schrecklich verwirrt. «Wann fahren Sie zurück?»

«In ein paar Tagen. Steht noch nicht fest.»

«Es war nett von Ihnen zu kommen. Und mir zu erzählen, was los ist. Sie wissen schon.»

Während sie in unterschiedliche Richtungen davongingen, sagte Trueblood: «Das war glänzend.»

Woraufhin Melrose säuerlich sagte: «Das einzige Problem ist, daß er *nicht* heiratet.»

«Ach was. Wenn Vivian kommt, wird sich das mit Jury, der Frau, den Krabbelkindern und dem Junkie längst erledigt haben.»

2

DER JUNGE IM BAUM hatte sein Zeiss-Hochleistungsfernglas sorgfältig auf eine Szene gerichtet, die sich weniger als zweihundert Meter vom Gelände der Severn School entfernt abspielte.

Ein tragbares Telefon baumelte ihm von der Schulter.

Schon oft war der Junge auf diesen Baum geklettert und

hatte über der hohen Steinmauer gesessen. Er hätte in der Hochstimmung schwelgen können, die bei solchen Ausblikken entsteht. Vielleicht bewegte es ihn so sehr, das er am liebsten ein Gedicht über das geschrieben hätte, was er sah.

Dem war aber nicht so. Der Junge war nur an dem Ausblick interessiert, den ihm der Baum auf die Rennbahn unten gestattete, und auf die Pferde, die dort genau in diesem Augenblick ihre Runden drehten. In der Sekunde, als Rogue's Gallery bei einer Drei-zu-fünf-Gewinnchance die Ziellinie überquerte, sprach er ins Telefon.

«Nummer zehn, Dusty Answer, dreißig zu eins.»

«Alles klar, Junge», sagte sein um einiges älterer Kumpel, der vor den Toren der Severn School in einem zerbeulten Land Rover saß. Er drückte vier Ziffern auf seinem Autotelefon und wiederholte für die Person am anderen Ende den Namen des Pferdes, die Nummer des Rennens und die bescheidene Wette von zwanzig Pfund.

Der Buchmacher seufzte. «Ich muß Sie timen, Boss, damit das klar ist.»

«Natürlich», sagte der Mann im Auto und wählte dann den Jungen im Baum an. «Er timt es. Aber ich glaube, bald haben wir ihn soweit.»

Dessen war sich der Junge im Baum sicher. In den letzten beiden Monaten hatten sich ihre Außenseiterwetten zwischen zwei und zweihundert Pfund bewegt. Sie gewannen nie. Das war der Sinn der Sache.

Der Junge spürte mit der ganzen Naivität, ja, Zuversicht seiner Jugend, daß sie heute das große Geld machen würden.

«Beim nächsten Rennen auf den Favoriten?» fragte er den Mann im Auto.

Der saß mit dem Wettschein hinterm Steuer. Der Junge hatte auch eins, aber er war zu sehr mit dem Fernglas beschäftigt, als daß er es sorgfältig hätte studieren können.

«Splendid Spring, wie's aussieht. Die Wetten stehen drei zu vier... hm, hm, hm. Mehrere Außenseiterwetten, welche willst du? Sollen wir eine nehmen, bei der ich nicht wie ein kompletter Idiot aussehe?»

«Gut. Nicht wie ein kompletter.»

«Okay. Wie wär's mit einer Zehn-zu-Einser mit Namen Cannibal Isle?»

Der Junge hob das Fernglas wieder und beobachtete, wie die Pferde in die Startposition gingen. «Wo die bloß immer diese Namen herkriegen! Okay.»

«Meinst du, er wird endlich mal drauf anspringen, Junge? Jetzt treiben wir das Spielchen schon seit Wochen.»

«Die Habgier. Er glaubt, du bist ein Idiot, der nichts von Pferden versteht, und hat irgendwann die Schnauze voll, von dir zu hören – warte.»

Der Junge wünschte, er könnte nicht nur sehen, sondern auch hören. Er mußte seine Phantasie anstrengen, um das Trommeln der Hufe zu hören, das Schwirren, wenn sie über die Hecken setzten, das Raunen der Menge, das Aufheulen und Schreien – den Sieg. Da! Nicht Splendid Spring, sondern der dritte Favorit, Gal O'Mine, war der Gewinner. «Gal O'Mine», sagte er ins Telefon.

Wieder wählte sein Kumpel im Auto den Buchmacher an. «Cannibal Isle im fünften. Fünfzig Pfund.»

«Himmel... ist das dann nicht wie eine Zwanzig-zu-eins-Quote?...» Er seufzte tief. Aber ihn ging's ja einen feuchten Kehricht an. «Die Wette muß ich auch timen.»

«Hab nichts dagegen.»

Zu dem Jungen im Baum sagte er: «Laß das sechste Rennen aus. Gib ihm Zeit.»

«Ist gut.»

Sie warteten.

Der Buchmacher rief an und sagte zu dem Mann im Auto:

«Geht nicht. Beide Rennen haben schon angefangen.» Der Hörer knallte auf. *Verschwenden Sie nicht meine Zeit!*

Der Mann im Auto rief den Jungen im Baum an. «Was für eine Überraschung. Wir sind schon wieder zu spät dran. Hör zu: Im achten ist ein Pferd, das mir gefällt. Und zwar richtig. Versuchen wir's mit dem? Wir haben schließlich nichts zu verlieren.»

Der Junge dachte nach. «Ist es Favorit?»

«Bei mir ja.» Er sah auf dem Formular nach. «Zweiter Favorit, nein, dritter. Die Quote ist gut – drei zu eins. Das ist dein Pferd, Junge. Fortune's Son.» Er lachte.

«Gefällt mir.» Der Junge lächelte durch das enge Geflecht der Äste, an denen sich schon erste Blätter zeigten. Der März war warm gewesen. Er riß ein Blatt ab, betrachtete es und steckte es in die Tasche. «Gut. Setzen wir fünfhundert. Nein, ein bißchen mehr. Siebenhundert. Um wirklich was zu gewinnen. Das lohnt sich.»

«Wenn er die Wette annimmt.»

«Und wenn du recht hast.» Der Junge lachte. Er zündete sich eine Zigarette an, saß auf seiner kühlen Astbank da und ließ das nächste Rennen vorüberziehen. Dann schnappte er sich sein Fernglas und beobachtete, wie die Pferde für das achte Rennen in die Startboxen geführt wurden. Er suchte mit dem Fernglas die Startlinie ab, bis zu Nummer acht. Es war die Außenbahn. Trotzdem. Acht Pferde im achten Rennen. Außerdem gefiel ihm die blaugoldene Seidenjacke des Jockeys. Fortune's Son.

Sie starteten. Eineinviertel Minuten lang hielt der Junge den Atem an und sah zu, wie sie über die Hecken und Gräben sprangen, als ob er die siebenhundert schon gesetzt hätte.

Fortune's Son war erster. «Ruf an», schrie der Junge ins Telefon.

Sein Freund haute auf die Tasten.

Der Junge wartete, das Fernglas immer noch auf die Seidenjacke des Jockeys gerichtet. Der prachtvolle Braune sah aus, als wüßte er, daß er gewonnen hatte. Der Junge war sicher, daß Pferde ihren eigenen Sieg wirklich spürten. *Darauf* würde er wetten.

Das Telefon knackte. Er hielt es ans Ohr.

Ein Kichern. «Kleiner, dieser verdammte Idiot ist drauf reingefallen. Konnte den siebenhundert nicht widerstehen. Das sind zweitausendeinhundert Pfund!» Er stieß einen schadenfrohen Schrei aus.

«Kassier es ein. Und morgen treffen wir uns hier. Sagen wir, während der Sportstunde. Um drei. Und hau nicht damit ab.» Der Junge lachte.

«Keine Sorge, Kumpel, keine Sorge.»

Er stopfte sich das Telefon hinten in den Gürtel; seine Schuljacke würde kaum ausbeulen, und wegen des Fernglases brauchte er sich keine Sorgen zu machen. Offiziell untersuchte er das Migrationsverhalten von Zugvögeln.

Er kletterte vom Baum und ließ sich das letzte Stück herabplumpsen. Als er sich die Hosen abklopfte, sah er hoch und erblickte seinen Biologielehrer.

«Sir», sagte er ruhig und selbstbewußt.

«Guten Tag!»

Der Junge hielt das neue grüne Blatt hoch. «Wenn man genau hinsieht, stellt man fest, daß die Blattadern immer völlig anders aussehen.»

Der Lehrer besah es sich mißtrauisch. «Kann ich eigentlich nicht finden. Aber du offenbar. Interessante Theorie.»

«Danke, Sir. Ich bin fertig. Jetzt muß ich nur noch die Ergebnisse aufschreiben.»

«Ich werde es mit Interesse lesen.»

«Sir.» Er beobachtete, wie der Biologielehrer nachdenklich

davonging, die Hände hinter dem Rücken verschränkt. Ein netter Mann. Nicht sehr helle, aber nett.

Er betrachtete das Blatt und warf es weg.

Für ihn sahen alle Blätter gleich aus.

DER JUNGE SASS AN EINEM RUNDEN TISCH in einem der hinteren Räume im Rose and Crown. Sie spielten zu sechst Straight Poker. Ned Rice war auch dabei.

Die anderen vier betrachteten es als guten Witz, daß sich der Junge offensichtlich für einen erstklassigen Spieler hielt. Er war weder schlecht noch gut. Seit acht Monaten spielte er regelmäßig mit ihnen (außer in den Schulferien) und hatte vielleicht ein Dutzend den Pot gewonnen.

Er war draufgängerisch und prahlte gern mit seinen Reisen in die Staaten, immer nach Las Vegas (das er nur «Vegas» nannte) zu einem reichen Onkel, angeblich ein «heißer Typ» in einem Club namens Mirage.

Und immer spielte er mit US-Dollar, nie mit Pfund Sterling.

Das hatte sie nun wieder richtig ins Grübeln gebracht.

Allan Blythe, ein Arzt vom National Health Service, der schwarz Privatpatienten behandelte und das Geld in die eigene Tasche steckte, hatte ihn gefragt, warum zum Teufel er das Geld nicht zur Bank trug und in Pfund Sterling umtauschte.

«Weil die hiesigen Banken keine fremden Währungen annehmen. Soll ich etwa bis nach London fahren, nur um Geld zu wechseln? Das soll ja wohl ein Witz sein. Ich gebe euch sowieso einen besseren Kurs als die Bank.»

Als er das erstemal mit seinen Dollars und Ned Rice aufgetaucht war, hatten sich die anderen vier fast krankgelacht. Frankie Fletcher kannte einen Schmalspurgeldfälscher, und erst als dieser ein paar der Banknoten überprüft hatte, ließ er den Jungen spielen. Die Scheine aus seinen eigenen Gewinnen brachte Frankie ein- oder zweimal im Monat zu seinem Kumpel. Sie überprüften sie immer; sie waren echt.

Mittlerweile hatten sich die anderen an den Burschen gewöhnt. Für sie hatte es einen gewissen Reiz, einen Schuljungen am Tisch zu haben, der einmal die Woche mit den anderen in die Stadt kam, um ins Kino zu gehen. Der Knabe hier bekam allerdings keinen einzigen Film zu sehen. Weil er kein ernsthafter Konkurrent war und nicht schummelte (sie hatten ihn sehr genau beobachtet), behandelten sie dieses kleine Großmaul mit seinem reichen Onkel in Vegas und seinen prahlerischen Amerikanismen langsam wie eine Art Maskottchen.

Eines fiel ihnen auf: Immer wenn die Einsätze gering waren, paßte er und sagte, er spiele nicht um «'nen Appel und 'n Ei». Frankie Fletcher schnaubte verächtlich. «Sieht aus, als hättest du von deinem Onkel kein Stück gelernt.»

«Mit dir jedenfalls würde er kurzen Prozeß machen», sagte der Junge wütend.

«Immer mit der Ruhe, war nicht bös gemeint, Kleiner.» Frankie beugte sich vor, als der Junge das Geld wechselte, einen Zwanzigdollarschein einsteckte und zwei Fünfpfundnoten sowie ein paar amerikanische Dollar rauszog. Dann erhöhte er gegenüber Frankie um einen Fünfer.

Allan Blythe (der größte Geizkragen am Tisch) verfolgte das Dollar-zu-Pfund-Verhältnis genau und paßte auf, daß der Junge sich tatsächlich nach einem Kurs richtete, der «besser als der der Bank» war. Er überprüfte sogar die Kursschwankungen, um sicherzugehen, daß sie ihre fünf Prozent mehr bekamen.

Frankie gewann das Spiel mit nur zwei Zehnen. «Was hast du bloß vor, Kleiner?» lachte er.

Sie spielten noch eine Stunde – heiße Typen gibt's hier nicht, lachte Ned Rice –, der Junge wechselte wieder und sagte gleichzeitig die Farbe an. Er legte einen Zwanziger in den Pot, zog ein paar Pfund Sterling und ein paar Dollar heraus.

Er verlor wieder.

Um zehn Uhr war der Film immer zu Ende. Der Junge stand auf, stopfte gleichmütig sein Geld in die Tasche – egal, ob er einen mageren Gewinn oder mageren Verlust gemacht hatte –, lächelte Ned Rice zu und ging.

Heute war der Abend nach dem großen Gewinn auf Fortune's Son. Als er das Rose and Crown durch die Seitentür verließ, hatte er vierzig Pfund mehr in der Tasche als zu Anfang des Spiels. Er war nicht unzufrieden, auch wenn er den Pot nicht gewonnen hatte. Für den Onkel in Vegas wären sechzig, fünfundsechzig Dollar nicht mehr als ein Taschengeld gewesen. Aber er hatte keinen Onkel in Vegas. Der Junge grinste. Vierzig Pfund waren nicht zu verachten.

Er schlug den Jackenkragen hoch und ging pfeifend durch die Gasse zwischen Kneipe und Kino. Die Kneipe war überaus günstig gelegen.

Die Hände in den Taschen vergraben, trainierte er ein bißchen für das nächste Fußballspiel und kickte ein schweres Papierknäuel über die Pflastersteine und den Bürgersteig vor dem Kino.

Er kickte gegen einen Schuh.

Der Junge sah in die dicke Brille seines Mathematiklehrers, der ihn mit unerschütterlichem Blick anstarrte, die Arme verschränkt. «So ist das also.»

«Ach du Scheiße», murmelte der Junge.

3

Als Jury sein Büro betrat und guten Morgen sagte, war Wiggins intensiv mit den Medikamenten beschäftigt, die in Reih und Glied auf seinem Medizinschränkchen beziehungsweise Schreibtisch standen. Er antwortete mit einem abwesenden Nicken, ganz versunken in die Entscheidung, gegen welches Wehwehchen er etwas einnehmen sollte.

Zu Jury sagte er: «Sie sind ja geradezu *herzlich*, Sir. Und das schon seit zwei Wochen.» Sein Ton war vorwurfsvoll. «Herzlichkeit» stand eigentlich nicht auf Jurys Dienstplan. Dann sah Wiggins demonstrativ auf die Uhr. «Es ist erst halb acht. Sie sind doch gar kein Morgenmensch, Sir.»

«Nein?» Jury begann unverzüglich seinen Schreibtisch aufzuräumen, ein weiterer Beweis für eine Charakterbesserung. «Habe ich denn sonst immer schlechte Laune, Wiggins?»

Wiggins dachte nach. «Nicht direkt. Sie sind nur manchmal etwas melancholisch.» Der Sergeant öffnete die unterste Schublade, in der er seine Sammlung traditioneller Kräuterheilmittel aufbewahrte, ob gegen Schleimbeutelentzündung, Furunkel oder ein gebrochenes Herz. «Ich glaube, Sie schlafen nicht genug.»

«Das», sagte Jury und sah seinen Sergeant an, ohne die Miene zu verziehen, «ist die akkurateste Diagnose, die Sie je gestellt haben.»

Er hatte in der Tat seit Tagen so gut wie überhaupt nicht geschlafen, aber zugleich fühlte er sich so ausgeruht wie Rip Van Winkle.

Wenn er nach Lewisham kam, was seit zwei Wochen jeden Abend der Fall war, und Jane die Tür aufmachte, fielen sie einander immer so schnell in die Arme, daß er gerade noch mit dem Fuß die Tür zuschlagen konnte. Sie mußten lachen, wenn sie merkten, daß sie ihre Hände nicht voneinander lassen konnten. Sie waren wie Überlebende eines Schiffbruchs, die nun auf das kalte Meer ihres Lebens zurückblicken und sich fragen, wie sie es ans Ufer geschafft haben.

Und auch wenn er nicht mit ihr zusammen war, empfand er eine Zufriedenheit, die ihn unverletzlich machte. Es war, als habe sie ihm eine unsichtbare Rüstung angelegt.

Aus Erfahrung wußte er, daß er sich nicht kopfüber in eine Liebesaffäre stürzen sollte. Er sollte Distanz halten, langfristiger denken, überprüfen, ob das Terrain auch wirklich sicher war, und sich wenigstens eine Weile mit ihr auf einer anderen Ebene bewegen. Aber er konnte sich keine andere Ebene vorstellen; er konnte sich nicht vorstellen, daß sie einander vorsichtig umtänzelten und die Risiken abschätzten.

Das war ihm fast alles schon bei seinem zweiten Besuch in Lewisham durch den Kopf gegangen. Erst als sie sagte, das Abendessen brenne an, lösten sie ihre Umarmung. Zu spät: Das Hühnchen war schwarz, der Salat schlapp und der Weißwein warm.

Aber als sie einander schließlich losließen, hatten sie sowieso keine Lust zu essen.

«Weißt du», sagte Jury im Bett, «jetzt komme ich seit fast zwei Wochen jeden Abend hierher, aber ich könnte dir nicht sagen, wie dein Wohnzimmer aussieht. Ich habe eine ungefähre Vorstellung von der Küche, weil wir da gegessen haben, oder wenigstens *glaube* ich, daß wir in den letzten beiden Wochen was gegessen haben, aber selbst wenn du mir das Gewehr vor die Brust hieltest, könnte ich dir nur das Schlafzimmer exakt beschreiben. Was bin ich bloß für ein mieser Kriminalist!»

Sie lachte, beugte sich über ihn und griff nach drei Medizinfläschchen. Auf ihrem Nachttisch stand eine Karaffe mit Wasser. «Weißt du, diese Form der Kurzsichtigkeit können wir nur kurieren, wenn wir uns die Zeit für eine Wohnungsbesichtigung nehmen.»

«Was für eine Zeitverschwendung! Wofür sind die Pillen?»

Sie hielt sie der Reihe nach hoch und sagte: «Die sind gegen die Wassersucht, die gegen Hypochondrie und die gegen die Beulenpest.»

Jury nahm ihre Hand.

Vor zwei Nächten hatte er gesagt: «Laß uns mal praktisch denken: Ich könnte hier einziehen. Oder du könntest nach Islington ziehen.»

«Irgendwie kann ich mir nicht so recht vorstellen, daß ‹Miss Playgirl des Monats› davon angetan wäre.»

Die gehässige Bemerkung über Carole-anne ärgerte ihn. «Sie heißt Carole-anne, nicht ‹Miss Playgirl des Monats›!»

«Verzeihung.» Sie wandte sich ab.

Jury drehte sie wieder zu sich um. «Sie ist nämlich eine gute Freundin von mir und hat ein ziemlich mieses Leben hinter sich.» Jury wußte nicht genau, ob das stimmte; er konnte nur mutmaßen, welche Geschichten Carole-anne erfunden hatte und welche nicht. «Und wenn sie nicht gewesen wäre, hätten wir uns nie kennengelernt.»

Jane lächelte. «Wohl wahr. Apropos kennenlernen – ich muß dich unbedingt mal meinem Sohn vorstellen.»

«Du lieber Himmel!» Jury zog sich ein Kissen über den Kopf. «Jetzt muß ich mich von einem Teenager unter die Lupe nehmen lassen!»

«Er ist aber kein normaler Teenager.» Sie lachte.

Als Jury einen Haufen Papiere in den Korb warf, sagte Wiggins: «Passen Sie lieber auf; man kann nie wissen, ob was vom Chef höchstpersönlich dabei ist.»

Jury kniff die Augen zusammen. «Wiggins, wenn ich noch einmal höre, daß Sie Racer Chef nennen, nehme ich Ihnen Ihr Nasenspray weg. So! Alles klar Schiff.»

Wiggins bedachte Jurys Schreibtisch mit einem kläglichen Blick. «Jetzt werden Sie nichts mehr wiederfinden, Sir.» Mit spitzen Fingern holte er etwas aus einer kleinen Blechdose und stopfte es sich in die Nase.

«Das habe ich vorher auch nicht.» Jury sah Wiggins an, guckte ein zweites Mal hin. «Warum um Gottes willen stecken Sie sich Tabak in die Nase?»

«Das ist kein Tabak, es ist Gartenraute.»

«Gartenraute. Aha, das erklärt alles.»

«Ist gut gegen Bronchitis. Mrs. Wasserman hat gesagt, ich soll es mal probieren, und sie kennt sich mit Heilkräutern sehr gut aus –»

«Mrs. Wasserman? Wenn Sie meinen.» Das einzige, das Mrs. Wasserman Jury je verordnete, war heiße Fleischbrühe, die scheußlich schmeckte. Vielleicht waren Unmengen Gartenraute drin.

Als das Telefon klingelte, stand Wiggins stramm und ergriff den Hörer. «Wiggins hier.» Er entspannte sich. «Ach, Sie sind es... Was?...Aber irgendwo muß er doch sein.»

Selbst aus dieser Entfernung sah Jury die Leitung regelrecht vibrieren, so aufgeregt wurde am anderen Ende geredet. «Was ist los?» formten seine Lippen in Richtung Wiggins.

«Ja, ja, ja! Wir sind sofort da.» Er legte auf. «Fiona kann Cyril nicht finden.»

Jury stand sofort auf. «Also los. Aber ich gehe nicht mit jemandem über den Flur von Scotland Yard, der Gartenraute in der Nase hat.»

Fiona, das Haar unter einem Tuch festgesteckt, damit es ihr nicht ins Gesicht fiel, suchte überall, sie sah im Papierkorb nach und öffnete eine Schublade nach der anderen. «Er ist weg, ich hab's doch geahnt.»

Wiggins händigte ihr sein Heiligtum aus – sein Taschentuch –, und sie wischte sich die Tränen ab.

«Wahrscheinlich schläft er nur irgendwo.»

Fiona fuhr sich mit dem Handrücken über die Wange und schniefte. «Könnte sein. Wenn er seinen Thunfisch gefressen hat, wird er immer fürchterlich träge» Die Tränen tropften.

«Sie wissen doch, wie gern er sich immer unsichtbar macht. Erinnern Sie sich noch, wie er einmal auf das Gerüst vom Fensterputzer geklettert ist? Und wie er sich immer auf das Fenstersims quetschte und das Gesicht am Fenster rieb und die ganzen todesmutigen Kunststückchen vollführte? Und währenddessen suchte Racer jede noch so idiotische Stelle ab, wo Cyril sein konnte –»

Die Erinnerungen lösten einen neuerlichen Weinkrampf aus.

Als Jury spürte, wie sich sogar ihm die Kehle zuschnürte, drehte er sich um und ging in Racers Büro, um dort zu suchen. Er sah im Schirmständer nach. Cyril liebte dieses Gefäß – solange die Schirme nicht naß waren. Jury bückte sich und öffnete die Bürobar; dann zog er Racers Schreibtischstuhl hervor. Cyril war ein Meister der perfekten Tarnung.

Vom Vorzimmer her rief Fiona ungeduldig: «Glauben Sie etwa, da hätte ich noch nicht nachgesehen?» Sie schniefte erneut und erzählte Wiggins: «...als er diese Kiste mitgebracht hat, das kam mir schon komisch vor. Aber er schleppt immer Sachen durch die Gegend. Irgendwie muß er Cyril da reinbugsiert haben!»

«Gut. Angenommen, er hat Cyril mitgenommen, wo würde er ihn hinbringen?» Eigentlich sprach er mit sich selbst, aber Fiona antwortete ihm jammernd: «Er hat ihn bestimmt in Blackheath ausgesetzt, und der arme Kater weiß nicht, wo er ist!»

Wiggins versuchte Fiona zu beruhigen, indem er einen Film erwähnte, den er vor Jahren gesehen hatte: «*Die unglaubliche Reise*, über eine Katze und zwei Hunde, die beim Umzug der Familie aus irgendeinem Grunde verlorengingen und *einhundert Meilen* wanderten, Fiona, und ihre Familie dann wiedergefunden haben!»

«Aber die Familie wollte sie auch zurückhaben.» Sie schneuzte sich in das Taschentuch.

Jury sagte noch einmal: «Wo würde Racer den Kater hinbringen?» Er blätterte im Branchenbuch, fand, was er suchte, trennte die Seite heraus, riß sie in drei Teile und gab einen Wiggins und einen Fiona. «Jetzt fangen wir an rumzutelefonieren.»

«Den Tierschutzverein? Tierheime, Sir?» Wiggins runzelte die Stirn. «Superintendent Racer macht auf mich nicht gerade den Eindruck, als würde er sich darum kümmern, daß ein Tier gut versorgt ist. Eher der Typ ‹Husch-in-den-Sack, rein-in-die-Themse› –» Er brach mitten im Satz ab, als Fiona wieder aufschluchzte.

«Hören Sie auf zu reden und telefonieren Sie. Ich nehme Racers Apparat.»

Sie sprachen alle auf einmal und sagten fast dasselbe.

«...kupferfarbenes Fell und sehr lebhaft.»

«...orangefarben. Weiße Pfoten. Wahrscheinlich heute morgen abgegeben worden...»

«...bildschöner Kater, intelligent... eventuell gestern abend. Nein? Na gut, vielen Dank.» Wiggins legte auf.

«Stur? Hungerstreik? Hat die Tür seines Käfigs geöffnet?» Jury stand auf und sagte: «Das ist er. Mein Name ist Richard Jury. Ja, J-U-R-Y. Wir sind gleich da und holen ihn.»

Jury ging in Fionas Büro, ein strahlendes Lächeln auf den Lippen. «Ich hab ihn, Fiona.» Sie knallte den Hörer auf. Ein sonniges Lächeln. «Ich besorge uns ein Auto; allzulange dauert es ja nicht.» Als er zur Tür hinausging, fügte er hinzu: «Und schicken Sie den Thunfisch ins Labor.»

Eine der diensthabenden Rezeptionistinnen brachte Jury und Wiggins zu den Räumen, wo die Katzen in numerierten Käfigen saßen. Cyril war in Käfig Nummer elf.

«Ach, ich bin ja so froh, daß Sie gekommen sind und ihn abholen. So sitzt er die ganze Zeit da, rührt sein Futter nicht an, und ich glaube fast, daß er keine Minute geschlafen hat.» Sie ging auf einen Käfig zu, in dem eine getigerte Katze mit ihren Jungen saß. Kopfschüttelnd steckte sie die Finger durch den Draht. «Die werden morgen eingeschläfert. Wenn die Leute Katzen mit Kätzchen herbringen, kann ich immer nur meinen Mund halten. Wissen Sie, die haben so gut wie keine Chance, mitgenommen zu werden, weil die Leute nur Kätzchen haben wollen.» Sie versuchte, die Katze durch das Metallgeflecht zu streicheln. «Da kann einem schon übel werden, wirklich.» Dann wandte sie sich wieder Jury und Wiggins zu und machte ein gehöriges Tamtam um den Kater und seine Retter. Cyril beobachtete das Geschehen. «Man sieht, daß er schon jede Hoffnung aufgegeben hatte. Aber er bewahrt Haltung.»

Das war nicht einfach nur eine «Haltung». Cyrils Pose und die träge blinzelnden Augen legten vielmehr den Schicksalsgöttinnen nahe, besser noch einmal zu überdenken, was sie für ihn vorgesehen hatten. Und was die mitfühlende junge Frau für stoisches Erdulden gehalten hatte, war, wie Jury wußte, schlichte Arroganz. Cyril war ein anpassungsfähiges Tier, wenn er es mit Racer aushielt. Selbst hier schien er trotz der neuen Umgebung und seiner Gefangenschaft nicht übermäßig erregt, weil er wußte, daß Rettung nahte. Er saß in jener für Katzen typischen statuenhaften Pose, die Pfoten hübsch ordentlich nebeneinander, den Schwanz um sich gewickelt wie eine Staatsrobe. Er gähnte. Damit hatte er ohnehin gerechnet:

Erlösung!

4

Sie waren vivianlos zurückgekommen.

Hm, dachte Melrose, Lambert Strether war auch chadlos zurückgekommen. Nur daß Strether einen Morast gesellschaftlicher Heuchelei und moralischen Verfalls durchwatet hatte. Zu seinem eigenen Verdruß konnte Melrose keine Jamessche Sensibilität für sich beanspruchen. Er bat Ruthven, den weißen Armani-Anzug irgendwohin zu stopfen, wo er ihn nie wieder sehen würde.

Immerhin war es ermutigend, daß Vivian ihre Hochzeit (wieder einmal) auf einen späteren Zeitpunkt verschoben hatte, um nach London zu kommen und Jury seine Eheschließung auszureden. Trueblood hatte eine erstklassige Vorstellung hingelegt, einmal mußte er sich sogar echte Tränen verkneifen. Die Frau mit den hennaroten Haaren war schon angesichts ihrer grausigen Vergangenheit schlimm genug. Aber dann auch noch vier Kinder – untragbar!

Sie waren bereits zwei volle Tage wieder in England, als Agatha von ihrer Rückkehr erfuhr; da war sie auch schon und schmierte Marmelade auf ein Brötchen, während Melrose versuchte, sein Buch zu lesen und Musik zu hören.

Die neue Anlage war wirklich wunderbar, ein Meridian 208 CD-Player und Spica-Lautsprecher gehörten dazu. Gestern hatte er den ganzen Tag Lou Reed gehört, aus allen Zimmerecken zugleich hämmerte Lou auf New York City ein:

*Get 'em out
on the Dirty Boulevard*

Gelegentlich sang Melrose mit, schlug mit den Fäusten im Takt durch die Luft und weckte damit Mindy recht unsanft.

Heute waren es die Doors. Jim Morrison war Rimbaud-Fan gewesen. Also, *das* war merkwürdig. Morrisons Grab war in Paris, sein Tod blieb ein Mysterium.

«Hörst du schon wieder diesen Irrsinnigen?»

«Nein, das ist ein anderer Irrsinniger.» Oje, heute nachmittag würde es wohl wieder Streit mit Agatha geben.

«Für mich klingen sie alle gleich.» Sie setzte noch einen Klacks *double cream* auf die Marmelade.

Er antwortete nicht. *Die Gesandten* kamen ihm wieder in den Sinn; Lambert Strether hatte Chad Newsome nicht erzählt, daß er, Strether, von einem Lastwagen angefahren worden war und daß sein bester Freund lebensgefährlich an Lungenentzündung erkrankt war.

Und Melrose und Marshall hatten Richard Jury noch nicht angerufen, weil sie die Story noch nicht erfunden hatten, die sie ihm erzählen wollten. Melrose hoffte nur, daß Vivian kein überstürztes Ferngespräch tätigte, bevor es gelänge, Jury und die Frau mit den schwererziehbaren Kleinen zu entloben.

«Dieses Getöse ist ja nicht zum *Aushalten*!» Agatha gönnte dem silbernen Teeservice eine Ruhepause und hielt sich die Hände über die Ohren.

Melrose stellte die Anlage leiser. Die Lautsprecher waren

so angeordnet, daß die Musik gleichsam in Agathas Gesicht explodierte.

Er vertiefte sich wieder in sein Buch über Palladio. Seit seiner Reise nach Venedig interessierte er sich für Ruskin, Henry James und andere Schriftsteller, die sich über die Bauten in dieser herrlichen Stadt ausließen. «Das ist interessant.»

«Was?»

«Palladio war der Auffassung, daß auf jeden Landsitz eine alte Ruine gehört.» Über seine Brille hinweg starrte er Agatha an.

«Du siehst ziemlich blaß aus», erwiderte sie. «Ich habe dich davor gewarnt, so bald nach dieser fiesen Lungenentzündung eine Reise zu machen.»

...die Krankheit, die es nie gegeben hatte. Aber Ruthven hatte meisterhaft seines Amtes gewaltet und der Tante vierzehn Tage lang die Krankheit glaubhaft gemacht, derentwegen Melrose vor der Italienreise zwei Wochen lang «flachgelegen» hatte.

Wie er sich nach diesen agathalosen Zeiten sehnte! Zwei volle Wochen lang hatten er und Mindy vor dem Kamin gesessen, vor sich hingedöst, Portwein getrunken, etwas gegessen. Damit Mindy nicht den langen Weg zur Küche auf sich nehmen mußte, hatte Melrose sogar angeordnet, daß ihr Schüsselchen ins Kaminzimmer gebracht wurde. Beide waren wie verzaubert von der Stille, dem Feuer, den Drinks, dem Essen. Ruthven war entzückt, das Mädchen für alles zu spielen. Er machte Lady Ardry eindeutig klar, daß Seine Lordschaft keinen Besuch empfangen dürfe.

«Nicht mal von der Familie? Das ist absurd!»

«So lauten die Anweisungen des Arztes», hatte Ruthven mit dem Fuß in der Tür gesagt.

«Welcher Arzt? Der aus Sidbury?»

«Nein, Madam.» Pause. *«Der aus London. Ein Spezialist.»*

Melrose enthielt sich eines Kommentars und las weiter in seinem Buch.

«Und ausgerechnet mit Marshall Trueblood, dem dämlichsten Menschen im Dorf. Er hat einen schlechten Einfluß auf dich, mein lieber Plant.» Sie hörte auf zu reden, um ein Stück Kuchen zu essen. «Mit ihm zusammen wirst du genauso dämlich. Du als Aristokrat.»

Er seufzte. «Würdest du bitte aufhören, mich immer als den achten Earl of Caverness und fünften Viscount Ardry et cetera zu titulieren.»

Er hob das Buch, damit er sie nicht sah.

«Du machst gerade eine Identitätskrise durch.»

Das war ja was ganz Neues!

«– deshalb solltest du das Leben ernster nehmen.» Sie schlürfte ihre dritte Tasse Tee.

Zum Teufel! Er würde Maßnahmen ergreifen müssen, um sie zum Schweigen zu bringen. Er stand auf, ging zum Schreibtisch, nahm seine Schlüssel heraus und schloß die mittlere Schublade auf. Darin lag ein Dokument. Melrose nahm es heraus, setzte sich wieder hin und fing an, das Blatt sorgfältig durchzulesen. Ab und an hielt er inne und spitzte die Lippen. Melroses neunzigjähriger (und meilenweit entfernt lebender) Nachbar hatte diesen Haufen Schwachsinn aufgesetzt: eine lange Abhandlung über die Zweige Seiner Lordschaft, die über des Nachbarn Steinmauer wucherten.

«Was liest du?»

«Mein Testament.»

Da schaffte es ihre Hand nun nicht mehr bis zum Kuchenteller. «Wozu? Stimmt was nicht? War die Lungenentzündung ernster, als wir dachten?»

Klang sie nicht ein bißchen hoffnungsvoll? «Du hast mir doch geraten, das Leben ernster zu nehmen; und das schließt ja wohl auch den Tod ein.»

«Du bist vielleicht makaber.»

Melrose blickte finster zur Seite. «Uff!»

Was?

«Ich glaube nicht, daß Ledbetter hier recht hat…» Er schien mit sich selbst zu reden.

«Was meinst du? Simon Ledbetter? Die Ledbetters sind seit fünfzig Jahren die Anwälte unserer Familie.»

Melrose liebte das *unserer*. «Genau.»

«Wie ich dich kenne, Melrose, vererbst du Ada Crisps Rattenterrier etwas.»

«Nein. Aber Ada.»

«Also wirklich, Melrose.» Sie lachte künstlich auf. «Und dieser Withersby wahrscheinlich auch. Was schreibst du da?» Ein Hauch von Hysterie lag in ihrer Stimme.

«Ich korrigiere Simon Ledbetters Irrtum, was die Größe meines Grundbesitzes angeht.» Er malte eine Kuh aufs Papier.

Agatha sperrte den Mund auf, aber bevor sie sich wieder ins Zeug legen konnte, eilte Ruthven mit dem Whisky-und-Soda-Tablett ins Zimmer und stellte es in bequemer Reichweite des Ohrensessels ab.

«Danke schön. Bitte, könnten Sie eine telefonische Verbindung mit Simon Ledbetter herstellen? Rufen Sie ihn morgen an. Morgen früh.»

«Ja, Mylord.»

Melrose nahm einen Schluck von seinem Drink, sagte *hmmmmm* und machte sich wieder an die Beine der Kuh. Dann betrachtete er das Tier genauer und fing an, einen hübschen schattenspendenden Baum dazuzuzeichnen.

«Warum ergänzt du – oder Simon Ledbetter – dein Testament?» fragte sie atemlos, als ob sie an der Antwort ersticken könnte.

Melrose zeichnete einen Zweig, der über einer Steinmauer

hing. Bevor er antworten konnte, kam Ruthven zurück in den Salon und sagte, der Superintendent sei am Apparat.

«Jury?» Oh, mein Gott! Jetzt hatte er eine Kuh gezeichnet, wo er sich eine Geschichte hätte ausdenken sollen.

Melrose tat natürlich beleidigt. «Seit zwei Tagen versuche ich, Sie zu erreichen. Ich habe zwei oder drei interessante Gespräche mit Miss Palutski geführt, die wissen wollte, wann ich zu Besuch käme, mir etwas von ihrem Job erzählte und mich fragte, was für ein Sternzeichen ich sei. Hammers Schmiede, habe ich ihr gesagt. Ich dachte, Sie wollten so schnell wie möglich etwas von Vivian hören.» Er kaute an seinen Lippen und hoffte, daß Jury das nicht unbedingt wollte.

«Natürlich will ich das. Ich war nur schwer zu erreichen. Steht ihr Hochzeitstermin jetzt fest? Und haben Sie den Grafen gesehen?»

«Den mit den Vampirzähnen? Nein, aber wir haben uns wunderbar lange mit Vivian unterhalten –»

Jury unterbrach ihn: «Hören Sie, es geht das Gerücht, ich sei mehr oder weniger verlobt.»

Melrose schwieg.

Trueblood hatte gesungen!

Jury schien indes den kleinen Scherz erstaunlich gut aufzunehmen, denn er klang recht frohgemut. Melrose sagte: «Ich kann aber alles erklären. Zugegeben, das mit den Kindern war übertrieben –»

«Was für Kinder? Es gibt nur eins.»

Melrose wußte nicht, was er sagen sollte. Er kratzte sich am Ohr. Ach, natürlich, Jury konnte auch ironisch sein.

«Hm, das ist ja wunderbar! Und was meinen Sie mit ‹mehr oder weniger verlobt›?» Melrose grinste den Hörer an.

«Woher soll ich das wissen? Vielleicht können Sie und Trueblood das unter sich klären.»

Melrose kicherte. «Es wäre mir eine Freude, behilflich zu sein. Und wie ist Ihre Zukünftige?»

«Hübsch, klug, humorvoll, ungefähr alles, was sich ein Mann wünschen kann. Nur, daß sie manchmal unter ziemlich heftigen Stimmungsschwankungen leidet.»

Wo hatte er *die* Beschreibung nun schon wieder her? Trueblood mußte die ursprüngliche Geschichte vergessen haben. «Das klingt ja, als sei sie, äh, absolut perfekt.»

«Ist sie auch. Aber trotzdem habe ich Angst – ja, fast Panik –, ihren Sohn zu treffen. Er ist sechzehn und seit ein paar Jahren der Mann im Haus. Er wird mich hassen.»

«Unmöglich.» Melrose runzelte die Stirn. Er wußte nicht, wie er damit umgehen sollte, daß Jury einfach so mitspielte. Er sagte: «Können Sie einen Moment warten?», legte den Hörer an die Brust und starrte die zu einem Sonnenrad angeordneten mittelalterlichen Schwerter an der Wand an, ohne sie wirklich zu sehen. Dann schüttelte er den Kopf wie ein Hühnerhund, der Wasser in den Ohren hat. Nein, nein, nein. «Äh, wo haben Sie sie denn kennengelernt?»

«In Islington, in der Camden Passage, um genau zu sein.»

Konnte Jury nicht aufhören, so verflucht *aufgekratzt* zu sein? Es paßte nicht zu ihm.

«Sie werden sie mögen. Und ihren Sohn auch. Er ist sechzehn. Oder hab ich das schon erwähnt?»

Herr im Himmel, wann hatte Melrose *je* einen Sechzehnjährigen gemocht? Aber darum ging es wohl kaum: Das hier war kein Scherz. Jury machte keine Witze. Melrose sah wieder die Schwerter an und überlegte, ob er eines ergreifen und sich auf die Klinge stürzen sollte. Durch irgendeinen verdammten Zufall hatte Jury wirklich eine Frau kennengelernt. Nun ja, es wimmelte ja nur so von ihnen. Und erfahrungsgemäß waren sie fast alle hinter Richard Jury her.

Was für Hochzeitsglocken würden wohl noch zur Zerstörung seines alten Freundeskreis beitragen? Wahrscheinlich würde Marshall Trueblood noch diese unsägliche Karla heiraten.

Und Jury würde seine Lady mit nach Long Pidd bringen, und dann hätten sie eine vollkommen Fremde in der Hammerschmiede rumsitzen ... Das *konnte* doch nicht wahr sein! Das war ein *zu* großer Zufall. Melrose lachte. «Sie machen Witze.»

«Hören Sie, ich weiß, das kommt alles ein bißchen plötzlich –»

«Hm, mir brauchen Sie keinen Antrag zu machen. Vielleicht will Trueblood Sie. Aber ich bin – schon vergeben.» Das würde ihn zum Schweigen bringen.

«Was ist los mit Ihnen?» lachte Jury.

«Nichts. Trueblood hat sich offensichtlich darüber ausgelassen, was wir Vivian erzählt haben und so weiter, und jetzt verarschen Sie uns, wie es so schön heißt.»

Schweigen. «Ich habe keinen blassen Dunst, wovon Sie reden. Was haben Sie Vivian erzählt?»

Melrose ließ den Hörer auf die Gabel fallen, ohne Rücksicht darauf, daß es in Jurys Ohr krachen würde.

«Er meint es ernst», sagte er zu den Schwertern.

5

JURY STARRTE DEN HÖRER AN, vermutete, daß entweder die Leitung oder der Verstand seines Freundes zusammengebrochen war, und lächelte. Plants Reaktion war schon merkwürdig gewesen, aber die Neuigkeiten waren schließlich auch merkwürdig und überraschend...

Selbst für Jury war es seltsam, eine Verlobung anzukündigen, über die noch gar nicht gesprochen worden war. Er hatte ja noch nicht einmal den dazugehörigen Heiratsantrag gemacht. Er fragte sich, ob Jane ihn überhaupt heiraten *wollte*. Aber angesichts ihrer Beziehung würde sie das Ganze zumindest ernst nehmen, dachte er.

Doch die Zweifel plagten ihn und brachten ihn groteskerweise zu dem Entschluß, sofort loszugehen und einen Ring zu kaufen – nichts beängstigend Formales, einfach nur einen Ring. Daß sie vielleicht ablehnen würde, machte ihn nur entschlossener.

Sie brauchte ihn, Jury. Nach dem Selbstmord ihres Mannes hatte sie viel durchgemacht und machte mit seiner Familie in Cumbria immer noch einiges durch. Da brauchte sie – hm, wenn schon keinen Ehemann, so doch wenigstens einen Verbündeten, jemanden außer ihrem Sohn. Der schien ihr einziger seelischer Rückhalt zu sein.

Wenn sie über ihn sprach, war sie eigentlich heiter und glücklich, aber bei dem Gedanken, daß die Holdsworths ihn in ihre Gewalt bringen könnten, wurde sie immer ganz aufgeregt oder trübsinnig. Eine absurde Idee, wie Jury ihr immer wieder sagte, was zu so manchem Streit führte, wie zum Beispiel gestern abend.

Er wußte, er hätte nicht so ungeduldig werden sollen. Aber als Reaktion auf sein, wie er fand, vollkommen vernünftiges Argument, daß es keinerlei Rechtsgrundlage dafür gab, daß die Großeltern ihr den Jungen wegnehmen durften, hatte sie die Haarbürste auf die Frisierkommode gedonnert, was die Utensilien darauf – er kannte jedes einzelne auswendig – zum Tanzen brachte. Das kleine silbern gerahmte Bild ihres Sohnes hüpfte in die Höhe, als wäre auch er über ihre Wut überrascht.

«Kennst du sie vielleicht? Meinst du, nur weil du Polizist bist, könntest du das Verhalten *aller* Menschen voraussehen?»

Jury überhörte es.

Er stand vom Bett auf, wo er gesessen hatte, ging zu ihr hinüber, legte ihr die Hände auf die Schultern und sah sie im Spiegel an. Alles an ihr schien elektrisch aufgeladen – ihr Atem, ihre Augen –, es war eine Spannung, die einem zuweilen die Haare zu Berge stehen ließ. «Janey, du bist verwirrt.»

«Allerherzlichsten Dank!»

Jury angelte sich die Bürste mit dem silbernen Griff und fing an, ihr das Haar zu bürsten, weil er dachte, das würde sie beruhigen, aber sie schob seine Hand weg. Sie blickte auf die Kommodenplatte und sagte mit leiserer Stimme: «Daß ich nur von Almosen lebe, hat Genevieve gesagt, oh, natürlich mit einem Lächeln.»

«Was in aller Welt soll das bedeuten?»

Jetzt bürstete sie sich selbst das Haar, wutentbrannt. «Daß ich von dem lebe, was von meiner Familie kommt, und viel ist es nicht. Daß wir in Lewisham wohnen. Daß ich arbeitslos bin. Daß ich in *vier* Jahren *vier* Jobs verloren habe, obwohl es zweimal gar nicht meine Schuld war ... Gut, es stimmt, ich habe weder eine geschäftliche noch eine finanzielle Ader. Daß wir als nächstes in eine Wohnung mit fließend kaltem Wasser umziehen –»

«Wie wär's mit meiner?» Jury beugte sich hinunter und küßte sie auf die Wange.

Da fing sie an, stumm zu weinen, die Tränen tropften eine nach der anderen auf die Glasplatte der Frisierkommode; sie hob die Hand und legte sie auf seine. «O Gott, es tut mir so leid. Warum muß ich es an dir auslassen?» Dann drehte sie sich rasch um, faßte ihn um die Hüften und zog ihn zu sich.

«Du kannst es ruhig an mir auslassen, Liebes. Jederzeit. Und was um alles in der Welt ist so schlimm an diesem Haus? Drei Zimmer mit Küche, ist doch völlig in Ordnung.»

Er spürte ihren warmen Atem durch sein Hemd, als sie sagte: «Woher zum Teufel willst du das denn wissen?» Sie lachte. «Du hast selber gesagt, du könntest nur das Schlafzimmer beschreiben.» Sie sah zu ihm hoch und lächelte, lehnte dann wieder den Kopf an ihn. «Es geht darum, daß das der vierte Umzug in fünf Jahren ist. Ich wirke labil – das, kein Job und wie ich Alex erziehe, monieren sie. Er ist schon dreimal von der Schule geflogen – und dabei leihe ich mir das Geld für die Schulgebühren von einer Freundin, aber erzähl es ihm nicht.»

«Ihr seid mir vielleicht ein Gespann. Was hat er denn angestellt? Bei einer Klassenarbeit abgeschrieben? Den Direktor angepöbelt?»

«Er? Er wird nie wütend. Jedenfalls zeigt er es nicht. Er wirkt sogar gefestigter als du.»

«Unmöglich.»

«Wahrscheinlich ist er auch klüger.»

«Noch unmöglicher.»

Sie nahm das Bild zur Hand. «Und er sieht besser aus.»

«Jetzt übertreibst du aber.» Jury hob sie vom Stuhl hoch. «Mir graut richtig davor, dieses Musterexemplar kennenzulernen.»

«Ach, das ist er nicht. Ich glaube nämlich, daß er mir nicht immer die Wahrheit sagt über das, was er so treibt. Einmal schrieb der Direktor mir einen Brief, daß sie ihn beim Kartenspiel erwischt haben.» Sie knöpfte Jurys Hemd auf.

«Mach ruhig weiter.»

Jury nahm ihr die Bürste ab. Er war erleichtert, daß sie sich auf lockeres, heiteres Terrain begab, als sie über ihren Sohn sprach.

«Er hat eine Menge Geld verdient, weißt du – mit Nachhilfestunden, irgendwelchen Jobs, sagt er. Das muß sich ausgezahlt haben.»

Jury lächelte. «Das hört sich aber nicht so an, als habe dieser Knabe einen Ortswechsel nötig.»

JURY WÄRE NIE IN DEN KLEINEN LADEN GEGANGEN, wenn ihm nicht ein Freund davon erzählt hätte. Er sah mehr nach einem Kostümverleih aus als nach einem Juweliergeschäft. Egal, er war ihm von einem Freund und Kollegen empfohlen worden, dessen Frau antiken Schmuck sammelte.

Die mit Kopfsteinen gepflasterte Straße war eng, und durch die verstaubten, verrußten Schaufenster drang kaum Sonnenlicht. Die verschiedensten Dinge lagen darin: paillettenbesetzte Porzellanmasken, Trödelkleider und Federboas.

Der Besitzer hieß Mr. Cuttle. (*Geizt ein bißchen mit Worten, aber nicht mit seinen Waren; verlangt absurde Preise und weiß, daß man sie nicht bezahlt, deshalb feilschen Sie mit ihm!*) Jury war nicht besonders gut im Feilschen, aber er war entschlossen, den Ring heute nach Dienstschluß zu kaufen, selbst wenn er Jane danach nicht mehr treffen würde, wie es eigentlich geplant war. Er machte sich immer noch Sorgen, daß ein Ring zu verbindlich wirken könnte. Wie wär's mit einem *alten* Ring? Den konnte sie als Geschenk oder aber als Versprechen auffassen und würde ihn vielleicht nicht als bedrohlich empfinden.

Manchmal schien sie sich tief in sich selbst zurückzuziehen, an einen Punkt, wo er sie nicht mehr erreichen konnte. Dann veränderte sich ihr Gesicht und wirkte verschwommen, wie unter Wasser. Sie stand zum Beispiel an dem großen vorderen Fenster, schob die Gardinen zur Seite, sah in den Regen hinaus, fast so, als hielte sie nach jemandem Ausschau. Solche Stimmungen machten ihm angst, er fühlte sich ausgeschlossen. Aber er verdrängte dieses Gefühl, denn die meiste Zeit waren sie wie Kinder, die ein Riesengeheimnis miteinander teilen.

Ein paar Tage, nachdem sie sich kennengelernt hatten, lagen sie im Bett. Er hatte den Arm um sie gelegt und fragte: «Bin ich in irgendein Fettnäpfchen getreten?» Er versuchte, amüsiert zu klingen. Die Antwort war Nein.

Kein Mr. Cuttle war im Laden, nur eine andere Kundin, eine Frau, die fast ganz hinter den alten Samtstoffen und perlengeschmückten Kleidern, den Boas und Pfauenfedern verschwand. Man fand diese Dinge nur, wenn man herumstöberte, was sie auch tat. Sie kam Jury bekannt vor. Er konnte einen Teil ihres Rückens und ihr Haar sehen, das sich unter einem Liberty-Schal lockte.

Jemand räusperte sich. Jury drehte sich blitzschnell um und sah, daß ein älterer Mann durch einen schweren Vorhang hereingekommen war. Er war von gedrungener Gestalt, hielt die Hände vor dem Bauch gefaltet und den Kopf gebeugt. Ein unter schweren, buschigen Brauen verstecktes Augenpaar warf Jury einen verstohlenen Blick zu.

«Mr. Cuttle?»

Mr. Cuttle nickte und verbeugte sich mehrmals.

«Ich möchte einen Ring für eine Dame kaufen.»

Mr. Cuttle nickte erneut.

Jury war heftig versucht, ebenfalls den Blick zu senken, um

Mr. Cuttles Augen auf gleicher Höhe zu begegnen. In einem mit Samt ausgeschlagenen Kasten hatte Jury einen Ring gesehen, den er besonders hübsch fand, einen Rubin in einer antiken Goldfassung, der nicht zu teuer aussah – auf jeden Fall würde es sich lohnen, um ihn zu feilschen. «Könnte ich den bitte sehen?»

Mr. Cuttle griff in den Kasten und nahm ihn heraus. Einige Augenblicke stand er da und schüttelte schließlich den Kopf. «Verkauft» war alles, was er sagte, bevor er den Ring in die Tasche steckte.

«Oh. Gut, was ist dann mit dem Granat – das ist doch ein Granat? – und den winzigen Diamanten?»

Der Granat wurde einer ebenso genauen Prüfung unterzogen; das gleiche Urteil gefällt.

«Aber, Mr. Cuttle, warum liegen denn die schon verkauften Ringe in der Auslage?» Die euphorische Stimmung, in der sich Jury zu dieser Mission aufgemacht hatte, verflog rapide. «Vielleicht können Sie mir verraten, welche zum Verkauf sind.»

Mr. Cuttle nahm den Kasten mit den Ringen heraus, sah ihn sorgfältig an und entnahm ihm einen silbernen Ring mit Onyx und Filigranarbeit, der schwer genug aussah, um Janes Arm zu Boden zu ziehen. Mr. Cuttle sah ihn mit einem Lächeln an, das er jedem Kunden schenkte, den er für so dumm hielt, den Ring zu kaufen.

«Nein», sagte Jury.

Während Mr. Cuttle die Suche fortsetzte, sagte eine Stimme hinter Jury: «Mr. Cuttle, Sie sollten Ihre Spielchen besser nicht mit einem Polizeibeamten spielen.»

Jury erkannte die Stimme, ehe er sich umdrehte. «Lady Kennington!»

Sie zog lächelnd ihren Handschuh aus und begrüßte ihn. «Superintendent.»

Jenny Kennington hatte sich nicht im geringsten verändert, immer noch dunkelbraunes schulterlanges Haar, immer noch dieselbe Garderobe; Jury glaubte sogar, den legeren schwarzen Pullover mit den dünnen Silberfäden wiederzuerkennen. Jury war auch der Schal aufgefallen. Den hatte die Lady getragen, als er sie zum erstenmal gesehen hatte, als sie, im Arm eine kranke, in eine Decke eingehüllte Katze, die breiten Steinstufen ihres riesigen Hauses hinuntergeeilt war.

«Also, Mr. Cuttle, wir wissen, daß Sie nur Spaß machen; holen Sie die Ringe aus der Tasche und zeigen Sie sie dem Herrn.»

Widerwillig gehorchte Mr. Cuttle. Jury nahm den Rubin und fragte: «Was meinen Sie?»

«Er ist wunderschön. Aber es kommt auf den Menschen an, nicht wahr? Und den Anlaß», fügte sie hinzu.

Jury sagte nichts, und dann fiel ihm ein, daß er nicht wußte, welche Ringgröße Jane hatte. «Wie dumm von mir.» Er sah auf Lady Kenningtons Hand, sie hielt immer noch den Riemen der Handtasche fest. «Leihen Sie mir mal Ihre Hand? Es sieht aus, als sei sie so groß wie die Hand... meiner Freundin.»

«Natürlich; Hände können aber trügerisch sein.» Sie streckte sie aus, und Jury ließ den Ring auf ihren Ringfinger gleiten.

«Paßt wie angegossen.»

Jenny sah auf ihre Hand und sagte: «Stimmt. Fühlt sich auch gut an. Aber wie dem auch sei, Sie können ihn bestimmt zurückbringen, wenn er nicht paßt. Vielleicht sollten Sie, anstatt zu raten, heimlich einen Ring von ihr mitnehmen; das heißt, wenn das Schmuckkästchen in Reichweite ist.» Sie lächelte freundlich.

«Danke.» Er wandte sich Mr. Cuttle zu, der die ganze Zeit nicht mit der Wimper gezuckt hatte. «Dann nehme ich den hier.»

Lady Kennington stellte eine winzige Alabasterfigur auf die Vitrine. «Ich nehme diese hier. Und vergessen Sie nicht, das Gewand der Dame ist angeknackst und ihr Arm auch.»

Mr. Cuttle machte eine abwehrende Handbewegung und bedeutete ihr, daß sie sie geschenkt haben könne.

«Das ist sehr nett von Ihnen.» Sie hielt sie Jury zur Begutachtung hin. «Sie erinnert mich an den Innenhof von Stonington.»

«Sie haben recht.» Jury gab ihr die Statue zurück und sagte zu dem alten Juwelier: «Der Ring. Ich habe vergessen, nach dem Preis zu fragen.»

Mr. Cuttle brütete finster über dem Ring; kratzte sich an dem grauen Haarkranz auf seinem Kopf und dann am Unterarm. «Den laß ich Ihnen für tausend.»

«Was? *Eintausend* Pfund?»

Mr. Cuttle nickte und steckte den Ring wieder in den Samtkasten. Mit einem kurzen Lächeln, so rasch verflogen wie das Aufblitzen des Rubins, stellte er dann den Kasten an seinen angestammten Platz in der Vitrine zurück.

Lady Kennington stützte sich mit den Armen auf die gläserne Vitrine und starrte Mr. Cuttle so lange an, bis er sie auch ansehen mußte. Er räusperte sich; er seufzte.

«Mr. Cuttle, Superintendent Jury könnte Ihnen die Gewerbeerlaubnis entziehen lassen, ist Ihnen das nicht klar? Sie... stellen Waren mit falschen Angaben aus», sagte sie nachdrücklich. «Ich habe Sie mehrfach dabei beobachtet. Wieviel wollten Sie denn so ausgeben, Richard?»

Sie hatte ihn noch nie mit Vornamen angesprochen. Die euphorische Stimmung kehrte zurück. «Ach, vielleicht so zwischen drei- und vierhundert.»

«Also, Mr. Cuttle, was wollen Sie für den Ring?» Ihr Blick zwang ihn zum Einlenken.

Er spitzte die Lippen, sah an die fleckige Decke und kratzte sich am Kinn. «Dreihundertfünfzig?» Er funkelte sie beide böse an.

«Wunderbar! Könnten Sie ihn mir in eine Schatulle tun?»

Ohne zu antworten, wühlte sich Mr. Cuttle einen Weg durch den dunklen Vorhang, vermutlich auf der Suche nach einer Schatulle.

Lady Kennington sagte zu Jury: «Ich frage mich, warum wir uns immer bei Schmuck treffen?»

«Schicksal.» Er hatte das Gefühl, er müsse den Ring erklären. «Er ist für die junge Frau, die über mir wohnt. Sie tut immer so viel für mich. Kümmert sich um meine Wohnung, putzt, räumt auf; Sie wissen ja, wie es so ist in Junggesellenbuden.»

«Einsam, nehme ich an.» Ihre Stimme war ziemlich ernst.

Jury holte tief Luft, um noch mehr Gründe für den Ring ins Feld zu führen. «Sie hat bald Geburtstag und mag Schmuck, hat aber nicht viel. Deshalb, als Überraschung –» Er lächelte gewinnend und stellte Mr. Cuttle dann eilig einen Scheck aus.

Der Mann kam mit einer Schmuckschatulle zurück und stellte den Samtkasten weg. Aber er übergab den Ring nicht sofort.

«Mr. Cuttle?» sagte Jenny sanft. Er gab Jury die Schatulle.

«Danke schön. Sie haben ein paar wunderschöne Ringe. Ich werde es den Kollegen erzählen.»

«Tun Sie das nicht», sagte Mr. Cuttle und verschwand hinter dem Vorhang.

«Er behandelt alle Waren so, als seien Sie aus altem Familienbesitz», sagte Jenny Kennington, als sie in einer der spinnwebartig verlaufenden kleinen Straßen um Piccadilly standen. «Da haben Sie aber einen guten Kauf gemacht; der hätte gut so um die fünfhundert kosten können.»

«Danke, daß Sie ihn für mich ergattert haben. Hören Sie, haben Sie ein bißchen Zeit?»

«Ja. Wollen wir uns irgendwo hinsetzen?»

«Das Salisbury's ist hier in der Nähe.»

«Gut.»

Er holte die Drinks und setzte sich auf eine rote Plüschbank. «Wo wohnen Sie denn jetzt?»

«Wo wir uns zuletzt getroffen haben. In Stratford-upon-Avon.»

«Und da sitzen Sie jetzt auf Umzugskartons?» Er gab ihr Feuer. «Sie sind immer umgezogen.»

Sie lachte. «Ja, leider. Die Reise mit meiner Tante hat nicht lange gedauert. Sie ist in Paris gestorben, und ich bin dort geblieben. In einer Wohnung in der Rue de la Paix. War ganz schön luxuriös. Ich wußte nicht, daß sie genug Geld für dieses letzte kleine Vergnügen hatte. Sogar mehr als genug. Aber wenn Sie mal wieder nach Stratford kommen, kann ich Ihnen zumindest einen Stuhl anbieten. Ich habe mein Haus in der Altstadt veräußert, und meine Solvenz – finden Sie diesen Maklerjargon nicht hinreißend? – hat sich erheblich verbessert. Ich konnte eine ‹moderne Badezimmerflucht und den angrenzenden Luxusankleidebereich mit einhundertundfünfzig Einbauschränken› und so weiter erstehen. Warum meinen Makler immer, Einbauschränke seien so wichtig? Und der ‹Luxusankleidebereich› ist ungefähr so groß wie eine Besenkammer. Die Wohnung ist überhaupt klein. Aber Sie wissen sicher noch ...» Sie hielt inne. «Stimmt was nicht?»

Er hatte ihr zugehört, sie aber nicht angesehen. Sie hatte neugierig den Kopf zur Seite geneigt, ihr Gesichtsausdruck schien zwischen Besorgnis und Amüsement zu schwanken. «Nein. Alles in Ordnung. Wie lange sind Sie noch in London?»

«Bis morgen. Ich wohne im Dorchester.»

Jury hörte sie, aber er sah wieder auf ihren Arm in dem schwarzen Pullover mit den Silberfäden, die nur glitzerten, wenn das Licht in einem bestimmten Winkel daraufffiel. Sie hatte den Arm über dem Tisch ausgestreckt, und in ihrer zur Seite gedrehten Hand lag die kleine Statue, leicht beschädigt wie das Original.

Ihm wurde übel. Die Kamera in seinem Kopf surrte Jahre zurück zum Arm seiner Mutter auf dem Boden der Wohnung, nachdem die Bombe gefallen war; er ragte durch die Decke in das Zimmer. Und dann schwenkte die Kamera einen kurzen Moment lang auf Stonington, Lady Kenningtons alten Landsitz, und auf die rätselhafte Marmorstatue in der Mitte des Innenhofes, die Statue, die man unweigerlich immer sah, ganz egal, von welchem Fenster aus.

Wenn Jane keine «Verabredung» gehabt hätte, wäre er später nach Lewisham gefahren... nein, wäre er nicht; er mußte zuviel liegengebliebene Arbeit erledigen. Aber er hatte eine unbändige Wut empfunden, als sie sagte, nein, sie könne ihn nicht treffen; sie habe eine Verabredung.

Sie hatte sich in Schweigen gehüllt, und er hatte sie gefragt, mit wem sie verabredet sei. Mit Godot vielleicht? Und warum die Geheimniskrämerei?

«Das hat doch mit Geheimniskrämerei nichts zu tun. Es ist bloß jemand, den du nicht kennst.»

«Ich würde ihn aber kennenlernen, wenn du mir von ihm erzählen würdest.» Er wußte, *wußte*, daß es falsch war, sie unter Druck zu setzen.

«Um Gottes willen, was macht das für einen Unterschied? Glaubst du, daß ich dich betrüge? Glaubst du das?... Du hast wie versteinert ausgesehen.»

Jurys Gedanken, die in den letzten fünf Sekunden eine Zeitspanne von fast vierzig Jahren durchquert hatten, sammelten sich wieder. Jenny hatte den letzten Satz gesagt – *wie versteinert ausgesehen.*

Sie lächelte nicht. «Was ist los?»

«Tut mir leid. Ich muß gehen.» Er nahm Geld aus seiner Tasche und legte es auf den Tisch. Er konnte nicht glauben, daß er wirklich aufstand und so unhöflich war, sie einfach dort sitzenzulassen.

«Tragen Sie den Pullover immer?» Seine Lippen sahen aus wie gefroren, als sei er meilenweit durch eine Winterlandschaft gelaufen. «Schwarz steht Ihnen nicht.»

Er ging nicht zurück in die Victoria Street, um den unerledigten Papierkram zu erledigen. Später erinnerte er sich nicht mehr, wie lange er noch herumgeirrt war; er lief einfach von Bank zu Bank, setzte sich, schwieg oder nickte oder murmelte etwas vor sich hin, wenn auf der Bank schon jemand saß; er lief und lief, bis zum späten Abend, und schämte sich, daß er jemanden einfach so hatte sitzenlassen, besonders sie.

Schließlich landete er im Green Park auf einer Bank neben einem vor sich hin brabbelnden Betrunkenen, dem er in nichts nachstehen würde, wenn er sich noch ein paar Jahre in Selbstmitleid suhlte.

Er ärgerte sich über sein Selbstmitleid und über die scheußliche Unhöflichkeit gegenüber Jenny, die, das wußte er, so leicht zu verletzen und so freundlich zu ihm gewesen war. Und diese dumme Geschichte, warum er den Ring gekauft hatte… Warum hatte er gelogen?

6

Sie konnte nicht tot sein. Alex Holdsworth stand stocksteif in der Tür zu ihrem Schlafzimmer, der Rucksack mit den Schulbüchern hing ihm schwer am Arm, der Regen floß ihm in Strömen von der Jacke. Er konnte sich nicht dazu bringen, den Fuß über die Türschwelle zu setzen.

Pfeifend hatte er drei Stufen auf einmal genommen, eine Drehung oben um den Pfosten vollführt, sicher, daß sie sich freuen würde, wenn er so überraschend und unerwartet auftauchte. Das würde sie nicht verbergen können. Aber dann käme das obligatorische Seufzen und Kopfschütteln. *«Nicht schon wieder, Alex? Sie haben dich doch nicht schon wieder nach Hause geschickt?»*

Nun ja, sie wußten beide, daß er ein weiteres Mal nach Hause geschickt worden war, aber die Spielregeln erforderten, daß sie sich höchst überrascht zeigte angesichts der Tatsache, daß der Direktor wahrhaftig noch einen Grund gefunden hatte, Alex heimzuschicken. Natürlich würde ein Brief über die Sache mit dem Rose and Crown folgen.

Und natürlich würde Alex demütig, beschämt und bekümmert zugeben, daß er ihr Geld und seine Zeit vergeudete. Und da sie (hatte er gedacht, als er pfeifend den Flur entlangging) es nie über sich brachte, ihn in sein Zimmer zu schicken, ohne ihn vorher mit einer üppigen Mahlzeit vollzustopfen, hatte er ganz heroisch vorher nur einen Kanten Brot und ein Glas Milch zu sich genommen. Es gab Zeiten, wo er sich regelrecht wünschte, daß seine Mutter ein bißchen strenger auf Disziplin achtete, denn er war es leid, sie sich immer selbst aufzuerlegen. Aber so war's nun einmal; nach Ansicht seiner Mum war er unfähig, etwas Unrechtes zu tun (ganz egal, wie oft er nach Hause geschickt wurde).

Den fatalen Schritt über die Schwelle tat ein anderer Alex. Er mußte sich in zwei teilen, nur so konnte er sich davon abhalten, das Haus zusammenzuschreien oder sich auf die Chaiselongue zu werfen, wo sie lag. Der eine Alex zog sich nach innen, in eine Glasglocke, zurück und gestattete sich, in tiefe Wasser abzutauchen.

Der andere Alex ging langsam auf das abgeschabte grüne Damastsofa zu, den Rucksack mit den Büchern schleifte er immer noch mit. Wie kam es, daß er sofort gewußt hatte, daß sie nicht einfach nur schlief? Von der dreieinhalb Meter entfernten Tür aus konnte er doch nicht gesehen haben, wie blaß ihre Haut war oder daß sich ihre Brust nicht mehr hob und senkte.

Er wußte es, weil in einem gewissem Sinne ihr Atmen auch sein Atmen war. Er wußte es, weil er seit achtzehn Stunden eine panische Angst unterdrückte, seit er nämlich am frühen Morgen aus einem Alptraum aufgewacht war – das Bettzeug war so klatschnaß gewesen wie jetzt seine Haare und seine Regenjacke. Der Traum war unkompliziert und flog so schnell vorüber wie die Vögel, die darin vorkamen: Er hatte das Gemälde unten im Haus gesehen, die Kopie eines Van-Gogh-Gemäldes, an dessen Namen er sich nicht erinnern konnte, ein Bild mit schwarzen Vögeln, die über ein Feld fliegen, auf das sich die Dämmerung senkt. Als er aufwachte, lag er schweißgebadet da. Vor dem Frühstück hatte er versucht, sie anzurufen. Keine Antwort. Daran war nichts Ungewöhnliches, sagte er sich während des gesamten Frühstücks immer wieder. Er saß in dem lauten Eßsaal, starrte in seine Schüssel Porridge und rührte darin herum. Der Traum hing ihm nach wie ein schwarzes Schiff, wie die schwarzen Vögel. Er war immer sehr rational gewesen; er hatte nie verstanden, warum er zu komplexen, bilderreichen Träumen neigte. Träume waren keine bösen Vorzeichen (hatte er sich eingeredet).

74

Während ein Teil von ihm in der dunklen Stille der Glasglocke sicher verwahrt blieb, stand der andere in der Mitte des Zimmers, die Augen starr, tränenlos. Er begriff nicht, wie er sich so in zwei Hälften teilen konnte; vielleicht war das ein «Schock».

Alex schämte sich beinahe, daß der eine Teil funktionierte, daß diese Hälfte imstande war, ohne mit der Wimper zu zukken, dahin zu sehen, wo seine Mutter auf der Chaiselongue lag. Er nahm das verschnörkelte alte Muster des Bezuges und jeden Knick, jede Falte ihres schwarzen Chiffon-Samt-Kleides wahr.

Ihr bestes, ihr Lieblingskleid. Kein Schmuck. Schwarze Lackschuhe standen nebeneinander auf dem Boden, als hätte sie sie gerade anziehen wollen oder aber sie gerade abgestreift, um sich vor dem Ausgehen noch ein bißchen hinzulegen. Bestimmt hatte sie ausgehen wollen, warum sonst trug sie ihr schwarzes Kleid? Sie hatte ausgehen wollen oder vielleicht ein paar Leute dagehabt. Seine Mutter hatte selten Leute da.

Sein Blick wanderte zu dem kleinen Rosenholztisch neben dem Sofa, auf dem eine Porzellanschüssel und ein Porzellankrug standen, beide mit einer schmalen Efeuranke verziert, außerdem eine vergoldete Uhr und eine Glasflasche mit Pillen.

An die Pillen war er gewöhnt – die Tranquilizer, das Seconal, das Zeug, das sie wegen einer kleinen Herzsache nahm. Das Pillengläschen war nur noch ein Viertel so voll wie vorher. Aber sie mußte davon zwei am Tag nehmen, und er war seit Weihnachten nicht zu Hause gewesen. Etwas hielt ihn davon ab, das Gefäß in die Hand zu nehmen; statt dessen beugte er sich hinunter und sah, daß das Datum immer noch dasselbe war. Dieselbe Flasche, nicht nachgefüllt. Seconal.

Er ging ins Badezimmer, öffnete das Medizinschränkchen, überprüfte die Behälter dort. Einer war neu; die anderen trugen noch dasselbe Datum, aber es war weniger darin. Seine Mutter wußte es nicht, er hatte alles immer genau verfolgt. Ihr fehlte nichts Ernsthaftes, außer daß sie zu starken Depressionen neigte.

Er ging zurück und stellte sich wieder hin, wo er vorher gestanden hatte. Sein anderes Ich schrie danach, aus der Glocke zu kommen, aus den sicheren Tiefen des Wassers aufzusteigen. Alex preßte Lippen und Augen fest zusammen.

Aber erst, nachdem er sich jede Einzelheit des Zimmers eingeprägt hatte.

Dann griff er zum Telefon und rief den Notarzt.

Name. Adresse. Meine Mutter.

Alex stand immer noch am Telefon, als die Sirene des Krankenwagens durch die Bilder drang, die ihm durch den Kopf zuckten; seine Mum, wie sie Kuchenteig knetete, seine Mum, wie sie einen flachen Korb welkender Pfingstrosen ins Haus trug, seine Mum in ihrem alten Flanellmorgenrock... eine Collage kleiner Bilder, eines klebte am anderen, sie überlagerten einander, drängten sich auf der Albumseite in seinem Kopf, dehnten sich unendlich aus, bis das Tatütata näher kam, deutlicher wurde und dann aufhörte.

Stampfende Schritte. Der Türgriff klapperte. Alex bewegte sich nicht. Die Schritte kamen gedämpfter die Treppe herauf, und plötzlich barsten so viele Menschen ins Zimmer, daß es aussah, als sei noch Publikum mitgekommen – in weißen Jakken, sie schwitzten, sie trugen eine Bahre herein, klappten ein Bett auseinander. Auf alles vorbereitet.

Ohne grob sein zu wollen, schubsten sie ihn doch mehr oder weniger aus dem Weg und fingen an zu arbeiten.

Er ging zu ihrem Bett und setzte sich schwerfällig hin, halb, um zuzusehen, halb, um nachzudenken. Es war ein altes

Himmelbett mit einem Plumeau. Das Bett, die viktorianische Couch und die Nußbaumkommode hatten seit dem Tod seines Vaters alle Umzüge mitgemacht. Jedesmal bewegten sie sich auf der sozialen Leiter ein bißchen weiter nach unten. Von dem Haus in Hampstead in die Doppelhaushälfte in Knightsbridge, von da in die riesige Mietwohnung in South Kensington und dann hierher in das Reihenhaus, nicht weit von der Lewisham Road und dem Blackheath Common. Wunderschöne Stücke – ein edwardianischer Frisiertisch, ein Mahagonibücherschrank, ein Silberservice, auch das schwere Silberbesteck – waren mit jeder neuen Wohnung wie Ballast abgeworfen worden.

Sie waren nie richtig arm, aber auch nie richtig wohlhabend gewesen.

Sie hatte aber stets darauf bestanden, den Billardtisch zu behalten, eine typische Entscheidung, seine Mutter setzte eben ihre sehr eigenen Prioritäten. Bei einer ihrer gemeinsamen Billardpartien war die Idee mit der Public School aufgekommen. «Zu teuer», hatte Alex zu dem Vorschlag gesagt. Ihr gefiel er.

Sie rieb die Spitze ihres Queues mit Kreide ein und stand noch nicht am Tisch, denn er sollte anfangen. «Also, was ist dann mit der Severn School? Die ist nicht ‹zu›.»

Alex war hinter der Feldlinie und legte sich die grüne Kugel zurecht. «Alles ist *zu*, Mum. Wir haben das Geld nicht.» Da war er gerade vierzehn gewesen.

«Wir könnten eine Hypothek auf das Haus aufnehmen.»

Das war das Haus in Hampstead gewesen. Eigentlich ein ganz anständiges.

«Haben wir doch schon. Ich hab nichts gegen eine Gesamtschule.» Hatte er im Grunde auch nicht, solange er nicht an den teiggesichtigen Mathematiklehrer, die glubschäugige Fremdsprachentante, das scheußliche, massige Gebäude mit dem eintönigen Mauerwerk und dem braunroten Anstrich dachte.

Aber seine Mutter hatte den Sieg davongetragen. Die Severn School war es geworden, vor allem, weil er erkannt hatte, wie verzweifelt sie versuchte, der verhaßten Familie Holdsworth keinen Anlaß zu geben, ihren Erziehungsstil zu kritisieren. Der einzige, den er mochte, war sein Urgroßvater. Bei den restlichen Familienmitgliedern wurde ihm speiübel.

«Tut mir leid, sie ist nicht mehr.»

Ein dünner Krankenpfleger in Weiß stand über ihm und vermied es, das Wort *tot* zu benutzen. Alex sah nicht auf.

«Sie sind ihr Sohn? Der, der angerufen hat?»

Er nickte.

«O Gott», stieß der Typ aus. Hinter der randlosen Brille sah Alex das Mitleid. Daß ein Kind nach Hause kam und seine eigene Mutter so fand. Der Mann, vielleicht unfähig, Alex' unverwandtes Vor-sich-hin-Starren weiter zu ertragen, drehte sich gestikulierend zu den anderen um.

Eine junge Frau trat auf ihn zu.

Alex kämpfte mit dem anderen Ich, das verzweifelt aus der Glasglocke herauswollte, sich hin und her warf, auszubrechen und in den dunklen Wassern zu schwimmen versuchte. Alex warf einen Blick auf die Dame, die (o nein!) sich *hinkniete*, und tat alles, sie wegzuhypnotisieren. Er hätte sie mit seinem Blick geradewegs in die ewige Verdammnis befördern sollen, aber sie *kniete* einfach nur da.

«Jetzt müssen wir uns um dich kümmern, mein Junge.»

War sie von Sinnen? Er sagte nichts.

«...wen sollten wir anrufen? Wo ist denn dein Vater?»

Nichts.

Dann leicht ungeduldig: «Deine Großeltern? Sonst jemand? Wo wohnt deine Familie?»

78

Er dachte einen Moment nach. «Wir haben keine. Es gibt keinen.»

Für sie eindeutig absurd. Es gab immer *irgend jemanden*. «Aber gewiß...» Und jetzt dachte sie nach, dachte über die Familie nach, die sie wie neue Möbel hereinschleppen konnte. Wenn es keine gab, würde sie eine auf die Beine stellen, zack, zack. «...doch Cousinen, Cousins? Tanten? Onkel? Außerhalb Londons?»

Das würde die Polizei früh genug herausfinden. Warum sollte er der hier helfen?

«Nachbarn», quasselte sie weiter. «Ja, Nachbarn. Die heute nacht hierbleiben könnten. Oder du könntest zu ihnen gehen.» Sie beugte sich vor, legte die Hände auf seine Arme. «Jemand vom Sozialamt könnte vorbeikommen –»

Sein anderes Ich schrie, kreischte. Aber er hielt den Taucher unten, unversehrt. «Niemand kommt vorbei. Und nehmen Sie Ihre Scheißhände von mir weg. Sie sind nicht meine Mutter.»

ZUNÄCHST WAR IHM DANACH, der Polizei ganz und gar aus dem Weg zu gehen. Dann fiel ihm ein, daß sie dann eine Suche anleiern würden.

Deshalb blieb er. Er wollte ihre sinnlosen Fragen nicht beantworten, und er wollte ihr Mitgefühl nicht. Der Polizist, der ihn befragte, stellte sich mit sanfter, schüchterner Stimme als Detective Inspector Kamir vor. Er war Inder und hatte braune Augen, die zu schmelzen schienen und jeden Augenblick von den Tränen überzufließen drohten, die Alex nicht vergoß.

Es war also eine Überraschung, daß Sie von der Schule nach

Hause gekommen sind. Ich meine, es wäre eine gewesen, fügte er entschuldigend hinzu.

Je nach Frage nickte Alex oder schüttelte den Kopf. Der Polizist nahm an, daß er unter Schock stand. Den Luxus konnte Alex sich nicht leisten: sein Verstand mußte weiterarbeiten. Nach den Fragen zu schließen, hatte die Polizei keinerlei Informationen über seine Mutter beziehungsweise würde ihm, Alex, sowieso nicht glauben, wenn er den Beamten auf den Kopf zusagte, daß sie unrecht hatten.

Worauf das alles hinauslaufen sollte, wußte er, als sich die Fragen allmählich auf den «psychischen Zustand» seiner Mutter konzentrierten. War sie, hm, in letzter Zeit deprimiert gewesen? ... hatte er etwas gemerkt?

Daraufhin sah er ruckartig hoch und starrte in die traurigen braunen Augen des Inspector. Mr. Kamir zog entschuldigend die Schultern hoch und fragte ihn noch einmal: Wußte Alex, hatte er gemerkt, ob seine Mutter deprimiert gewesen war?

Hatte er etwas gemerkt? Natürlich hatte er was gemerkt, er war ihr Sohn. Aber dann dachte Alex an seine Freunde in der Severn School. Er wußte, die meisten hatten keinen blassen Schimmer, was in den Köpfen ihrer Eltern vorging, und es war ihnen auch einerlei. Die Eltern waren ja großteils genauso desinteressiert.

Er sah wieder nach unten. Er erzählte dem Detective Inspector nicht, daß seine Mutter depressiv war. Du wärst auch depressiv, wenn dir die Familie Holdsworth im Nacken säße.

Kamir beharrte nicht auf allzu vielen weiteren Fragen, denn der Junge war erst sechzehn, und er war ihr Sohn, und er hatte die grauenhafte Erfahrung hinter sich, seine Mutter tot aufzufinden.

Statt dessen wandte der Polizist sich dem Problem zu, wer

sich um Alex kümmern sollte. Zu wem sollte der Junge gehen? Zum Vater? Alex verneinte. Der war tot. Was gab es für Verwandte? Zu welchen Verwandten seiner Mutter konnte er gehen? Galloways gibt es nicht, sagte Alex mit Blick auf den Nachttisch mit der geblümten, bodenlangen Decke und den vielen gold- und silbergerahmten Bildern der Lebenden und Toten: der Großeltern mütterlicherseits, der Tanten und Onkel, der Cousinen und Cousins, von denen nur noch zwei lebten, und zwar in Australien. Alex hatte sie nie gesehen, nur seine Tante Madeline, aber *die* wohnte bei den Holdsworths. Es gab eine entfernte Cousine, zu der er notfalls gehen konnte. Falls er die geringste Absicht verspürte, überhaupt irgendwo hinzugehen. Verspürte er aber nicht.

Dann die Holdsworths. Inspector Kamir würde nicht rasten und ruhen, bis er den Jungen versorgt und sicher in den Händen eines Menschen wußte, der bereit war, ihm Mitgefühl und ein Dach über dem Kopf zu geben.

Alex schüttelte den Kopf. Er nahm eine Schachtel mit Papiertaschentüchern und legte sie sich auf den Schoß, als würde er sie bald brauchen.

Die Großeltern, haben Sie gesagt, leben in Cumbria. Das schien Kamir zufriedenzustellen. Ohne Alex' Hilfe überlegte er, wo man den Jungen unterbringen konnte…

Jedenfalls nahm Alex an, daß Inspector Kamir das im Kopf herumging. Er hielt sich heraus, weil es den Anschein hatte, als täte es zumindest dem Polizisten gut; Alex nämlich nicht.

Ein Polizeifahrzeug würde Alex in den Lake District bringen, oder vielleicht wollten ihn die Holdsworths lieber abholen. Fand Alex diesen Plan annehmbar, ja?

«Ja. Kann ich jetzt aufs Klo?»

Das Oberlicht im Badezimmer war öl- und dreckverschmiert. Alex stieß es auf und sah auf die schmale Mondsichel hoch oben.

Er nahm den Porzellandeckel von der Taschentuchschachtel, zog die Hälfte der Taschentücher heraus, nahm die kleine Automatik und das Magazin und wickelte sie ein. Den Rest stopfte er wieder in die Schachtel und legte den Deckel darauf.

Er ließ die Waffe in seine Jackentasche gleiten.

Dann zwängte er sich durchs Fenster aufs Dach, diese Übung beherrschte er meisterhaft. Allerdings hatte er bisher noch nie fliehen müssen, sondern immer nur der Schwerkraft trotzen wollen. Das Dach war wie alle anderen hier sehr steil und mit groben Schiefern gedeckt. Und heute abend auch naß.

Er wäre nie auf die Idee gekommen, daß seine Oberlichteskapaden zu etwas anderem von Nutzen sein könnten, als sich an dem alten Schornstein festzuhalten und die Sterne zu betrachten. Alex kommunizierte aber weder mit den Sternen noch überhaupt mit den Elementen der Natur. Das tat er schon zur Genüge, wenn er seinem Großvater zuhörte, der sich endlos über die Dichter des Lake District ausließ. Die Natur war eine Sache, mit der man auf einer praktischen Ebene umging, etwa wenn sich die Frage stellte, ob sein Favorit bei den Aintree-Rennen mit der schlammigen Bahn zurechtkam. Die Natur war etwas, das es zu überwinden galt. Wordsworth hatte in Alex' Augen so manche günstige Gelegenheit verpaßt, indem er sie einfach nur totredete.

Fünfzehn Minuten später war Alex über zwei Dächer gesprungen, an dem stabilsten Fallrohr hinuntergeklettert (es war aus Kupfer), saß nun in dem kleinen Privatpark gegenüber und beobachtete einen Polizisten auf dem Dach und zwei weitere, die aus der Haustür gerannt kamen. Drei Autos standen quer auf dem Bürgersteig, der Platz vor dem Haus war abgesperrt, und mindestens ein Dutzend Leute standen fasziniert hinter dem Plastikband. Bevor der Krankenwagen durch den Regen weggefahren war, waren es sogar noch mehr gewesen.

Der Regen hatte aufgehört. Alex hatte die Regenjacke ausgezogen und eine Kappe aufgesetzt, um sein Aussehen leicht zu verändern, für den Fall, daß die Polizisten den Park absuchen würden. Es war jedoch der letzte Ort, an dem sie suchen würden, ihrer Meinung nach war der Junge entweder nach rechts oder nach links die Straße hinuntergelaufen. Genau so fuhren jetzt die beiden Autos davon, die Lichtkegel malten Regenbögen auf die ölig glänzenden Bürgersteige.

Er legte sich ans Ende einer von zwei grünen Parkbänken, die andere war schon von einem schlafenden Betrunkenen besetzt. Er hatte sich mit einem Regenmantel zugedeckt, den er gestohlen haben mußte, denn er sah nicht billig aus.

Alex lag unter seiner Jacke, den Schirm seiner Schulmütze tief, aber nicht zu tief in die Stirn gezogen. Er wollte die Straße im Auge behalten.

Nur zwei alte Penner, die ihren Rausch ausschlafen, würden die Polizisten denken, wenn sie es überhaupt für nötig hielten, im Park zu suchen. Mit denen brauchen wir uns nicht weiter zu beschäftigen.

7

Seine Grosseltern hätten auch nichts davon. Es sei denn, sie schlössen ihn im Haus ein, dem «seiner Ahnen», wie sie immer betonten. Glaubten sie wirklich, er würde nun bei ihnen leben?

Trotzdem, er konnte sich an Sommertage im Lake District erinnern und den Zauber des mit Schaumkronen besprenkelten Sees, den Forellenbach, die Wasserfälle, die unglaublich blauen, glasklaren Flächen und den weiten hohen Nordhimmel, als er – wie alt, sieben? acht? gewesen war. Es war wundervoll, er konnte losrennen, quer übers Land, die Arme ausgestreckt, die Augen geschlossen, einen Terrier auf den Fersen, ohne Angst haben zu müssen, irgendwo anzustoßen, in Zäune zu krachen oder gegen Bäume zu laufen. Er liebte die große Leere dort, sie schien etwas in ihm selbst zu entsprechen, als ob er (dachte er jetzt, als er über die Straße starrte) dort draußen endlich eine Landschaft gefunden hatte, in die er aus der Landschaft in sich selbst flüchten konnte. Dort draußen war es kühl, trocken, weithin hell, frei. Er hätte immer und ewig rennen können.

Und sein Urgroßvater war da, den er liebte. Und Millie…

Inspector Kamir stand auf der Treppe und sprach mit einem der Polizisten. Er sah die Straße hinauf und hinunter, als erwarte er, daß Alex vorbeispaziert käme. Ein weiteres Auto fuhr weg, also blieb nur das Auto des Inspektors. Es war ruhig geworden auf der Straße. Die Schaulustigen hatten sich vor den Fernseher oder sonstwohin zurückgezogen. Alex blickte auf seine Hände; er hatte das Gefühl, als könne er sie nicht auseinandernehmen, als trage er Handschellen und brauche einen Schlüssel.

Das Kleiderbündel auf der Nachbarbank bewegte sich, stöhnte und fluchte.

Warum fuhren sie nicht ab, die Polizisten? Verzogen sich und überließen das leere Haus ihm, damit er mit seinen eigenen Untersuchungen weitermachen konnte. Warum verschwanden sie nicht mit ihrem blöden Puder, den Aufnahmen, Notizbüchern, Meßbändern, Kreidemarkierungen und Schlußfolgerungen? Vor seinem geistigen Auge sah er den Bericht des Arztes. Vermutlich Einnahme einer hohen Dosis Barbiturate. Selbstmord.

Als der Betrunkene sich aufsetzte und «O Gooott» jammerte, wandte Alex seinen Blick von der Treppe ab.

Dann sah er, wie sich die beiden Männer auf der gegenüberliegenden Straßenseite in ihre Richtung drehten, und flüsterte seinem Nachbarn zu, die Klappe zu halten!

Als der Mann mit dem Kopf herumfuhr, wobei das Zeitungspapier raschelte und der Mantel herunterfiel, sah Alex, daß er nicht der typische Parkbanksäufer war. Er trug einen Abendanzug – ein Wrack von einer Smokingjacke, die schwarze Fliege hing ihm halb ums Ohr, der Kragen stand auf.

«Auch versetzt worden? Ich sag mir immer wieder, daß ich nie mehr zu den Parties von diesem Idioten gehe.» Dann fiel sein Blick auf Alex' Blazer und Mütze. «Was sind das denn für Klamotten? Bißchen jung für Kneipentouren, oder? Hast du 'ne Fluppe? Oder schnupfst du?»

Alex hatte keine Lust zu antworten. Er beobachtete, wie die beiden Polizisten die Treppe hinuntergingen. Wenn sie vorhätten, den Park abzusuchen, würden sie zielstrebiger gehen.

«Aber natürlich muß der Junge hierbleiben, Jane. Er sieht so abgemagert aus.»

Sie hatten am Eßtisch gesessen – seine Mutter, sein Großvater und seine Stiefgroßmutter (die er Großmama nannte, um sie zu ärgern), sein Onkel George und Madeline Galloway, die Schwester seiner Mutter.

«Meint ihr nicht auch?» Genevieve Holdsworths Frage war an alle Versammelten gerichtet. «Alex muß wirklich aus der Stadt her*aus*.»

Das war vor fünf Jahren gewesen, abwechselnd hatte er seinen Teller und den schwarzen Terrier unter dem Tisch angesehen.

«Ich finde nicht, daß er abgemagert aussieht, und dünn erst recht nicht, mein Gott, bei der ganzen Blutwurst, die er hier verdrückt», hatte seine Mutter selbstsicher gesagt, obwohl sie gesehen hatte, wie er das schreckliche Zeug an den Terrier verfütterte.

«Nein», hatte er zu Genevieve gesagt. «Ich hab zuviel zu tun.»

Er und seine Mutter bewegten sich auf einer eigenen Ebene. Nicht, daß auf dieser Ebene sonst niemand war, aber Alex kannte keinen von ihnen. Er war nicht romantisch; um zu einer Rennbahn zu kommen, würde er über ein ganzes Feld Osterglocken trampeln. Und ganz bestimmt konnte er sich so lange zusammenreißen, bis er herausgefunden hatte, was seiner Mum zugestoßen war –

«Mist!» Der Mann auf der Bank wühlte tief in seinen Manteltaschen und schaffte es schließlich fluchend, eine zerdrückte Zigarette und ein teuer aussehendes Feuerzeug herauszuziehen. Im Licht der Flamme sah Alex, daß er um die vierzig war. Oder zumindest zwanzig Jahre älter als er, Alex... Die Polizisten waren noch da, sie lehnten an ihrem Auto.

«Was ist denn hier los? Verflucht, warum ist denn die Polizei da drüben?»

Alex wollte nur, daß er schwieg, ihn nicht länger dabei störte, sein eigenes Schicksal zu durchdenken.

«Was machst du hier, verdammt noch mal, sitzt auf einer Parkbank, und das um...», er drehte den Arm und schielte auf etwas, das wie eine Rolex aussah, «...um ein Uhr nachts? Ich heiße übrigens Maurice.» Er gähnte so ausgiebig, daß Alex das Gefühl bekam, als sauge er den ganzen verfügbaren Sauerstoff ein. Maurice drehte einen lederbezogenen Flachmann um, schüttelte ihn ein bißchen und seufzte. «Nicht ein Tröpfchen übrig.» Dann wandte er sich wieder an Alex. «Einen Namen wirst du ja wohl haben, nehme ich an.»

«William. Smythe.» Alex zog das Y in die Länge; es war der Name eines besonders widerwärtigen Mitschülers. «Hm, auf Wiedersehen.» Gott sei Dank fuhr das Auto jetzt weg. Aber ein Uniformierter blieb stehen. Hatten sie auch einen Mann im Haus postiert?

Er ging durch den kleinen Garten hinter dem Haus, verschaffte sich mit demselben Schlüssel Einlaß, mit dem er auch die Haustür geöffnet hatte, und setzte sich an den Küchentisch. Er starrte so lange ins Dunkel, bis seine Augen es durchdrangen und er die Umrisse von Kühlschrank und Herd sehen konnte. Hier hätte er sich allerdings auch blind zurechtgefunden. Er hörte nichts.

Leise streifte er Jacke, Mütze und Schuhe ab und ließ sich auf einen Stuhl fallen. Dann legte er den Kopf auf die gefalteten Hände. Aus Angst, einzunicken, hob er den Kopf wieder und kreuzte die Arme fest vor der Brust.

Sein Hals brachte ihn noch um; er tat so weh wie bei der Halsentzündung, die er einmal gehabt hatte...

Heul nicht. Denk nach.

Ein Kaffee würde ihm guttun. Geräuschlos tappte er zum Herd, zog eine von den Schachteln mit Rombouts herunter und die dazugehörige weiße Tasse, die seine Mutter danebenstehen hatte, und zündete das Gas unter dem Kessel an. Bevor der anfing zu pfeifen, nahm er ihn herunter und schüttete das Wasser vorsichtig in den Aufsatz, trug das Ganze dann zum Tisch und wartete, daß es durchlief.

Er beschloß, daß sein Hals der Hals von William Smythe war. William Smythe wäre durchgedreht, hätte geschrien und die Bullen getreten, genau wie damals, als er beim Fußballspielen das Tor verfehlt hatte. Da hatte er den Torwart getreten.

William Smythes Mutter und Vater waren genauso wie William. Ganz egal, was William anstellte, immer war die Schule schuld. Ziegelsteine flogen herunter, um William am Kopf zu treffen, Pflastersteine flogen hoch, um ihm die Nase plattzumachen, Fäuste flogen ihm ins Gesicht. (Gut, *das* stimmte nun wirklich.)

Und Alex' Mutter war wie *Alex*; *er* würde, verdammt noch mal, nicht zulassen, daß die Polizei – die Polizei oder sonstwer – verbreitete, seine Mutter hätte Selbstmord begangen.

Das hatte sie nicht; das würde sie nie tun. Er kannte sie so gut wie die Umrisse des Herdes, des Tisches, des Kühlschranks und der Rombouts-Tasse, die er zum Mund führte.

Das hätte sie ihm niemals angetan.

Wenn er sicher war, daß der Polizeibeamte draußen nichts gehört hatte und nicht wußte, daß jemand hier drin war, würde er wieder hinaufgehen.

Es war dumm, herumzuspekulieren, aber er konnte seine Gedanken nicht abstellen, sie drehten sich unentwegt im Kreis. Würden sie sagen, sie sei durch eine «versehentliche Überdosis» gestorben? Das verwarf er sofort. Sie war nicht unvorsichtig. Und gewiß war sie nicht «labil», so gern die Holdsworths das auch glauben wollten.

Genevieves angeblich gutmütiger, doch so leidgeprüfter Seufzer… «*Du hast einfach immer so ein Pech mit Jobs, nicht wahr, Jane?*» Seine Mutter «verlor» ihre Jobs nicht. Wenn eine Kunstgalerie zumachte, war es ja wohl schwerlich ihre Schuld, daß sie nicht mehr gebraucht wurde. Wenn ein Typ, der Teilzeitsekretärinnen beschäftigte, sie ins Bett zu zerren versuchte (Alex wußte, was der vage angedeutete Ärger bedeutet hatte), konnte man ihr wohl kaum Vorwürfe machen, daß sie das Arbeitsverhältnis beendete.

Und dann immer der nette Hinweis auf die kleine Erbschaft, die seine Mutter gemacht hatte: *«Du hast dein Geld einfach durchgebracht, Jane, wie ein Zocker bei den Rennen von Newmarket...»*

Eines wußte Alex sicher: daß sie sich sehr bemühte, ihr Geld so einzuteilen, daß es möglichst lange reichte, und daß sie keinen Kopf für Zahlen hatte. Und über die Pferderennen von Newmarket konnte ihm nun wirklich keiner was vormachen.

Von seinem Urgroßvater Adam nahm sie kein Geld. Er hatte versucht, ihr regelmäßig eine kleine Summe aufzunötigen. Er war der einzige von ihnen, den Alex mochte und dem er vertraute, der einzige, der nicht behauptete, daß seine Mutter für den Tod seines Vaters verantwortlich war.

An den Tod seines Vaters durfte Alex nicht denken. Nicht jetzt.

Ach, sollten sie doch hingehen, wo der Pfeffer wächst.

Mit der einen Hand schob er den kalten Kaffee beiseite; die andere wanderte zu dem in Papiertaschentücher eingeschlagenen Revolver in seiner Jackentasche. Die Schachtel vom Nachttisch zu nehmen war eine Reflexhandlung gewesen; er hatte nicht gewußt, warum er das tat.

Doch, er wußte es doch. Vielleicht würde er sie noch brauchen.

Seine Mum war keines «natürlichen Todes» gestorben; ihr hatte nichts gefehlt. Und sie hatte nicht Selbstmord begangen. Viel Raum für Spekulationen blieb da nicht.

8

CAROLE-ANNE PALUTSKI war gerade dabei, sich in Richard
Jurys Küche ein Würstchen mit Zwiebeln und Tomaten zu
brutzeln, als das Telefon klingelte.

Die Stimme am anderen Ende klang hohl, und obwohl man
unwillkürlich dachte, der Mund sei voller Spinnweben, gab
sich der Anrufer höchst offiziell.

Amtsgebaren imponierte Carole-anne nicht. Im Gegenteil,
es verführte sie dazu, demonstrativ mit Töpfen und Löffeln
zu klappern, als der Anrufer fragte, wer dran sei.

«Zufällig – zufällig» (das *g* angelte sie sich zusammen mit
einem schlappen Zwiebelring vom Linoleum) «ist Mr. Jurys
Assistentin dran… Woher soll *ich* wissen, wo er ist? Es ist
noch nicht elf Uhr, also haben die Kneipen noch auf, und ich
nehme mal an, er muß sich auch mal ein bißchen vergnügen,
genau wie Sie und ich. *Wir* sind schließlich ja auch noch auf,
oder etwa nicht?»

Der Befehlston wich einem freundlicheren, wärmeren Ton.
Hören Sie, es ist wichtig. Carole-anne hatte zwar selbst
durchaus die Absicht, sich den Superintendent vorzuknöp-
fen, weil er heute abend eigentlich mit ihr ins Pub gehen
wollte – den Engel in Islington –, aber sie würde mitnichten
zulassen, daß irgend so ein hergelaufener Bulle Jury mit seinen Problemen vollaberte – obwohl sie zugeben mußte, daß
der hier angenehmer war als der Chief Superintendent, der,
zu dem Schluß war Carole-anne gekommen, geradezu per-
vers war.

Sie klemmte sich den Hörer unters Kinn, nahm die Pfanne,
drehte mit dem Pfannenheber die Würstchen um, während
die Stimme immer eindringlicher wurde. Er brauche den Superintendent sofort, und sie möge ihm bitte ausrichten, er

solle anrufen, sobald er da sei. Die Stimme war honigsüß, fast weinerlich. Carole-anne fragte sich, wie ein Jagdhund klänge, wenn er reden könnte. «Und *wer*, soll ich sagen, hat angerufen?» Sie kaute eine lecker gebräunte Kartoffelscheibe und betrachtete ihre Zehen. Sie würde ihre Pediküre nie wieder bei Fußflott machen lassen… «Was? Warten Sie doch ein Momentchen, ich muß nur…» Sie kramte in einem Marmeladenglas, um einen Stift herauszufischen. Also, ehrlich. Manche Leute denken wohl, man läuft den ganzen Tag mit einem Notizblock durch die Gegend. «Ja… ja, ich hab's. *Vielen* Dank.» Sie legte auf, bevor er auflegen konnte, und stocherte in den Würstchen herum. Da hörte sie, wie die Haustür aufging.

Jurys Erdgeschoßwohnung war selten abgeschlossen, weswegen die alte Dame im Souterrain ihn oft schimpfte.

Dann würde Carole-anne das Schloß knacken, hatte er zu Mrs. Wasserman gesagt.

Mrs. Wasserman überhörte grundsätzlich jede Kritik an Carole-anne. Daß ein Polizeibeamter mit so schlechtem Beispiel vorangeht, Mr. Jury. Immer und immer wieder hatte sie den Kopf geschüttelt.

Das schlechte Vorbild eines Polizeibeamten betrat um elf Uhr abends seine Wohnung und warf die Schlüssel auf den Tisch. Er war nicht sonderlich überrascht, Miss Palutski dort zu sehen; angesichts der Tatsache, daß seine Küche schnell Feuer fangen könnte, hoffte er nur, daß die Rauchdetektoren funktionierten – obwohl er nicht genau wußte, ob der Qualm von den brutzelnden Würstchen herrührte oder von Carole-anne mit ihrem flammendroten Haar und dem stahlblauen, völlig unmodischen Minirock, der allerdings schnell wieder in Mode kommen würde, wenn die Männer seine Trägerin zu Gesicht bekämen.

Er schnupperte, als er seine Schlüssel auf den Couchtisch fallen ließ. «Ist Ihr Herd kaputt? Und wieso, zum Teufel, kochen Sie überhaupt zu dieser Uhrzeit?» fragte er gereizt. Vom zu vielen Laufen, Sitzen und Nachdenken war er müde.

«Oh, *vielen* Dank! Und das, wo ich hier ackere wie wild, um Ihnen Essen zu machen.» In Wirklichkeit machte sie es für sich selbst; nach drei halben Pints und nur einer Tüte Kartoffelchips im Engel war sie kurz vor dem Verhungern.

«Ich will nichts, danke», sagte er, als sie anfing, den Inhalt der Bratpfanne aufzuteilen.

«Nach der ganzen Arbeit...», sagte sie selbstgerecht, zuckte die Schultern und ließ das, was auf seinem Teller war, auf ihren gleiten. «Wahrscheinlich haben Sie mit J. H. zu Abend gegessen, nehme ich jedenfalls mal an.» Sie ließ sich auf dem Polstersessel nieder und deponierte den Teller auf ihren Knien.

«Falsch, C. A. Ich war mit J. K. was trinken.»

Carole-anne sah plötzlich auf. Alle Frauen des Super waren Anfangsbuchstaben, nur sie nicht.

Er rutschte langsam auf das Sofa und verschränkte die Hände im Nacken. «*Lady* J. K. Was ist denn das hier?» Er sah die Nachricht unterm Telefon.

«Ein Anruf für Sie. *Wer* ist Lady –»

Jury runzelte die Stirn. «Das kann ich nicht lesen... Kahmur? Wer ist das?»

«Irgend so 'n Bulle. Will, daß Sie ihn anrufen. Soll das heißen, Sie haben J. H. abserviert?» Mit neuem Elan zerschnippelte sie die Wurst; daß es vielleicht eine neue Frau in seinem Leben gab, war zu Jurys Überraschung offenbar kein Problem für Carole-anne. Sie seufzte, als sie ihm beim Wählen zusah. «Würden Sie sich doch bloß mal ein Tastentelefon anschaffen! Letzte Woche hab ich mir beim Wählen einen Nagel abgebrochen.»

«Wählen Sie mit den Zehen. Hallo? Inspector Kahmur –»

«Ka-*mir*», korrigierte ihn Carole-anne, als müsse er wenigstens imstande sein, Gedanken zu lesen. «Klang traurig.»

«Traurig?»

«Ich wußte gar nicht, daß Polizisten zu solchen Gefühlen fähig sind.» Sie sah ihn kauend an und ging in Deckung, als er ein kleines Kissen nach ihr warf.

«Inspector Kamir? Richard Jury. Sie haben angerufen –»

Kamirs Stimme war sanft und schwerfällig, er hatte *im Verlauf der Untersuchungen, Mr. Jury*, herausgefunden, daß die Frau mit dem Superintendent befreundet war. Der Inspector sprach jedes einzelne Wort langsam aus, als sei es ein Tropfen Öl, der ins Wasser fiel und einen Moment darauf liegenblieb, bis der nächste folgte.

Aber jedes traf wie ein Geschoß. Jury hielt den Hörer von sich weg und starrte ihn mit zusammengekniffenen Augen an. Die Stimme, jetzt dünn, sprach weiter. Er hielt den Hörer wieder ans Ohr, sagte nichts in das folgende Schweigen, hörte den Inspektor dann fragen, ob er, Jury, ihn so bald wie möglich aufsuchen könne. Ja.

Den Hörer in der Hand, wußte er nicht, ob er das Wort *Ja* oder den Satz *Jane ist tot* gesagt hatte. Er mußte letzteres gesagt haben, denn am anderen Ende knackte es, und er sah, wie Carole-annes Augen groß wurden, wie sie aufstand und wie ihr der Teller vom Schoß glitt, alles in Zeitlupe. Obwohl sie rasch auf ihn zurannte und den Tisch dabei umkippte, erschien es ihm eher wie eine Bewegung unter Wasser. Als würde sie gegen einen Luftstrom schwimmen. Seine Sinne waren so betäubt, daß er nichts hörte, weder Teller noch Besteckgeklapper, noch den dumpfen Aufprall des Tisches.

Carole-anne weinte. Ihr Gesicht war rot und verzerrt wie das eines Säuglings. Sie warf sich ihm an die Brust und schlang die Arme um seinen Hals.

Er blieb einfach sitzen, tat nichts, sollten seine Sinne doch absterben.

Und dann erwachte er aus der Taubheit und hörte, daß sie am Telefon war und schrie, Mrs. Wasserman solle kommen, und was undeutliche, verschwommene Dunkelheit gewesen war, war plötzlich sengendes Licht.

Jury schob Carole-anne beiseite und rannte die Treppen hinunter auf die Straße. Ohne Mrs. Wasserman, die sich aus ihrer Souterrainwohnung die Treppen heraufschleppte, zu antworten, riß er die Tür seines Autos auf.

Im Rückspiegel sah er eine ältere Dame im Morgenmantel mitten auf einer Straße in Islington stehen.

9

Während er im Dunkeln am Küchentisch gesessen hatte – wie lange, wußte er nicht… fünf oder fünfzig Minuten? –, hatte es wieder angefangen zu regnen. Es schüttete wie aus Kübeln.

Alex legte die Automatik auf den Tisch und sah sie sich genau an. Es war eine kleine Webley, mit kurzem Lauf. Sein Onkel George hatte sie ihr gegeben. *Wenn man bedenkt, wo ihr wohnt…* Alex schüttelte den Kopf. Man hätte meinen können, es sei Brixton.

Sie lebten in einer Seitenstraße der Lewisham Road, nicht weit vom Blackheath Common. Es war ruhig; hübsch, südlich der Themse. Alex liebte die riesige Rasenfläche. Natürlich hatten sie seine Mutter wiederholt eindringlich gewarnt, die Waffe aus der Reichweite des Jungen zu halten.

Was für ein Sermon. Alex war derjenige, der das Problem gelöst hatte, wo man die Waffe und die Munition aufbewahren sollte. Versteckt, aber in Reichweite.

Der Platzregen wurde zu Schleiern, die sich hoben und senkten wie ein zarter Vorhang und gegen die dunklen Fensterscheiben rauschten.

Als Alex hörte, wie sich die Haustür öffnete und dann schloß und Schritte die Treppe hochstampften, sprang er auf.

Sie waren doch nicht etwa zurück! Aber es war nur eine Person, die die Treppen hinaufgerannt war und jetzt im Zimmer seiner Mutter herumlief.

Alex starrte an die Decke.

ALS JURY IN DEM HAUS in Lewisham ankam, rechnete er nicht damit, noch irgendein verräterisches Beweisstück zu finden, das Detective Inspector Kamir entgangen war. Die Spurensicherung hatte sich zweifelsohne jeden Millimeter vorgenommen.

Der junge Beamte an der Tür war überrascht gewesen, weniger von der Tatsache, daß er überhaupt erschien, als von seiner merkwürdigen Art. Ins Leere sagte er: «Ja, Sir, Sie können —»

Das Grauen von Zimmern, aus denen jemand verschwunden war, bestand darin, daß sie immer noch an der Gegenwart des Abwesenden festhielten. Der um den Bettpfosten drapierte Schal; die silberne Haarbürste, die rosa Puderstäubchen auf dem Frisiertisch; die Hausschuhe hübsch ordentlich neben dem Bett aufgestellt.

Wie konnten leblose *Dinge* die Luft mit soviel Erwartungen füllen? Daß er ihre Schritte im Flur hören konnte, daß sie im Türrahmen erschien...

...*eine Überdosis.*

«*Hast du schon mal jemanden getroffen, der sich mit einer Pille pro Tag eine Überdosis verpaßt?*» hatte sie lachend gesagt.

«*Ja. Meinen Sergeant.*» Ernster hatte Jury gefragt: «*Holst du sie alle in derselben Apotheke?*»

«*Nein, ich geistere mit einer dunklen Brille durch London oder als kleine Lady mit Schal verkleidet. Natürlich kaufe ich sie alle in derselben Apotheke!*»

Jury hatte nichts im Zimmer berührt, nur in der Mitte gestanden und sich umgesehen. Kamir glaubte nicht, daß die Überdosis ein Zufall war.

Aber warum Selbstmord? Sie hatte nicht den geringsten Grund dazu. Weil es ihren Sohn gab, weil es, hoffte er, ihn gab.

Mein Gott. Alex. Er hatte sie gefunden.

ALEX SASS IM DUNKELN und lauschte in die Stille. Was tat der Mann? Es war nicht der Polizist Kamir, jedenfalls klang er nicht so. Dessen Schritt war leicht gewesen, beinahe geschmeidig. Inspector Kamir war kein großer Mann.

Endlich hörte er den Menschen oben sich bewegen, hörte Schritte auf der Treppe. Schwere, gedämpfte, langsame Schritte. Alex dachte, so ähnlich war er wahrscheinlich selbst die Treppen hinaufgerannt und wahrscheinlich auch wieder hinuntergegangen. War dieser Mensch in der glücklichen Erwartung hinaufgerannt, dort seine Mutter zu finden? Komm zur Vernunft – an der Tür steht ein Bulle.

Und trotzdem hatte es wie ein Echo seiner eigenen Heimkehr geklungen, als wiederhole sich ein Spuk.

Das Kinn auf der Brust, den Revolver vor sich auf dem Tisch, blieb er sitzen und versuchte, nicht einzuschlafen.

10

SEIT KURZ VOR DER MORGENDÄMMERUNG saß er in seinem Büro, zog gedankenverloren an der kleinen Messingkette an seiner Lampe, die an- und ausging, an und aus. Mal sah er zu, wie die Schatten an der Wand erschienen, mal, wie sich das graue Morgenlicht durch das Fenster kämpfte.

Unfall oder Absicht... Wieder hörte er Kamirs Stimme und spürte darin etwas sonderbar Poetisches, düstere Worte wie aus einem elisabethanischen Drama.

Daß es Selbstmord gewesen sein sollte, war doch einfach undenkbar...

Aber trotzdem: In Janes Innerem gab es einen Bereich, in den er niemals eingelassen worden war, den sie ihm vorenthielt, nicht ein Geheimnis, das sie verschwieg – obwohl sie weiß Gott sehr leicht Geheimnisse vor ihm hätte haben können. Es war etwas, das sie von ihm isolierte: ein Argwohn, daß man ihm in einigen Dingen nicht trauen konnte.

Er preßte die Augen zusammen. Wut und das Gefühl, betrogen worden zu sein, drohten den Kummer und die Gewissensbisse zu ersticken. Einen Augenblick lang haßte er sie, weil sie sich so entschieden geweigert hatte, ihn in die Tiefen ihres Unglücks hineinsehen zu lassen.

Ein Anruf... weiter war er nicht von ihr entfernt gewesen.

Aber bei jemandem, der entschlossen war, sein Leben zu

beenden, war das vielleicht ein Widerspruch in sich. Selbstmord war letztendlich eine in sich abgeschlossene Welt. Wenn man jemand anderen in diese Welt hineinlassen könnte, würde sie sich ja öffnen.

Er schob Papiere und Akten beiseite und legte den Kopf auf den Schreibtisch.

Daß er eingenickt war, begriff er erst, als er jemanden über sich spürte und bemerkte, daß Sergeant Wiggins mit einer Tüte von Natural Habitat, seinem neuen Stammladen, über ihm stand. Während das, was Jury für einen bösen Traum gehalten hatte, Wirklichkeit annahm, war er zumindest dankbar, daß er Jane Holdsworth hier niemandem gegenüber erwähnt hatte. Nicht etwa deshalb, weil er das Mitgefühl der anderen nicht ertragen hätte, sondern weil ihr Tod und seine Rolle in ihrem Leben so vollkommen ungeklärt waren. Er hätte einfach nicht gewußt, wie er sich hätte verhalten sollen.

«Was tun *Sie* denn so früh hier, Sir? Ich weiß ja nun, daß Sie plötzlich ein Morgenmensch geworden sind, aber doch nicht so sehr, daß Sie *mich* überbieten?» Wiggins' ersticktes kleines Lachen war nach den erstickten Schreien in Islington eine Erleichterung.

Schwarze Jacke, schwarzer Hut, weißes Gesicht – Wiggins sah eher wie ein Todesengel aus als wie jemand, der in seiner Tüte wohl genügend gesundheitsfördernde Chemikalien hatte, um die Toten von ganz Scotland Yard wieder zum Leben zu erwecken.

«Hallo, Wiggins», Jury wischte sich mit der Hand übers Gesicht und war froh, daß er zwischendurch in seiner Wohnung gewesen war. Er wäre auf jeden Fall dorthin zurückgegangen, damit Carole-anne und Mrs. Wasserman wußten, daß alles in Ordnung war. Er wollte nicht, daß Bartstoppeln oder ein verknittertes Hemd seinen Zustand verrieten.

«Kommen Sie immer so früh?»

«Morgens kann ich am besten denken», sagte Wiggins scheinheilig. Er leerte die Tüte aus, reihte ein paar kleine braune Flaschen vor sich auf, ein Döschen Pastillen, eine Rolle Magentabletten und eins dieser gräßlichen Saftpäckchen mit dem daranklebenden Strohhalm, bei denen einem der Saft immer ins Gesicht spritzt, wenn man das Plastiksiegel entfernt und den Strohhalm hineinsteckt. Wiggins indes beherrschte diese Prozedur aus dem Effeff: Er holte Watte aus den Aspirinfläschchen, brachte die weißen Pfeile auf den Sicherheitsverschlüssen in Stellung, drückte mit dem Daumen drauf und drehte. Er hätte Panzerschrankknacker werden sollen.

«Sie sehen fürchterlich aus, wenn ich das so sagen darf, Sir.»

«Ich fühle mich auch fürchterlich und möchte das Thema hiermit beenden, wenn *ich* das so sagen darf.»

Aber eine Krise vor der eigenen Haustür ließ sich Wiggins nicht so leicht entgehen. Er hatte den Stöpsel aus einer der braunen Flaschen gezogen, das Saftpäckchen aufgerissen, etwas Apfelsaft in ein Glas gegossen und sorgfältig einige (eins, zwei, drei, vier) Tropfen hineingeträufelt. Die Flüssigkeit bekam einen plörrigen Braunton.

Jury schüttelte den Kopf. «Das trinke ich nicht, Sergeant.»

Wiggins war schon aufgestanden und trug das schmerzlindernde Gebräu zu Jury.

«Nein.»

«Im Handumdrehen sind Sie wieder obenauf –»

«Gießen Sie Whisky dazu und geben Sie es Racer.» Er stand auf und zog sich die Jacke an. «Wenn Sie mich brauchen, ich bin auf dem Revier.» Jury legte einen Zettel auf Wiggins' Schreibtisch.

«Inspector – Kamir? Worum geht's, Sir?»

«Um einen Fall, an dem er arbeitet.» Jury wünschte, er wäre schon über alle Berge gewesen, bevor Wiggins hereingekommen war; sein Hals fühlte sich heiß und rauh an. «Eventuell Selbstmord.»

Wiggins klopfte sich eine grünrosa Kapsel in die Hand. «Da hat's ihn mit diesem Fall wohl als ersten erwischt?» Er nahm einen Schluck Wasser.

«Was?» Jury runzelte die Stirn.

«Das sagen sie in New York. ‹Erwischt.›» Wiggins schenkte Jury ein zerknittertes Lächeln. «Hab ich gelesen. Das würde Superintendent Macalvie gefallen, meinen Sie nicht? Es bedeutet –»

«Ich glaube, ich hab's kapiert. Ja, ihn hat's erwischt.»

INSPECTOR HANIF KAMIR hatte den resignierten Blick des Polizisten, der «alles» gesehen hat und dadurch älter, aber nicht weiser geworden ist. Jury fragte sich, welche Weisheit man erwarb, wenn man in irgendwelchen engen Seitenstraßen Menschen in diesem Zustand betrachten mußte: eine alte Dame, bös verprügelt, aber sie atmete noch. Ein übelriechender Wind fegte durch den Ziegelsteingang, der von den Pembroke Villas abging; er wehte den Abfallgestank aus den Mülltonnen herbei und zerzauste ihren Spitzenkragen. Ihre beinahe durchsichtigen, blaugeäderten Augenlider öffneten und schlossen sich unentwegt.

Sie hatten ihr die Geldbörse entrissen; sie hatte ihnen aber noch erzählen können, daß sie nur vier Pfund und ein paar Münzen bei sich gehabt hatte. Allerdings hatte die alte Dame keine Lehre erhalten, von der sie, um einiges weiser geworden, noch Gebrauch machen konnte.

Kamir auch nicht. Und auch die Sanitäter nicht, die sie vorsichtig auf eine Bahre hoben. Ihre Lider flatterten, und ihre schmalen Lippen bewegten sich und wiederholten, daß sie doch nur die vier Pfund gehabt hatte.

Kamir, dessen sanfte Stimme noch sanfter wurde, als er sah, welch große Angst die alte Frau hatte, flüsterte ihr etwas zu, das Jury nicht verstand. In seinem Zustand hörte er die üblichen Hintergrundgeräusche der Stadt und das Zuknallen der Krankenwagentüren allerdings ohnehin nur gedämpft.

«In der Zentrale wurde mir gesagt, Sie seien hier.»

«Meine Schwester, meine ältere Schwester, ist so gestorben», sagte Kamir. Die Seiten seines Notizbuchs gerieten in der übelriechenden Brise durcheinander.

Jury wußte nicht, was er dazu sagen sollte. Egoistisch überlegte er, ob er dieser Kette verheerender Ereignisse seinen eigenen Kummer noch hinzufügen durfte. «Ihre Schwester.»

Kamir nickte. «Wie diese alte Frau wurde sie auf dem Heimweg in ihr kleines Reihenhaus angegriffen. Wahrscheinlich haben sie ihr das Gesicht so schlimm zugerichtet, weil es ausgesprochen schön war. Sie wissen, bei uns ist es Sitte und auch Teil unserer Religion, daß Frauen einen kleinen Diamanten im Nasenflügel tragen.» Er griff sich selbst an die Nase. «Es war ein winziger Diamant. Ich kann immer noch nicht glauben, daß sie ihr die halbe Nase abgeschnitten haben, um an den Diamanten zu kommen. Nein.»

Weit hinten in der Lewisham Road hörte Jury den Krankenwagen heulen.

«Sie zogen ihr den Sari aus. Aber die Unterwäsche nicht – sie wurde weder vergewaltigt noch sexuell belästigt. Aber sie nahmen den Sari mit, wickelten ihn von ihrem Körper ab, und das fand ich merkwürdig. Bis ich begriff, daß sie sie einer verhaßten Tradition berauben wollten.» Er schloß das

Notizbuch und sagte: «Ich glaube, ich bin nicht zum Polizisten geboren.»

«Wer ist das schon?»

Kamir sah zu Jury hoch, der viel größer war als er, und nickte. «Nach dem, was ich gehört habe, Sie vielleicht. Sie haben den sechsten Sinn, die Intuition.»

«Das bezweifle ich.»

«Vielleicht können wir irgendwo hingehen, wo man sich besser unterhalten kann. Um die Ecke ist ein Café.»

Er ging zu dem Polizeifahrzeug, sagte etwas zu den beiden Männern dort und kam zurück, um sodann mit Jury den Durchgang hinunterzulaufen.

Die «frisch zubereiteten» Sandwiches und Brötchen unter den Plastikglocken in dem Café sahen alt und schlaff aus, obwohl es noch nicht einmal zehn Uhr morgens war. Dieselben säuerlichen Düfte, nun vermischt mit etwas ekelerregend Süßem – vielleicht dem Geruch des zuckersüßen Gebäcks –, durchdrangen die enge Imbißstube. An der einzigen Theke entlang der Wand saßen Jury und Kamir.

Kamir starrte in seine Tasse stark gesüßten Tees, die Jury ihm gebracht hatte, und sagte, während er langsam darin herumrührte: «Es tut mir leid wegen Mrs. Holdsworth, Ihrer Freundin.»

«Ja.» Jury rührte seinen Tee nicht an. «Woher wußten Sie, daß sie meine Freundin war?»

«Ach.» Kamir nahm einen Schluck. «Aus dem Adreßbuch. Ihre Adresse war auch darin.»

«Natürlich.»

«Und der Kalender. Den in der Küche muß sie als Terminkalender benutzt haben. Termine, Einladungen zum Abendessen.»

Jury war überrascht. Er hatte nur einmal gesehen, wie sie

einen Arzttermin darauf gekritzelt hatte. Aber in die Küche hatten sie sich nur selten verirrt. Zum einen war sie eine lausige Köchin. Er mußte lächeln. Aber nur kurz, denn die Erinnerung schmerzte. Dann bemerkte er, daß Kamirs Blick auf sein Gesicht geheftet war. «Wie bitte?»

«Zwei Dinge», sagte Kamir. «Das eine, warum haut ihr Sohn durch das Badezimmeroberlicht ab? Ich habe nur versucht, etwas zu arrangieren, wo er hingehen konnte, überlegt, wer bei ihm bleiben würde. Er hat sie gefunden –»

«Ich weiß.» Jurys Ton war so scharf, daß der Inspector sich im Stuhl zurücksetzte. Leiser sagte Jury: «Ich habe ihren Sohn nie kennengelernt. Aber nach allem, was Jane von ihm erzählt hat, muß er eine blühende Phantasie haben.» Jetzt lächelte er frei heraus. «Durch das Oberlicht in der Toilette? Und Sie konnten ihn nicht finden?»

Kamirs Lächeln war dünn. Dieser Mann lächelte nicht leicht. «Zuerst hat er gesagt, sie hätten keine Verwandten. Dann gab er zu, daß er Großeltern in Cumbria habe.» Kamir blätterte in seinem Notizbuch. «In einem Dorf namens Boone, bei Keswick.»

«Ich bezweifle, daß er dorthin fährt. Er und seine Mutter hatten viel Ärger mit den Großeltern. Sie wollten das Sorgerecht für den Jungen.»

Kamir drehte sich auf dem Stuhl, so daß er sich mit dem Rücken an die Theke lehnen konnte. Er rieb sich die Schulter, als sei er verspannt. «Dann haben Sie keine Idee, wo er sein könnte, Superintendent?»

«Ich habe gerade gesagt – aber Moment mal. Sie meinen doch wohl nicht, ich *wüßte* es und würde es Ihnen absichtlich verschweigen? Hören Sie, Inspector –»

Kamirs Mund verzog sich wieder zu diesem zaghaften Lächeln.

«Was *meinen* Sie denn nun?»

Kamir hörte auf, seine Schulter zu kneten, drehte sich wieder um und trank noch einen Schluck Tee, der nun kalt wie Tränen war. «Macht es Ihnen etwas aus, ein paar Polizeifotos anzusehen – von dem Opfer?» Er öffnete den braunen Umschlag.

«Ja.»

Kamir sagte nichts, und nach kurzem Schweigen streckte Jury die Hand aus. Die Luft in dem Café fühlte sich so eisig an, daß er nicht überrascht gewesen wäre, wenn sein Atem wie Dampf vor seinem Mund zu sehen gewesen wäre.

Sie lag auf der Chaiselongue in ihrem Lieblingskleid, wie er wußte. Schwarzer Samt. Er schloß kurz die Augen, löschte das Bild aus und ebenso all die Bilder und Erinnerungen, die dadurch wachgerufen wurden, daß er sie tot in diesem besonderen Kleid sah. Ein Traum, den er immer wieder träumte, kam zurück, von einem schwarzen Schoner, der ein ebenso schwarzes Meer durchschnitt. Das Wasser bildete keine Strudel, schlug keine Wellen und schäumte nicht, sondern sah aus, als würde es mit einer Schere auseinandergeschnitten und schlösse sich dann wieder nahtlos hinter dem Schiff. Mit den Jahren waren die Bullaugen zu Lichtperlen verblaßt, das Licht vom Schatten vertrieben; die im Mondlicht einst gespenstisch weißen Segel waren eingerollt und hatten sich in dunkle Stangen verwandelt, und der Mond war verschwunden. Ein Bild, als seien aus einer Stickerei die Fäden herausgezogen worden und nur der Stoff übriggeblieben.

Jury sagte: «Sie ist angezogen, als ob sie ausgehen wollte.» Mit ausdruckslosem Gesicht gab er die Fotos zurück.

«Ja. Darüber habe ich mir auch schon Gedanken gemacht.»

«Es war ihr Lieblingskleid.»

Kamir schwieg, überlegte und sagte dann: «Das erklärt es vielleicht. Es ist nicht ungewöhnlich bei einem Menschen, der... in so einer psychischen Verfassung...»

Jury wußte, daß Kamir sich taktvoll um das Wort herummogelte. «Bei einem Menschen, der Selbstmord begehen will», sagte er ganz ruhig.

«Ja. Es ist bekannt, daß solche Menschen gern... ich weiß nicht recht, wie ich es ausdrücken soll; ich meine nicht, daß sie so schön wie möglich aussehen wollen, aber vielleicht stellen sie sich vor, wie sie gefunden werden, und wollen, daß man sie in Kleidungsstücken sieht, die sie besonders gern mochten. In anderen Worten, für viele gilt eben nicht: schäbiger Bademantel, unfrisiertes Haar. Was manche Leute überraschend finden werden. Warum soll man sich um so etwas noch kümmern, in dem Zustand? Es tut mir leid; Sie wissen, was ich meine.»

«Ja.» Mittlerweile war Lunchzeit, in den Laden mit den frisch zubereiteten Sandwiches, den Gerichten zum Mitnehmen und den milchigen Tees verirrten sich ein paar Kunden. Für Jury sahen sie irgendwie alle gleich aus, übermüdet. Mit leblosen Gesichtern nahmen sie von dem Mädchen hinter dem Tresen Brötchen und Tee in Empfang. Aber sie lenkten ihn von den Hochglanzfotos unter Kamirs Arm ab. Er fand sich schrecklich egoistisch, nur mit sich selbst beschäftigt, und sagte: «Was ist mit ihrem Sohn? Sie wußte nicht, daß er kommen würde. Warum war er da?»

«Ich kann nur annehmen, daß er aus irgendeinem Grund von der Schule nach Hause geschickt wurde.» Kamir zuckte mit den Schultern. «Einfach schrecklich.»

«Ja. Was werden Sie unternehmen, um ihn zu finden?»

«Das übliche. Wir haben Bilder an die Polizeistationen in der Provinz gefaxt, vor allem natürlich nach Cumbria. Aber wahrscheinlich ist er in London.»

«Hm, unter das Dach seiner Großeltern würde er sich ganz bestimmt nicht flüchten. Schon irgendwelche Ergebnisse?»

«Das übliche. Mindestens hundert Anrufe von Leuten, die

einen Jungen gesehen haben, auf den die Beschreibung zutrifft.»

«Was ist mit –» Jury mußte sich räuspern. «Der Obduktion? Wann wird sie gemacht?»

«Ich weiß nicht genau. Möglicherweise morgen.»

«Hören Sie, hätten Sie was dagegen, wenn es entweder Dr. Cooper oder Dr. Nancy machten? Kennen Sie sie?»

Kamir schrieb sich die Namen auf. «Willie Cooper, ja. Dr. Nancy nicht.»

«Phyllis Nancy. Die beiden sind die besten, die wir haben, finde ich. Und ehrlich gesagt, hm, ich kann… leichter mit ihnen reden.»

«Sicher.» Dann schwiegen sie.

Kamirs Schweigen war merkwürdig. Es war ein erwartungsvolles Schweigen, eines, das zuhörte, dachte Jury. Und er konnte sich ausrechnen, worauf Kamir wartete – auf etwas mehr als das, was er bisher von Jury vernommen hatte. «Ich wollte sie heiraten. Oder sollte ich sagen, ich wollte sie fragen, ob –» Er hatte die Schatulle mit dem Ring immer noch in der Tasche; bevor er die Bilder gesehen hatte, hatte er fast geglaubt, daß von dieser Tatsache eine Macht ausging – die Macht wozu? Das war ja wie Wiggins' Glaube an Kohlekekse und Gartenraute. Aber es brach wenigstens in gewisser Weise den Bann. Jury legte die Schatulle auf den Tresen und sagte: «Den habe ich gestern gekauft.»

Kamir, der sehr viel Taktgefühl besaß, wie Jury allmählich mitbekam, machte keine Anstalten, sie anzufassen. Er sah sich das abgegriffene, burgunderrote Samtkästchen nur an und sagte schließlich: «Ich hatte mir schon gedacht… hm, weil Ihr Name so oft, so sehr oft in dem Kalender steht… daß die Beziehung vielleicht sehr eng war. Ich kann nur wiederholen, es tut mir leid.» Er sprach schnell weiter. «Es erstaunt mich immer wieder, daß die Leute (jedenfalls wenn sie Mitgefühl haben, woran es vielen mangelt) Selbstmörder gern als Menschen sehen, die ‹mit allem Schluß machen wollen›. Die vielschichtigen Zusammenhänge sehen sie nicht... Ich glaube, daß es ein sehr komplizierter Akt ist. Ich frage mich manchmal, ob das Opfer meint, es sei die Lösung all der verschiedenen Konflikte, die es je gequält haben, weil die Handlung so komplex ist. Meinen Sie nicht auch?»

«Nicht in Janes Fall, nein. Zum einen hing sie zu sehr an ihrem Sohn.»

Kamir sah von seiner leeren Tasse hoch. «Und zum anderen an Ihnen.»

Jury nahm das rote Kästchen in die Hand. «Vielleicht stimmt das ja gar nicht. Vielleicht habe ich sie völlig mißverstanden.» Er konnte nicht verhindern, daß sich ein Hauch von Verbitterung in seine Stimme einschlich. Er fühlte sich, das konnte er ruhig zugeben, betrogen.

«Möglicherweise ist Ihr Urteil getrübt, weil Sie so wütend sind.»

«Ich bin nicht – ach, was soll's. Ja, ich bin wütend.»

Kamir nickte verständnisvoll. «Wir haben von dem Kleid gesprochen. Aber ich rätsele noch an den Schuhen herum.»

«Den Schuhen?»

Auf seine schüchterne Art, als ob er Jury nicht unnötig belasten wolle, schob er ihm vorsichtig eines der Fotos hin. Es zeigte Jane Holdsworth ausgestreckt auf der Chaiselongue. Sie hatte Strümpfe an, aber keine Schuhe. Jury erinnerte sich, daß er die schwarzen Pumps, die so sorgfältig ans Bett gestellt waren, gesehen hatte. «Wahrscheinlich bin ich schwer von Begriff, Mr. Kamir, aber ich weiß nicht, was Sie meinen. Wenn sie eine Handvoll Pillen genommen hat, wollte sie doch wahrscheinlich nicht zu einem Spaziergang aufbrechen.» Abrupt schob er das Foto zurück.

«Was ich sagen will, ist, wenn sie sich, bevor sie die Pillen

genommen hat, Gedanken über ihr Aussehen gemacht hat –
was wir ja schon anläßlich des Kleides gesagt haben –, warum
hat sie dann nicht die Schuhe angezogen?»

Jury schwieg.

«Sie haben gestern mit ihr zusammen zu Abend gegessen
oder wollten es zumindest?»

«Ich wollte es, ja. Aber sie sagte, sie könne nicht, sie habe
eine andere Verabredung. Woher wissen Sie das überhaupt?»

Ein rücksichtsvolles Schulterzucken. «Aus dem Kalender.
‹R, Essen›, stand darauf. Es war durchgestrichen.» Kamir
zuckte wieder mit den Schultern. «Sie wissen nicht, wen sie
treffen wollte?»

Jury schüttelte den Kopf. «Nein.»

«Aber Sie müssen sie doch gefragt haben –»

«Ich habe doch gesagt, nein. Aus irgendeinem Grund
wollte sie es mir nicht sagen.»

Wieder Schweigen. Schließlich fragte Kamir: «Wer hätte
einen Grund gehabt, sie umzubringen?»

11

JURY SAH Kamir an.

«Mr. Jury, wollen wir nicht ein paar Schritte gehen und uns
vielleicht irgendwo in der Heath hinsetzen? Ich finde dieses
Café äußerst deprimierend.» Er sah Jury müde an. «Und Sie
offenbar auch.»

Jury nickte. Ihn deprimierte nicht nur das Café.

Sie setzten sich an einem der Wege, die kreuz und quer über die große Rasenfläche verliefen, auf eine Bank. Schon als Kind war Jury immer viel lieber in die Blackheath gegangen als zum Tower. Er hatte sich die Kutschen, das Hufgetrappel und die Straßenräuber, die grölend die Gefährte anhielten, schon immer lebhaft vorstellen können.

Auf dem Weg hatte er Kamir erzählt, daß Jane Holdsworth keine Feinde habe, höchstens die Großeltern. Während er über die riesige Grünfläche blickte, deren Horizont ihm als Junge endlos weit erschienen war, erzählte er Kamir, daß er an Dick Turpin, den Straßenräuber, denken mußte.

Feinde. Das Wort schien mit Jane überhaupt nichts zu tun zu haben. Und dennoch, richtige Freunde hatte sie wohl auch nicht gehabt; Bekannte, ja, von denen hatte er ein oder zwei getroffen, aber enge Freunde, nein.

Kamir betrachtete sein Spiralnotizbuch und redete über die Familie in Cumbria. Angeheiratete Verwandte, erinnerte Jury ihn. Bis auf die Schwester hatte sie keine Angehörigen mehr. Und Alex natürlich. Er allein schien eine ganze Familie für sie gewesen zu sein.

«Was ich über sie erfahren habe», sagte Kamir, «wissen Sie schon. Bestimmt wissen Sie noch viel *mehr*. Aber ich erzähle Ihnen trotzdem, was ich weiß. Der Ehemann, Graham –»

Jury spürte einen Anflug von Eifersucht.

«– ist tot. Genevieve, die zweite Frau von Mr. Crabbe Holdsworth – Grahams Vater –, legt Wert auf die französische Aussprache ihres Namens und macht sich anscheinend sehr viel mehr Sorgen über den gegenwärtigen Aufenthaltsort ihres Enkels als über den Tod der Mutter.»

«Kaum verwunderlich. Der Tod der Mutter bedeutet für Genevieve lediglich, daß Alex ihr ins Haus steht. Aber nach allem, was ich über Alex weiß, unterliegt sie da einem Irrtum.» Darüber mußte sogar Jury lächeln.

«Es gibt also noch den Großvater, Crabbe (was für merkwürdige Vornamen Sie hier in England haben), mit dem ich allerdings noch nicht gesprochen habe, seinen Bruder George, unverheiratet, und Francis Fellowes, einen Cousin, der Maler ist und in einem Cottage auf dem Grundstück wohnt; und außer dem Dienstpersonal die Schwester. *Ihre* Schwester. Das fand ich komisch, daß Madeline Galloway zu diesem Haushalt gehört. Sie arbeitet als Mr. Holdsworths Sekretärin oder Assistentin. Auch das finde ich ziemlich befremdlich.» Kamir schloß sein Notizbuch.

«Jane hat ihren Mann durch Madeline kennengelernt. Jane war dort zu Besuch.»

Kamir drehte sich überrascht zu Jury um. «Aber das würde bedeuten, daß Miss Galloway seit – ja, seit wann? –, bestimmt seit über sechzehn Jahren in dem Haushalt lebt.»

«Achtzehn oder neunzehn. Sie war, glaube ich, noch keine dreißig, als sie mit dem Job angefangen hat.»

Kamir zog die Augenbrauen hoch. «Aber sie sieht sehr viel jünger aus, als sie sein muß.»

Jury drehte sich schnell um und hob seinerseits die Brauen. «Woher wissen Sie das? Wann um alles in der Welt hatten Sie Zeit, sie zu sehen?»

«Heute morgen, in aller Frühe. Sie ist doch hier, Mr. Jury. In London. Im Brown's Hotel. Und Genevieve Holdsworth auch. Sie sind schon seit zwei Tagen hier; die Schwester ist nach London gekommen, um für Mr. Holdsworth ein paar Vorstellungsgespräche zu führen. Er will einen Katalog für seine Bibliothek erstellen oder so was in der Art und sucht jemanden dafür. Mrs. Holdsworth ist offensichtlich zum Einkaufen hier. Und Sie wußten gar nicht, daß sie hier sind?»

Die frische grüne Fläche und der weite Horizont der Blackheath schrumpften für Jury auf einmal zu kaum mehr als einem armseligen Kleingarten zusammen, über dem sich der bleierne Himmel schloß. «Nein.» Warum, um Himmels willen, hatte sie ihm etwas so Harmloses wie den Besuch ihrer Schwester verheimlicht? *Es ist jemand, den du nicht kennst.* Es verletzte ihn schon, daß sie *überhaupt* um einen Besucher so ein Geheimnis machte. Er beugte sich nach vorn, stützte die Unterarme auf die Knie und schaute nach unten.

Rasch fügte Kamir hinzu: «Sie ist nicht gekommen, um sich mit Jane Holdsworth zu treffen. Obwohl sie das gesagt hat.»

Jury sah in Kamirs besorgtes Gesicht. «Dann hat sie sich gestern abend weder mit Madeline noch mit Genevieve treffen wollen?»

Kamir seufzte. «Nach Madelines Aussage, nein.»

«Was ist mit diesen Eintragungen in dem Kalender?» Jury kam sich lächerlich vor. Er war ihr Geliebter, aber er wußte offensichtlich gar nichts über sie. «Wir – normalerweise gingen wir zum Essen aus. Die Küche habe ich so gut wie nie betreten.» *Außer dem Schlafzimmer kenne ich in diesem Haus kaum ein Zimmer…* Dann sah er Kamir scharf an. «Ganz egal, wen sie getroffen hat… Hat sie ihn denn nicht in diesen verdammten Kalender eingetragen?»

«Nein. Da steht nur Ihr Name.»

«Ihre Schwester. Wie ist sie?»

«Hübsch, irgendwie dünn, nervös hübsch. Intelligent. Ziemlich merkwürdig für eine Frau in ihrem Alter, noch nicht verheiratet zu sein.» Kamir sah Jury an.

«Sie dachte wohl mal, sie würde heiraten. Ich glaube, sie wollte Graham Holdsworth heiraten.»

Kamir hob fragend die Hände. «Haben wir nicht von Feinden gesprochen?»

«Würde sie achtzehn Jahre warten?»

«Einige warten ewig.»

«Alibi?»

«Nein.»

«Hätten Sie was dagegen, wenn ich mit ihr rede?»

«Nein. Ich habe Ihnen ja schon gesagt, sie ist im Brown's. Aber ich glaube, sie fährt heute mit einem Nachmittagszug von Euston zurück. Genevieve Holdsworth ist schon heute früh gefahren.»

Aber Jury war in Gedanken weniger mit diesen Frauen beschäftigt als mit der Bemerkung Kamirs von vorhin, *da steht nur Ihr Name.*

Er erhob sich und sagte: «Vielleicht nehme ich auch einen Nachmittagszug von Euston.»

Kamir sah Jury mit seinen aufmerksamen braunen Augen an. «Wenn die Situation umgekehrt wäre, Superintendent –»

Jury lächelte beinahe. «Ich weiß, mein Name steht auf dem Kalender; meine Fingerabdrücke sind überall im Haus; alles deutet darauf hin, daß ich der letzte war, der sie lebend gesehen hat...» Er hielt inne. «Ja, das ist wohl richtig. Ich würde Sie keinen Zug besteigen lassen.»

12

AM BAHNHOF EUSTON legte Alex zwei Zwanzigpfundscheine in die Drehscheibe und verlangte eine einfache Erster-Klasse-Fahrt nach Windermere. Fahrkarte und Wechselgeld wurden ihm hingekurbelt, ohne daß der Bahnangestellte auch nur aufsah.

Vielleicht war es Geldverschwendung, dachte er, während er Rucksack und Regenjacke in dem leeren Abteil verstaute. Er hätte genausogut einen Zweiter-Klasse-Fahrschein lösen und nach der Kontrolle in die erste Klasse wechseln können. Aber er war jung. Bei jungen Leuten erwartete man immer gleich, daß sie entweder etwas Illegales oder etwas Unhöfliches taten. Irgendwann müßte er sich mal eine Eton-Schuluniform mit Krawatte für Reisen mit der British Rail organisieren.

Jetzt war es wichtiger, einen Ort für sich zu haben, zum Nachdenken. Dank unzähliger Tassen Kaffee hatte er es geschafft, wachzubleiben. Schlafen war nicht angesagt; das wagte er nicht. Denn dann würde er träumen. Er würde von seiner Mutter träumen, und es würde einer dieser teuflisch glücklichen Träume werden, aus denen man selbst in den besten Zeiten nicht gern aufwacht. Und beim Erwachen wäre er dem Überfall der Gefühle, gegen die er sich so eisern gewappnet hatte, hilflos ausgeliefert. Er erinnerte sich, wie oft er aufgewacht war und sich elend gefühlt hatte (bei den Holdsworths, in der schäbigen, grauen Dunkelheit der Severn School, auf eiskalten Bahnhöfen, damals, wenn sein Vater gekommen war, um ihn abzuholen, und er im Zug versucht hatte, wachzubleiben...). Wenn die Träume selbst elend gewesen wären, wäre es nicht so schlimm gewesen. Aber das Leben war ohnehin ein einziger fauler Trick, oder etwa nicht? Träum von einer Wiese, auf der Schafe grasen, und du wachst unter Wölfen auf.

Er nahm ein kleines Notizbuch und einen Stift aus der Tasche und behielt sie in der Hand, das Notizbuch offen, der Stift ohne Kappe. HÖLLE. Das schrieb er hin. Und strich es dann durch. Warum machte sich bloß irgend jemand, irgend *etwas*, die Mühe, sich eine Hölle im Jenseits auszudenken, wo man sich doch nur eine Weile im Diesseits aufhalten mußte?

Draußen flog die Landschaft vorbei, er achtete nicht darauf. Das einzige, was Alex sah, war sein eigenes schwaches Spiegelbild im Fenster. Hier und da ein Telefonmast oder ein Silo. Weiter weg funkelte es in den Feldern, ein entferntes Trugbild von einem Dorf.

Er lehnte sich zurück. Geld war glücklicherweise kein Problem. Alex hatte nicht einfach nur für schlechte Zeiten gespart; er hatte mit katastrophalen Zeiten gerechnet! Und jetzt waren sie da.

Einiges von dem Geld, das er auf Fortune's Son gewonnen hatte, trug er jetzt bei sich. Seit zwei Jahren hortete er Geld, um sich und seine Mutter an einen Ort verfrachten zu können, von dem die Holdsworths nie gehört hatten – Litauen sollte sehr schön sein. Vierzehnhundert Pfund. Hundert (abzüglich der Summe für die Fahrkarte) steckten in der Brieftasche, sechshundert in einer kleinen Börse, die er sich um den Knöchel gebunden hatte, vierhundert waren ins Jackenfutter genäht, der Rest befand sich in einer Innentasche des Rucksacks.

Über viertausend Pfund waren im Verlauf seiner emsigen Geschäfte an der Severn School zusammengekommen. Zweimal war er beim Kartenspiel erwischt und nach Hause geschickt worden, wobei der Direktor nie begriff, warum Alex Poker spielte, da er doch nie zu gewinnen schien.

Nachdem damals die Entscheidung gefallen war, daß Alex an eine Privatschule *mußte*, hatte er das Beste daraus gemacht. Er hatte im Grunde gar nichts gegen die Severn School – für eine Weile war es eine schöne Abwechslung von seinen «Freunden» auf der Gesamtschule gewesen, deren Vorstellung von Vergnügen darin bestand, die Samstage im Kino zu verbringen oder Fahrrad zu fahren oder in geselliger Runde zu rauchen und sich irgendwelche erfundenen Frauengeschichten zu erzählen.

Alex hatte gar nichts gegen Mädchen; er konnte bloß keins finden, das auch nur ein bißchen Phantasie hatte. Es stellte sich heraus, daß Mädchen lediglich hübschere Versionen der Jungen waren; sie gingen ins Kino und veranstalteten Schlafanzugparties, wo sie rauchten und über Jungen redeten.

Während sich seine Schulkameraden in Filme schlichen, die erst «ab 18» waren, und sich nur mit Mädchen sehen ließen, die vor den Augen ihrer Eltern Gnade fanden, studierte Alex die Börse, Wettformulare, Maklerbroschüren und Anzeigen über Grundbesitzerwerb auf Ibiza. Als Training hatte er verfolgt, wie die Londoner Stadtteile luxussaniert wurden. Er war zum Beispiel mit der U-Bahn nach Limehouse, Wanstead und sogar nach Bow gefahren, was momentan so in war. Bow, kaum zu glauben! Alex beschloß, daß er einen Trend schaffen würde, wenn er erst mal das Geld zum Investieren hätte.

Alex studierte demographische Entwicklungen, nicht Menschen. Über Menschen lernte er in den Gesprächen, die er in Cafés und auf Parkbänken mithörte, oder in allen möglichen Kneipen, in die er hineingelassen wurde, weil er sich die dunkle Brille hoch ins Haar schob, um zu zeigen, daß er nichts zu verbergen hatte. Er war groß für sein Alter und glücklicherweise früh in den Stimmbruch gekommen.

Aber in die Wettbüros kam er nicht. Als er einmal auf einer Parkbank gesessen hatte, fand er einen abgerissenen alten Schwindler namens Ned Rice, einen wirklich überzeugenden Charmeur mit überkandidelten Akzent, und hatte ihn zum Partner gemacht. In dem zerbeulten Land Rover saß Ned und bekam ein Drittel. Alex bekam zwei Drittel; schließlich hatte er die Ideen.

Zusätzlich nahm er Wetten von einigen sorgfältigst ausgewählten Schulkameraden an. Wenn sie keine zwei Pennies auftreiben konnten, ließ er sie auf Kredit wetten. Er ver suchte ihnen zu erklären, das würde doch bedeuten, auf die Zukunft zu setzen; dieser Gedanke faszinierte sie, denn von Termingeschäften und ähnlichem hatten sie noch keine Ahnung. Sie verloren ja ohnehin selten.

Als Alex jetzt sein Spiegelbild im Fenster betrachtete und sah, wie sein Kopf träge mit den Bewegungen des Zuges mitwippte, dachte er, daß man wohl nicht mehr erwarten konnte, als auf Kredit zu leben.

Er spürte, wie ihn jemand an der Schulter rüttelte, sah das jungenhafte Gesicht des Schaffners und hörte, wie er nach der Fahrkarte gefragt wurde.

Gott sei Dank war es nur ein leichter Schlummer gewesen, nicht der tiefe Schlaf, den er befürchtet hatte. Er holte die Fahrkarte heraus…

Mein Gott! Der Schaffner.

Alex fielen blitzartig die Morgenzeitungen ein, er wußte nicht, ob ihr Tod von irgendeinem Interesse für die Zeitungen oder nur eine weitere Zahl für die Statistiken war. Aber was, wenn sie ihn ernsthaft suchten und sein Bild in die Zeitungen gesetzt hatten? Und warum war es ihm überhaupt so wichtig, unentdeckt zu bleiben? Er wußte es nicht. Er drehte sich mit dem Gesicht zu seinem Spiegelbild im Fenster und grübelte kurz darüber nach, während die Zange des Schaffners in seine Fahrkarte biß.

Der Mann würde sich vielleicht an das Gesicht des Jungen erinnern, der in Oldham ausstieg.

Jetzt fragte er Alex, ob alles in Ordnung sei.

«Könnte kaum besser sein, Chef.» Alex bedachte ihn mit einem breiten Lächeln. «Bißchen langweilig alles.» Alex schüttelte den Kopf. «Die Schule, die Scheißschule.»

Der Schaffner hatte diese Institution wahrscheinlich selbst noch nicht lange hinter sich gelassen; durch die Uniform und den Job ohne frische Luft wirkte sein Gesicht teigig und frettchenhaft und machte ihn bestimmt älter, als er war. Er hatte eine schmale Nase und schmale Lippen, die er jetzt zu einem Lächeln verzog. «Dachte, jetzt um die Zeit wär'n endlich Ferien.»

«Nö.» Alex machte den Reißverschluß seines Rucksacks auf und zog ein schmieriges Kartenspiel hervor. «Mach doch mal 'ne kleine Pause vom Gängepatrouillieren. Wie wär's mit einem Spielchen? Ein Punkt, ein Penny, du zahlst nicht, wenn du verlierst. Ist doch 'n faires Angebot.» Mit einer geschmeidigen Bewegung hatte er die Karten zum Fächer ausgebreitet.

Er forderte zu einem Spiel auf, das er nur verlieren konnte, wie er wußte; er hatte an Karten kein Interesse, außer wenn sie ihm eine Gelegenheit zum Bluffen boten – die Gesichtsmuskeln gefrieren zu lassen, die Gefühle zu verbergen. Er konnte sowieso nur spielen, wenn eine Menge Geld im Topf war.

Das Lächeln des Schaffners wurde breiter. «Nicht mit einem, der so mit 'nem Kartenspiel umgehen kann wie du, Kumpel. Hab Frau und Kinder zu versorgen.»

Er verließ das Abteil.

Vor seinem inneren Auge sah Alex ihn auf sein, Alex', Bild in der Zeitung gucken. *Nö, das kann er nich sein, der freche kleine Kerl. Der würde doch nicht Karten spielen, wenn seine Mutter gerade gestorben is.*

VOR DEM BAHNHOF IN WINDERMERE war ein Fahrradständer. Alex inspizierte die vier Räder darin und fand eines, das nicht angeschlossen war. Er besah es sich genau, kam zu dem Schluß, daß es zwanzig, vielleicht dreißig Pfund wert war, und steckte fünfzig Pfund in einen schmuddeligen Umschlag, den er aus einem Papierkorb geangelt hatte. Er klemmte den Umschlag zwischen die Stangen, wo das Fahrrad gestanden hatte, und hoffte, der Besitzer würde ihn finden.

Während er langsam davonradelte – er konnte nur voll in die Pedale treten, wenn es nicht zu holprig war –, überlegte er, ob sich so wohl ein Flüchtling fühlte, ob er nun schuldig oder unschuldig war.

Über den See konnte er nicht – die Fähre hätte er ohnehin nicht genommen –, aber mit dem Rad konnte er Pfade nehmen, die für Autos nicht befahrbar waren, und dann, auf der anderen Seite vom Windermere-See am Coniston Water, Boone auf einem direkteren Weg erreichen.

Direkt. Das war ein Lacher. Als er endlich um das kleine Dorf herumfuhr, war es fast fünf, und als er beim Landsitz der Holdsworths ankam, dämmerte es bereits. Von weitem hörte er Wasser rauschen. Hier auf dem Land im Lake District gab es unzählige Gebirgs- und Wildbäche, die sich im Frühjahr in das reinste Wasserballett verwandelten: winzige Wasserfälle wurden zu großen Bächen; Bäche zu Strömen; überall rann Wasser in Bergweiher und Seen.

Alex gelangte zu der langen Mauer aus Feldsteinen, die einst das ganze Haus umgeben hatte. Jetzt war nur noch eine größere Ecke übrig, die immer wieder zerfiel. Die Mauer hatte auch gar keine Funktion mehr. Er fuhr nach links und folgte der Mauer etwa vierhundert Meter bis zum Ende. Dort stieg er vom Fahrrad und schob es den Rest des Weges durch die Bäume.

Sein Ziel war das Baumhaus. Vor drei Jahren hatten er und Millie die Bretter zusammengenagelt, hauptsächlich als Zufluchtsort für Millie, für die Momente, wenn sie von der Familie wegwollte.

Er ging noch ein Stück weiter bis zu einer großen Buche, und da war es. Es sah genauso aus wie in seiner Erinnerung. Es war nicht nur gut versteckt, weil es so hoch war, sondern auch, weil die kahlen Zweige es verbargen, und außerdem war die Buche von Koniferen umgeben.

Alex legte das Fahrrad auf den Boden und bedeckte es mit Flechten, kleinen Zweigen und trockenen Blättern. Dann legte er die Leiter an den Stamm der Buche und kletterte hoch. Er war erstaunt, daß alles so lange gehalten hatte. Die Leiter war nicht verrottet, und als er weit genug oben war, um einen Blick ins Innere des Baumhauses zu werfen, hatte er den Eindruck, daß es in Ordnung und sauber war. Er fragte sich, ob Millie es immer noch benutzte.

Essen. Herr im Himmel, hatte er einen Hunger! Er warf den Rucksack in die Ecke, nahm die Waffe und die Munition aus der Tasche und schob sie in den Sack. Er riß die Verpakkung von einem Gurken-Käse-Brötchen auf und verschlang es in vier Bissen. Die Milch war lauwarm, aber er trank die ganze Tüte leer.

Die Milchtüte noch in der Hand, schlief er ein.

13

JURY MOCHTE DAS BROWN'S, ein Hotel, das man wegen seiner dezenten Fassade in der Straße in Mayfair leicht übersehen konnte. Es war schon immer eine begehrte Stätte für Verabredungen zum Nachmittagstee gewesen. Nun betrachtete Madeline Galloway die Lounge mit Kamin und die reiche Auswahl an Kuchen.

«Sie sehen aus wie Ihre Schwester», sagte er.

«Das hat man uns immer wieder gesagt», antwortete sie und bot ihm Tee an.

«Ja, bitte, den kann ich jetzt gebrauchen.»

Er wußte nicht, ob die banale Konversation, die nun folgte, ein Zeichen dafür war, daß sie dem Tod gegenüber relativ gleichgültig war, oder dafür, daß sie das Thema umgehen wollte.

Sie schenkte sich auch eine Tasse Tee ein, hielt ihm, ohne zu fragen, erneut die Kanne hin, aber Jury schüttelte den Kopf.

«Ich habe die erste noch nicht ausgetrunken.»

«Und ich habe noch nicht einmal einen *Schluck* genommen», sagte sie. Und dann: «Haben Sie Jane gut gekannt?»

«Gut genug», erwiderte er ein bißchen nervös. Es war ihm einerlei, was für Schlüsse sie daraus zog.

«Oh.» Diskreterweise betrachtete sie ihre Tasse und nicht ihn.

«Sie arbeiten sozusagen als Mr. Holdsworths Assistentin? Inspector Kamir war sich über Ihre Aufgaben in der Familie nicht ganz im klaren.»

Sie lachte, und weil sie dann vielleicht plötzlich fand, Lachen sei fehl am Platze, brach sie ab. «‹Sozusagen› trifft es ganz gut. Seit Jahren schreibt Mr. Holdsworth eine Studie über die Dichter des Lake District, wobei ich nicht glaube, daß er ernsthaft an eine Veröffentlichung denkt. Da er nur schreibt, wenn er wirklich inspiriert ist, schreibt er sehr wenig.»

«Der Inspector hat gesagt, Sie hätten sich Bewerber für einen Bibliothekarsposten angesehen.»

Sie seufzte. «Nicht gerade ein Vergnügen. Wer geht schon bei dem geringen Gehalt, das Mr. Holdsworth bietet, in eine abgelegene Ecke des Lake District? Und dann noch um etwas so Langweiliges zu tun, wie Bücher katalogisieren und eine

Kartei anlegen! Ich hätte mich wahrscheinlich in meiner Anzeige genauer ausdrücken sollen. Es handelt sich um eine enorme Bibliothek, vom Boden bis zur Decke nur Bücher, und selbst hoch oben auf einer Leiter komme ich an die obersten kaum heran. Er hat zuerst gedacht, ich könne das alles auch noch machen, aber nein, danke. Ich habe ihm gesagt, daß ich dazu nicht imstande sei, schon gar nicht mit den ganzen fremdsprachigen Titeln; und daß es bei meinem Tempo ewig dauern würde.»

Sie versuchten, um den heißen Brei herumzureden. Und waren sich dessen auch beide bewußt.

«Was könnte zu dem Selbstmord geführt haben? Haben Sie irgendwelche Vorstellungen?»

Madeline schüttelte den Kopf. «Nur, daß die Holdsworths sie immerzu wegen Alex unter Druck gesetzt haben. Und im Grunde war sie kein glücklicher Mensch.»

«Ich glaube, ich weiß, was Sie meinen. Es gab Momente, da konnte sie sich ganz schön abschotten.» Er erinnerte sich daran, wie Jane immer aus dem Fenster gestarrt hatte, als ob sie auf jemanden oder auf etwas wartete. Dann war sie meilenweit von ihm entfernt gewesen. Was war es? Auf was hatte sie gewartet?

Madeline schüttelte nur den Kopf. «Sie hat ihren Sohn dermaßen geliebt – ich hätte nie gedacht, daß sie ihm so etwas antun könnte. Wenn Alex etwas zugestoßen wäre – wenn er gestorben oder jahrelang verschollen gewesen wäre –, dann hätte ich verstehen können, daß sie nicht mehr gewollt hätte. Das hätte ich verstanden. Und jetzt *ist* er unauffindbar.»

«Nein, unauffindbar würde ich nicht sagen. ‹Geflohen› trifft es wohl eher. Offenbar durch ein Badezimmerfenster.»

Ihr Lachen entspannte die Situation etwas. «Typisch Alex. Aber warum?»

«Ich weiß es nicht; vielleicht können Sie es mir sagen. Sie haben gerade gesagt, es sei typisch für Alex.»

«Ich meine nur, daß er, hm, alles mögliche anstellt.»

«Wie zum Beispiel?»

Mit ungeduldigem Schulterzucken fragte sie: «Ist das wichtig?» Sie schaute in die Teekanne, sah aus, als wenn sie nicht gefunden hätte, was sie suchte, und legte den Deckel wieder darauf.

«Es könnte... etwas über ihn erklären. Die meisten Kinder, die ihre Mutter oder ihren Vater tot auffinden, brechen zusammen oder stehen unter Schock – das sind die üblichen Reaktionen.»

«Wie viele Fälle mit Kindern, die ihre Eltern tot auffanden, haben Sie denn bisher bearbeitet?»

Wäre ihr Ton weniger feindselig gewesen, hätte er es nicht gesagt: «Ich bin selber betroffen. Ich habe meine Mutter tot aufgefunden, nachdem eine Bombe unser Haus bis auf die Grundmauern zerstört hatte.»

Sie blickte zum Kamin hinüber und sagte nur: «Das tut mir leid.»

«Der Punkt ist, daß die Polizisten, die am Tatort waren, gesagt haben, der Junge sei wie ein Eisblock gewesen. Er hat nicht geweint; er war genauso abweisend wie Sie jetzt; Fragen hat er nicht beantwortet, oder wenn ja, hat er gelogen. Er hat dem Inspector erzählt, er habe keine Verwandten.»

Sie hob den Kopf und sagte: «Das ist nicht gelogen.» Die Worte kamen glatt und emotionslos heraus.

«Und was ist mit Ihnen? Sie sind seine Tante, Sie mögen ihn, und Sie scheinen die Meinung der Großeltern nicht zu teilen.»

Sie hatte eins von den auf dem Sofa herumliegenden Kissen genommen und hielt es wie einen weichen Schild vor sich. «Es gibt noch jemanden in der Familie, den Alex mag. Adam, seinen Urgroßvater.» Sie lächelte. «Um Ihnen die Wahrheit zu sagen, Alex erinnert mich an ihn. Adam ist ein griesgrämiger alter Mann, der in einem protzigen Altersheim wohnt und seinem *eigenen* Haus nur *Besuche* abstattet. Dabei gehört alles ihm, müssen Sie wissen.»

«Alles? Das Haus, meinen Sie?»

«*Alles*. Tarn House – das ganze Anwesen – und das Geld. Alles.»

«Sie sagen ‹alles›, als ob’s eine ganze Menge wäre.»

«Herr im Himmel, ist es auch.» Sie sah ihn offen an; weder senkte sie den Blick, noch versuchte sie, ihn mit der Kanne oder dem Teller von den Schlußfolgerungen, die er vielleicht zog, abzulenken. «Schwer zu sagen, was in Adam Holdsworths Kopf vorgeht; offensichtlich gefällt es ihm einfach, die Leute unter Spannung zu halten. Es hat jedenfalls nicht den Anschein, als halte er viel von seinem Sohn und seiner Schwiegertochter.» Sie lächelte vage. «Genevieve bezeichnet er immer nur als ‹diese Person›.» Sie nahm sich ein kleines Baiser, unterzog es einer genauen Prüfung, legte es auf ihren Teller, wo es dann unberührt liegenblieb. «Wenn Alex und Jane aus London kamen, ließ Adam es sich aber nie nehmen, im Hause zu sein.»

Dabei beließ sie es. Jury sagte: «Mit anderen Worten, Adam Holdsworth mochte die beiden.»

«Besonders Alex. Ich habe erlebt, daß die beiden einfach zusammen verschwanden. Alex schob den Rollstuhl. Und alle suchten sie. Sie heckten immer irgend etwas aus. Der Mann liebt nichts so sehr, wie jemandem einen Streich zu spielen.»

«Dann gab es für Alex und seine Mutter vermutlich etwas zu erben.»

Sie steckte sich mit einem Porzellanfeuerzeug eine Zigarette an, beugte sich, die Knie zusammengepreßt, vor und sah nachdenklich ins Feuer. «Aber ja doch.»

«Und jetzt nur noch für – Alex? Das heißt, das meiste von

‹allem›.» Er hoffte, sein Lächeln würde sie aus der Reserve locken. Fehlanzeige.

«Ich verstehe nicht, was die Aussicht, daß irgend jemand etwas erbt, mit dem Tod meiner Schwester zu tun haben soll», sagte sie frostig, während sie die Asche ihrer Zigarette in den blumengemusterten Aschenbecher schnippte.

«Entschuldigung.» Er hatte sie gesehen, sich ein Bild von ihr gemacht, mehr war im Augenblick nicht drin. «Kann ich Sie zu Ihrem Zug bringen?»

Sie hatte ihre Zigarette ausgedrückt, war aufgestanden und sah prüfend auf ihn herab. «Ich habe ein Taxi bestellt. Ich habe noch über eine Stunde.»

Die sie offensichtlich nicht mit ihm verbringen wollte.

Jury zog eine Visitenkarte hervor und gab sie ihr. «Ich gehe jetzt wohl besser. Bitte, rufen Sie mich an, wenn Ihnen irgend etwas einfällt.»

«Was sollte mir einfallen?»

Jede Menge, dachte Jury. «Übrigens, ich glaube, ich kenne jemanden, der für diesen Bibliothekarsposten genau der Richtige wäre. Er ist gut in Sprachen. Über die Sache mit dem Gehalt würde ich mir nicht den Kopf zerbrechen; er kommt eh gerade mal so über die Runden.»

«Ich wäre Ihnen zu ewigem Dank verpflichtet.»

«Ich rufe ihn mal an. Eigentlich ist er sehr intelligent. Ein Exzentriker. Macht gern ausgefallene Sachen.» Jury betrachtete den Kuchenteller. «Alles, um von der Familie wegzukommen.»

14

«Wenn Yngwie J. Malmsteen es nicht schafft, kann sie keiner vertreiben», sagte Melrose zu dem ausgestopften Geparden und zu Dick Scroggs, der das Tier in die Hammerschmiede gebracht hatte.

Scroggs drehte eine weitere Seite des *Bald Eagle* um; am Ende schaffte er es immer, die Seiten schwungvoll über den ganzen Tresen auszubreiten. «Ist das vielleicht einer Ihrer Gitarristenfreunde, Mylord?»

Melrose seufzte. «Bringen Sie mir noch ein halbes Old Peculier.» Er schob ihm sein Glas hin.

«Ja, Mylord.»

«Hören Sie um Gottes willen auf, mich ‹Mylord› zu nennen, und hören Sie auf, so von oben herab zu reden. Seit Sie das Wort ‹Bar› auf der Tür mit ‹Saloon› übermalt haben, sprechen Sie so.» In weißer schnörkeliger Schrift stand jetzt *Saloon* auf dem Milchglas; das gehörte zu Dicks Bemühungen um ein schickes neues Dekor. «Und nur wegen des Blauen Papageien. Wir haben Ihnen doch gesagt, daß Slys Laden zu weit außerhalb des Dorfes liegt, um Ihnen Konkurrenz machen zu können. Wobei sein Kamel weiß Gott besser aussieht als Ihr Gepard. Der hat die Räude.»

Dick schabte die Schaumkrone vom Bier und sagte (wobei er über seine halbe Brille lugte, die er seit neuestem immer aufhatte): «Ich finde, daß er dem Laden ein bißchen Klasse verleiht, auch wenn das nicht alle so sehen.»

Das große ausgestopfte Tier hockte wie kurz vor dem Sprung vor dem riesigen Kamin. Das Fell war abgewetzt, es hatte sogar kahle Stellen, und die Vorderzähne fehlten. Es hatte eine gespenstische Ähnlichkeit mit Mrs. Withersby, die zu einem Schwätzchen gekommen und zum Trinken geblieben war. Jetzt schnarchte sie neben dem Geparden. Das Prachtstück stammte von einem Jagdfanatiker, dessen Nachlaß Trueblood erstanden hatte. Weitere Kunstgegenstände, wie zum Beispiel ein von einer Ranke aus Seil herunterhängender Affe, waren ebenfalls in der Hammerschmiede in Position gegangen.

Melrose wies Dick darauf hin, daß seine Speisekarte etliche Absonderlichkeiten enthielt, auf die man gut verzichten konnte.

«Also, meine Frau kocht nicht schlechter als Trevor Sly», sagte Dick und schüttelte eingeschnappt den *Bald Eagle* aus.

«Jeder kocht so gut wie Trevor Sly. Darum geht es auch gar nicht. Ich sehe nur partout nicht ein, warum Sie versuchen müssen, das alte Pub zu verändern. Ich mag keine Veränderungen.»

«Jetzt nehmen Sie es sich mal nicht so zu Herzen, daß Miss Rivington weg ist, Sir.»

«Ich nehme mir zu Herzen, daß Mr. Jury vielleicht denselben Weg geht», murmelte Melrose.

«Was?»

«Nichts.» Melrose drückte seine Zigarette im Aschenbecher aus und spürte den kalten Luftzug, als die «Saloon»-Tür aufging. «Zum Kuckuck, es ist sechs Uhr, wo *sind* alle?»

«Hier, mein Bester», sagte Marshall Trueblood, als sei er ganz Long Piddleton.

Es verschaffte Melrose eine gewisse Befriedigung, Trueblood das Lächeln aus dem Gesicht zu vertreiben. «Ich habe Neuigkeiten für Sie.»

«Interessante?» Trueblood nickte Dick zu. «Das Übliche, Mr. Scroggs.» Als Dick zu der Batterie nach unten hängender Flaschen schlenderte, rief Trueblood: «Und wenn er wie letztes Mal mit Wasser verdünnt ist, gehe ich nur noch in den Blauen Papagei.»

«Ha! Als ob der bei Sly *nicht* verdünnt wäre!»

«Sein Wasser kommt aber aus einem Brunnen. Was für Neuigkeiten?»

«Jury heiratet.»

«Natürlich tut er das. Wobei wir uns noch nicht definitiv für einen Termin entschieden haben. Vivian –»

«*Unsere* Version meine ich nicht, ich meine *seine*.» Melrose hob indigniert sein Glas.

«Er hat keine Version, seien Sie nicht albern.» Trueblood ließ sich nicht aus der Fassung bringen. «Wen zum Teufel sollte er denn heiraten?»

«Hören Sie, in London gibt es auch Frauen.» Trueblood winkte ab, und im Hintergrund hörte man Scroggs' Telefon klingeln. «Ich habe nicht die geringste Ahnung, worüber Sie reden.»

«Für Sie, Mylord», rief Scroggs. «Es ist Mr. Ruthven.»

«Warum müssen die Leute mich sogar hier belästigen?» Schweren Schrittes begab sich Melrose zur Schankstube…

…und kam wie ein Schlafwandler zurück. Er setzte sich und starrte Trueblood an. «Sie ist tot.»

«Sie meinen, Agatha ist *endlich* –» Er strahlte förmlich. Dann verdüsterte sich sein Gesicht. «Trotzdem, ohne die alte Gaunerin wird es hier nicht mehr dasselbe sein.»

«Nicht sie. Jurys Freundin. Und er ist vom Dienst suspendiert worden.»

Trueblood klopfte mit einer rosafarbenen Sobranie auf seinen polierten Daumennagel, hob eine nicht minder gepflegte Augenbraue und sah erst Melrose, dann Dick Scroggs an. «Diesmal ist er wirklich übergeschnappt, Dick. Geben Sie ihm was zu trinken.»

«Habe ich gerade», sagte Scroggs, ganz Truebloods Meinung, was den Bericht über Jury betraf.

Eine neue Stimme ertönte, alles andere als glockenhell. Sie klang, als schlage ein rostiger Klöppel dumpf gegen Metall. Mrs. Withersby, deren Glas so leer war wie der Teller, den sie im Sonntagsgottesdienst herumgab (Manche sind nicht christlicher als..., pflegte sie dann dem Pfarrer zu sagen), kam herbei, um ihrerseits finstere Prognosen abzugeben, und sie wurden um so finsterer, je länger sie darauf warten mußte, daß ihr Glas wieder gefüllt wurde. «Wissen Sie, die Familie war immer ein bißchen –» Dazu beschrieb sie mit dem Finger kleine Kreise auf ihrer Schläfe und größere mit ihrem Glas auf dem Tresen. Hinter dem Ohr hatte sie eine Zigarette stecken, aber von der wollte sie sich nicht trennen. Sie bat Marshall Trueblood um einen von seinen Glimmstengeln. «Guckt ihn euch an, ganz in Weiß tanzt er hier an. Dafür ist braunes Bier aber nich gut... ah, besten Dank auch», schloß sie ihre Rede, als Melrose ihr sein unangetastetes Glas zuschob. Glücklich zog sie mit ihrem Glimmstengel und dem Halben ab.

Melroses Augen waren immer noch verschleiert. Er schüttelte schnell den Kopf, um wieder einen klaren Blick zu bekommen.

«Hören Sie, alter Knabe. Sie brauchen Ferien.»

«Wir sind doch gerade aus Italien zurück, Sie Idiot.» Die Nachricht hatte ihn so aufgeregt, daß er wahrhaftig die grüne Sobranie nahm, die sein Freund ihm anbot. «Ich fahre in den Lake District.» Er zog heftig an der Zigarette und hustete.

«Machen Sie sich nicht lächerlich.» Trueblood schauderte es.

«Southey?» Der Name schmeckte genauso fremd wie die leuchtendgrüne Zigarette, die Melrose rasch ausdrückte.

Scroggs schüttelte den Kopf, die Augen immer noch auf seine Zeitung geheftet. «Cumbria, Mylord. Im Norden.»

«Hat Theo noch auf?» Melrose sah auf die Uhr.

«Warum? Ja», sagte Trueblood. «Der alte Pfennigfuchser

hat jeden Abend bis sieben, halb acht auf. Sie gehen doch nicht *zu ihm*?»

Melrose antwortete nicht, sondern eilte zur Tür hinaus.

Die Tür des Wrenn's Nest Book Shoppe stand auf, bereit, die steifen Märzwinde so lange einzulassen, wie sie Kunden hineinbliesen.

Theo Wrenn Browne, der Geschäftsinhaber, saß wie ein Habicht auf seiner Bibliotheksleiter und setzte den Preis für eine Erstausgabe herauf. Er nannte sich Antiquar, aber meist war er im Dekolleté einer amerikanischen Bestsellerautorin (dem Bild hinten auf dem Umschlag) oder in seine Kassenlade vertieft, als wollte er seinen eigenen Laden ausrauben.

Heute jedoch saß er genau in der richtigen Höhe, um auf Melrose Plant herabzusehen, den er verabscheute, wenn auch nicht so sehr wie Marshall Trueblood. Den haßte er abgrundtief. Höchstwahrscheinlich, weil Truebloods sexuelle Orientierung, aus der dieser auch gar keinen Hehl machte (was Theo mit Freuden sah), doch nicht ganz eindeutig war; während keine Klappe stabil genug war (kraß ausgedrückt), um Theo Wrenn Browne festzuhalten. Er dachte zwar, er sei in seinen staubigen Ecken vor aller Welt gut verborgen, aber er war eine so auffällige Tunte, daß er sogar aus den tiefsten Tiefen der Londoner Silver Vaults herausknallen würde.

Wenn er Melrose Plant (Long Pidds populärstem Bürger) oder Marshall Trueblood (dem farbenprächtigsten Dorfbewohner) seine Überlegenheit beweisen konnte, verschluckte er sich fast vor Wonne. Als er nun herausfand, daß er über die Dichter des Lake District mehr wußte als Plant, geriet er auf seinem hohen Sitz regelrecht ins Wanken. «Wenn ich Sie recht verstehe, meinen Sie Robert Southey.»

«Gibt es denn noch mehr Dichter, die Southey heißen?» fragte Melrose unschuldig.

Theo witterte Ironie (wo keine beabsichtigt war), und sein *nein* war genauso kurz und knapp wie das Zuschlagen des Buches. Er stieg herunter, schob die Leiter ans andere Ende der Regale und ärgerte sich, daß er keine Southey-Gesamtausgabe hatte. «Hier ist ein Band *Gesammelte Werke*. Wordsworth, Coleridge, De Quincey, Southey.» Er gab Melrose das schwere Buch.

«Es geht mir nicht um die Gedichte. Die *Lyrischen Balladen* habe ich gelesen. Etwas über ihr Leben, außer dem ganzen Gelaber über Dorothy und William. Und haben Sie nichts Kürzeres? Ich habe nur bis morgen Zeit, um es mir einzupauken. Was ist mit den Schülerausgaben?»

Theo Wrenn Browne war schockiert. «Sagen Sie bloß, Sie lassen sich auf Spickzettelniveau herab.»

«Ganz recht. Haben Sie eins über die erste Hälfte des neunzehnten Jahrhunderts?»

«So etwas *führe* ich nicht. So etwas unterstütze ich nicht. Hier.» Er gab Melrose ein kleines Buch. *Guide to the Lake District* von William Wordsworth. «Eines der bekannteren Bücher über die Seen.»

«Ein Reiseführer? Brauche ich einen Reiseführer?»

«Offensichtlich ja», sagte Theo gouvernantenhaft und durchforstete seine Regale. «Hier ist der West. Das heißt, Thomas West», fügte er hochnäsig hinzu und sprach den Namen aus, als sei sein Kunde geistig minderbemittelt. «Aber ich glaube, Wordsworth bezieht sich in seinem Buch darauf.»

«Geben Sie es mir. Das tut's auch. Da ist eins über Dorothys Briefe. Das können Sie mir dann auch noch einpacken.»

Theo spitzte die Lippen. «Der West ist eine Seltenheit. Und teuer.»

Melrose stöhnte und zückte sein Scheckheft.

Zweiter Teil

Die Agonie
des fetten Mannes

15

«VERDAMMT NOCH MAL, ich tue mein Gebiß rein, wenn es mir paßt», sagte Adam Holdsworth zu einer der geschmackvoll gekleideten Schwestern, die zum Personal in Castle Howe gehörten.

Schwesterntrachten gab es hier nicht, doch Schwestersprache redeten sie immer noch. «Aber, aber, Mr. Holdsworth», sagte Miss Rupert in ihrem einschmeichelndsten Ton, «wir sind doch *so* hübsch mit unserem Gebiß.» Miss Rupert tat ihr Bestes, ihre Mundwinkel zu einem winzigen Lächeln zu verbiegen.

«Sie vielleicht, Miss Rübe, aber ich nicht.»

«Mein Name ist Rupert, wie Sie sehr wohl wissen.» Das schiefe Lächeln verschwand. «Ihre Zähne, Mr. Holdsworth –»

«Herr im Himmel, ich bin neunundachtzig und sehe aus wie Yorick, der arme, frisch aus dem Grab. Jetzt nehmen Sie mir mal die Blutdruckmanschette ab und gehen Sie mir aus dem Weg!» Sie war dünn wie eine Bohnenstange, aber wenn sie einem das Handgelenk umklammerte, hatte man das Gefühl, man trüge Handschellen. Er löste die Bremse an seinem elektrischen Rollstuhl, und Miss Rupert mußte beiseite springen.

Nichts im Namen von Castle Howe (etwa ein Zusatz wie «Pflege-» oder «Senioren»heim) trübte das Bild von grandiosen Ausblicken und luxuriösen Einrichtungen, das die Broschüre zu vermitteln suchte. In gewissem Sinne war es natürlich beides, es gab etliche Krankenschwestern, zwei Ärzte, die stundenweise hier arbeiteten, und zwei Psychiater, die rund um die Uhr da waren und am meisten von allen zu tun hatten, weil die Möglichkeiten, sich anderweitig zu unterhalten, vernachlässigbar waren. Aber die Angestellten trugen keine Kittel oder Uniformen, sondern schlichte, teuer geschneiderte Alltagskleidung. Man tat alles, um die «Gäste» (niemals «Patienten», ob sie platt aufs Gesicht fielen oder «friedlich» im Schlaf verschieden) – das heißt, ihre Gedanken von Krankheit fernzuhalten, egal, ob harmlos oder tödlich.

Rein zufällig (schien es) waren alle, die in Castle Howe einzogen, sechzig und älter, oder, wie Mrs. Colin-Jackson, die Besitzerin und Leiterin, es ausdrückte, im «besten Alter». Mit dieser Floskel pflegte sie die potentiellen «Gäste» von Castle Howe zu beschreiben. Und diese wohnten nicht in einfachen «Zimmern», sondern in «Suiten», die mit einer Nische ausgestattet waren, in der sich ein Kühlschrank, eine Teemaschine und ein Kessel befanden. Die «Suiten» waren nicht numeriert, sondern trugen Namen, die etwas mit dem kulturellen Erbe des Lake District zu tun hatten: «Wordsworth», «Coleridge», «De Quincey» (in dieser Suite wohnte Adam Holdsworth, der sich bemühte, dem Namen alle Ehre zu machen, indem er das Zimmer mit Zigarren vollqualmte – Opium war schwer zu bekommen) sowie «Burns» und «Scott», also sogar die Namen schottischer Dichtergrößen.

Es war schwer, Castle Howe ohne den extensiven Gebrauch von Kursivierungen zu beschreiben. Anzeigen in *The Lady*, *Country Life* und gelegentlich der *Times* versicherten potentiellen Kunden eine *phantastische* Szenerie und eine *prächtige* Ausstattung. Begriffe mit dem Stigma von Pflege- oder Seniorenheim wurden vermieden. Sowohl die Anzeigen als auch die Broschüre waren von Mrs. Colin-Jackson kunstvoll entworfen worden und richteten sich offensichtlich an die Gutbetuchten, die ihre reichen alten Mamis und Tantchen und Omis dort abladen wollten, einerlei, ob sie es nur noch zwei Monate oder noch ganze zwei Jahrzehnte machen würden.

Die Farbbroschüre zeigte einen Salon und ein mit Antiquitäten vollgestopftes Musikzimmer, komplett mit William-Morris-Tapete, herrlichem Deckenstuck und Seidenvorhängen. Außerdem war ein mit Kerzen beleuchteter Speisesaal mit linnengedeckten Tischen abgebildet, der auch einem teuren Hotel nicht zur Schande gereicht hätte. Ein weißbefrackter Ober nahm gerade die Bestellung von zwei Herren und einer Dame entgegen, die so reich aussahen, als würden sie sich die Zeit damit vertreiben, Übernahmeangebote an Luftfahrtgesellschaften und Computerfirmen zu machen.

Die Anzeige mit der Federzeichnung des Anwesens lenkte die Aufmerksamkeit garantiert nicht auf die kleingedruckte Klausel, daß zukünftige Bewohner «weitgehend bewegungsfähig» und «psychiatrisch nicht vorbelastet» sein müßten; beide Floskeln waren so schwammig, daß Mrs. Colin-Jackson sie nach Bedarf auslegen konnte. Auf diese Weise war sie in der Lage, selbst zu entscheiden, ob der ältliche Zukünftige hineinpaßte, und sie traf diese Entscheidung allein auf der Grundlage der Finanzen.

Es war schon lästig für Mrs. Colin-Jackson, daß es auch im Bürgertum (und nicht nur im Adel, für den sie ihre Dienste eigentlich bereithielt) opferbereite Töchter und Söhne gab, die ihren letzten Pfennig ausgaben, damit Mama oder Onkel John in vornehmer Umgebung wohnen konnten. An letzten Pfennigen war Mrs. Colin-Jackson herzlich wenig interessiert. In Fällen, in denen es aller Voraussicht nach nichts zu erben gab und die Angehörigen Wert auf einen Rundgang legten und die Unterkunft tatsächlich in Augenschein nahmen, erklärte Mrs. Colin-Jackson, daß die Formel «weitgehend be-wegungsfähig» einen Stock oder zwei gestattete, Mama sich aber nur mit einer Gehhilfe fortbewegen könne. Wenn das alles nichts fruchtete, war schlicht und ergreifend keine Suite frei, aber ja, der Name komme nach der Duchess of Wan-derby und der Viscountess Stuart auf die Liste.

Wenn ein Bewohner besonders anstrengend wurde, warf Mrs. Colin-Jackson ihn hinaus, indem sie die Familie anrief und sagte, der liebe Senior wachse ihr über den Kopf – er werfe Essen durch die Gegend oder habe sich der Ärztin un-sittlich genähert; sie entschuldigte sich dann vielmals, bestand aber darauf, daß der Störenfried entfernt werde. Eine Woche Frist wurde gnädig zugestanden, und falls die Verwandten bereit waren, das Eineinhalbfache zu bezahlen, wurde zur Not auch eine Monatsfrist eingeräumt.

Das wußte Adam Holdsworth natürlich alles. Er war der ein-zige Bewohner, der freiwillig gekommen war, und zwar gegen den Protest seiner Angehörigen, die der Gedanke nervös machte, daß Geld zum Fenster hinausgeworfen wurde oder vielleicht sogar als Erbe bei der guten Frau landete, die sich im Herbst seines Lebens um ihn gekümmert hatte. In alldem steckte eine gewisse Ironie, fand Adam, denn die Eigentümerin und das Personal behandelten die Bewohner weit besser, als sie zu Hause behandelt worden wären. Dort wären sie ignoriert worden; es sei denn, es war von einer Änderung im Testament die Rede. Mrs. Colin-Jacksons Geldgier störte Adam über-haupt nicht, denn sie mußte teuer dafür bezahlen (mit Zeit und Geduld), wenn zum Beispiel Mr. Wynchcomb seine Schüssel Weetabix über dem Kopf einer der Schwestern Dunster aus-schüttete. Sie mußte sich nicht nur damit herumplagen, son-dern auch noch gute Miene zum bösen Spiel machen, als ob sie die Beteiligten für richtige Scherzkekse hielte: Aber sie würden es doch bitte nicht wieder tun! Wenn der arme alte Wynchcomb sich zu Hause diese Kapriolen erlaubt hätte, wäre er auf dem Dachboden eingesperrt worden.

Nichts davon war illegal und, wenn man seine Phantasie anstrengte, auch nicht unehrlich. Die in der Broschüre abgebildeten Räume existierten tatsächlich, wenn auch der Aufnahmewinkel geschickt gewählt sein mochte; und das Essen war sehr gut, auch wenn es von Angestellten serviert wurde, die nur vier Worte Englisch sprachen.

Adam hatte Millie Thale dazu gebracht, ihn nach Castle Howe zu rollen, wo sein Gespräch mit Mrs. Colin-Jackson mit einer großzügigen Interpretation des «weitgehend bewegungsfähig» befriedigend abgeschlossen wurde, nachdem mehrere tausend Pfund den Besitzer gewechselt hatten. Sie hatte die ganze Zeit gelächelt und gesagt, sie benötige Zeit, um sich mit ihrem «Personal» zu besprechen, und Adam hatte gesagt, *nur zu, ich gebe Ihnen fünfzehn Minuten.* Und sie hatte immer noch unterwürfig gelächelt.

Er wußte, der einzige Mensch, mit dem sie sich besprechen wollte, war sein Bankmanager bei Lloyd's. Und da Adam sich diesen Ort selbst ausgesucht hatte, ließ er sich nicht abspeisen. Außerdem war sein Zuhause so nah, daß er (sagte er) seine Verwandten häufig besuchen würde.

Dann hatte er sich in die in der Broschüre abgebildete Bibliothek mit der hohen Decke und den Seidenvorhängen gerollt, wo ein altes Mädchen in einem hübschen Tweedkostüm mit der Bibel in der Hand einer imaginären Zuhörerschaft predigte. *Kümmern Sie sich nicht um Miss Smithson,* hatte Mrs. Colin-Jackson ihm gesagt, *ihre Familie wird sie bald abholen. Ein solches Ärgernis können wir in Castle Howe wirklich nicht dulden.*

Und so geschah es, daß Adam Holdsworth in die De-Quincey-Suite einzog.

Mami ist so unabhängig; ich weiß, sie könnte die Einschränkungen in einem Pflegeheim nicht ertragen.

Nun lebte er schon seit zwei Jahren hier und war doch immer wieder erstaunt, wie vorhersagbar das Szenario war. Er genoß es, sein nicht bewegungsfähiges Ich äußerst sichtbar zu präsentieren, wenn er wußte, daß ein «Gespräch» bevorstand, denn es trieb Mrs. Colin-Jackson jedesmal zur Verzweiflung. Zähneknirschend wies sie darauf hin, daß «unser Mr. Holdsworth in seinem Rollstuhl schneller ist als jeder Marathonläufer», und brach dann in schallendes Gelächter aus.

Mehrfach hatte sie Adam schon gebeten, gefälligst zu verschwinden (ganz so deutlich hatte sie sich nicht ausgedrückt), wenn sie mit Kandidaten sprach. Das tat er natürlich nicht; seine Zipfelmütze auf dem Kopf und ohne Gebiß setzte er sich immer in die breite Tür des Southey-Zimmers, wenn in dem üppig möblierten Raum irgendwelchen Einfaltspinseln für die Unterbringung von Mama zweitausend im Monat aus der Tasche gezogen wurden.

Zu hören, daß «Mama» oder «Papa» oder «Tantchen» ihre Unabhängigkeit einfach *brauchten*, und dann zu sehen, wie die zerbrechlichen Altchen praktisch auf Bahren hineingetragen wurden, rechtfertigte das Kleingedruckte in Mrs. Colin-Jacksons Verträgen. Wenn sie dann aber erst einmal in Castle Howe wohnten, rappelten sie sich wunderbar auf, schmissen mit Müsli und lieferten sich in dem luxuriösen Ambiente des Wintergartens Spazierstockduelle.

Und dann gab es noch die in der Broschüre immer wieder überschwenglich hervorgehobene Freiheit, sich auf dem Gelände uneingeschränkt zu bewegen. Jeder durfte jederzeit weggehen. Von Mrs. Colin-Jackson aus hatte angesichts der Kaution von zweitausend Pfund und einer langen Warteliste jeder Gast sogar die Freiheit, von den Wällen oder in den Teich zu fallen.

Gesellschaftlich wurde es bald sogar eine Sache des Prestiges, einen schrägen alten Verwandten in Castle Howe zu haben. (*Tante Florence? Oh, ja, nach dieser hektischen Kreuzfahrt um die Welt hatte sie das Gefühl, sich* unbedingt *ein bißchen Ruhe gönnen zu müssen, und war völlig* versessen *auf die Möglichkeit, in Castle Howe zu leben*; wenn in Wahrheit – und da war Castle Howe schon eine Entlastung – Tante Flo auf ihrer «Kreuzfahrt» nicht weiter gekommen war als bis zu dem Teich in ihrem Garten, wo sie jedem, der das Unglück hatte, draußen vorbeizugehen, obszöne Sprüche hinterherkeifte.)

Also war Adam eingezogen, um forthin eine Reihe von «Ärgernissen» in vollen Zügen zu genießen – zum Beispiel den seit langem anhaltenden hitzigen Streit zwischen den Dunsters oder auch mit Colin-Jacksons Helfershelferin, Miss Maltings, die neben dem Eingang saß und schier unendliche Mengen schwarzer Wolle verstrickte. Alles, was passierte, schrieb Adam mit einem Mont-Blanc-Füllfederhalter sorgsam in ein kleines ledergebundenes Notizbuch, wobei die Hand ein wenig zitterte, wie ein Automotor im Leerlauf. Er konnte immer noch schreiben, wenn er auch manchmal fand, das Resultat sehe eher so aus wie der Ausdruck eines EKG-Geräts.

Mit seinem elektrischen Rollstuhl raste er, wenn es zu langweilig wurde, auf dem Anwesen umher und testete, wie viele Bewohner er zu Fall oder wie viele Autos er zu einem kreischenden Halt bringen konnte. Der Rollstuhl hatte beinahe so viele Gänge wie ein Auto. Ab und zu rief er im Tarn House an und bat Millie, zu kommen und ihn draußen spazierenzufahren. Er hatte Millie gerne um sich. Sie und ihr Kater waren die einzigen im Haus, denen er vertraute.

Wenn er im Tarn House war, verbrachte er seine Zeit meist in der warmen, behaglichen, köstlich duftenden Küche, wo er willkommen war, man ihn aber keineswegs hofierte. Bei diesen Besuchen bestand er häufig darauf, mit dem Kater Hexer einen Starrwettbewerb zu veranstalten. Er konnte sich totärgern, weil er immer der erste war, der wegguckte. Der Kater brachte ihn fast so weit, an Wiedergeburt zu glauben. In einem seiner früheren Leben mußte das Tier Rasputin gewesen sein. Wenn Mrs. Callow nicht gerade mit dem Butler einen zur Brust nahm, kochte sie das Gemüse, und Millie hatte auch immer etwas Gutes im Topf schmoren. Wie ihre Mutter war Millie eine geborene Köchin. Adam fuhr immer gern in der Küche herum und versteckte Pennies und Pfundmünzen im Geschirr, damit sie sie später fand. Daß Mrs. Callow sie finden würde, befürchtete er nicht; die konnte vor lauter Portwein nicht geradeaus gucken.

Der Rest der Familie wartete natürlich darauf, irgendwann einmal *große* Summen zu finden (um es mal so auszudrücken). Er konnte nicht ewig leben, aber immerhin so lange, daß sie an der Sterblichkeit des Lebendigen schlechthin zweifelten. Crabbe tat ihm oft leid, er konnte ihm auch kaum vorwerfen, daß er sich in seine Welt der Dichter und Maler zurückzog. Warum setzten so viele anständige Leute ihr Leben in den Sand? Coleridge, De Quincey – Wordsworth natürlich nicht. Aber, dachte Adam, wenn er mit einer liebenden Schwester, die an seinen Lippen hing, die Täler und Hügel durchstreifen würde, hm, dann wäre er wahrscheinlich auch in der Stimmung, die eine oder andere Ode vom Stapel zu lassen.

Jane. Er zog die Stirn in Falten. Die Frau seines Enkels mochte er nur, weil sie einen Sohn wie Alex hatte.

Genevieve war über Janes Tod nicht traurig, sondern nur wütend über Alex, weil er behauptet hatte, er habe keine Angehörigen.

Da hat er verdammt recht, dachte Adam Holdsworth traurig.

Lady Cray war eine derjenigen, die *mit* ihren Aufsehern kam: mit Tochter und Schwiegersohn. Lady Cray, mit kleinem schwarzem Hut und großer schwarzer Tasche, in feinste Seide gekleidet, lächelte immer nur vage, als könnte sie sich nicht erinnern, warum sie hier oder mit wem sie gekommen war.

Sie spazierte davon, während Mrs. Colin-Jackson den jungen Leuten alles mögliche aufschwatzte. Adam saß genau vor der Tür zum Gesellschaftszimmer und kam zu dem Schluß, daß hier mehr dahintersteckte, als man mit bloßem Auge sehen konnte, und folgte ihr. Lady Cray wanderte scheinbar ziellos durch den Aufenthaltsraum, das Spielzimmer und die Bibliothek und fand im Eßzimmer schließlich, was sie suchte. Sie nahm das silberne Besteck von einem Zweiertisch und steckte es in ihre schwarze Tasche, die sie zufrieden zuschnappen ließ. Als sie wieder gehen wollte und Adam sah, lächelte sie nur ihr Grübchenlächeln, öffnete ihre Tasche und brachte einen dicken Packen Geldscheine zum Vorschein. Sie blätterte einen Fünfziger ab und hielt ihn Adam hin. «Wenn Sie den Mund halten können.» Ihre Stimme war so sanft und vornehm, als wollte sie ihm ein Glas Sherry anbieten.

«Sehr großzügig von Ihnen, aber ich habe schon zuviel Geld», sagte Adam.

«Aha. Sind Sie dann an einem Löffel interessiert? Das Silber ist erstaunlich edel.»

«Nein, danke. Ich habe selber welches.»

Er hoffte, Lady Cray würde hier einziehen. *Sie* brauchte ihre Unabhängigkeit ganz bestimmt. Es störte sie offenbar nicht, daß er neben ihr herfuhr, während sie weiter durch die üppig ausgestatteten Flure ging.

Adam zog seinen wertvollen Mont-Blanc-Füllfederhalter heraus und trug etwas in sein Notizbuch ein. Während er neben ihr herfuhr, informierte er sie über Castle Howe. Die

Zimmer seien gut, das Essen überraschenderweise auch. Man könne entweder im Eßzimmer oder in seinem eigenen Zimmer essen. Es sei alles nicht schlimm, solange man nicht vergaß, daß alle, die den Laden betrieben, total meschugge seien. Colin-Jackson verschwinde zur Cocktailstunde immer mit einer Karaffe Gin oder komme auch schon mal ins Eßzimmer und mache mit den Gästen eine ordentliche Sause.

«Wie hübsch», sagte Lady Cray, als sie die Bibliothek betrat und sich mit hochgezogenen Brauen umsah.

«Drüben auf dem Regal sind ein paar Elfenbeinstücke, falls Sie so was mögen.»

Sie seufzte und wandte sich um. «Elefantenstoßzähne.» Sie schüttelte den Kopf. «Ist Wilderei nicht schrecklich?»

Adam fand das auch, und da sie sonst nichts interessierte, drehten sie um und gingen weiter. Am Ende des Flurs führte eine Verandatür in den Garten, und er schlug einen «Spaziergang» vor. «Ich hoffe, Sie werden beschließen, hier einzuziehen, Lady Cray. Es wäre schön, eine Kleptomanin hier zu haben.» Er hielt inne. «War nicht böse gemeint. Ich bin einfach nur davon ausgegangen, daß Sie keine Sammlerin sind.»

Sie gingen den Gartenweg hinunter, und Lady Cray fing an, Blumen zu pflücken. Bald hatte sie ein kleines Bouquet beieinander, das sie in den unergründlichen Tiefen ihrer Tasche verstaute. «Wissen Sie, ich bin ziemlich geschickt. Ich bin viel riskantere Orte gewöhnt. Harrods mag ich besonders. Ein schrecklicher Laden, wenn Sie ihn ernst nehmen. Soweit mir bekannt ist, haben meine Tochter und mein Schwiegersohn Harrods damit beauftragt, meine Beerdigung auszurichten.»

«Wußte gar nicht, daß Harrods Beerdigungen macht. Das muß ich Genevieve erzählen.»

«Genevieve?»

«Meine Schwiegertochter.»

«Aha. Ich glaube, es wird mir hier gefallen», sagte Lady

Cray und pflückte neben dem Rollstuhl eine Blüte. «Wenn ich nur von meiner Familie wegkomme!»

«Das kann ich Ihnen nicht verdenken.»

«Ach, kennen Sie sie auch?» fragte sie. Geistesabwesend ließ sie ihre grauen Augen herumwandern, als sie sich auf eine der gußeisernen Bänke zwischen den Buchsbaumhecken setzte.

«Nein, aber ich kenne meine. Schicken Sie nach Ihrem Anwalt, und schon greifen sie zum Whisky!»

«Genauso ist's, Mr. Holdsworth. Ich brauche nur mein Testament zu erwähnen, und schon kriegt Beau – das ist mein Schwiegersohn – das große Zittern und klappert mit dem Glas gegen die Wodkakaraffe. Wahrscheinlich wird er noch zum Alkoholiker. Ich hoffe nur, er zerbricht die Karaffe nicht. Sie ist von Lalique. Sehen Sie, da ist ein Rotkehlchen.»

Er drohte ihr mit dem Finger. «Lassen Sie die Tasche zu.»

Sie lachte. Lady Cray hatte wunderbare Haut, fiel ihm auf.

«Manchmal tun sie einem ein bißchen leid.»

«Mir nicht.»

Wieder lachte sie. «Ach, Sie wissen, was ich meine. Meine Tochter Lucia ist gar kein so schlechter Mensch. Aber so *schwach*, daß sie ihren Mann fast für sich atmen läßt. Manchmal frage ich mich, ob ich es deshalb tue – Sachen mitnehmen, meine ich. Um die Schwäche meines Kindes irgendwie zu rechtfertigen.»

«Das ist aber eine nachsichtige Betrachtungsweise. Kingsley würde dieser Anflug von Einsicht gefallen. Er ist einer von den Seelenklempnern hier im Hause.»

«Wie ist er mit dem Standardsatz ‹im Zustand geistiger Verwirrung›? Oder mit dem Trick ‹unter Einfluß von›? Weiß der Himmel, was sie machen, wenn mein Testament eröffnet wird.»

«Hm, glauben Sie nicht, daß das hier eine Rolle spielt. Hier sterben die Leute *durchaus*, verstehen Sie mich nicht falsch.

Natürlich sterben hier Leute. Aber ich kann mich nicht entsinnen, daß hier je einer ein Testament angefochten hat. Da paßt Kojak schon auf.»

«Kojak?»

«Die Abkürzung für Colin-Jackson. So lange sie etwas erbt, kann die Polizei getrost sämtliche Seen nach Leichen abfischen, ihr ist das einerlei.»

Lady Cray arrangierte mittlerweile ein weiteres Blumensträußchen und fragte: «Sie meinen, ermordet worden ist hier noch keiner?»

Verdammt, jetzt wünschte er aber, er hätte sein Gebiß drin, denn er bekam den Mund gar nicht wieder zu. «So, wie Sie das sagen, und mit der Nase in den Blumen, könnte man meinen, das wäre für Sie etwas völlig Normales.» Adam rieb sich die Hände. Die Arthritis meldete sich wieder. «Keine schlechte Idee, wenn ich es recht bedenke, solange es mich nicht trifft.»

«Haben Sie keine Angst, daß es jemand probieren könnte? Ich bin ziemlich sicher, daß man es bei mir ein- oder zweimal ein bißchen versucht hat!» Sie zog den kurzen Stiel eines Wintergänseblümchens durch das Knopfloch in seinem Jackenaufschlag. «So!»

Diesmal vergaß er nicht, den Mund zu schließen, als er merkte, wie erstaunt er war. «Was? Wie?»

«Ach, nicht weiter wichtig – und gänzlich erfolglos.» Sie legte ihre schmale behandschuhte Hand an den Mund, als ob sie ein kleines Lachen zurückhalten wollte. «Ich glaube, ich wurde in London vor einen Bus gestoßen. Ich war nicht verletzt, nur ein bißchen staubig.»

«Meine Güte...» Adam wurde nachdenklich. «Wissen Sie, bei uns in der Familie gab es kürzlich, hm, ich würde es eine Tragödie nennen. Selbstmord. Besonders tragisch, weil es sich um die Mutter meines Urenkels handelt. Er ist ein As und hatte eine sehr enge Beziehung zu ihr, und in meiner Familie ist Liebe nicht gerade an der Tagesordnung.» Adam erzählte Lady Cray das wenige, das er wußte.

«Dann glauben Sie, es war Mord.» Sie zupfte ein welkes Blütenblatt von der Blume und blies es von ihrer Fingerspitze.

«Was? Das hab ich nicht gesagt! Hören Sie, sie mögen alle ein Haufen Arschgesichter sein – entschuldigen Sie den Ausdruck –, aber sie würden doch nicht so tief sinken...»

Sie seufzte müde. «Aber ich bitte Sie, Sie wissen doch ganz genau, daß sie so tief sinken würden, bis sie kriechen müßten.» Lady Crays Blick verfinsterte sich. «Aber warum sie? Hatte sie Aussichten auf eine Erbschaft – oh, wie taktlos von mir. Sich nach jemandes Testament zu erkundigen ist genauso geschmacklos, wie sich nach seinen politischen Ansichten zu erkundigen.»

Adam hing seinen eigenen Gedanken nach. «Ich kann mir nicht vorstellen, daß meine Söhne es versucht haben. George ist ein Schwachkopf, und Crabbe schreibt seit hundert Jahren seinen umfangreichen Bericht über die Lake-Schule. Vor Genevieve muß man sich allerdings in acht nehmen. Sie hat meinen Sohn natürlich wegen des Geldes geheiratet, und sie ist gut zwanzig Jahre jünger als er. Sie war wahrscheinlich Chormädchen in *Cats*. Das Dumme ist, wenn ich *ihm* eine halbe Million hinterlasse, wird *sie* in seiner Show Regie führen. Wissen Sie, was ich deshalb gemacht habe?» Er grinste vielsagend und warf sich in die Brust.

«Was?»

«Er kriegt das Geld nur, wenn er eine Weltreise macht. Allein.» Adam kicherte. «Ich sehe es so: Wenn er für ein Jahr die Handschellen abnimmt und losfährt und neue Leute trifft – Frauen, hoffe ich... Kreuzfahrten sollen ja die reinsten Sexorgien sein, habe ich gehört, und der Mann ist erst sechzig.»

«Keiner, der so jung ist, sollte für den Rest seines Lebens in einer unglücklichen Ehe hängenbleiben.»

«Und wenn er nicht einmal etwas kapiert, wenn er weg von ihr ist, hm –»

«Das haben Sie schlau angestellt.»

«Freut mich, daß Sie das meinen.»

«Wenn *mir* nur etwas in der Art einfiele. Mein Problem ist, wenn ich ihnen nicht das meiste von dem Geld hinterlasse, wird Beau das Testament anfechten, und seit ich auf die schiefe Bahn gekommen bin, wenn Sie verstehen, was ich meine…»

Adam senkte die Stimme und sah sich um. «Je erwischt worden?»

«O ja. Da ist mein Enkel Andrew gekommen und hat mich freigekauft. Er ist mir der liebste Mensch auf Erden; natürlich hinterlasse ich ihm den Großteil des Geldes. Damals kam er mit todernster Miene zur Polizeiwache.» Lady Cray verzog das Gesicht zu einer Leichenmiene. «Und sobald wir am Auto waren, brach er in hellstes Gelächter aus. Wie Glockengeläut. Da spürte ich, daß es für die Menschheit noch Hoffnung gibt.»

«Das glaube ich. Was macht er?»

«Andrew ist ein richtiger Bücherwurm. In Cambridge hat er mit einem Prädikatsexamen abgeschlossen, und seine Eltern waren total erbost, als er einen Buchladen eröffnete. Ich besuche ihn oft, aber da lasse ich nichts mitgehen.»

«Scheint Alex ähnlich zu sein. Ich liebe solche Menschen. Mein Urenkel, sechzehn Jahre alt. Was der Tod seiner Mutter bei ihm alles auslösen wird… aber er kann einiges aushalten.» Adam wurde munterer und sagte: «Der Junge ist drei- oder viermal von der Schule nach Hause geschickt worden.»

«Entzückend. Was hat er denn verbrochen?»

«Sich ein bißchen vom Wetteufel reiten lassen – er hat ein

kompliziertes Wettsystem ausgetüftelt und sogar seine Kumpel eingeweiht. Und einmal wegen einer Schlägerei.» Adam versetzte der Luft ein paar Fausthiebe.

«Das klingt ja wundervoll.» Lady Crays Ausdruck änderte sich. Sie sah in Richtung des Castle und seufzte. «Sie geben uns Zeichen.»

Adam sah die Angehörigen hektisch winken, als bräche Lady Cray zu einer Reise ohne Wiederkehr auf. «Zu dumm.»

«Wir werden schon noch Zeit haben, das aufzuklären, ob es nun Selbstmord war oder Mord.» Die schwarze Tasche klapperte, als sie sie hochhob.

«Was haben Sie außer dem Silber da drin? Ein Schießgewehr?» Er kicherte über seinen kleinen Scherz.

«Ja. Menschen in unserer Lage können nicht vorsichtig genug sein, oder sehen Sie das anders?»

Adam kippte fast aus dem Stuhl. «Hat Kojak Sie nicht gefilzt? Lassen Sie mich sehen, lassen Sie mich sehen.»

«Nein.» Sie legte die Hand auf die Rollstuhllehne, zum Zeichen, daß sie wirklich gehen mußten. «Zum Plaudern werden wir noch genug Zeit haben. Wenn wir nicht gestorben sind.» Sie sah ihn fröhlich an. «Kommen Sie. Die drehen sonst noch durch.»

«Sagen Sie mal», fragte Adam, als er den Gartenweg zurückrollte, «sind Sie wirklich Kleptomanin, oder ist das alles nur Theater?»

Sie lachte. «Es *gibt* ein paar Dinge, die ich wie unter Zwang mitnehme. Was den Rest angeht, ja, das *ist* Theater. Aber ein bißchen Spaß muß der Mensch haben, sonst wird er verrückt. Wenn das Alter einem sonst nichts zu bieten hat, sollte es wenigstens gutes Theater sein, wußten Sie das nicht?»

«Was sind das, die ‹paar Dinge›?»

«Haarbänder und Schokolade.»

«Verdammt interessant. Hören Sie, sind Sie auch Taschen-
diebin?»

Als Antwort händigte sie ihm seinen Mont-Blanc-Füller
aus.

Adam Holdsworth erstickte fast vor Lachen.

«Dachten Sie, ich hätte für nichts und wieder nichts mit den
Blumen herumgefummelt?»

Es tat ihm *verdammt* leid, daß er seine Zähne nicht im
Mund hatte.

Aber er war froh, daß er seinen leuchtendblauen Pullover
anhatte.

16

EINES MUSSTE MAN WORDSWORTH LASSEN, dachte Melrose, der im Swan saß, Kaffee trank und den *Guide to the
Lake District* las: Der Mann wußte, worauf es ankam im Leben – er hatte einen Blick für Gasthäuser. Und beileibe nicht
nur für den altehrwürdigen Swan mit den alten Balken und
den bequemen geblümten Chintzsesseln und -sofas, die um
einen hellodernden Kamin gruppiert waren – sondern für eine
ganze Anzahl anderer. Wordsworth war zwar Abstinenzler,
aber eins hatte er begriffen: Wenn die Touristen hier die
Landschaft betrachtet hatten, wie er ihnen anriet, von Aus-
sichtspunkten, die so hoch waren, daß Melrose sie nicht kennenzulernen beabsichtigte – dann waren diese Bergwanderer
alle kurz vorm Verdursten. Der Dichter wies deshalb immer
sehr gewissenhaft darauf hin, daß nach der einen oder anderen

148

übersinnlichen Erfahrung des Wanderns und Schauens ganz in der Nähe ein Gasthof war, wo sie Ruhe und Stärkung fanden.

Manche Gasthäuser nannte er mit Namen – wie zum Beispiel das Larches am südlichen Ende des Lake Windermere; aber meistens bezeichnete er sie einfach als Gasthäuser. Woher rührte bloß diese moderne englische Sitte, *alle* Häuser, die fürs allgemeine Publikum offen waren, «Pubs» zu nennen, überlegte Melrose. Wordsworth nannte sie «Inns», Gasthäuser. Und so hatten sie die Angelsachsen auch genannt. Wie konnte man das White Hart in Scole oder das New Inn in Amersham oder das Old Silent in Stanbury ansehen und schnöde an Häuser für das allgemeine Publikum, an Pubs, denken? Ließ die berühmte kleine Gruppe Geschichtenerzähler den «Pub» Tabard hinter sich, als sie nach Canterbury aufbrach? Sagten die durstigen Bewohner Shropshires: «Kommt, wir gehen in den Pub?», wenn sie Ludlows wunderhübschen Feathers, ein Fachwerkhaus, aufsuchten?

Diese Überlegungen führten ihn zurück zu Long Piddletons altem Gasthaus, in die Büchse der Pandora, die leider seit über zehn Jahren keinen Pächter mehr hatte. Bisweilen radelte er dorthin, nahm die Fahrradklammern ab und machte einen Spaziergang, wobei er Mindy (der Hündin des einstigen Besitzers) die seltene Gelegenheit zu Leibesertüchtigungen gab. Im Winter lag der Schnee manchmal bis zu den Fenstern, im Herbst mochte ein welkes Blatt wie ein Stahlplättchen über den gepflasterten Hof gleiten. Wenn Mindy dann an den Abflußrohren und dem vertrockneten Ententeich schnüffelte, fragte sich Melrose, ob Tiere wohl Erinnerungen haben.

Manchmal wünschte er sich, er hätte keine; aber vielleicht hatte Wordsworth doch nicht ganz unrecht. Vielleicht war Erinnern Erfinden. Oder vielleicht konnte man sich, wie

Proust, der Vergangenheit ganz bemächtigen, konnte sie rekonstruieren, zurückrufen.

Er vertiefte sich wieder in Dorothys erstaunliche Beschreibungen der nordenglischen Berghänge, der Fells, und ihre Kommentare zu Williams und ihren gemeinsamen Wanderungen. Die Schwester kürzte den Namen ihres Bruders als «Wm» ab:

> «Wm und ich kehrten von Picknick auf dem Scafell zurück... Coleridge will Helvellyn erwandern... Wm sehr müde.
>
> Ich ging mit Coleridge und Wm die Gasse an der Kirche hoch, verweilte hernach mit Coleridge im Garten. John und Wm hatten sich beide zu Bett begeben...»

Wm, Wam... Das brummte Melrose angenehm in den Ohren, als er das Buch schloß.

Er bezahlte die Rechnung, verließ die Gaststube und sah in einem gläsernen Schaukasten in der Eingangshalle einen Porzellanteller, um dessen Rand in schnörkeliger Schrift eine Zeile aus einem Gedicht von Wordsworth geschrieben war, eine Frage, die, wie sich Melrose vage von seiner Lektüre erinnerte, Wordsworth Coleridge oder De Quincey gestellt hatte, als sie sich auf einer ihrer Wanderungen trafen:

«Wer hat nicht gesehn den herrlichen Schwan?»

Ja, wer kannte diesen Gasthof nicht?

Melrose hatte Ambleside und die Straße, die ihn zur anderen Seite der Seen und nach Boone bringen sollte, verpaßt. Er hatte dann bei der Touristeninformation in Grasmere angehalten und sich von der hilfsbereiten Dame dort erzählen lassen, daß der Wasdale Pass und der Hard Knott in der Tat ein direkterer Weg nach Wasdale Head und Wast Water seien; aber doch eine recht «unsichere» kleine Straße. Zum Glück war das Wetter schön; er und sein Auto würden es nicht mit Eis und Schnee aufnehmen müssen.

Melrose hörte das nicht allzu gern, aber da als Alternative nur in Frage gekommen wäre, zurück nach Windermere zu fahren und von dort eine umständliche Route zu nehmen, entschied er sich für die «unsichere» Straße.

Er verließ die Touristeninformationsstelle um kurz nach eins und dachte, es sei vielleicht hilfreich, ein bißchen in Grasmere, Wordsworths altem Dorf, herumzuschnüffeln, aufzuschnappen, was er aufschnappen konnte, und das, was er sah, auf sich einwirken zu lassen. Obwohl ein wenig touristisch, war es ein reizender Ort. Die Parkplätze waren zusammen fast so groß wie das Dorf selbst. Er ging in eine Parfümerie und schickte Agatha und Ada Crisp Eau de Toilette. Er sorgte dafür, daß Adas etwas größer war als Agathas, für den Fall, daß sie sich trafen. Die Herrenversion schickte er Marshall Trueblood. Die diversen Düfte würden in der Hammerschmiede vielleicht die des Geparden und von Mrs. Withersby überdecken.

Er ging in die Buchhandlung und kaufte ein Exemplar der Tagebücher Dorothy Wordsworths.

Er ging in einen winzigen Laden, der Gingerbread herstellte, ließ eine kleine Portion an Agatha und eine größere an seine Köchin Martha schicken. Marthas Sendung ließ er ein Päckchen Rumtoffee beilegen.

Er ging in ein kleines Café und kaufte sich ein Brötchen, das er im Stehen aß, während er einen Ausschnitt aus einer Ausgabe des *The Kendal Weekly Courant* von 1733 las: *«Mein Herr, obgleich nur ein Weip (und dieserhalben forchtsam, dasz ich ausgelacht werde, weil ich mich an Euer Blatt wende), muß ich doch dem Autor, ohnerachtet, wer es ist, der*

letzten Verse, die Ihr publizirt habt, sagen, daß er QUA-
DRILLA in sehr skandalöser Manir critisirt hat.»

Melrose kaute sein Brötchen und dachte schläfrig über
den Brief nach. Er hatte auf der anstrengenden Fahrt von
Northants hierher keine Pause gemacht und kam zu dem
Schluß, daß er zur Wiederherstellung seiner Leibeskräfte
mehr brauchte als ein Brötchen. Er ging zum Auto und fuhr
zurück zum Swan.

Nachdem er nun im altehrwürdigen Swan seinen Lunch ver-
zehrt hatte, wußte er, daß er die Weiterfahrt sofort in Angriff
nehmen mußte, wenn er Boone am späten Nachmittag erreichen wollte. Als er aber auf der Straße zurück nach Ambleside
das Dove Cottage sah, befand er, daß er es besuchen müsse.
Bei einer Führung konnte er sich eine schnelle Dosis Informationen über diese Tümpeldichter verpassen, und außerdem
verspürte er Wam gegenüber allmählich eine gewisse Kame-
raderie.

Dove Cottage war einmal ein Pub namens The Dove and
Olive Branch gewesen. Das erfuhr er von dem jungen Mann,
der seinem Häuflein Touristen in einem sehr kleinen Raum
mit dunkel glänzenden Dielen und Balken gegenüberstand.
Es war der Hauptraum. Insgesamt, dachte Melrose, glich
Wordsworths und Dorothys Heim eher einer Puppenstube
als einem echten Haus. Und der Dichter war wahrlich nicht
klein gewesen. Aber obwohl es so winzig war, empfand Melrose das Häuschen als Inbegriff des englischen Cottage, mit
dieser typischen Mischung aus Gegensätzen: Wie konnte ein
Haus gleichzeitig zugig und behaglich sein? Karg möbliert
und trotzdem angenehm vollgestopft?

…ach, du lieber Himmel, der junge Mann erzählte ihnen
gerade, daß nicht nur der Dichter und seine Schwester das
Haus bewohnt hatten; die Coleridges, die Southeys und ihre

diversen Kinder hatten *alle* hier logiert, und zwar *gleichzeitig*.

Melrose sah sich um. Dieses kleine Haus hatte kurze Zeit dreizehn Menschen Unterkunft gewährt? *Dreizehn?* Und eine gewisse Zeit auch noch De Quincey? Der hatte ganz bestimmt hier gesessen und sich mit Opium bedröhnt.

Dann dachte er, na gut, es war wahrscheinlich auch nicht beengender, als mit Agatha in Plague Alley Tee zu trinken.

Seine rudimentären Kenntnisse über einen der größten Dichter seines Landes waren ihm peinlich. O ja, er bewunderte *Das Vorspiel* und die «Ode, Ahnungen der Unsterblichkeit». Da mußte man schon ein völliger Ignorant sein, wenn man das nicht tat.

Dennoch mußte Melrose es zugeben.

Er mochte Sam lieber als Wam.

Coleridge war ein *Seher*, ähnlich wie Rimbaud, obwohl nicht so bewußt und sicherlich nicht so extrem. Als Melrose in die schmale Straße durch die Langdales einbog, den Wrynose Pass, dachte er an Rimbaud. Er dachte am Jim Morrison, der so mysteriös in Paris gestorben und dort begraben war.

Am allermeisten dachte er an seinen Freund Jury. Wie hielt er das nur durch? Kurz vor seiner Hochzeit hatte die Frau sich entweder selbst umgebracht oder war umgebracht worden. Und nun wurde er auch noch als Mörder verdächtigt!

Melrose nahm eine Kurve und versuchte zu verdrängen, wie er und Marshall Trueblood ihre alberne Schau in Venedig abgezogen und diese absurde Geschichte erfunden hatten...

Da war es vielleicht gut, daß er auf einer Todesstrecke fuhr. Er hörte auf, an irgend etwas anderes zu denken, als wie er von dieser verdammten Straße wieder herunterkam.

Als er dann außer Gefahr war, fuhr er sein japanisches Auto auf den Parkplatz eines der Gasthöfe, die Wordsworth erwähnte, und ließ den Kopf einfach auf das Steuerrad fallen.

Das verstand die Dame also als «unsicher»?

Die mit blauen Klecksern gekennzeichneten Swaledale-Schafsböcke, an denen er vorbeigefahren war, hätten ihm im übrigen mit noch mehr Vergnügen hinterhergeglotzt, wenn er in seinem Bentley gefahren wäre.

ES WAR DURCHAUS eine schwierige Frage gewesen, welches Auto er nehmen sollte. Wenn man sich um den Posten eines Bibliothekars bewarb, rollte man wohl kaum im Bentley oder Rolls Royce vor. Jetzt mußte er den Japanern noch dankbar sein, obwohl er die Mistkarre auf der M6 nicht über neunzig gebracht hatte. Und wie laut sie war! Aber sie schmiegte sich an die Straße wie die Schafe an die Berghänge.

Ein weiteres Problem war seine Kleidung gewesen. Gestern abend hatte er Ruthven angewiesen, ihm alte, abgetragene Klamotten einzupacken.

«Mylord, Sie besitzen keine abgetragene Kleidung», hatte der Butler erwidert und schien beleidigt, daß man ihm zutraute, die Anzüge und Pullover Seiner Lordschaft zu losen Fäden und Fusseln verlottern zu lassen.

«Zum Kuckuck noch mal, es muß doch was geben, in dem ich aussehe wie ein arbeitsloser Bibliothekar.» Melrose inspizierte eins seiner handgenähten Hemden; angewidert warf er es aufs Bett; es war ein Meisterstück der Schneiderkunst. Warum gab er immer allen seinen Gelüsten nach? Warum kaufte er nicht wie ein vernünftiger Mensch aus zweiter Hand?

Ruthven spitzte die Lippen und fuhr mit der Hand über

Jacketts, Hosen, Hausmäntel. Er zog einen Anzug heraus, hielt ihn mit gerunzelter Stirn von sich weg. «Der müßte gehen, Mylord. Der ist völlig aus der Form. Dekonstruiert, würde ich sagen.»

Melrose stieß einen tiefen Seufzer aus. «Ruthven, das ist ein *Armani*.»

Savile Row und Bond Street treu ergeben, ließ sich Ruthven von einem ausländischen Schneider nicht einschüchtern. Er zog ein wenig an den Ärmeln und langen Jackenaufschlägen, als könnte er so den Schnitt verbessern, zuckte mit den Schultern und stopfte ihn wieder in den Schrank. «Hier ist einer von Ihren Blazern, Sir. Zweireihig und zehn Jahre alt. Der ginge vielleicht.» Er hielt ihn zur Begutachtung hoch.

«Er sieht aus, als wäre er noch nicht mal zehn *Wochen* alt. Ich wußte immer, daß Sie meine Kleidung gut in Schuß halten, aber das ist ja wirklich eine Offenbarung.» Während Ruthven sich vor Freude ein affektiertes Lächeln nicht verkneifen konnte, sagte Melrose: «Bleibt nichts anderes übrig, als ein bißchen Leben aus dieser Harris-Tweedjacke zu rubbeln.» Er warf Ruthven das Jackett zu. «Martha soll ein paar Fäden rausziehen und Flicken auf die Ellenbogen setzen. Und ich nehme den Armani und hoffe, die Holdsworths verstehen nichts von Mode.»

Hocherhobenen Hauptes stolzierte Ruthven hinaus, das Jackett aus Harris-Tweed aber hielt er wie ein sterbendes Baby.

E R BRAUCHTE ETWAS ZU TRINKEN, und hier war endlich Boone und endlich ein kleines Pub, und für das Schild hätte er den Wirt umbringen können: The Old Contemptibles! Denn um Agatha zu zeigen, wie sehr er sie verachtete, hätte er es gern an ihr Cottage genagelt.

Das Schild war in jeder Hinsicht ein Zeichen. Es pfiff nach ihm, rief ihn, lockte ihn mit seinem hölzernen Finger, zog ihn an wie ein Magnet.

Es schien nur einen Schankraum zu geben, in den man durch einen düsteren Flur gelangte, den ein paar Fetzen orientalischen Bodenbelags zierten, die weit abgenutzter waren als die Flicken auf seinen Ärmeln. Auf einem Tisch im Eingangsraum, unter ein paar verstaubten Drucken von Gänsen und Fasanen, lag ein Gästebuch, und darüber hing ein Schild mit der Aufschrift *Fremdenzimmer*.

Der Schankraum war heller als der Flur, weil er mit bronzefarbenen Hebeln und halb abgeschirmten Neonlampen ausgestattet war. Sie hingen über einem großen Spiegel, dessen Rahmen neu versilbert werden müßte und der in dem einfachen Raum mit Kartentischen und Holzbänken völlig übertrieben wirkte.

Ein gerahmtes Dokument an der Wand genau neben der Tür verkündete, daß O. Bottemly die Lizenz besaß, Alkohol und Essen zu servieren.

O. Bottemly mußte es auch sein, der mit dem eindeutigen Gebaren eines Besitzers am Tresen entlang auf den Neuankömmling zustolzierte. Bedaure, Sir, kein Old Peculier, aber ich habe Jennings, das ist ausgezeichnet und sehr kräftig, versicherte er Melrose.

Ein so abgelegener Pub hatte wenig Laufkundschaft, aber dafür ließ sich das halbe Dutzend Gäste, die auf den Barhokkern zu kleben schienen, ordentlich vollaufen. Nachdem er schon ein paar Dorfbewohner auf der Straße gesehen hatte (drei waren über Spazierstöcke gebeugt gewesen) und nun auch noch die hier Sitzenden in Augenschein nahm, fragte sich Melrose, ob es überhaupt jemanden unter fünfzig gab. In

Boone schien das Alter eine ansteckende Krankheit zu sein, gegen die noch kein Impfstoff gefunden war.

Nicht einmal die Frau, die durch einen Vorhang in der Tür kam, verkörperte eine überzeugende Illusion von Jugendlichkeit. Aber sie hatte sich eindeutig alle Mühe gegeben: Ihre üppigen Brüste und Hüften hatte sie in ein geblümtes Volantkleid gezwängt und sich mit Perlen und Armbändern, Rouge und karminrotem Lippenstift geschmückt. Letzterer überschritt großzügig die natürlichen Konturen ihres Mundes. Sie ging zur verspiegelten Bar, füllte sich ein Glas mit Sherry und stellte sich im Umdrehen als Connie Fish vor. Geschäftsführerin, fügte sie der Sicherheit halber hinzu. O. Bottemly räusperte sich und kaute an einem Zahnstocher.

«Die alte Con», sagte ein Stammgast und hob ein fast leeres Glas.

Ein weiteres gerahmtes Dokument an der Wand verriet, wo der Name der Kneipe herkam: Es war nach dem gleichnamigen britischen Expeditionskorps benannt, das 1914 in Frankreich landete und angeblich von Wilhelm II. als «General Frenchs ehrlose kleine Armee» lächerlich gemacht wurde. Das sollte einen lehren, keine vorschnellen Urteile zu fällen, dachte Melrose.

Er sah die Reihe Gesichter an und lächelte freundlich. Ein Mann hatte den Kopf auf den Tresen gelegt. Er schlief fest und schnarchte, aber die anderen fünf lächelten zurück. Connie Fish auch, von ganzem Herzen. Mit den Fingern fuhr sie sich durch das mit Gel vollgeklatschte, farblose Haar. Es sah wie gebleichtes Gras aus.

Der Gentleman neben Melrose sagte: «Guten Tag, der Herr», und musterte ihn von Kopf bis Fuß.

Melrose erwiderte den Gruß und erkundigte sich, ob er im Dorf wohne.

Der Mann nickte und fragte: «Von der Polizei?»

Melrose war überrascht. «Keineswegs. Erwarten Sie die Polizei?»

Da fingen alle auf einmal an zu reden, und es war, als schäumten plötzlich gewaltige Sturzbäche schroffe Abhänge hinab. Melrose ertrank beinahe in ihrem Wortschwall.

Ein alter Mann mit tränenden Augen, den die anderen «Triefauge» nannten, erzählte ihm: «Das Kind wird vermißt...»

«...Holdsworth. Die Mutter ermordet.»

«...in London war's.»

Die korpulente Frau namens Mrs. Letterby lehnte sich über drei ihrer Mitbürger und rief Melrose zu: «Mord war's nicht! Die Mutter hat sich selber abgemurkst.»

Ein Knochengestell in einem braunen Anzug schüttelte den Kopf. Melrose konnte allerdings nicht erkennen, ob das nicht einfach nur sein Tatterich war. Der ihn im übrigen auch daran hinderte, sein Glas zu heben. Die Hände schafften es nicht bis zum Mund. Der Strohhalm flutschte in das leere Glas zurück und schlug Blasen.

Die Nachrichten über Selbstmord und Verschwinden stillten ihren Durst nach Aufregung nicht. Sie wollten auch etwas Flüssiges. Sie wandten die Köpfe im Takt in seine Richtung und gestikulierten mit leeren Gläsern.

Woraufhin er für alle etwas zu trinken bestellte. Als die Getränke da waren, fragte er: «Wann ist das alles passiert?»

«Paar Tage her», sagte ein Mann namens Billy und hob sein frisches Bier, um seinem Gönner zuzuprosten.

«Das muß für die Familie ja schrecklich sein. Vermutlich kennen Sie sie?» Melrose nahm sein Zigarettenetui heraus und gab Billy Mossop durch eine Handbewegung zu verstehen, daß er es herumgehen lassen solle.

«Die Holdsworths?» fragte Connie Fish. Perlen baumelten über den Tresen, Sherryatem umwehte Melrose. «Eine einzige Familientragödie. Immer passiert was. Haben ihren Sohn verloren, stimmt das nicht, Mrs. Letterby?»

«Ja, ja.» Sie machte eine unheilvolle Geste, legte beide Hände um den Hals und streckte die Zunge heraus. «Hat gebaumelt. Von einem Balken.»

17

BEVOR ER DAS PUB VERLIESS, hatte Melrose sorgfältig seinen Aufzug begutachtet; er wollte sichergehen, daß er recht abgerissen aussah. Die Ellenbogen des Tweedjacketts waren abgeschabt und ein Ärmelaufschlag gestopft – fast unsichtbar, aber man merkte es doch. Die frischgeputzten Schuhe waren an Spitzen und Absätzen deutlich abgeschürft, und der Kragen seines teuren weißen Hemdes war beinahe, beinahe, durchgescheuert. Das neue Taschentuch in seiner Jackettasche wiederum zeigte, daß er die Form wahren wollte, dieser Aristokrat, der harte Zeiten durchzumachen hatte.

Er hatte beschlossen, das Auto am Pub zu lassen und zum Tarn House zu laufen.

Bis zu der Ecke, wo der kleine Laden mit der Poststelle war, drängten sich die Cottages. Er lief weiter und versuchte, in dieser dünnen, reinigenden Luft – mit den herrlichen Ausblicken auf Berghänge und -kuppen – tief durchzuatmen. Aber er fühlte sich nicht halb so gesund und kräftig, wie wenn er in seinem Sessel in Ardry End saß und Graham's 44 trank.

Ungefähr zweihundert Meter weiter kam Melrose an einer ummauerten Auffahrt vorbei. Durch Laubbäume wand sie sich einen großen Hügel zu einem Gebäude mit Erkern und

Türmchen hinauf. Und dahinter erstreckten sich weitere neblige Hügel, die die Lake-Dichter so geliebt hatten. Bei ihm verursachte das alles indes eher Agoraphobie. Zuerst dachte er, er habe endlich Tarn House erreicht (dieser Name könnte von Poe sein, fand er), doch eine in Stein eingelassene Messingplakette verkündete, daß es sich um Castle Howe handelte. *Exklusiver Ruhesitz*. Klartext: Hier werden die Verwandten ausgenommen wie Weihnachtsgänse.

Nach Aussage seiner neuen Zechgenossen war dies die Institution, die Adam Holdsworth gegenüber seinem eigenen Haus bevorzugte, was nun wieder Bände über *dessen* Verwandte sprach. Tapfer schritt Melrose weiter. Hätte er jedenfalls gern getan. Hätte sich gern als englischer Landedelmann mit knorrigem Stock und treuem Hund präsentiert. Er hätte Mindy mitbringen sollen. Mindy? Sie hätte einen Schritt getan und wäre dann in diesen Klapperkasten, der in Japan Auto hieß, zurückgekrochen.

Er seufzte und sah die enge Straße hinunter. Kein Haus, kein Cottage, kein rauchender Schornstein in Sicht. Aber in Gestalt von drei, nein, vier Bergtouristen kamen Lebenszeichen auf ihn zu, sie winkten und streckten ermutigend die Daumen nach oben, als fände diese Begegnung auf dem Südpol statt und sie hätten eine lebensgefährliche Expedition hinter sich. Eine Frau sah doppelt so alt aus wie er, ihre ledrige Haut hatte tiefe Furchen, und sie lächelte (selbstgefällig, fand er), weil sie schneller ging als der kleine Windhund, den sie an der Leine hinter sich herzog.

Ihre Daumenzeichen konnten sie sich schenken; wen wollten sie hier eigentlich zum Narren halten, diese Leute, die in eine Gegend kamen, die für ihr scheußliches Wetter, ihr Dutzend Seen, ihre dampfenden Berge, ihre Hänge voller Schafe bekannt war? Er wollte sich kein Urteil über die Landschaft hier anmaßen, fand jedoch, daß es wirklich der Sensibilität eines Dichters oder Malers bedurfte, um sie wertzuschätzen. Dennoch rasten aus unerfindlichen Gründen im Sommer Heerscharen von Touristen hierher, latschten in Regenjakken und Gummistiefeln herum und streckten einem den Daumen entgegen nach dem Motto: Es lebe der Pantheismus! Die Typen, an denen er eben vorbeigekommen war, hatten vermutlich weiter oben an der Straße ihren Tee eingenommen und sich gegenseitig vollgesülzt, während der arme Windhund unter dem Tisch zappelte. Melrose wußte natürlich, daß es wirklich ein paar Mutige gab, die kalten Atem in Höhlen und Hütten bliesen, Krokodile niederrangen, sich die Nordsee ins Gesicht sprühen ließen, während sie kilometerhohe Wellen bezwangen und wahrhaft mit der Natur kommunizierten. Aber er war überzeugt, daß es nicht allzu viele waren, und während er die enormen in Nebel gehüllten Gipfel des Scafell und Great Gable betrachtete, staunte er über Wordsworths und Coleridges endlose Wanderungen.

Endlich sah er das Haus. Binnen weniger als fünf Minuten war er dort und fragte sich, warum Jury ihm nicht erzählt hatte, daß es fast zwei Kilometer vom Dorf entfernt lag. Aber woher sollte Jury es wissen? Er hatte es ja nie gesehen!

Woher sollte er des weiteren wissen, daß Tarn House von der ringsum verlaufenden Mauer bis zum Hauptgebäude eine mysteriöse Masse graubraunen, verwitterten Steins war, die auf dem unkrautüberwucherten, morastigen, nebligen Gelände eine angemessene Umgebung gefunden hatte. Und dann noch diese Berge dahinter! Nachdem die richtige Straße aufgehört hatte, mußte Melrose ein kleines Stück alten Fußweg über Torfboden und durch mattbraunen Adlerfarn gehen. Über ihm kreisten Vögel, die er gern für Wanderfalken gehalten hätte, von denen er aber wußte, daß es Bussarde waren. Auf der Lauer.

Das alte Eisentor hatte zu beiden Seiten dicke, kurze Säulen (zum Glück ohne Löwen), dann kam ein offenbar bewohntes Pförtnerhaus. Das Haupthaus war hochherrschaftlich, aber beileibe nicht so beeindruckend wie der exklusive Ruhesitz unten an der Straße. Tarn House hatte seinen Namen von den dunklen Teichen – kleinen Seen? – zu beiden Seiten des überwucherten Pfades. Das Grundstück war nicht besonders eindrucksvoll, lediglich düster, und das Haus auch nicht – ein dunkles Gebäude mit glatter Fassade und Schieferdach. Die hohen Fenster waren weder bleiverglast noch vom Schein eines Feuers erhellt und hatten auch keine Vorhänge, die bei Melroses Anblick zurückgezogen und dann wieder fallengelassen wurden. Nun war er schon wieder seinem Problem erlegen: freie Assoziation. Es hätte das Haus von Usher sein sollen – Edgar Allan Poe! – und Baltimore in Maryland, wo Ellen Taylor auf dieser verdammten BMW durch die regendunklen Straßen sauste. Oder der Schauplatz für einen Praed-Krimi. Wann hatte er Polly Praed zuletzt gesehen? Nicht, daß *sie* diese Frage sonderlich beschäftigte.

Melrose seufzte schwer, stieß das Tor zu, das nicht einmal quietschte, und ging zum Haus. Wieviel lieber wäre er jetzt in Ardry End gewesen, ah! Der Kamin, der Graham's Port. Die Tante. Schwamm drüber.

Irgend jemand *mußte* seine Ankunft bemerkt haben, denn die Tür wurde geöffnet, noch bevor der Türklopfer zurückfiel.

Beim Anblick des kleinen Mädchens hielt Melrose den Atem an und schickte ein Gebet zu Samuel Taylor Coleridge. Sie war der lebendige Beweis für den wirksamen alchimistischen Austausch oder die magische Transposition oder was auch immer in «Kubla Khan» vor sich ging. Es war, als sei ihm Ardry End in menschlicher Gestalt erschienen. Sie trug ein einfaches grünes Kleid, ihr Haar hatte die Farbe von Graham's 44, in ihren Augen glühten winzige Kohlen, und zu ihren Füßen saß die schwärzeste Katze, die Melrose je gesehen hatte, eine Katze direkt aus der Hölle.

Das Mädchen sah zu ihm hoch. Leider war sie kaum älter als elf oder zwölf, womit sich ein ernsthaftes Gespräch mit ihr von selbst erledigte.

Und dieser Zug um ihren Mund war kein Lächeln, sondern die Mühsal gemeisterten Zorns. Sie drehte sich um und ging, offenbar, um jemand Älteren zu holen. Als er ihr nicht folgte, blieb sie stehen und stemmte die Hände in die Hüften.

Hier ermutigte ihn niemand mit hochgehaltenem Daumen, dachte er.

«Das war Millie», sagte Madeline Galloway, als sei das die Antwort auf Melroses sämtliche Fragen.

Madeline Galloway war attraktiv, was durch ihre Nervosität noch unterstrichen wurde; es war, als bitte sie, und nicht Melrose, um diese bescheidene Stelle.

Sie waren in der hochgepriesenen Bibliothek, und Melrose mußte zugeben, daß sie ziemlich beeindruckend war. Als wollte sie die schlechten Nachrichten zuerst hinter sich bringen, stürzte sie sich sofort in die Beschreibung des Bibliothekarspostens und sagte: «Es tut mir entsetzlich leid, aber das Gehalt ist nicht hoch.»

«Ich habe wirklich nicht viel erwartet.»

Es klopfte an der Tür, und Millie trug ein Tablett mit einer Karaffe Sherry und zwei Gläsern herein. Schweigend sah sie Madeline an.

«Nanu, Millie. Wo ist Hawkes?» Sie erklärte Melrose, daß Hawkes der Diener sei. Sie lächelte. «Als Butler können wir ihn nicht gerade bezeichnen.»

Nach Millies Miene zu urteilen, stand das tatsächlich außer Frage. Sie drehte sich um und wollte gehen.

«Aber du hast noch nicht gesagt, wo er ist. Das hier wäre seine Aufgabe.»

Millie kaute von innen an ihren Wangen und sagte: «Unten im Keller. Mit der Köchin. Sieht nach dem Wein.»

Melrose meinte, aus den Sprechpausen die Andeutung herauszuhören, daß Butler und Köchin mehr taten, als nur nach dem Wein zu sehen.

Millie ging; Madeline wandte sich Melrose zu. «Ihr Freund, Superintendent Jury, hat gesagt, daß Sie ab und zu mal einen Job annehmen, der Ihren Interessen entspricht.»

Aha, Plant, der Penner, der in ausgebeulten Hosen herumschlurfte und Philodendronableger hätschelte oder in Mülltonnen wühlte. Ihm wäre, wenn schon keine noblere, so doch wenigstens eine geheimnisvollere Tarnung lieber gewesen... und jetzt sagte sie irgendwas von «exzentrisch», hob eine Augenbraue, lächelte, als ob sie, Melrose und der Superintendent ein Geheimnis teilten.

Exzentrisch. Er war versucht, den Lampenschirm mit den Seidenfransen zu nehmen und ihn sich auf den Kopf zu setzen.

«Wir kennen uns schon lange.»

«Ja. Der Job ist leider nicht für lange. Es hängt natürlich davon ab, wie schnell Sie das Katalogisieren schaffen. Aber da Sie ja als Bibliothekar gearbeitet haben, wenn ich richtig informiert bin, sollte das kein Problem sein.»

Ein exzentrischer Bibliothekar mit abgelatschten Absätzen. «Nicht sehr lange.»

«Ich hoffe, daß wir alles zu Ihrer Zufriedenheit einrichten können. Sie können gern im Tarn House wohnen, aber wenn es Ihnen lieber ist, kann ich Ihnen auch ein Zimmer im Dorf besorgen. Meines Wissens vermietet das Pub The Old Contemptibles Fremdenzimmer.»

«Ich würde weitaus lieber hier im Haus wohnen.» Er rieb

sich mit der Hand das Knie. «Bin ein bißchen lahm auf einem Bein, deshalb vermeide ich es, allzuviel zu laufen.» Das Auto hatte er ganz vergessen.

Sie sah an ihm herunter und runzelte die Stirn. «Ist mir gar nicht aufgefallen.»

«Kommt und geht.» Er wollte von wackligen Beinen abkommen und interessantere Pfade beschreiten, deshalb nahm er ein Foto zur Hand und wartete auf ihren Kommentar. Aber sie ging zum Kamin und ergriff eine Figur aus Staffordshire-Porzellan, einen Schäfer, der sich an seinen Stab lehnte. Den sah sie mit ausdrucksloser Miene an, vielleicht war ihr gar nicht bewußt, daß sie ihn in der Hand hielt. Sie hatte andere Dinge im Kopf.

«Darf ich?» Als sie sich umwandte, deutete Melrose auf einen von zwei Queen-Anne-Ledersesseln, die zu beiden Seiten des Tisches mit dem Silbertablett standen.

«Oh! Verzeihung! Ja bitte, nehmen Sie Platz.» Madeline hörte auf, mit dem Porzellanschäfer herumzuhantieren, setzte ihn auf den Tisch und schenkte dann den Sherry aus, einen sehr feinen Amontillado. Mit dem Glas in der Hand setzte sie sich in den anderen Sessel. «Ich fürchte, bei dieser Befragerei bin ich ziemlich ungeschickt. Mr. Holdsworth denkt anscheinend, nur weil ich gern lese», sie blickte sich in der edlen Bibliothek um, «kann ich Ihnen an der Nasenspitze ansehen, ob Sie gut katalogisieren und Karteikarten anlegen können. Oder was er sonst noch will.»

«Warum führt *er* die Einstellungsgespräche dann nicht? Er ist doch derjenige, dem ich genehm sein muß.»

Sie schüttelte den Kopf. «Wahrscheinlich, weil er schüchtern ist. Das stimmt aber eigentlich nicht. Wahrscheinlich sitzt er jetzt irgendwo in den Kulissen und paßt den rechten Moment ab, um hereinzuwandern und dabei schrecklich beschäftigt auszusehen. Es ist seine kleine, hm, Pose muß man das wohl nennen. Er bewundert Robert Southey so sehr, daß er dessen Körperhaltung und Gewohnheiten nachäfft. Nach Bildern und Porträts. Ich bin sicher, er würde liebend gern einen Vatermörder mit lässig gebundener Schleife tragen. Wie Southey auf einem der Porträts. Manchmal glaube ich, er *hält* sich schon für Southey.»

«Wie unangenehm, schließlich ist Robert Southey tot.»

Ihr Lächeln war ein bißchen gezwungen. Das Schicksal ihrer Schwester hatte sie wohl kaum in die Stimmung für schlechte Scherze versetzt. «Soll ich Ihnen Ihre Aufgaben erklären?»

«Das wäre wohl angebracht.»

«Da Sie Bibliothekar sind, werden Sie es besser verstehen als ich. Crabbe will, daß seine Sammlung in einer Kartei erfaßt und mit Querverweisen versehen wird. Sie wissen schon – Stichwort, Autor, Titel und so weiter. Sind Sie schon in Greta Hall gewesen?»

«Nein. Ich bin gerade erst angekommen.» Sicher gehörte es zu seinen Pflichten, einmal das Grabmal Southeys zu besuchen. Warum, um Himmels willen, Southey? Wenn man sich schon mit dieser Lake-Dichterschule abgeben mußte, warum dann nicht mit Coleridge? Wahrscheinlich, weil er so etwas Dämonisches hatte. Southey hingegen war ein Gentleman.

Madeline betrachtete die unzähligen Reihen Bücher. Wunderschön in geprägtes Leder gebunden, standen sie so ordentlich in Reih und Glied, daß Melrose sich fragte, ob sie überhaupt gelesen wurden. «Crabbe hat versucht, Southeys Bibliothek exakt zu kopieren», sagte sie. «Die Bibliothek des Richters war sein ganzer Stolz und seine ganze Freude, und er haßte es zutiefst, wenn jemand darin herumfuhrwerkte, besonders Wordsworth, der Bücher verschlang…»

Madeline Galloways Stimme verlor sich, es mangelte ihr

deutlich an Interesse für das Thema. «Verzeihung, aber ich habe bemerkt, wie Sie das Bild meiner Schwester angesehen haben.» Sie griff danach. «Ich sollte Ihnen etwas erzählen, denn es wirft einen düsteren Schatten über das Haus. Sie ist tot; es ist vor drei Tagen passiert.»

Melrose stellte sein Glas vorsichtig wieder auf das Tablett. «Mein Beileid. Jetzt verstehe ich, warum Sie lieber nicht – mir ist unbegreiflich, warum Mr. Holdsworth keine Zeit hat.»

Als sie ihn ansah, standen Tränen in ihren Augen. «Meinethalben muß es Ihnen nicht leid tun. Es ist alles – sehr kompliziert. Sehr.»

Die Stimme wurde wieder leiser, sie hielt das silbergerahmte Bild in der Hand. «Es ist schrecklich. Eine Überdosis Barbiturate.» Rasch fügte sie hinzu: «Es muß ein Unfall gewesen sein. Aber die Polizei gibt die Leiche nicht frei – erst wird eine Obduktion gemacht.» Sie hielt inne. «Ich nehme an, bei ungeklärten Todesfällen ist das immer so.» Ihre feingliedrige Hand umklammerte die Sessellehne, und sie sah Melrose an, als könnte er ihr die Ungewißheit über die möglichen Ursachen des Todes ihrer Schwester nehmen.

«Ich glaube, das ist Routine, ja.»

Während des nun folgenden kurzen Schweigens betrachtete er Madeline Galloway genauer und fand sie in einem konventionellen Sinne ziemlich hübsch. Mit ihren großen Augen und dem dunklen, von einem Samtband zurückgehaltenen Haar sah sie ein wenig kindlich aus, nicht uninteressant, aber sie war eine Frau ohne klare Konturen. Sie machte nicht den Eindruck, als hätte sie einen starken Willen, obwohl ihre etwas zurückhaltende Art eine bloße Attitüde sein mochte, die sie den Holdsworths zuliebe an den Tag legte. Es war merkwürdig, daß sie an einem Ort bleiben wollte, der sie ständig daran erinnern mußte, welche Demütigung sie hier erfahren hatte.

«Die Polizei war da. Ich verstehe nicht, wieso das eine Angelegenheit für die Polizei ist.»

Melrose zuckte mit den Schultern. «Auch Routine, nehme ich an.»

Als sie sich jetzt zu ihm herumdrehte und ihm direkt in die Augen sah, revidierte er seine Meinung, daß sie kein Rückgrat habe. «Das glaube ich nicht.»

Sie vergaß ihr eigentliches Anliegen und sprach über ihre Schwester, deren so frühzeitigen Tod, den Sohn, die ganze Tragödie.

«Ja, wirklich», sagte eine männliche Stimme. Melrose wandte sich um und sah einen großen, dünnen Mann ins Zimmer kommen, den Kopf über ein kleines Buch gebeugt. Er wurde ihm als Mr. Crabbe Holdsworth vorgestellt, Melroses zukünftiger Arbeitgeber.

Crabbe Holdsworth setzte sich auf das kleine Sofa ihnen gegenüber, legte das Buch aber nicht aus der Hand. «Verheerend, dieser Tod», sagte er und ließ das Buch zuschnappen. «Ja, und so jung.» Ohne recht hinzusehen, nahm er die Porzellanfigur, starrte sie an, stellte sie zurück. Da Madeline sich mit dem neuen Bibliothekar offenbar schon bekannt gemacht hatte, glaubte Mr. Holdsworth, eine ausführlichere Vorstellung seinerseits sei überflüssig, und verfolgte seinen Gedankengang weiter: «Er war erst zwölf.»

Melrose und Madeline wechselten ratlose Blicke, was Crabbe Holdsworth nicht entging. «Henry. Southeys Sohn.» Er deutete mit einem Kopfnicken auf das Buch.

War der Mann wirklich so dämlich? fragte sich Melrose. So dämlich und unsensibel? Madeline erhob sich rasch und legte die Hände auf den Kaminsims, als würde sie Crabbe schlagen, wenn sie sie nicht anderweitig beschäftigte. «Wir haben von Jane gesprochen, *nicht* von Southey.»

«Oh. Oh. Ich bitte vielmals um Verzeihung.» Sein Blick wirkte eher verblüfft als bekümmert, als bemühte er sich, diese «Jane» richtig einzuordnen. Nein, offenbar wußte er über die «scheußliche Angelegenheit», wie er sie bezeichnete, Bescheid. «Scheußlich», wiederholte er und drehte sich zu Madeline um, die sich zu ihrem Sessel zurückbegab.

Crabbe hatte ein kummervolles langes Gesicht, das ihm wahrscheinlich immer dann besonders zustatten kam, wenn er tatsächliches Mitgefühl im Grunde nicht aufbringen konnte. «Ich war mit den Gedanken mal wieder ganz woanders. Sie sind Mr. Plant? Was halten Sie denn von der Bibliothek?»

Der Tod (außer in der Familie Southey) barg augenscheinlich wenig Schrecken für Crabbe Holdsworth.

Während Madeline Galloway sich an den Falten ihres Rocks zu schaffen machte und innerlich schäumte, murmelte Melrose ein paar lobende Worte. Zu Begeisterungsstürmen ließ er sich nicht hinreißen. «Ich glaube, ich kann es übernehmen.»

«Schön.» Crabbe stellte den Schäfer wieder an seinen Platz. «Es ist ein großes Haus, aber ein kleiner Haushalt. Wir sind nur zu viert, meine Frau, mein Bruder, Madeline und ich.»

«Sie vergessen Adam.»

«Ach. Ja, Vater gibt es auch noch. Aber er *wohnt* ja nun eigentlich nicht hier, Madeline. Mein Vater ist...» Über diesen Menschen machte er sich scheinbar tiefsinnige Gedanken und versuchte, ihn irgendwie zu beschreiben. «Eigentlich lebt er in Castle Howe; das ist ein Seniorenheim. Tarn House gehört meinem Vater, aber er findet es offenbar amüsant, ein bißchen weiter unten an der Straße in diesem überteuerten Heim zu leben.» Er ergriff wieder die Porzellanfigur. «Meine Frau würde Sie gern kennenlernen», sagte er, als spräche er zu der Figur.

Und dann klärte sich auf einmal auf, was Melrose für Gleichgültigkeit, wenn nicht für Kaltblütigkeit gehalten hatte, als Crabbe Holdsworth sich über einen Tod von vor hundert Jahren bekümmert gezeigt hatte, obwohl er doch erst kürzlich selber mit einem besonders tragischen konfrontiert worden war:

«Wir können Alex nicht finden.»

«DEN ENKEL MEINES MANNES», sagte Genevieve Holdsworth. «Aus unerfindlichen Gründen ist er getürmt, während die Polizei versucht hat, seine Familie ausfindig zu machen. Warum in aller Welt tut er so etwas?»

Sie fragte nicht; sie überlegte nur laut und sah über ihn hinweg. Sie klang eher verärgert als besorgt.

Genevieve saß auf dem Sofa, das ihr Mann wieder verlassen hatte. Offenbar wurde Melrose der Reihe nach von der ganzen Familie interviewt. Dann sagte sie: «Zollen Sie dem Klatsch keine Aufmerksamkeit, Mr. Plant. Sie werden gewiß reichlich davon zu Gehör bekommen, falls Sie mit den Stammgästen des hiesigen Gasthauses Freundschaft schließen.»

Er fragte sich nicht nur, warum dem «Klatsch» so eine Wichtigkeit beigemessen wurde, sondern auch, warum sie so gestelzt sprach wie eine viktorianische Hausdame, obwohl sie so katzenhaft aussah. Vielleicht sollte die geschwollene Sprache eine Brücke zwischen dem hochgestochenen Verstand und der tief ausgeschnittenen Bluse bilden.

Melrose hatte sich vorher kein Bild von der zweiten Mrs. Holdsworth gemacht. Wenn er es getan hätte, hätte er eher das weibliche Pendant zum Ehemann erwartet, vielleicht etwas härter. Zumindest anständige Tweedkleidung und Gesundheitsschuhe. Statt dessen verströmte sie den puren, unverwechselbaren Duft nach Frau. Etwas merkwürdig Verführerisches lag in ihrer kühlen Redeweise, die in scharfem Kontrast zu ihrer sinnlichen Ausstrahlung stand. Sie fingerte an der kurzen Goldkette herum; der Anhänger, ein Kreuz, lag strategisch günstig im Ausschnitt ihrer Seidenbluse. Mit dem Fuß beschrieb Genevieve exakte kleine Kreise, als wollte sie die Gelegenheit nutzen, ein Bein zu drehen, das von einem Meister seines Handwerks geschaffen worden war.

Aus irgendeinem Grunde, bemerkte Melrose mit einem Lächeln, schaffte es keiner von ihnen, den Schäfer aus Staffordshire in Ruhe zu lassen. Doch während Madeline ihn nervös befingert und Mr. Holdsworth ihn geistesabwesend aufgenommen hatte, schien Genevieve mit ihm zu tändeln.

«Ich achte nicht auf Klatsch.» Weiter sagte er nichts und hoffte, daß sein Mangel an Neugierde sie veranlassen würde, sie zu stillen.

«Madeline hat Ihnen doch bestimmt von ihrer Schwester erzählt.» Mehr sagte auch sie nicht.

«Mein Beileid.» Diese Tragödie hätte er kaum als «Klatsch» bezeichnet.

«Ja. Ihr Tod war ein großer Verlust.» Als sie sich erhob, tat Melrose es ihr gleich. «Wir essen um neunzehn Uhr dreißig zu Abend.» Mit den Gedanken beim Abendessen und beim Tod verließ sie das Zimmer.

18

EIN NEUER, dachte Millie Thale.

Jetzt war ein Neuer da. Noch ein Gedeck auflegen, noch ein Bett machen, morgens noch einen Tee ans Bett bringen.

Sie schlug eine Seite des Kalenders über *Unsere herrliche Seenwelt* um und versuchte sich zu entscheiden, wo sie noch eine ertrinkende Gestalt hineinwerfen sollte. Sie nahm einen Aquarellstift aus der Büchse auf dem riesigen Arbeitstisch und studierte Wast Water. Diese See war am tiefsten. Nein, den hob sie ja nun für Mrs. Holdsworth auf. Sie schlug die Februar-Seite auf. Derwentwater. Da war schon Schwester Rübe drin: Am Ufer, halb verborgen vom Farn im Vordergrund, schauten ihre Schuhe aus dem blauen See heraus.

Millie blätterte den März um und sah sich den April an: Buttermere! Das war's! Der paßte genau zu ihm, denn sein Haar hatte eine sattgelbe Farbe. Na ja, nicht so gelb wie Osterglocken. Rechts waren jede Menge sich wiegende Büschel davon zu sehen. Wenn William Wordsworth (dessen Namen sie langsam nicht mehr hören konnte) so ein großer Dichter war, warum mußte er dann diese alten, abgenutzten Zeilen schreiben?

Als Millie den Stift anleckte, um die Mitte des Buttermere-Sees mit einem halbmondförmigen Kopf zu krönen, schrie Mrs. Callow aus der Anrichtekammer: «Millie, hast du die Beignets gemacht?»

«Ja», schrie Millie zurück, den Stift in der Hand. Eine glatte Lüge.

«Du weißt, wie sehr Mr. Holdsworth Schmalzgebäck mag!» Millie streckte der Anrichtekammer die Zunge heraus. Von dort erklangen das laute Gekicher der Köchin, wie sie fälschlicherweise genannt wurde, und ein paar hervorgepreßte Lacher, die wie Wildentenschreie klangen, von Mr. Hawkes, dem sogenannten Butler. In dem Satz über das Schmalzgebäck hatten sie bestimmt etwas Anzügliches entdeckt. Sie hatten gut reden, denn sie hatten sich den Portwein aus dem Keller geholt, tranken da drinnen und überließen es (wie üblich) ihr, das Abendessen zu kochen und den Tisch zu decken. Mr. Hawkes würde natürlich die Cocktails hineintragen – das konnte er gut – und verkünden, daß serviert sei; das konnte er auch gut, selbst wenn er um neunzehn Uhr dreißig immer schon längst einen sitzen hatte.

Noch hatte ihr Stift das Papier nicht berührt. Beim Buttermere-See war sie ein wenig unschlüssig. Sie seufzte und sah sich den August an. Patterdale. Das war ihr Lieblingssee; der klang nach Regen und den Regentropfendichtern. Aber den hatte sie für sich selbst reserviert, und so konnte sie ihn nicht für ihn benutzen.

«Millie! Denk dran, mehr Austern als Hammelfleisch in die Pastete zu tun!» Diesem Befehl folgte ein leises Gemurmel, das von einem *Huch!* und dem Zerbrechen von Glas unterbrochen wurde.

Sie schenkte sich die Antwort und schlug den September auf. Dove Cottage. Sie hielt sich die Nase zu und blätterte zum Februar zurück. Dabei fiel ihr Blick auf den dunklen Himmel über Coniston Water, den Nebel und die tiefen Wolken, den zart schimmernden, zinngrauen See. Nicht schlecht. Aber Buttermere paßte besser zu ihm.

«He, ich rieche keine Beignets, Fräuleinchen!»

Das war der Ort für ihn. Und *hier* war ein Stückchen Poesie, das sie liebte:

Seine blitzenden Augen, sein wallendes Haar.

«Es ist ja noch nicht mal sechs, und sie müssen heiß sein. Jetzt zähle ich aber sowieso erst mal die Austern ab.» Leise vor sich hin summend, dachte sie über ihr Lieblingsgedicht nach. Es stimmte. Er *hatte* «blitzende Augen». Sie waren so grün wie das Gras am Buttermere-See, wo die Osterglocken sprossen. Mit einem goldenen Stift malte sie ein bißchen wallendes Haar und dachte dann: Es wäre eigentlich ungerecht, die blitzenden Augen nicht reinzumalen. Sie nahm einen giftgrünen Aquarellstift aus der Büchse und feuchtete ihn an. Gesichter konnte sie nicht gut, das wußte sie, der Kopf hatte also etwas Schlagseite. Sie tupfte ein leuchtendgrünes Auge und eine Menge goldenes Haar auf das Blatt. Dann runzelte sie die Stirn. Er ging unter, und sie *kannte* ihn eigentlich gar nicht. Sie warf den Goldstift hin, nahm einen normalen Bleistift und zog schnell einen Arm und eine Hand aus dem Wasser.

Da schlug eine größere Hand klatschend den Kalender zu. «Hab ich's mir doch gedacht! Dachtest wohl, ich wüßte nicht, daß du überhaupt nichts machst?»

Millie rutschte in ihrem Stuhl zurück, als Mrs. Callows Schatten über den Kalender fiel und die Gestalt von Mr. Hawkes im Türrahmen hing, ein Glas Portwein in der Hand.

«Das wollen wir uns doch mal genauer angucken –»

«Nein!» Mit einem Ruck zerrte Millie der Köchin den Kalender aus der plumpen Hand.

Mrs. Callow wich zurück und steckte ein paar Haarsträhnen, die sich aus den Wellen um ihr ältliches Gesicht gelöst hatten, wieder fest. «Na ja, sieh nur zu, daß du die Guinness-Pastete heute abend richtig hinkriegst.» Sie strich sich die Schürze glatt und überließ das Feld der Siegerin.

Millie war Siegerin, weil sie die beste Köchin war, die die Holdsworths je gehabt hatten (abgesehen von ihrer Mutter).

Natürlich wußten sie nicht, daß das Kochen zum größten Teil von einer Elfjährigen erledigt wurde, und wenn sie es gemerkt hätten, wäre es Millie auch einerlei gewesen. Sie schlug den Kalender schnell wieder beim Buttermere-See auf und malte die Hand zu Ende. Die Hand umklammerte ein Tau.

Die Obsession mit den Seen rührte vom Tod ihrer Mutter her. Vor fünf Jahren war es passiert, als Millie sechs war. Ihre Mutter war halb im Wasser, halb außerhalb an dem steinigen Strand von Wast Water gefunden worden. Niemand hatte gesehen, was geschehen war, aber man hatte Millie gesagt, daß ihre Mum von dem Felsüberhang auf dem Holdsworthschen Grundstück auf den Strand gefallen war.

Mit der Zeit hatte Millie begriffen, daß das eine Lüge war. Es war beinahe unmöglich, da hinunterzu*fallen*. Aber sie hatte nie herausfinden können, was wirklich passiert war.

Die Holdsworths hatten sie nach London schicken wollen, damit sie bei ihrer einzigen Verwandten, ihrer Tante Tom, lebte. Sie hieß Thomasina, aber Millie nannte sie Tante Tom. Dadurch klang sie so streng, wie sie Millies Behauptung nach auch war. Millie hatte Alex' Urgroßvater gesagt, daß sie nicht nach London wollte. Sie hatte ihm aber nicht erzählt, warum: daß sie nämlich so lange hier bleiben wollte, bis sie herausgefunden hatte, was ihrer Mutter wirklich zugestoßen war.

Also war Millie geblieben.

Seit der Zeit, als sie endlich groß genug war, um in die Töpfe auf dem Herd zu gucken, war sie vom Kochen fasziniert gewesen, und sie hatte soviel gelernt, daß sie, wenn Ma krank war und ihre «Krämpfe» hatte und nicht wollte, daß die Holdsworths es erfuhren, jede Mahlzeit zubereiten konnte, die von ihrer Mutter erwartet wurde, und keiner hatte es gemerkt. Nach dem Tod ihrer Mutter hatte die Familie natürlich Mrs. Callow eingestellt, die allerhöchstens eine mittelmäßige Köchin war und ihre Arbeit zunehmend Millie überlassen hatte.

Wieder kicherten die Köchin und der Butler, der über den Herd langte, um etwas herunterzuholen. Der würzige Duft von Guinness-Pastete kam aus dem Ofen, aber Mrs. Callow hatte vergessen, daß Millie gerade erst gesagt hatte, die Austern seien noch nicht drin.

Millie hatte Kalender und Aquarellstifte beiseite geräumt, saß da und preßte die Handballen auf die Augen.

19

ER TRÄUMTE VON SEINER MUTTER. Sie gingen über eine enge Straße durch eine karge, öde Landschaft. Die Straße hob sich nicht davon ab, sie verschmolz mit dem weiten Land. Es war das genaue Gegenteil der Seen hier, der Berghänge und Täler, der Wildbäche und Wasserfälle. Aber das schien ihnen nichts auszumachen; sie hielten einander so fest an der Hand, als wären ihre Finger zusammengeschweißt. Und die Ödnis der Landschaft war ihnen auch gleichgültig, denn sie gingen auf einen Horizont von solch atemberaubender Schönheit zu, daß der Traum-Alex dachte, das sei das einzige Ziel auf der Welt, das zu erreichen sich lohne, voll schillernder Regenbögen, deren blasse Farben ineinanderflossen, und das Licht war so phantastisch, daß man es weniger sah als vielmehr spürte. Er nahm an, daß das da oben Gott war.

So weit und so lange sie aber liefen, sie kamen dem Horizont nicht näher. Das bunte Licht wurde nicht schwächer, verschwand auch nicht; bloß wurde die Entfernung einfach nicht geringer. Der Horizont war immer *da draußen*, aber sie kamen ihm nicht näher.

Dann bemerkte Alex, daß er in der anderen Hand etwas Schweres trug. Er spürte die Masse und das Gewicht immer stärker, und je mehr er versuchte, es fallenzulassen, desto fester blieb es kleben. Als er schließlich die Hand hochhob, sah er ein mit Tesafilm zusammengeklebtes Kartenspiel. Seine Mutter wußte nichts von den Karten; obwohl er sie nicht ansah, war ihm klar, daß sie lächelte und nur an den Horizont dachte und gar nicht ahnte, daß sie ihm nicht näher kamen.

Er konnte seine Hand nicht aus ihrer nehmen, weil er Angst hatte, sie würde verschwinden, wenn er sie nicht festhielt; so blieb ihm nur, mit den Fingern, die die Karten hielten, an dem Tesafilm herumzuzerren. Er hatte eine Riesenangst; eine Riesenangst, daß das, was er in all den Jahren angestellt hatte, ihn davon abhalten würde, ans Ende der Straße zu gelangen. Er wollte die Karten abschütteln. Und wie durch Zauber lösten sie sich, er breitete sie wie einen Fächer aus und ließ sie fortfliegen. Die Bildseiten waren leer, alle leer, bis auf eine: die Herzdame. Sein Herz wurde zu Eis, und als er seine Mutter ansah, war ihr Gesicht in eine Art Kapuze gehüllt, zu einem steifen Lächeln verzerrt – die Herzdame.

Die Karten wirbelten wie Konfettifetzen auf den Horizont und das immer noch blaßbunte Licht zu, und seine Hand, seine beiden Hände, waren leer. Alex schrie.

Und vor Angst, daß er schrie, wachte er auf; er bewegte die Hände vor sich und versuchte, die Dunkelheit zu durchtrennen wie ein Schwimmer das Wasser, und er war so naß, als hätte man ihn in einen der Seen geworfen. Sein Herz hämmerte; er schnappte nach Luft, in die Ecke der Hütte gequetscht, überlegte er, ob irgendwo ein Telefon wäre, um seine Mutter anzurufen.

Nun geschah, was er befürchtet hatte. Das volle Bewußtsein kam zurück und damit die Realität. Er schloß die Augen fest, legte die Hände über die Ohren und wußte, er würde auch in Wirklichkeit schreien. Die gläserne Glocke war vom Grund des Sees schließlich doch an die Oberfläche gekommen, und da war er, unvorbereitet, nicht gerüstet. Bevor ein tierischer Laut seine Lippen erreichte, hörte er ein Rascheln und schlug die Augen auf.

Der Blick aus den leuchtendgrünen Augen von Millie Thales Kater nagelte ihn sozusagen an die Wand. In dem Blick lag eine Botschaft. Die Botschaft war *Nein*.

Alex entspannte sich langsam. «Hallo, Hexer.»

Der Kater blinzelte träge.

Millie hatte ihn vor fünf Jahren gefunden. Oder besser gesagt, der Kater hatte Millie gefunden. Unten am Wast Water war er plötzlich aus dem Nichts aufgetaucht; sie hatte ihn mit traurigen Augen angesehen, er hatte dagesessen, als erwartete er jemanden. Später hatte sie den Eigentümer des Katers gesucht (so halbherzig, daß Alex lächeln mußte), ihn aber nicht gefunden.

Er hieß Hexer. Das erzählte sie Alex, als hätte der Kater selbst es ihr mitgeteilt.

Trotz der (nicht sehr heftigen) Einwände von Mr. Hawkes hatte Millie Hexer behalten. Hawkes kümmerte sich eigentlich um nichts, es sei denn, man kam ihm bei irgendwas in die Quere. Hexer pflegte Hawkes und Mrs. Callows nur in die Quere zu kommen, wenn er bei ihren «Besprechungen» in der Anrichtekammer unvermittelt auftauchte. Dann bekam er einen gehörigen Fußtritt, aber Fußtritte machten den Kater nur noch sturer. Aber der einzige Mensch, auf den er etwas gab, war ohnehin Millie.

Alex schaute auf die Uhr und stellte fest, daß er den ganzen Nachmittag geschlafen hatte. Er sah noch einmal hin und bemerkte, daß auch ein neuer Tag war. Es war Donnerstag. *Donnerstag.* Er hatte vierundzwanzig Stunden geschlafen. War seit gestern abend durch seinen langen, langen Traum geglitten. Hexer hatte ihn aus der Bewußtlosigkeit herausgestarrt und war offensichtlich zufrieden, daß Alex wach war. Er legte sich hin, die Vorderpfoten unter der Brust. Aber er starrte immer noch.

Kein Wunder, daß ich Hunger habe, dachte Alex, schaute in seinen Rucksack, fand aber nichts als ein paar Wispa-Riegel. Er schlug das kleine schwarzlederne Telefonbuch seiner Mutter auf, das sie immer in der Nachttischschublade aufbewahrt hatte, weil sie Angst hatte, es zu verlieren, und es deshalb nicht bei sich tragen wollte: *alle* Namen und Nummern der Leute, die sie kannte, standen in diesem kleinen Buch. Die Polizei hatte nur das gefunden, das sie immer bei sich hatte. Darin waren die Nummern, die sie am häufigsten wählte. Es hatte keine Geschichte.

Er betrachtete jeden einzelnen Namen. Ein paar waren ihm nicht geläufig, wahrscheinlich Leute, mit denen sie irgendwann in all den Jahren mal zusammengearbeitet hatte. Die Verwandten standen alle drin. Die Nummer von Castle Howe, wo sein Urgroßvater die meiste Zeit verbrachte. Ihre Freundin, die Ärztin Helen Viner. Ein Maurice Kingsley, den Alex nie kennengelernt hatte. Ein paar unbekannte Namen, nicht weiter wichtig, irgendwelche Bekannte vermutlich. Sein Direktor. Ach ja, sein Direktor. Zweimal unterstrichen. Die Namen von zwei weiteren Lehrern – Mathe und Geschichte –, die Alex nicht zu ihren Lieblingsschülern zählten. Hatten sie seine Mutter angerufen? Egal. Am Ende (und nicht unter dem richtigen Buchstaben *J*) war ein neuer Name eingetragen. Sie hatte blaue Tinte benutzt; sonst nahm sie immer Schwarz.

Der kleine Kugelschreiber, der noch in dem Buch lag, hatte blaue Tinte. «R. Jury.» Wer war das? «Superint.» Superint.? Es war eine Londoner Nummer.

Alex runzelte die Stirn. Der Name hatte etwas Vertrautes. Hatte sie ihn mal erwähnt? Nein. Hatte er den Namen schon mal gesehen? Er runzelte mißbilligend die Stirn. Er vermutete, daß es ein Mann war, wegen des Anfangsbuchstabens für den Vornamen. Bei Freundinnen war es immer umgekehrt. «Helen V.», zum Beispiel. Superint.

Superintendent?

Alex schloß das Buch und sagte zu Hexer: «Ein *Polizist*?»

MELROSE SASS MIT DEN ANDEREN in der düsteren Atmosphäre des halbdunklen Eßzimmers und fragte sich, wie sie es schafften, dieses abendliche Ritual durchzustehen. Denn nach den kurzen Gesprächen, die er mit mindestens dreien der fünf Anwesenden geführt hatte, war kaum anzunehmen, daß ihre triste Stimmung nur von der Tragödie verursacht wurde, die sie getroffen hatte.

Die Tür zwischen Eßzimmer und Küche schwang in bestimmten Abständen auf und zu und erlaubte ihm hin und wieder einen Blick in die Tiefen des Styx: den Verbindungsflur und das Anrichtezimmer. Gericht folgte auf Gericht; nur die Qualität des Essens verlieh dem Dinner eine heitere Note. Eine Pastete aus Austern, Fleisch und Starkbier! Geringfügig besser wäre sie nur gewesen, wenn man Old Peculier statt Guinness genommen hätte.

«Der wird schon wieder auftauchen. Muß er ja», sagte George Holdsworth, der offenbar weniger an Alex dachte als daran, daß es zum Abendessen nur diese Austern-Hammelfleisch-Pastete gab – statt des Fasans, den er heute morgen geschossen hatte. George war der jüngere der beiden Brüder, aber er sah älter aus, vielleicht hatte die viele Zeit, die er im Freien verbrachte, sein Gesicht, das dem sanften Gesicht seines älteren Bruders mit der hohen Stirn nur entfernt ähnlich sah, wettergegerbt und gefurcht. «Gedächtnisverlust. Schock. Irgendwas», fuhr George fort, als schieße er in regelmäßigen Abständen auf ein Ufo, das in sein Blickfeld geraten war.

«Mach dich nicht lächerlich, George», sagte Genevieve. Dieser Satz folgte wie ein Reflex auf alles, was George laut überlegte. «Alex vergißt nie etwas.» Das klang, als ob es ihr ganz recht wäre, wenn der Junge einmal etwas vergessen würde.

Crabbe nahm sich von den Erbsen und den Röstkartoffeln, die Hawkes servierte. Melrose hatte immer das Gefühl, als schleiche sich Hawkes mit seinen silbernen Schüsseln und gemurmelten *Sirs* von hinten an ihn heran. «Aber vielleicht hat George gar nicht so unrecht. Ein bißchen ist Alex wie sein Vater.» Er legte die Löffel in die Schüssel zurück, so daß Hawkes sich wieder in die Schatten zurückziehen konnte, und sagte: «Mein Sohn Graham, Mr. Plant –»

Melrose sah rasch zu Madeline Galloway hinüber, um ihren Gesichtsausdruck zu erhaschen; ihr Kopf war über den Teller gebeugt, aber sie hatte aufgehört zu essen.

«– war ein Dichter. Und ich glaube, er wäre ein großer geworden, wenn er – noch lebte.»

Melrose hätte schwören können, daß er hörte, wie George zwei Silben murmelte: Un-sinn.

«Aber wenn man hier an den Seen lebt, ist es vermutlich schwer, kein Dichter zu sein.»

Im Gegenteil, dachte Melrose, es wäre schwer, einer zu *sein* und sich dabei nicht dämlich vorzukommen. «Es tut mir leid.» Er hatte das Gefühl, den ganzen Abend damit zuzubringen, sein Beileid auszusprechen. «Wie ist er –?»

Anstatt zu antworten, behielten sie alle den Blick auf ihren Tellern. George wollte etwas sagen, aber sein Bruder kam ihm zuvor und sagte zu Melrose: «Ein Unfall.»

Da er diese Stelle durch einen Freund bekommen hatte, der Polizist war, hielt Melrose es für das beste, so wenige Fragen wie möglich zu stellen und darauf zu spekulieren, daß sie im Verlauf des Gesprächs schon Informationen preisgeben würden. Trotzdem wunderte er sich, daß eine Familie so vom Pech verfolgt sein konnte. Hier hatte es offensichtlich reichlich «Unfälle» gegeben, was er in der Hoffnung, daß George wirklich so unsensibel war, wie er annahm, mit der allzeit verläßlichen Floskel kommentierte: «Jeder hat sein Päckchen Kummer zu tragen.»

Seine Hoffnung trog ihn nicht. «Virginia. Vergeßt die liebe alte Ginny nicht.»

Melrose sah, wie Genevieve ihre Zigarette ausdrückte; sie war so unhöflich gewesen zu rauchen, während die anderen noch aßen. «Ach, sei doch still, George. Findest du nicht, daß wir schon genug Sorgen haben?»

George ignorierte sie. «Schrecklich war das. Ein schlimmer Sturz. Hawkes, Wein.» Er knallte sein Glas hin.

Melrose war überrascht, daß Crabbe Holdsworth noch blasser werden konnte, als er ohnehin war. Die Hand, die die Gabel hielt, zitterte.

20

Melroses Erscheinen im Old Contemptibles war für die Stammgäste das Zeichen, flugs ihre Gläser zu leeren.

«Wie geht's, Käpt'n?» rief Billy Mossop und wischte sich den Mund am Ärmel ab.

Mrs. Letterby setzte zu einer ausführlichen Analyse «des Wetters» an, als O. Bottemly, auf guten Umsatz aus, zum Tresen kam. «'n Abend!»

Melrose bestellte ein Pint Jennings und gab O. Bottemly durch Kopfnicken zu verstehen, daß er die Gläser der anderen nachfüllen und auch das eigene nicht vergessen solle. O. Bottemly lächelte und schob seine Fleischmassen zurück an die Zapfhähne.

Nach allgemeinem erleichtertem Aufatmen – Melrose fragte sich, was sie gemacht hätten, wenn er heute abend nicht hier aufgekreuzt wäre – begann Mrs. Letterby einen recht verworrenen Monolog über die Familie in Tarn House.

«Tjaja», röchelte Triefauge, mit verschleimter Kehle in das Klagelied einstimmend. «Ein Unglückshaus, das isses.»

Melrose erwähnte den angeblichen «Unfall», den die erste Mrs. Holdsworth erlitten hatte.

Daraufhin hechelten die drei das Schicksal der ersten Mrs. Holdsworth durch: Mrs. Letterby entschied mit Nachdruck, sie sei «ins Wasser von Scafell gegangen. Ga-anz besti-immt», fügte sie hinzu und machte wie üblich aus jeder einzelnen Silbe zwei.

Die Tür zum Schankraum ging auf, ein Regenschwall und ein weiterer Gast wurden hereingeblasen. Melrose schloß aus den Begrüßungen, daß es sich um den Maler Fellowes handelte, einen Stammgast, der allerdings kein so großer Wohltäter war wie der Neuankömmling Mr. Plant.

Francis Fellowes schüttelte den Regen von seiner Jacke und bestellte Whisky. Nur für sich, die anderen wandten sich wieder ihren mittlerweile halbleeren Gläsern zu.

Melrose stellte sich vor, und nachdem sie die dabei üblichen höflich-banalen Floskeln ausgetauscht hatten, deutete Fellowes mit dem Kopf auf einen Tisch. «Setzen wir uns da hin.»

«Sie wurden beim Dinner vermißt.»

«Hm. Das werde ich meistens. War es schön?»

«Na ja, ein wenig trist. Offenbar hat sich kürzlich ein Todesfall in der Familie ereignet.»

Francis Fellowes holte Skizzenblock und Bleistift heraus; Melrose hatte das Gefühl, daß Fellowes sich mit einer Antwort zurückhielt, weil er sie als unangemessen empfand. Statt dessen warf er ein paar rasche Striche aufs Blatt und sagte dann: «Jane, die Frau des Sohns. Sehr bedauerlich.» Seinem Tonfall war nicht zu entnehmen, wie bedauerlich er es fand. «Die Polizei war sogar da. Haben sie Ihnen das erzählt?»

«Ja, die Schwester.» Fellowes betrachtete weiterhin seine Zeichnung, wobei er am Bleistiftende kaute, und Melrose fuhr fort: «Es besteht ein vager Verdacht, daß es vielleicht doch kein Selbstmord war.»

«Die haben immer irgendeinen ‹vagen Verdacht›, was?» Er hielt die Zeichnung ein Stück weg und legte sie dann wieder hin. «Für ihren Sohn, den armen Jungen, muß es die reine Hölle sein. Offenbar ist er in Panik geraten und hat sich aus dem Staub gemacht. Wahrscheinlich hatte er Angst, er würde sonst hier oben landen.»

Melrose bemühte sich, seinen Ton so nüchtern wie möglich zu halten. «Soweit ich weiß, ist sein Vater tot.»

«Ach, Graham. Ja. Hat Crabbe Ihnen den ganzen Mist vom Dichter auf der Höhe seiner Schaffenskraft erzählt? Graham war kein besonders guter Dichter, aber ein ziemlich anständiger Typ. Natürlich hat er nie gearbeitet, aber wer tut das schon? Für seinen Vater war Graham der typische Dichter, der in der Blüte seiner Jugend dahingerafft wurde. Nur schwindsüchtig war er nicht – das ist das einzige an dem Klischee, das ausgelassen wird. Aber leicht suizidgefährdet.»

«Was?»

«Kein Wunder, daß es keiner erwähnt hat. Hat sich doch einfach im Pförtnerhäuschen erhängt. An seinem Gürtel, an einem Querbalken im Wohnzimmer. Da wohne ich jetzt übrigens. Sie sind schockiert? Meine Güte, glauben Sie bloß nicht, daß das schon alles ist. Das kleine Mädchen, von dem hier die Rede war», er nickte in Richtung des Grüppchens am Tresen, das ab und zu Blicke zurückwarf, um zu sehen, wann die beiden aufhören würden, so häßlich zu klatschen, und lieber noch einen ausgaben, «Millie. Ihre Mutter hat ihn gefunden. Graham, meine ich. Danach», sein Blick ruhte auf den durstigen Gästen am Tresen, sein Stift war ständig in Bewegung, «ist sie angeblich von so einem kleinen Felsen am Rand des Waldes gesprungen. Sie landete am Ufer von Wast Water. Es wurde als ‹Unfall› deklariert.»

«Mein Gott.»

Connie Fish machte hinter dem Tresen einen halbherzigen Versuch, die Sperrstunde anzusagen. Fellowes hielt ihre Gläser hoch. Als die Getränke kamen, suchte er nach Kleingeld, doch Melrose war schneller.

«Ah, danke. Ich bin der typische Hungerkünstler, der entfernte Cousin. Ich sollte dankbar sein, daß sie mir das Pförtnerhaus überlassen, aber es gelingt mir einfach nicht.» Fellowes hielt das Glas hoch. «Ich frage mich, warum nicht einfach einer den Giftbecher kreisen läßt und uns alle auf einen Schlag abmurkst, statt dieser Salamitaktik. Prost.»

ER MUSSTE MIT MILLIE REDEN.

Vielleicht war es nur ein schwacher Trost, aber Millie würde verstehen, wie er sich fühlte, weil ihr dasselbe passiert war.

Nicht genau dasselbe natürlich, denn er wußte, daß seine Mutter sich nicht umgebracht hatte. Annie Thale hatte sich umgebracht. Obwohl alle, auch die Polizei, Millie gegenüber immer nur von einem Unfall gesprochen hatten.

Millie wußte es besser.

Es war zuviel. Erst der Selbstmord seines Vaters, nur drei Wochen später Millies Mum, und jetzt glaubte die Polizei offenbar, daß seine Mutter sich auch umgebracht hatte. Es war einfach zuviel.

Alex dachte an damals, vor fünf Jahren, als sie ihr, Millie, erzählt hatten, daß ihre Mutter tot sei. Ein Gewühl von Leuten, ein ewiges Hin und Her, ein Durcheinander gedämpfter und lauter Stimmen. Er sah Millie immer noch in der hintersten Ecke der Küche stehen, sechs Jahre alt, mit ihrer Schürze, sie zitterte. Ihre Mutter war bei den Holdsworths Köchin gewesen und hatte auch ihr Kochen beigebracht. Millie hatte den hölzernen Probierlöffel in der kleinen Hand, um die Suppe umzurühren. Niemand hatte ihr nahekommen wollen, als würde ihr Zittern das Haus in seinen Grundfesten erschüttern und seinen Zusammenbruch prophezeien. Alex hatte auf den Tod seines Vaters nicht so heftig reagiert. Er hatte ihn zwar geliebt, ihm aber nie wirklich nahegestanden und seinen Tod mit einer gewissen Distanz erlebt, als ob seine eigenen Gefühle durch die seiner Mutter gefiltert worden wären. Sie hatte ihn gegen das Schlimmste abgeschirmt.

Millie hatte keinen solchen Schutz. Sie hatte keinen Vater, keine Angehörigen, nur eine «Tante Tom», bei der sie (wie sie allen kundtat) nicht leben wollte. Während die anderen heimlich planten, sie schnellstens nach London zu Tante Tom zu schaffen, hatte sie Adam Holdsworth erzählt, diese Frau sei schrecklich und werde sie schlagen. Damit hatte sich Millies Umzug nach London erledigt. Sein Urgroßvater mochte Millie sehr gern. Als er Hawkes' schneidende Bemerkung hörte, daß Millie ein illegitimer Sproß sei, hatte Adam ihn angeblafft, daß er noch nie gesehen habe, wie Hawkes einer legitimen Beschäftigung nachgegangen sei, er solle den Mund halten!

Nach dem Tod von Alex' Vater war Annie Thale wochenlang deprimiert gewesen. Sie hatte (erzählte ihm seine Mutter) seinen Vater sehr gern gehabt, und sie war es gewesen, die ihn gefunden hatte – nach diesem schrecklichen «Unfall».

Die Familie, das Dienstpersonal, alle schienen vor Millies Reaktion richtiggehend Angst zu haben. Man hätte meinen können, das kleine Mädchen habe die Macht, über die Menschen hier ein entsetzliches Verhängnis zu bringen. Sie gab ihnen die Schuld am Tod ihrer Mutter. Wast Water. Dieser schreckliche See. Es war Hochsommer gewesen und der See sehr blau, fast so blau wie der Coniston und der Ennerdale. Jetzt haßte Millie *alle* Seen.

Und sie war (wie Alex) verschwunden. Zwei Tage später hatten sie sie am Ende eines kleinen Trampelpfades gefunden, einem schmalen, ausgefurchten Pfad, der nach unten führte, zum See. Hände, Gesicht und die weiße Schürze waren voller gelber Flecken. Sie hatte sämtliche Osterglocken ausgerissen, die sie finden konnte, alle ausgerissen und zerfetzt. George hatte sie gefunden.

Mit dem, hatte er gesagt und auf den schwarzen Kater gezeigt. *Es muß ein wildes Tier sein*. Der Kater habe ihn angesprungen (behauptete er) und sich dann still wie eine Statue neben Millie gesetzt, die auf einem Teppich zerquetschter Osterglocken saß.

Millie würde wissen, wie er sich fühlte.

Es war nach elf, stockdunkel, und er konnte es wagen, zum

Haus zu gehen. Das Problem war Hawkes, der manchmal bis in die frühen Morgenstunden hinein aufblieb und trank. Steinchen gegen das Fenster zu werfen hätte keinen Zweck.

Aber er mußte Millie sehen.

Alex machte die Augen auf und sah in die Ecke. Hexer war weg.

MELROSE BEMÜHTE SICH, sein Entsetzen über Francis Fellowes' unerwartete Enthüllungen nicht zu deutlich zu zeigen. Er vergaß für einen Augenblick seine Rolle und bot dem Maler eine Zigarette aus dem echt silbernen Etui an. «Was in drei Teufels Namen wollen Sie damit sagen? Es klingt, als gingen Sie davon aus, daß jemand versucht, ein Familienmitglied nach dem anderen um die Ecke zu bringen.»

«Würde mich nicht im geringsten überraschen. Schönes Stück», sagte Fellowes und blickte von dem Etui zu Melrose, dem armen arbeitslosen Bibliothekar.

Melrose ließ es zuschnappen und steckte es schnell wieder in die Tasche. «Von meiner Tante. Sie hat ein bißchen Geld, aber ich stehe nicht besonders hoch in ihrer Gunst.» In Wirklichkeit konnte er die «Tante» immer knapp davon abhalten, es mitgehen zu lassen. «Auch so eine entfernte verrückte Verwandte.»

«Wie Adam, meinen Sie?» fragte Fellowes. «Na ja, ich neige eher zu der Annahme, daß sie alle wünschten, er *wäre* verrückt.»

«Aber die Köchin, ich meine, die, die Selbstmord begangen hat – sie gehörte doch nicht zur Familie.»

«Nein. Aber Adam war ihr sehr zugetan. Graham auch. Obwohl er wirklich nicht viel zustande gebracht hat. Er war ein netter Junge, ja, obwohl er fünfunddreißig war, habe ich ihn immer nur als ‹Jungen› gesehen. Und schließlich war er das einzige Enkelkind. Seine beiden eigenen Söhne sind Adam, glaube ich, herzlich einerlei. Crabbe und George kann man aus den verschiedensten Gründen nicht ernst nehmen. Und dann Genevieve. Hm, Genevieve... Natürlich wird Adam ihnen etwas hinterlassen, genauso wie er vermutlich mir genug für Farben und Pinsel hinterlassen wird. Aber diejenigen, die er wirklich gern hat, die werden den Löwenanteil kriegen. Jane hätte viel bekommen. Jane mochte er wirklich sehr. Mit den Jahren fallen offenbar alle, die er mag, tot um.» Fellowes machte eine Pause. «Wie, sagten Sie, haben Sie Madeline kennengelernt?»

Jetzt hatte er sich ein bißchen zu sehr um Beiläufigkeit bemüht, fand Melrose. Ob Francis Fellowes wohl auch nur einen Moment glaubte, er sei wirklich ein einfacher Bibliothekar? Ganz bestimmt ein *einfältiger*, dachte er ärgerlich. «Ich kenne sie im Grunde gar nicht. Sie war zufällig in London und schaute sich Bewerber für die Bibliothekarsstelle an.» Sollte Fellowes doch denken, er sei einer von denen; wobei er nur hoffen konnte, daß Fellowes nicht interessiert genug war, um bei Madeline nachzufragen. Vielleicht sollte er ihm etwas gestehen, in der Hoffnung, sein neuer Freund werde es für sich behalten. Aber was? Daß er mit den geliebten Lake-Dichtern nichts am Hut hatte. Ja, das war's. «Passen Sie auf, lassen Sie es Crabbe Holdsworth nicht zu Ohren kommen, aber mal Hand aufs Herz, Wordsworth hat Coleridge doch ausgebeutet... wenigstens glaube *ich* das. Die famose Freundschaft hat ja vielleicht ganz nett begonnen, aber sie endete sicher damit, daß Wam – ich meine, William – den armen Sam nach Strich und Faden verarscht hat. Hm, das ist vielleicht ein *bißchen* drastisch formuliert. Aber Sam war verständlicherweise niedergeschlagen, weil ‹Christabel› nie in die *Lyrischen Balladen* aufgenommen wurde... und Sie wissen ja sicher, wer *das* Zeug herausgegeben hat! Also bezog Coleridge wegen des ganzen übernatürlichen Zeugs in seinen Gedichten Schelte, obwohl das der *Grund* war, warum ihn Wordsworth zunächst angeblich mit dabei haben wollte. Da hätte Coleridge genausogut Bücher katalogisieren können, für den Dank, den er geerntet hat!» Melrose ereiferte sich gehörig und zerquetschte seine Zigarette in dem Blechaschenbecher. «Aber mit irgendwas muß ein Mann ja schließlich seinen Lebensunterhalt verdienen.»

Fellowes lachte. «Sie sind aber einer der wenigen Menschen im Hause, die arbeiten, um das zu tun. Und obendrein scheinen Sie ja auch durchaus eine Kapazität zu sein.»

Nur ein schneller Leser, dachte Melrose. «Sie glauben doch nicht allen Ernstes, daß der ganze Stuß in den *Lyrischen Balladen* stimmt?»

Fellowes runzelte die Stirn. «Was stimmt nicht?»

«Die Übereinstimmung der Absicht. Das Gelaber über das Mystische, das sich angeblich im Alltäglichen verbirgt. Wordsworth konnte schlicht und ergreifend nicht mit Schlangen und Albatrossen umgehen, das ist alles. Der arme Coleridge. Sie wissen, daß er einen Großteil seines Lebens unter quälenden Schmerzen litt. Neuralgie.» Warum faßte er sich nun selbst vorsichtig ins Gesicht? überlegte Melrose. Schnell ließ er die Hand sinken und fuhr mit seinem gelehrten Vortrag fort. «Wußten Sie, daß der Name Lake-Schule eine ironische Bezeichnung im *Edinburgh Review* war?» Melrose schluckte den Rest seines Bitter und knallte das Glas hin. Anstatt über eine obskure literarische Abhandlung aus dem neunzehnten Jahrhundert nachzudenken, sollte er sich besser langsam mal überlegen, wie er William, äh, Richard Jury, Informationen zukommen lassen konnte! Vom Tarn House konnte er Jury nicht anrufen. Fellowes war oft nicht zu

Hause... «Haben Sie Telefon?» fragte er, und zwar reichlich nonchalant, wenn man bedachte, wie er sich gerade erst über Wordsworth ereifert hatte.

«Telefon?» Fellowes zog die Stirn in Falten. «Ich bin an das in Tarn House angeschlossen, ja.»

«Sie meinen, Sie haben dieselbe Nummer wie Tarn House?»

Fellowes nickte. «Warum?»

«Ach, einfach so. Ich habe nur gerade überlegt, wie gut sie hier versorgt sind.» Konnte er einen Grund erfinden, Adam Holdsworth zu besuchen? Das Telefon in Castle Howe benutzen? Er konnte wohl kaum mit einem Haufen Münzen in eine Telefonzelle gehen. Er betrachtete die Gläser. «Trinken Sie noch etwas?»

«Gute Idee. Ich gebe einen aus.» Fellowes wollte sich erheben, aber Melrose winkte ab.

«Ich bin dran.»

Während er zum Tresen ging und mit einem Klirren die Gläser abstellte, bedachte er das Problem. Seine sorgfältigen Notizen – hm, er bildete sich *ein*, sorgfältig zu sein – waren ohnehin zu umfangreich für ein Telefongespräch.

Triefauge nickte ihm im Spiegel zu, sein großer Adamsapfel bewegte sich auf und ab, als er sein Glas bis auf den letzten Tropfen austrank. Traurig stierte er in die gähnende Leere.

Melrose bedeutete O. Bottemly, sich um das leere Glas zu kümmern, sah die Morgenröte in Triefauges Lächeln aufsteigen und fragte: «Haben Sie Telefon?»

Triefauge glotzte ihn an und schüttelte den Kopf, als wäre British Telecom eine Dame, mit der er vor Jahren mal ein Techtelmechtel gehabt hätte, die ihn aber dann sitzengelassen hatte.

In Gedanken ganz woanders, nahm Melrose die beiden

vollen Gläser und sagte: «Wie, zum Kuckuck, kriegen Sie denn überhaupt Informationen aus diesem Dorf heraus?»

«Mit der Post.» Triefauge hob das Glas.

«Briefe dauern zu lange.»

«Faxen Sie, mein Herr.»

AUS JENEM NICHTS, das nur Katzen kennen, erschien plötzlich der Kater in der Küche. Die Küchentür war verriegelt; die Fenster waren geschlossen.

Hexer kam Millie immer in die Quere. Nun stand er zwischen ihr und dem Herd, starrte sie an, bewegte sich immer, wenn sie sich bewegte, nach vorn, nach links, nach rechts, versperrte ihr den Weg zu dem Topf auf dem Herd. Millie schlief schlecht; nachts kam sie immer herunter, um sich Kakao zu machen. Normalerweise schlief Hexer oben auf dem Kissen über ihrem Kopf. Aber heute nacht war er nicht dagewesen.

Doch jetzt war er hier. *Was hast du?* fragte sie wortlos, ärgerlich, als sie nach dem Topf langen mußte. Natürlich hätte sie Hexer wegschubsen können, aber sie tat es nie. Denn in der schrecklichen Zeit vor fünf Jahren war der Kater, der plötzlich wie durch einen Zauber vor ihr gestanden hatte, bei ihr geblieben und hatte auf sie aufgepaßt.

«Was *hast* du?»

Hexer rannte zur Küchentür und setzte sich. Sein Schwanz zuckte.

Als sie den Löffel in den Kakao tunkte, kam er zurück und setzte sich zwischen sie und den Herd.

Sie runzelte die Stirn. Er flitzte wieder zur Tür, dann zurück zu Millie.

Millie ging zur Innentür des Vorflurs. Dort knipste sie die Taschenlampe an, die Hawkes auf dem Regal aufbewahrte. Nichts. Bevor sie sich umdrehen und die Tür schließen konnte, sauste der Kater vorbei und setzte sich vor die Haustür. Als sie sich nicht rührte, rannte er zwischen den beiden Türen hin und her, wurde katzenteufelswild. Millie öffnete die Tür, und er rannte schnurstracks aufs Feld.

Sie nahm eine alte Jacke vom Haken und zog die Gummistiefel an, die sie immer hier stehen hatte. In der Dunkelheit sah sie Hexers Augen über den Ginster und die hohen Kräuter zu ihr hinstarren. Seine Augen wirkten, als schwämmen sie isoliert auf dem Gras. Millie richtete die Taschenlampe nach unten, um den Lichtstrahl so kurz wie möglich zu halten. Man konnte ja nie wissen, wer einen vom Haus aus beobachtete. Mr. Hawkes' Lampe brannte; solange er drinnen Licht anhatte, konnte er draußen nichts sehen.

Das Gras war lang, der Boden matschig. Am Waldrand ließ sie den Lichtkegel der Taschenlampe an den Bäumen entlanggleiten und sah Hexer die baufällige Leiter hinaufklettern, die zum Baumhaus führte.

Alex hörte, wie sie hochkletterte, und sah dann ihre Augen über die Kante der Bodenbretter spähen. «Ich bin's, Millie», sagte er.

Sie machte den Mund auf, aber kein Laut drang heraus. Millie neigte nicht dazu, Gefühle durch irgendwelche Bewegungen auszudrücken, aber jetzt war sie sprachlos und hopste von einem Bein aufs andere, als müßte sie zur Toilette, und preßte die kleinen Fäuste gegen die Schläfen. Endlich setzte sie sich in die Ecke ihm gegenüber, immer noch ohne ein Wort zu sagen, und schlang die Arme um die hochgezogenen Knie.

Dann sagte sie: «Die Polizei sucht dich. Sie sind hier gewesen und haben Fragen gestellt. Sie haben sogar *mir* Fragen gestellt. Ich hab ihnen gesagt, du littest an Gedächtnisverlust. Du würdest in London herumlaufen und wüßtest nicht, wo du wärst. Ich hab ihnen gesagt, das hättest du früher auch schon mal gemacht. Du hättest Gedächtnisverlust.»

Alex lachte. Ihr schien der Klang des Wortes zu gefallen. Sie hatte bestimmt gehört, wie es jemand benutzt hatte – vielleicht sogar in Zusammenhang mit Alex' Verschwinden –, und es übernommen. Millie liebte Worte, bestimmte Worte. Wenn sie eins hörte, das ihr gefiel, benutzte sie es bei jeder passenden und unpassenden Gelegenheit. *Enthemmung* war eins ihrer Lieblingsworte. Als sie endlich in der Lage gewesen war, über ihr Verschwinden nach dem Tod ihrer Mutter zu sprechen, sagte sie, sie habe die Osterglocken in einem Anfall von Enthemmung ausgerissen.

Jetzt wollte Alex ihr über seine Mutter sagen, *sie hat es nicht getan*, aber das wäre grausam gewesen, denn Annie Thale *hatte* es getan. Sie mußte sich von dem grasbewachsenen Vorsprung gestürzt haben, sie wollte, daß ihr zerbrochener Körper im See lag. Wast Water war der tiefste See in England. Millie bezeichnete die Seen immer als «trügerisch blau».

Sie sagte: «Ich glaube es nicht.» Nicht nötig zu präzisieren, was sie mit «es» meinte. «Du kannst weinen, wenn du willst», fügte sie in ihrer geschäftsmäßigen Art hinzu, die die Leute auf die falsche Fährte brachte und sie veranlaßte zu glauben, das kleine Mädchen sei ungewöhnlich kühl und erwachsen.

«Hab ich schon. Weißt du, ich muß mehr als einen ganzen Tag hier geschlafen haben. Was ist los? Was haben die anderen der Polizei erzählt – über Mum?»

«Daß sie es nicht glauben könnten und daß sie es nicht verstünden und daß sie... ‹neurotisch› wär.» Millie fummelte an dem Rucksack herum.

«Ich wette, noch Schlimmeres. Das übliche. Daß sie keine gute Mutter war und unfähig, eine Arbeit zu behalten, und so weiter und so fort.» Die Frage hätte er sich wirklich sparen können. «Welche Polizei war hier?»

«Ach, der Polizist aus dem Dorf. Der ist bloß mit dem aus London gekommen. Cramer oder so was. Er sah ausländisch aus.»

«Kamir?»

«Richtig, mit seinem Sergeant. Und dein Großvater war hier», sie meinte den Urgroßvater Adam, «und der hat der Polizei gesagt, daß die anderen alle verrückt sind; daß deine Mum gar nichts hätte und warum sie überhaupt fragten, als ob sie –»

Sie hielt inne.

«Schon in Ordnung. Als ob sie wirklich Selbstmord gemacht hätte, meinst du. Was haben sie gesagt?»

«Nichts. Sie haben nichts gesagt, außer daß es vielleicht kein ‹natürlicher Tod› war. Ich glaube, das ist was anderes als ein plötzlicher. Dann mußte jeder sagen, wo er am Montag abend war. Wußtest du, daß deine Tante Madeline und sie» (sie meinte Genevieve, die sie verabscheute) «in London waren und es zugeben mußten? Sie sind am Sonntag hingefahren.» Millies Lächeln war richtig gemein.

«Wozu?» Alex setzte sich auf, das stählerne Band um seine Brust lockerte sich. «Warum?»

«Deine Tante mußte Leute treffen, um jemanden zu finden, der sich mit Büchern auskennt und Mr. Holdsworth hilft. *Sie* ist aus demselben Grund gefahren wie immer: um Klamotten zu kaufen. Würde mich wundern, wenn in den Läden noch was übrig ist.»

«Waren die anderen alle hier? Francis?»

Millie zuckte mit den Schultern. «Er geht immer nach dem Abendessen weg, wenn er überhaupt dabei ist. Ich habe ihn nicht gesehen. Nur dein Onkel George und Mr. Holdsworth haben zu Abend gegessen. Ich mußte zwei Kaninchen braten. Igitt.» Sie verzog das Gesicht. «Wenn er sie schon tötet, soll er sie auch braten.»

Alex seufzte. «Wahrscheinlich muß ich mich allmählich doch mal blicken lassen. Wenn ich hier im Baum sitzen bleibe, erfahre ich nichts.»

Millie warf ihm einen entsetzten Blick zu. «Denken kannst du aber, oder etwa nicht?»

Er senkte den Kopf. «Ich hatte einen schrecklichen Traum.» Millie konnte außergewöhnlich gut Träume deuten. Manchmal war er verblüfft über ihre Sensibilität, darüber, wie sie Dinge spürte, die andere Leute nicht wahrnahmen, wie sie sich in die Gefühle anderer hineinversetzen konnte. Es war beinahe, als würde sie zu dem anderen. *Der Millie, der entgeht nichts*, hatte sein Urgroßvater einmal gesagt.

«Das Kartenspiel», sagte er. «Es blieb kleben. Ich habe es nicht geglaubt, bis sie wirklich –» Er brach ab. «Jetzt frage ich mich, ob ich vielleicht schuld bin; ich habe die ganze Zeit vorher gewettet. Bevor es passierte, habe ich Poker gespielt und bin deshalb zur Strafe nach Hause geschickt worden.»

«Nein!» Sie hob den Kopf und streckte mit Schwung die Beine aus. «Deine Mutter hätte sich nie selbst umgebracht, und es war auch gar kein Kartenspiel.» Sie zog die Beine wieder an sich und legte das Kinn auf die Hände. «Die Dinge sind in Träumen nie das, als was sie erscheinen.»

«Aber sie verwandelte sich in die Herzdame. Es war, als klemmte sie mit mir in diesem Kartenspiel fest –»

«Alice im Wunderland.» Millie schloß die Augen und lehnte sich nach hinten. «Da gibt es eine rote Dame. Die rote Dame reitet auf einem Pferd, aber sie kommt nie irgendwo an. Woher hast du die?» Millie hielt die Automatik hoch, die sie aus dem Rucksack gezogen hatte.

«Leg die hin, um Gottes willen! Du könntest dich verletzen!» Sogar Hexer sprang auf.

«Nur, wenn sie geladen ist. Ich hätte mich beinahe draufgesetzt.»

«Ist sie natürlich *nicht*. Glaubst du, ich bin verrückt? Das Magazin muß drin sein.»

«Wie macht man das?»

Alex holte das Magazin heraus und knallte es mit der Handfläche in den Griff, sorgte dafür, daß die Waffe gesichert war. Sie roch ein wenig nach Öl.

Millie guckte sich die Waffe in seiner Hand genau an. Nachdenklich sagte sie: «Vielleicht ist die das Kartenspiel in deinem Traum.»

Alex blinzelte und legte die Waffe auf den Boden. Dann fiel ihm ein: «Irgend etwas fehlte im Zimmer meiner Mutter. Aber ich komme nicht drauf, was.» Auch er wurde nachdenklich. «Glaubst du, es ist gefährlich, mit Dr. Viner zu reden?»

«Ich glaube, es ist gefährlich, *überhaupt* mit jemandem zu reden. Ich mach dir ein paar Brote, und Hexer kann sie dir bringen.»

«Wie soll Hexer sie denn tragen? – Leg die hin, Millie!» Bevor er sie davon abhalten konnte, hatte sie die Waffe aufgehoben und das Magazin herausgezogen. «Die ist nicht zum Spielen.»

«An Spielen habe ich auch nicht gedacht.» Sie steckte die Waffe und das Magazin in den Rucksack. «Es gibt hier jetzt jemand Neues.»

«Wen?»

«Er heißt Mr. Plant. Das ist der, den deine Tante eingestellt hat, damit er was mit den Büchern macht.» Sie besah sich das Loch im Dach des Baumhauses. «Zumindest sagt er, daß er das hier macht. Ich glaube ihm nicht.»

21

Die Dunsters befehdeten sich wieder einmal heftig.

Wobei ihre Fehden nicht in Form unheilverkündender Blicke, haßerfüllten Schweigens oder giftiger Bemerkungen über Äußerlichkeiten verliefen. Wären ihre Kämpfe lediglich Schmäh- und Schimpfreden gewesen, hätte Mrs. Colin-Jackson mit ihrer schleimigen Art und ihrer schmeichlerischen Stimme leicht dazwischentreten und Extra-Pralinen versprechen können. Denn Pralinen waren der Grund für dieses Gefecht, zwei ganze Pfund, und jede behauptete, ihre Nichte habe sie *ihr* geschenkt.

Aber unglückseligerweise (für Mrs. Colin-Jackson, nicht für die Fans der Dunsters) fanden die Dunsters andere Ventile für ihre gegenseitige Abneigung und gingen nun in der Sonnenliegehalle mit Stock und eingerolltem Regenschirm aufeinander los; sicher und behende bewegten sie sich zwischen den Seidenfäden-Albizzien und Grünlilien.

Den Ellenbogen angewinkelt, die eine Hand auf der Hüfte, in der anderen den Schirm, stieß Juliette ihn plötzlich nach vorn und schlug mit einem Hieb Elizabeths Velourshut herunter. Kurzer Applaus. Elizabeth, genauso gut trainiert, ließ den Stock durch die Luft zischen, aber Juliettes Hut blieb an seinem Platz.

In ihrer Jugend waren die Dunster-Mädels Fechterinnen gewesen. Während ihre Freunde und Freundinnen sich an Klavieren herumdrücken mußten, hatten sie Angreifen und Parieren geübt und dabei nicht weniger schiefe Töne von sich gegeben als jetzt Mrs. Colin-Jackson bei ihren Aufforderungen, sie sollten *augenblicklich aufhören*! Das rief nur noch mehr Lärm auf den Rängen hervor, Buhs und Gezische und Schreie von Mr. Bannister (der die Hände über dem Mund zusammenlegte und loströtete, um dann zu behaupteten, dies sei der Balzruf des Wildgänserichs).

Durch die Drohung, es werde keine *crème caramel* zum Abendessen geben, ließen sich die Mädchen nicht entmutigen (vielleicht, weil jede glaubte, *sie* werde die Schachtel Pralinen bekommen), und außerdem waren sie höchst erregt, denn sie zogen mehr Fans an als der Film, der im Vorführraum gezeigt wurde: *Einer flog über das Kuckucksnest.*

Als Adam und Lady Cray die Hälfte des Films gesehen hatten, merkte Lady Cray an, daß dies für Castle Howl (wie sie es binnen vierundzwanzig Stunden nach ihrer Ankunft nannte) wohl kaum der geeignete Film sei. Adam sah, wie Mrs. Colin-Jackson hinausmarschierte. «Kojak holt wahrscheinlich Kingsley. Verdirbt den ganzen Spaß.»

«Wer ist das?» Lady Cray zündete sich eine Zigarette an, während Elizabeth einen erstklassigen Stoß ausführte und Juliette damit beinahe den Schirm aus der Hand harkte.

«Der Psychiater. Es gibt zwei: Viner und Kingsley, obwohl Kingsley nicht soviel arbeitet wie sie. Er schiebt eine ruhige Kugel. Dann gibt es noch zwei praktische Ärzte, aber sie wohnen nicht auf dem Gelände; sie kommen nur, wenn jemand auf der Nase liegt.»

Lady Cray lächelte und blies vollkommene kleine Ringe in das Zimmer, in dem Rauchen nicht gestattet war. Mit großen Schritten und einiger Autorität bahnte sich eine Frau einen Weg durch die Versammlung. «Und wer ist das? Schwester Ratchett?»

Adam Holdsworth unterdrückte keuchend ein Lachen. «Dr. Viner.»

Helen Viner hatte mit dem Aufsehertyp à la Schwester Ratchett nicht das geringste gemein. Zum einen war sie eine geradezu einschüchternd hübsche Frau mit einem warmen Lächeln (*einschmeichelnd, Adam, einschmeichelnd*, sollte Lady

Cray später sagen); zum anderen stellte sie sich immer auf die Seite der «Gäste» beziehungsweise Patienten und machte sich gegenüber Mrs. Colin-Jackson zum Anwalt ihrer Bedürfnisse; zum dritten hielt sie nichts von Gewalt, jedenfalls nicht, wo Verhandeln möglich war. Und Helen Viner war eine wohlgeübte, kluge Diplomatin. Sie konnte genausogut angreifen und parieren wie die Duellantinnen Dunster.

«Elizabeth», rief sie, «flèche.»

Elizabeth lächelte plötzlich übers ganze Gesicht und machte ein paar Laufschritte.

Juliette sah Helen Viner wütend an. «Sie sind wohl parteiisch?»

«Nein, Juliette. Sie haben Ihre Deckung vernachlässigt.»

Jetzt fingen beide wieder von vorn an, diesmal mit einer eindeutig anderen Einstellung. Jetzt war es eine echte Fechtpartie geworden.

«Aha», sagte Lady Cray, «Douglas Fairbanks junior.» In Hörweite von Dr. Viner ließ sie ihre klare, glockenhelle Stimme erschallen.

Etwas überrascht drehte sich Helen Viner um, und als sie den neuen «Gast» sah, lächelte sie. «Danke schön.»

Juliette machte einen Satz nach vorn, und die Spitze ihres Regenschirms berührte Elizabeths Brust. «Touché!» schrie Juliette.

Es gab rundum Applaus, und beide Schwestern verbeugten sich. Als Alice Dimpleton Juliette den Preis übergeben wollte, bewölkte sich Elizabeths Gesicht wieder, und Helen Viner nahm die Pralinen an sich.

Adam konnte das Gespräch nicht hören, aber offenbar besänftigte Dr. Viner die beiden, indem sie die Schachtel an sich nahm.

Als die Schwestern Dunster und Dr. Viner an Lady Cray und Adam vorbeikamen, begrüßte ihn Dr. Viner und streckte ihre freie Hand Lady Cray entgegen. «Ich bin Dr. Viner. Leider haben wir noch keine Gelegenheit gehabt, uns kennenzulernen.»

Lady Cray sah auf die Schachtel in der anderen Hand der Ärztin und sagte lediglich: «Cadbury's Opernmischung. Wie lecker.»

22

ANGESICHTS DES CONSTABLE-GEMÄLDES an der Wand hinter ihnen war es für Melrose eine gewaltige Anfechtung, zuzuhören, wie sich Crabbe Holdsworth über das Gemälde von Ibbetson vor ihnen ausließ.

«Wunderschön, nicht wahr?» sagte Crabbe über den Ibbetson, einen Maler, von dem Melrose noch nie gehört hatte und von dem er nach seiner Knechtschaft in Tarn House, zu der er sich vertraglich verpflichtet hatte, auch nie wieder hören wollte.

Nein, dachte Melrose, stotterte eine Antwort und versuchte, wohlwollend dreinzublicken.

«Wahrscheinlich die am meisten gemalte Ansicht der Seen. Natürlich nur eine Kopie. Aber sie ist ein feines Beispiel aus dieser Schule.»

Melrose seufzte. «Schulen» und «Genres» hatte er immer mißtraut.

Das Bild zeigte Berghänge, die warm und braun wie riesige frische Brotlaibe aussahen; sie spiegelten sich in einem glasigen See, der auch nicht natürlicher aussah als die gerundeten Gipfel. Im Vordergrund waren zwei junge Damen, ein Mann, ein Kind und ein Hund, sehr dicht an einer Gruppe von Kühen, die augenscheinlich entschlossen waren, sich häuslich neben ihnen niederzulassen. Diese friedliche Szene wurde von weidenähnlichen Bäumen auf der einen und von einem Boot mit eingerollten Segeln auf der anderen Seite eingerahmt. Das Firmament zeigte sich in verschiedenen Schattierungen von Pastellfarben.

Daß Crabbe Holdsworth dieses Exemplar englischer Landschaftsmalerei gefiel, war für Melrose ein absolutes Rätsel. Man mußte nur den Constable ansehen, um festzustellen, wie lächerlich der Ibbetson war – wie artifiziell, wie ungeschickt die Perspektivik. Constables Gipfel sahen wie Gipfel aus – gewaltig, einsam, unerreichbar unter einem rauchfarbenen Himmel.

Es hing auch noch ein Aquarell da, das Melrose recht anständig fand – zumindest war es ehrlich, was man von dem Ibbetson nicht gerade behaupten konnte –, er mußte aber erleben, daß Crabbe Holdsworth ihm mit ein paar Gemeinplätzen heftig widersprach. Er fetzte das Bild förmlich von der Wand. «Mein Cousin Francis hält sich für einen Maler.»

Das hatte Ibbetson auch getan, also war das kein Argument. Crabbe fuhr fort: «Mein Sohn Graham war ein viel besserer Maler als Francis. Draußen im Pförtnerhaus ist ein kleines Bild, das Graham von Rydal Mount gemalt hat.» Crabbe Holdsworth gestikulierte zur Auffahrt hin. «Vielleicht bringen Sie es mir einmal mit. Ich will Francis schon die ganze Zeit bitten, es hier oben ins Haus zu bringen. Aber er treibt sich mit seinen Staffeleien und Pinseln immer draußen herum.»

Melrose lächelte. «Das haben Maler so an sich.»

«Bei Wind und Wetter.» Er stöhnte märtyrerhaft, als schleifte der Cousin ihn ständig hinter sich her.

Während Melrose am Morgen mit den Karteikarten beschäftigt gewesen war, hatten sie über Robert Southey diskutiert – oder besser, Crabbe hatte monologisiert. Mittlerweile fragte sich Melrose, ob er in Wirklichkeit nicht in erster Linie eingestellt worden war, um die Bücher in dieser Bibliothek (die so angenehm nach altem Leder und Bienenwachs roch) zu katalogisieren, sondern um sich von Mr. Holdsworth vollsabbeln zu lassen. Von den Familienmitgliedern hörte ihm nämlich keiner mehr zu.

So kurz nach dem Tod der Schwiegertochter und dem Verschwinden des Enkels wäre das Southey-Geschwätz jedem anderen wohl kaltherzig vorgekommen. Aber wenn Crabbe von seinem Enkel zu Southey und dem Tod von dessen kleinem Sohn sprach, hielt Melrose das für einen Fall von «Verschiebung», wie Psychiater sagen würden. Nein, Melrose glaubte nicht, daß der Großvater überhaupt nicht an seinen Enkel dachte.

«Ich habe immer gefunden, daß Southey ein unterschätzter Dichter ist, Sie nicht auch?»

«Eigentlich nicht», erwiderte Melrose und vermerkte den Titel eines Buches auf einer Karteikarte. Seine Karteikarten waren eine bunte Mischung. Die meisten waren angefüllt mit Informationen über die Familie Holdsworth, er schob sie zwischen die anderen, bis er genug für einen «Bericht» an Jury hatte. So erweckte er den Anschein, als katalogisiere er, während er kaum etwas anderes tat, als sich Notizen über die laufenden Ereignisse zu machen. Die Karten steckten entweder in seinen Taschen oder waren im Schreibtisch verschlossen. Keiner fragte danach, und er zweifelte, ob es überhaupt jemanden interessierte. Seine Gegenwart hier diente offenbar wirklich dem ausschließlichen Zweck, dem armen alten Crabbe Gesellschaft zu leisten. Der Mann war angenehme, aber dumme Gesellschaft. Seine Frau lauschte seinen Monologen ganz bestimmt nicht mehr. Aber Melroses eigentliches

Problem bestand darin, an das örtliche Faxgerät zu kommen, um seine Informationen nach London zu übermitteln. Er seufzte.

Da seine Kenntnisse über Southeys Familienleben minimal waren, kam er zu dem Schluß, daß es sein Ansehen (wenn auch nicht seine Popularität) nur vergrößern würde, wenn er eine abweichende Meinung äußerte.

Crabbe Holdsworth schwadronierte vor sich hin, wanderte zu der Reproduktion des berühmten Gemäldes mit dem Dichter (als könnte Southey ihm ein Gegenargument liefern) und wandte sich dann wieder Melrose zu. «Mr. Plant, er wurde immerhin zum *Hofdichter* ernannt.»

Nun konnte Melrose seine eigene Bildung ins Spiel bringen. «Nur weil Walter Scott ablehnte, erinnern Sie sich?»

Diane Demorney. Melrose hätte nie geglaubt, daß die Frau ein echtes Lächeln auf seine Lippen zaubern könnte. Als er begriffen hatte, daß er so etwas wie ein Experte über die gesamte Lake-Schule sein mußte, und zwar (nachdem ihn Jury angerufen hatte) über Nacht, hatte er wahrhaftig Diane Demorney angerufen. Diane hatte ein Spatzenhirn, aber das hatte sie mit Fakten vollgestopft wie Agatha ihr Cottage mit Schätzen aus Ardry End. Dianes kleines Geheimnis war, daß sie die Fakten begrenzt hielt, so daß sie sich über jedes Thema unterhalten konnte. Nicht so sehr «unterhalten», als vielmehr den Zuhörer «überrollen».

«Der Lake District, Diane», hatte Melrose gesagt.

«Ich glaube, mir geht's nicht so gut. Kommen Sie doch auf einen Martini herüber.»

Einmal hatte Melrose bei ihr einen Martini getrunken. Danach war er zwei Tage in der Versenkung verschwunden. «Keine Zeit. Ich meine nicht die Gegend, nur die Dichter.»

«Bitte nicht Wordsworth. Ich weiß nichts über die, die *alle* kennen.»

«Robert Southey. Was ist mit dem?»

«Hm, natürlich habe ich keine einzige Zeile von ihm gelesen. Mal sehen: Robert Southey wurde achtzehnhundertnochwas zum Hofdichter ernannt, aber nur, weil Sir Walter Scott ablehnte. Das ist alles. Ach so, ich glaube, er war auch einer von denen, die bei Wordsworth genassauert haben... oder war es umgekehrt? Aber *eins* weiß ich über Wordsworth. Zu Lebzeiten war er nicht berühmt. Die meisten Leuten glauben, daß er damals von allen gelesen wurde, aber das stimmt nicht. Noch nicht einmal nach *Seltsames Zwischenspiel*.»

Melrose hatte die Augen fest geschlossen. «Diane, das ist ein Stück von Eugene O'Neill.»

«Wirklich?» Sie war völlig unbeeindruckt.

«Sie meinen *Das Vorspiel*.»

«Nie gehört. Was ist jetzt mit dem –?»

«Aber doch sicher ‹Sie kommen goldnen Wolkenzügen gleich...›!»

«Stimmt genau, oder etwa nicht? Was ist mit dem Martini?»

«Ein anderes Mal. Danke.»

Diane Demorney war Long Piddletons Antwort auf den Zauberer von Oz, obwohl sie natürlich beträchtlich schöner war. Alles nur Schall und kunterbunter Rauch.

Crabbe mußte zwar zugeben, daß Scott die Ernennung zum Hofdichter zuerst angetragen worden war, meinte aber, er müsse Melrose beweisen, daß Southey sehr ungerecht behandelt worden sei. «Besonders Byron hat ihn verhöhnt.»

«Byron war der leibhaftige Hohn.» Das konnte er wahrscheinlich ohne Risiko sagen.

Aber Crabbe war nur darauf programmiert, Southeys Ehre zu retten, und nahm deshalb ein Exemplar von *Thalaba* vom Regal.

Obwohl Melrose vor Langeweile schon die Ohren einschliefen, erwähnte er die Schnorrerei noch nicht. Nur um in Übung zu bleiben, sagte er: «Seine Prosa ist besser als seine Gedichte.»

Genevieve Holdsworth machte sich viele Gedanken um Alex' Verschwinden.

Zur Teezeit waren sie im Salon hinten im Haus versammelt. Millie Thale hatte das Tablett hereingebracht, Mrs. Callow rollte die belegten Brote und den Kuchen auf einem kleinen Teewagen mit fünf Servierflächen herein, für den Agatha ihr Leben gegeben hätte. Millie blieb da, um das Wägelchen vom einen zum anderen zu ziehen und den Tee einzugießen.

Genevieve verschmähte Tee und Kuchen, sie hatte sich einen doppelten Whisky eingegossen und rauchte. «Ich habe diesen Polizisten schon ein halbes dutzendmal angerufen. Man sollte doch meinen, nach drei Tagen müßten sie ihn gefunden haben.»

«Nicht, wenn er nicht gefunden werden will, Genevieve», sagte Madeline. «Seine Mutter ist tot, meine Schwester, für den Fall, daß du es vergessen hast.» Sie klang weniger traurig als gereizt.

«Natürlich habe ich das nicht vergessen, und setz bitte jetzt nicht deine beleidigte Miene auf –» Ohne Melrose anzusehen, mußte sie sich darauf besonnen haben, daß ein Fremder in ihrer Mitte war, und sie bat Millie, mehr Tee auszuschenken. Sie hob ihr Glas und bat ihren Mann um noch einen Whisky. «Verzeihung.» Sie lachte künstlich. «Ich bin durcheinander, ich weiß einfach nicht, was ich sage.» Das war an Melrose gerichtet; ihre veränderte Haltung auf dem Sofa legte den Gedanken nahe, daß sie durchaus wußte, was sie sagte, zumindest in ihrer Körpersprache.

«Wollen Sie ein Glücksplätzchen?» fragte Millie Melrose

und gab ihm durch einen Blick zu verstehen, daß er besser daran täte, eins zu wollen.

«Stellen Sie sich vor, Millie backt sie selbst», sagte Crabbe. «Ich nehme eins.»

Als Melrose nach einem langte, drehte sie den Teller ein ganz kleines bißchen. Er nahm einen Keks und reichte den Teller an Crabbe weiter. «Hoffentlich ist es lustiger als beim letztenmal, Millie. Nimm doch auch einen, Genevieve», sagte Crabbe, aber sie ließ den Teller weitergehen; bisher hatte sie jedes nicht flüssige Nahrungsmittel abgelehnt. Crabbe las von einem schmalen Streifen Papier ab: «‹Alex wird bald hier sein.› Hm, danke, Millie. Das ist sehr ermutigend. Ganz bestimmt hast du recht.»

«Was steht denn auf Ihrem, Mr. Plant?»

Melrose grinste. «‹Sie sind kein Dichter.›» Er sah sich in der versammelten Runde um. Crabbe lächelte überheblich, als sei Southey rehabilitiert worden. «Da steckt eine Menge Wahrheit drin.» In Wirklichkeit steckte mehr Wahrheit in der Botschaft, als sie wußten. In extrem kleinen Buchstaben hatte Millie geschrieben: *Sie sind nicht, was Sie sagen.*

«Ha!» sagte George. «Wenn ich dem hier glaube, werde ich Pfingsten bei den Braitherwaite-Rennen gewinnen.» Er wedelte Millie mit den Papierstückchen zu und sagte: «Aber sieh zu, daß Hawkes das Futter diesmal richtig mischt! Dünn wie Haferschleim war es gestern. Und verlaß dich nicht darauf, daß er sie füttert, Mädchen; fütter du sie.»

Das hatte er nicht bösartig gesagt. Für sie alle schien Millie diejenige zu sein, die man zu großen oder kleinen Besorgungen hierhin oder dorthin schicken konnte. Sie antwortete nie mit Worten. Sie gab ihre Antwort in Form von Blicken oder nickte – außer, wenn es Melrose betraf. Ihn ignorierte sie völlig, offenbar überzeugt davon, daß er schon einen Weg finden würde, mit ihr zu reden.

Als sie das Zimmer verlassen hatte, sah Melrose ihr nach. «Ist das kleine Mädchen aus dieser Gegend? Sie hat überhaupt keinen Cumbria- oder Lancashire-Akzent.» Er dachte an die gutturalen Laute, den heftigen Dialekt der Stammgäste des Old Contemptibles.

«Nein, ihre Familie ist aus London. Das heißt, was davon übrig ist. Eine Tante», sagte Crabbe, «die, soweit wir wissen, nicht die netteste ist.»

Madeline lächelte fein. «Tante Tom. Schwer zu glauben, daß eine Frau sich ‹Tante Tom› nennen läßt.»

«Wahrscheinlich heißt sie Thomasina», sagte Genevieve gedankenverloren, an wenig anderem interessiert als an dem goldenen Armband um ihr Handgelenk.

«Warum lebt Millie nicht bei ihrer Tante?»

Crabbe biß in sein Glücksplätzchen. «Wie ich gesagt habe, sie ist nicht die netteste.»

Was bedeutete *das* nun wieder, fragte sich Melrose. War sie Prostituierte? Terroristin? Moormörderin?

«Millie wollte nicht zu ihr; sie hat uns inständig gebeten, daß sie hierbleiben kann. Wir waren keineswegs damit einverstanden», sagte Genevieve, «aber *Adam* bestand darauf. *Adam* findet Millie *großartig*.» Die Betonung machte deutlich, daß Genevieve weder Millie noch Adam großartig fand.

Madeline sagte: «Die Tante hätte dem Mädchen das Leben wohl zur Hölle gemacht. Diese Person hat keine Geduld mit... Sie wissen schon.»

Da niemand einen Vater erwähnt hatte, ging Melrose davon aus, daß «Sie wissen schon» sich auf irgendeine amouröse Verwicklung bezog und die arme Millie unehelich war.

«Sie schlägt sie, sagt das Mädchen. Wir haben sie zu der Tante geschickt, damit sie dort blieb. Gleich nachdem ihre Mutter, hm...» Crabbe sah in seine Tasse.

«Sich umgebracht hat», sagte Genevieve ungeduldig.

«Ja, und als sie zurückkam, bestand Adam darauf, daß sie bei uns blieb; sie hatte, wissen Sie, blaue Flecken...»

«Schrecklich», sagte Madeline. «Wir wollten die Polizei holen, aber Millie wurde hysterisch, verteidigte die Frau sogar, sagte, sie – Millie, meine ich – sei nur fürchterlich gefallen. Also haben wir nichts unternommen. Und wenn man bedenkt, daß die Tante, nach dem, was Millie durchgemacht hatte, dazu imstande war.»

«Sex», platzte George mit seiner Meinung heraus. «‹Tom› – ganz recht. Viktorianisch. Verklemmt. Hübsche Schwester. Eifersüchtig. Dr. Viner weiß Bescheid. Torte?»

Melrose lehnte ab. Er war mehr daran interessiert, Millie zu suchen.

23

DIE ER AUCH FAND, nach dem Tee, als sie die Hunde fütterte. Als das Tor des Zwingers mit der Hundemeute hinter ihm zuklickte, erstarb das heisere Schreien, das er vorher von weitem gehört hatte; die Hunde verschlangen ihr klebriges Futter und schlabberten ihr Wasser.

Über den gepflasterten Hof zogen knöchelhohe Nebelschwaden, Millies Gummistiefel quatschten, als sie zu der Mauer ging, wo sie ihre leeren Eimer absetzte. Sie schenkte ihm nicht die geringste Aufmerksamkeit, er hätte ebensogut unsichtbar sein können. Dann sagte sie mit einem gestellten kleinen Rucken überrascht: «Oh, hallo», als hätte sie bis zu diesem Moment nicht bemerkt, daß er sich durch den aufsteigenden Bodennebel näherte.

«Tu nicht so überrascht. Du wußtest, daß ich neugierig sein würde, wer ich denn nun bin, wenn ich nicht bin, was ich behaupte.»

Sie sah ihn an, kaute an den Innenseiten ihrer Wangen, als wüßte sie es jetzt, wo er hier war, nicht mehr so genau. «Na, das weiß *ich* doch nicht. Ich weiß nur, daß Sie kein Bibliothekar sind; eigentlich sind Sie nicht hier, um an Mr. Holdsworths Bibliothek zu arbeiten.» Dann wartete sie das folgende Schweigen ab.

«Woher weißt du das denn so genau?»

«Sie haben es mir gesagt.» Dann ging sie mit ihren Eimern wieder durch die Tür zu den Hundezwingern. Die Hunde führten sich auf, als seien sie völlig durchgedreht.

Melrose rief: «Was zum Teufel soll das denn bedeuten?»

Sie kam auf den Hof zurück und sah ihn an: «Wenn Sie *wären*, was Sie gesagt haben, hätten Sie sich meinen Zettel angeguckt, die Stirn gerunzelt, komisch geguckt und ihn allen vorgelesen.» Sie zuckte mit den Schultern. «Aber Sie haben sich was ausgedacht und das gesagt.»

Es hätte ihn nicht so gestört, wenn Fellowes oder Madeline oder jemand *x-beliebiges* ihm auf die Schliche gekommen wäre. Aber dieses elfjährige Kind mit seinem verhexten Kater (Hexer war gerade aus der Dämmerung aufgetaucht) war zuviel. «Also wußtest du es bis dahin nicht genau. Was wäre denn passiert, wenn ich es vorgelesen *hätte*?»

«Dann hätte ich gesagt, es ist ein chinesisches Sprichwort. Haben Sie Lust auf einen Spaziergang?» Sie knöpfte sich den Mantel zu, aus dem sie längst herausgewachsen war. Er war an den Ärmeln zu kurz und insgesamt nicht einmal so lang wie ihr Kleid.

Melrose zuckte zusammen. «Fühlst du dich denn auch *sicher*, wenn du mit einem Menschen herumläufst, der nicht ist, was er sagt? Ich könnte gefährlich sein.»

«Nicht gefährlicher als alle anderen hier auch. Ich will Ihnen was zeigen.»

«Die haben gesagt, es war ein Unfall», sagte sie, als sie auf einem kleinen, von Koniferen umstandenen Felsvorsprung über dem südlichen Ufer von Wast Water standen. Zu dritt (Hexer war der dritte im Bunde) waren sie vielleicht zehn Minuten durch dichten Wald gegangen und hier, nicht weit über dem See, herausgekommen. «Kommen Sie», befahl Millie und kletterte die Felsen hinunter. Melrose folgte.

Es handelte sich nicht um eine richtige Höhle, sondern um ein paar weitere pilz- und algenüberzogene Felsbrocken, und der Vorsprung darüber bildete ein Dach. Vom Torfmoos auf dem Gestein tropfte es herunter. Die übereinanderliegenden flachen Steine, auf denen sie standen, waren glitschig von den Flechten. Millie zeigte nach unten. «Sie haben gesagt, sie ist ausgerutscht und unten aufs Seeufer gefallen. Sehen Sie diesen komischen Pfad da?»

Mit Sicherheit kein Spazierpfad, eher eine Rinne, durch die sich ein schmaler Bach ergoß. Ein Hindernisparcours mit Felsen, Wurzeln, Adlerfarn und Fieberklee. Millie war allemal klug genug zu erkennen, daß es kaum möglich war, in den Wast Water zu *fallen*. Zu vieles hätte den Fall aufgehalten.

«Egal, ich hab's ausprobiert. Hier kann man nicht runterfallen.» Millie setzte sich und zog die Knie an.

«*Ausprobiert*? Was um alles in der Welt soll das heißen?»

«Ausprobiert, runterzufallen. Es geht nicht. Ich hab mich ein bißchen aufgeritzt, aber der Baumstumpf da hat mich nach ein paar Metern aufgehalten.» Sie sah ihn an. «Mum war unglücklich. Sie hat sich umgebracht. Und in den See müßte man schon *hineingehen*, wenn man ins Tiefe will.»

Melrose zündete sich eine Zigarette an. «Es tut mir leid, Millie.»

Einen Augenblick war sie still. «Sie hat seine Leiche gefunden. Vermutlich haben sie Ihnen das erzählt.»

«Du meinst Alex' Vater.»

Millie nickte und rieb sich dabei die Knie. «Ist sie deshalb unglücklich geworden?»

Melrose war davon überzeugt, daß sie glaubte, er wisse es. Er «war nicht, was er sagte», also geheimnisvoll, und für sie war das gleichbedeutend mit allwissend. «Ich habe deine Mutter nicht gekannt; ich weiß es nicht; aber so etwas, jemanden tot zu finden, den du... sehr gern magst, das ist bestimmt ganz schön schlimm.»

«Aber Alex' Mutter hat sich *nicht* umgebracht. Denn es ist schon Jahre her. Dann hat es ihr vielleicht nicht soviel ausgemacht wie meiner.»

Melrose sagte nichts; als er an der Zigarette zog, sprühte das glühende Ende in der blauen Dämmerung Funken. Auf einmal sah er auf; er hatte etwas gehört, das wie knackende Zweige klang. «Was ist das?»

«Was? Ich habe nichts gehört.»

«Du mußt taub sein. Es war laut wie ein Pistolenschuß.»

«Sie haben wirklich eine rege Phantasie. Das kommt davon, wenn man im Nebel sitzt.» Sie seufzte. «Alex weiß, daß sich seine Mum nicht umgebracht hat. Er will ja nur herausfinden, wer es getan hat.»

Melrose drehte sich zu ihr um. «Was meinst du? Warum sollte er glauben, daß jemand seine Mutter umgebracht hat? Und woher weißt du, was er glaubt, Millie?»

Sie starrte auf den Scafell, dessen östlicher Abhang sich im schwindenden Licht purpurn färbte, und fragte: «Wohnen Sie mit Ihrer Mutter zusammen?»

Die Frage verblüffte Melrose. In ihrer Vorstellung lebte man automatisch mit seiner Mutter zusammen, wenn man eine hatte, ganz egal, wie alt man war. «Nein, sie ist tot.»

«Waren Sie dabei, als sie gestorben ist?» Millie langte nach unten und legte die Hand auf den Kopf des Katers, um ihn zu beruhigen, dabei war er schon grabesstill.

«Ja.» Er erinnerte sich an das mittelalterliche Bett mit den schweren Vorhängen, die schimmernde Haut seiner Mutter, ihren amüsierten Blick – als sei der Tod nur ein weiteres Hindernis, das sie mit ihrem Springpferd Isis überwinden müßte. Den Brief, den sie bei ihrem Anwalt hinterlegt hatte, bekam er erst, als er dreißig war. Er hatte lange Zeit gebraucht, um den Inhalt aufzunehmen.

Er schaute Millie an, die wiederum zu ihm hochsah, ihr drängendes kleines Stirnrunzeln ein Anzeichen, daß sie unbedingt Einzelheiten von jemandem hören wollte, der wirklich dabeigewesen war. Er erzählte ihr von dem Zimmer und wie seine Mutter ausgesehen hatte, und in der Erinnerung daran, wie kahl der Raum drei, vier Minuten lang ausgesehen hatte, obwohl er doch so überladen war, erzählte er Millie, was seine Mutter zu ihm und was er zu ihr gesagt hatte. Den Dialog erfand Melrose; nichts dergleichen hatten sie einander gesagt. Nach dem Schlaganfall hatte seine Mutter nicht mehr sprechen können, aber sie hatte vieles mit den Augen vermittelt. Blaßgoldenes Haar, blaßgrüne Augen. Er hatte versucht, ihr etwas zu sagen, ihm war aber absolut nichts eingefallen.

Millie schien durch dieses Gespräch zwischen Melrose und seiner Mutter getröstet. Sie lachten sogar über die Katzen, die sich quer über die Bettdecke gejagt hatten (das erzählte Melrose jedenfalls). Millie wollte wissen, welche Farbe die Katzen hatten. Beide waren schwarz, sagte er und sah Hexer an.

Über einen Vater verloren sie kein Wort.

In die dunkler werdende Nacht und das Schweigen hinein fragte Melrose schließlich: «Mochte Alex' Vater Alex?»

Sie nickte.

Melrose dachte einen Moment lang nach. «Haben sie sich gestritten? Ich meine, seine Mutter und sein Vater?»

«Mrs. Callow sagt, sie hätten sich gestritten. Mr. Hawkes auch. Er hat gesagt, immer wenn er am Pförtnerhaus vorbeikam, hat er sie gehört. Da haben sie gewohnt, wo jetzt Mr. Fellowes wohnt. Ein einziges Geschimpfe, sagt Mr. Hawkes. Aber man kann von dem, was er sagt, sowieso nur die Hälfte glauben, weil er immer betrunken ist.»

«Wo wohnte Mr. Fellowes denn damals?»

«Ach, ich glaube, im Dorf. Ich weiß es nicht mehr. Alex' Mum fuhr immer nach London oder sonstwohin.»

«Wo war Alex denn dann? Ist er hier geblieben?»

Sie senkte den Kopf, zog an einem Büschel trockenen Grases. «Manchmal. Wenn ich nicht gewesen wäre, wäre er vielleicht weggelaufen. Er haßte die Familie.»

«Seinen Vater auch?»

«Nein, den mochte er, aber nicht so sehr wie seine Mutter. Haben Sie mal ein Bild von seinem Vater gesehen? Er sah gut aus, wie Alex. Es hieß, daß sie sich mit jemandem trifft. Sie wissen schon.»

In der Finsternis konnte Melrose ihr Gesicht nicht sehen, aber er verstand, was sie andeuten wollte und daß sie nicht wußte, wie sie darüber sprechen sollte. Jane Holdsworth hatte einen Liebhaber gehabt? «Du meinst, Hawkes und die Köchin haben darüber geredet?»

Millie schüttelte den Kopf. «*Sie* hat darüber geredet.»

Sie war natürlich Nemesis, Genevieve Holdsworth. War etwas Wahres daran, fragte sich Melrose – daß Jane einen Liebhaber gehabt hatte? Und hätte sie ein Vermögen, um das es doch sicher ging, geopfert, indem sie sich mit jemand anderem einließ?

«Zeit zu gehen!» Millie sprang hoch.

214

«Zeit, wohin zu gehen?»

Sie antwortete nicht, sondern drehte sich um und fing an, die Felsen hinaufzukraxeln. Er konnte ihr nur folgen. Er war so vertieft in ihr Gespräch gewesen, daß er nicht gemerkt hatte, wie sich die Dunkelheit herabsenkte.

«Ich muß zurück, weil ich kochen muß. Es ist schon sechs vorbei. Sie gehen da lang.» Sie zeigte auf eine andere Baumgruppe neben dem Felsvorsprung. «Auf Wiedersehen.»

«Warte einen Moment! Komm noch mal zurück! Wo soll ich hingehen?»

«Zu dem großen Baum da hinten. Hexer weiß Bescheid.»

Hexer hielt die Stellung und starrte Melrose an.

«Nun gehen Sie schon, *gehen* Sie schon!»

Der Kater drehte sich um und ging durch die Bäume.

Es war dunkel, die Wolken schoben sich vor den Mond. Wie in Träumen nahmen die Bäume menschliche Gestalt an – gebeugte Rücken, ausgestreckte Arme, dürre, skelettartige Finger.

Er hätte schwören mögen, daß er aus dem Augenwinkel heraus gesehen hatte, wie die Buche, an der er gerade vorbeigekommen war, sich teilte, auseinanderging.

Dann eine Stimme, nicht laut, aber deutlich: «Bleiben Sie da stehen.»

Er dreht sich langsam um. «Was –?»

Der schlanke Junge, der dort stand und bis dahin wie ein Teil des Baumes gewirkt hatte – wie konnte man so ruhig stehenbleiben? –, hatte eine Pistole in der Hand.

«Sie müssen Alex sein.»

24

«Nein. Ich halte keine Konferenz in einem Baumhaus ab.»

Alex war schon halb oben und deutete Melrose mit einem Kopfnicken an, daß er ihm folgen solle. Hexer flog geradezu die Leiter hoch, seine Pfoten berührten kaum die Sprossen.

Jenseits des langen Feldes mit Adlerfarn und ausgedörrtem Gras konnte Melrose die Lichter in der Küche und im ersten Stock sehen, wo eine Gestalt hinter dem Fenster hin und her ging und sich dann aus seinem Blickfeld herausbewegte. Madelines Zimmer, dachte Melrose. Er sah an dem hohen Baum hoch; Alex saß neben Hexer in der provisorischen Tür. «Jetzt kommen Sie schon. Vielleicht ist Onkel George hier irgendwo draußen.»

Melrose fügte sich und kletterte widerwillig die verrottende Leiter hoch. Er war sicher, daß sie unter ihm nachgeben würde. «Was hat George hier denn mitten in der Nacht noch verloren? Und was machen Sie mit einer Knarre?»

«Vielleicht legt er Netze aus.»

Über die Knarre wurde er nicht aufgeklärt. Melrose schob sich durch die enge Öffnung. Er kam sich lächerlich vor. Aber als er die ramponierten Bretter, das Blechdach, die wenigen Einrichtungsgegenstände wie Bettzeug und Bücher sah, die das Ganze wohnlich machen sollten, überrollte ihn eine Welle von Wehmut.

«Außerdem», sagte Alex, zündete ein Streichholz an und legte seine Hand schützend über eine Zigarette, «können wir hier oben rauchen.» Er warf das Päckchen Melrose zu.

«Großartig. Können wir auch unanständige Wörter sagen und uns Pornohefte angucken?»

Alex grinste. «Tut mir leid. Hab keine. Sie sind also der Bibliothekar?» Alex betrachtete ihn, als wolle er sagen, daß sein Großvater sich wirklich was Besseres hätte aussuchen können. Er nahm einen tiefen Zug, atmete langsam aus und musterte den Bibliothekar.

«Verdammt, wenn Sie mit Millie gesprochen haben, wissen Sie ganz genau, daß ich keiner bin.» Melrose nahm sein silbernes Zigarettenetui heraus.

«Wenn Sie damit herumspielen, wird man in Tarn House schon dahinterkommen, daß Sie kein verlotterter Bücherwurm sind.»

Mußte er sich von einem *Jungen* Lektionen erteilen lassen? «Ich spiele nicht damit herum.» Und dann fiel ihm ein, daß dieser Junge hier erst vor einigen Tagen seine Mutter tot aufgefunden hatte. Er wußte allerdings nicht, was man jemandem nach so einer schrecklichen Erfahrung überhaupt sagen konnte. Also rauchte er und sah Alex an. Er schaute wirklich gut aus. Die Augen so dunkel, daß man die Iris kaum erkennen konnte; dunkles Haar, etwas lang, aber Friseure verirrten sich ja auch selten in Baumhäuser. Es fing gerade an, sich über dem Zopfmusterpullover zu kräuseln.

«Erzählen Sie mir, was im Haus los ist. Millie hat mir schon ein bißchen was berichtet, aber sie kann sich nicht so rumtreiben wie Sie. Wie nehmen sie es auf?» Als seine Augen zu glitzern anfingen, hob er ein wenig das Kinn, als wollte er so die Tränen davon abhalten, herunterzukullern.

«Ich würde sagen, sie sind eher ärgerlich als traurig.»

«Mit der Reaktion habe ich gerechnet. Sogar Madeline? Sogar ihre eigene Schwester?»

«Madeline wirkt verstört, ja. Aber weshalb, kann ich nicht herausfinden. Nervös ist vielleicht ein besseres Wort. Verraten Sie mir doch mal, ob ich richtig informiert bin: Es wurde einmal angenommen, daß Ihre Tante Ihren Vater – heiraten würde.» Melrose besah die Spitze seiner Zigarette. Wie konnte ein Kind es ertragen, beide Eltern zu verlieren, *beide* durch Selbstmord? Dieses hier schien damit ganz gut umgehen zu können. Geradezu geschäftsmäßig. Alex schluckte schwer. Er nickte.

«Ich finde es höchst merkwürdig, daß sie es ausgehalten hat, weiterhin im Haus zu leben, nachdem ihre Schwester ihr den, hm, Verlobten ausgespannt hat.»

«Nicht Verlobten. Geliebten», sagte Alex mit kühler Direktheit. «Geld.»

«Sie ist doch nicht mal eine Verwandte.»

«Großvater war das wahrscheinlich relativ egal.»

«Alex, warum verstecken Sie sich und verhalten sich wie ein Flüchtling?»

«Weil ich schon mit der Polizei gesprochen habe, und sie sind auf der vollkommen falschen Fährte. Wie Onkel George – jedenfalls sind sie auf dem falschen Dampfer. Meine Mutter hat nicht Selbstmord begangen.»

«Es wird auch ziemlich heftig darüber spekuliert, daß sie ermordet worden ist, Alex. Ein Polizist vermutet das. Er ist ein Freund von mir. Solange die Untersuchungen andauern, ist er vom Dienst suspendiert.»

Alex zog die Stirn in Falten. «R. Jury. Er buchstabierte: S-U-P-E-R-I-N-T.?»

«Superintendent Jury, ja. Woher wußten Sie das?»

«Aus ihrem Adreßbuch. Aus dem, das die Polizei nicht mitgenommen hat.» Er holte es aus dem Rucksack und schlug die Seite mit der Eintragung auf. «Es ist ein ziemlich neuer Name. Das sieht man an der anderen Farbe der Schrift. Und überhaupt, wenn sie sich mit einem Bullen angefreundet hätte, hätte ich es vermutlich erfahren. Sie kannte ihn noch nicht lange, stimmt's?»

«Nein, nicht sehr lang. Vielleicht zwei Wochen.» Melrose streckte die Hand nach dem Kater aus und kraulte ihn hinter den Ohren, um sich abzulenken. Jury suspendiert. Ja, ja, der Mensch denkt, und Gott lenkt.

«Was ich mir zusammenreime», sagte Alex, «ist folgendes: Das Seconal ist aus den Kapseln genommen und in einen Drink gemischt worden. In mehrere Drinks. Meine Mutter trank gern Whisky.» Sein Ton war weder entschuldigend noch verteidigend. «Es kann einem ja niemand Pillen oder Kapseln in den Hals stopfen.»

«Aber sie *hätte* es selbst tun können.»

«Hat sie aber nicht. Ich hatte ihre Medikamente unter Kontrolle. Die Mengen, die Daten. Das wußte sie nicht; ich habe mir Sorgen gemacht.»

«Und was mit den zehn oder fünfzehn Schlafmittelkapseln war, weiß niemand, oder was?»

«Doch, ich weiß, was damit war. Weihnachten waren wir hier. Da hat sie ein ganzes Glas verloren – sie hatte gerade ein Rezept eingelöst. Sie hat alles abgesucht.»

Melrose drückte seine Zigarette aus und zerrieb die Asche mit dem Schuh. «Alex, Sie *müssen* mit der Polizei reden. Das sind Dinge, die nur Sie wissen und auf die die Polizei nie kommen würde. Ich verstehe ja, wie Ihnen zumute ist –»

«Ach, wirklich?» Die glatten Augenbrauen des Jungen hoben sich und bildeten eine einzige Linie. Es war nur ein Hauch von Ironie; er war unglaublich kühl. Sein Bemühen, Distanz zu seinen Gefühlen zu bewahren (und Melrose zweifelte nicht daran, daß seine Gefühle stark und nur verschüttet waren), damit er sachlich bleiben konnte, war bemerkenswert.

«Meine Mutter ist gestorben, als ich so alt war wie Sie.»

«Aber nicht so.» Er hatte das eine Bein angezogen, die Hand mit der Zigarette darübergelegt, und nun wiegte er sich vor und zurück.

«Nein, so nicht.»

«Und Sie waren dabei?»

«Ja, ich war dabei.»

«Und Sie konnten nichts daran ändern.»

«Nein. Keiner –»

«Ich werde nie rausfinden, ob ich etwas daran hätte ändern können.»

«Wenn ein Mensch sich selbst umbringen will –»

«Das hatten wir doch gerade geklärt. Meine Mutter hat sich nicht umgebracht.»

«Wenn Sie mit den Pillen recht haben – Sie hätten kaum einen Mord verhindern können, der vor drei Monaten geplant worden ist.»

«Sie glauben nicht, daß Menschen einander retten können?»

«Es ist doch schon schwer genug, sich selbst zu retten.»

«Warum sind Sie dann hier?»

«Das ist was anderes.»

Der Junge lächelte nur.

Melrose sagte: «Meine Güte. Sind *Sie* für das alles verantwortlich? Was ist mit demjenigen, der Ihre Mutter umgebracht hat?»

«Da ist was dran.»

«Das will ich meinen.» Melrose fühlte sich unendlich erleichtert. Und er fragte sich, ob er Alex all diese quälenden Fragen gestellt hatte, weil es ihm um ihn, Alex, oder um sich selbst ging.

Dann schwiegen sie und grübelten über dasselbe nach: *Wer? Warum?*

«Es gibt nur zwei Motive für Mord. Liebe und Geld.»

Alex schüttelte den Kopf. «Sie haben Rache vergessen.»

«Gut, wenn Sie an Madeline Galloway denken, das fällt unter ‹Liebe›, würde ich sagen.»

«Und was ist mit Schweigen?»

Melrose runzelte die Stirn. «Was meinen Sie?»

«Schweigen. Jemanden zum Schweigen zu bringen. Wie meine Mutter.»

«Worüber?»

«Keine Ahnung. Aber es ist ein Motiv, oder nicht? Feinde: nein, ich wüßte keinen. Geld: in dieser Familie ein recht sicherer Tip. Und dann gibt's noch mich.»

«Sie?»

«Mich. Meine Großeltern versuchen seit Jahren, mich hierherzukriegen. Beziehungsweise sie haben es versucht, bis ich zu alt war. Genevieve hat meine Mutter immer gehaßt.»

«Ich würde sagen, das paßt in die Kategorie Feinde; aber Sie würden doch erst recht nicht hierbleiben, wenn sie Ihre Mutter umgebracht hätten.»

«Vielleicht hat sie geglaubt, ich könnte sonst nirgendwo hingehen.»

«Ich habe das Gefühl, Ihre Großmutter –»

«Genevieve ist nicht meine richtige. Das war Virginia. Virginia ist bei einem Sturz umgekommen.» Seine Augen blitzten finster. «Ganz schön viele Unfälle, stimmt's?»

«Ja. Zu viele. Ihr Onkel?»

«Ach, den würde ich nicht mitzählen. Der ist eigentlich ganz nett. Aber ein fürchterlicher Langweiler.»

«Francis Fellowes? Ich habe ein paarmal mit ihm geredet.»

«Er…» Alex zuckte die Schultern. «Er scheint sich nur für seine Malerei zu interessieren, und damit basta.»

Seinen Vater hatte Alex nicht erwähnt, und Melrose brachte es einfach nicht über sich, ihn zu fragen, jetzt noch nicht. «Fellowes hat den Verdacht, daß hier systematisch ein Mord nach dem anderen geschieht.»

«Der drückt es vielleicht etwas dramatisch aus. Er macht gern einen Aufstand, wenn Sie verstehen, was ich meine.»

«Aber Sie haben doch genau dasselbe gesagt: Jede Menge Unfälle.»

«Das stimmt. Aber *manche* hätten Unfälle sein können.»

Alex sah ihn nicht an: Melrose wußte, er dachte an seinen Vater. Und dann gab Alex sich einen Ruck und wechselte das Thema.

«Etwas hat gefehlt.»

«Was?» fragte Melrose.

«Ich habe mir schon den Kopf zerbrochen, aber es fällt mir einfach nicht ein.»

«Vielleicht ist es ja Ihrem Unterbewußtsein eingefallen. Millie hat gesagt, Sie träumten jede Nacht denselben Traum.»

Alex erzählte ihm die Einzelheiten. «Ich weiß, warum die Landschaft so leer war.» Alex zerknickte einen Zweig, suchte ein anderes Wort. «Mehr als leer.»

«Öde.»

Der Junge runzelte die Stirn. «Öde?»

«Ja, öde, ausgedörrt. Brach.»

«Das Wort müssen Sie Millie sagen; das würde ihr gefallen.» Alex lächelte.

Das erste spontane Lächeln, das Melrose an ihm sah.

«Millie mag Wörter.»

«Wie ‹exerzieren›. Sie wollte mich zu dem Platz mitnehmen, der auf Wast Water hinausschaut, um die Geister zu ‹exerzieren›.»

Alex lachte. «Typisch. Sie dachte, die rote Dame hätte was mit Alice im Wunderland zu tun. Aber die Dame war Alice keinerlei Hilfe. Sie war ganz schön gemein. Nicht wie meine Mutter.»

«Sie nehmen das alles zu wörtlich.»

Er strich sich das Haar aus der Stirn.

«Millie meint, es ist die Knarre.» Er steckte sie in den Rucksack.

«Wie in *Ich kämpfe um dich*. Haben Sie den gesehen?»

«Mit Ingrid Bergman. Die spielte da doch eine Psychiaterin. Irgendwo kam eine Knarre vor –»

«In dem Traum hielt der Mörder ein Rad. Rollte es im Schnee hin und her.» Melrose lächelte. «Ingrid rettete ihn, indem sie herausfand, was der Traum bedeutete. Haben Sie mal daran gedacht, mit einem Psychiater über Ihren Traum zu sprechen?»

«Ich muß erst zu meinem Urgroßvater. Adam. Dann tu ich, was Sie sagen; ich geh zur Polizei.»

Als Melrose aufstand, spürte er, wie seine Knochen knirschten. «Für ein Leben in Baumhäusern bin ich zu alt. Wenn ich allerdings an meine Tante denke, ist es vielleicht gar keine üble Idee.»

Alex lachte und kletterte die Leiter hinunter. Melrose folgte. Der Kater glitt von Sprosse zu Sprosse an Melrose vorbei. Als sie unten angekommen waren, wischte sich Melrose die Ärmel ab. «Bleibt der Kater hier? Oder nicht?»

«Kommt drauf an, wo was los ist.»

«Bei mir garantiert nichts. Wenn Sie Ihren Urgroßvater Mr. Adam Holdsworth getroffen haben, geben Sie mir doch bitte Bescheid.» Er streckte die Hand aus. «Es war – ein Ereignis, Sie kennenzulernen.»

«Es tut mir leid wegen Ihres Freundes. Dem Superintendent.» Alex sah schweigend zum See hinüber. «Ich wußte nicht... war er, hm, ein besonderer Freund von meiner Mutter?»

Melrose zögerte, wußte nicht, ob jetzt ein sonderlich günstiger Zeitpunkt war, dem Sohn von einem «Konkurrenten» zu erzählen. «Ja, ein sehr besonderer. Ich glaube, er wollte sie heiraten.»

«Mist», stieß Alex hervor. Er sah sich ratlos um, wie ein Hund seines Onkels, der eine Spur verloren hat. «Und statt dessen werfen sie ihm jetzt vor, er hätte sie umgebracht?»

Melrose sah ihn an und dachte, daß Jane Galloway mit so einem Sohn Glück gehabt hatte – er war klug, einfallsreich, mutig, verantwortungsbewußt (so sehr, daß er sogar ihre Medikamente kontrollierte) und immer noch fähig zum Mitgefühl für jemanden, den er nicht einmal kannte. War er, Melrose, in dem Alter nur im entferntesten so gewesen? Er bezweifelte es. Ein wenig vielleicht, aber er bezweifelte es.

«Ich mache mir keine Sorgen. Der ganze Vorwurf ist zu absurd. Er ist unschuldig.»

Grimmig sagte Alex: «Ich wüßte nicht, daß das jemals genützt hätte.» Er deutete einen Abschiedsgruß an. «Gute Nacht.»

Melrose nickte und ging zum Feld.

Hinter ihm teilte sich das Gras wie durch Zauber. Hexer hatte entschieden, wo was los war.

25

«Sie sind der Meinung, ich solle mich in psychiatrische Behandlung begeben», sagte Lady Cray; sie saß in Adams Zimmer. «Aber man hat ja schon Pferde kotzen sehen», fügte sie hinzu und blies einen zarten Rauchring aus. «Muß das Frühstück eigentlich um acht Uhr morgens serviert werden? Wirklich eine unchristliche Zeit.»

Alles an ihr, von ihrer Frisur über ihre Kleider bis zu der Art, wie sie ihre Zigarette hielt, verriet ihre gute Herkunft.

Adam seufzte und warf sich eine Handvoll Salzmandeln in den Mund. Neuerdings trug er immer sein Gebiß. «Zum Psychiater? Gehen Sie doch. Ist wahrscheinlich mal eine Abwechslung, ein Spaß.»

«Na ja. Ich glaube beinahe, es war nicht einfach nur eine Empfehlung. Obwohl Mrs. Colin-Jacksons Stimme sich vor Freundlichkeit geradezu überschlug, klang es, als würde man mich hochkant hinauswerfen, wenn ich mich nicht füge.»

«Verdammt, nicht Kojak hat hier das Sagen, sondern Helen Viner. Sie ist die einzige mit einem bißchen Grips im Kopf. Gehen Sie doch mal zu ihr; sie ist interessant.»

«In diesem Fall soll *ich* die Interessante sein. Ich wünschte, Andrew wäre hier.» Sie seufzte und nippte an ihrem Kaffee. «Ich bin bei ihr gewesen, nachdem ich ankam. ‹Routineuntersuchung›, wie die Polizei so gern sagt.»

«Sie prüft die Gäste immer auf Herz und Nieren.»

«Es *ist* eigentlich gar kein Seniorenheim, stimmt's? Ist das nicht nur ein Euphemismus für ‹Irrenanstalt›?»

«Wenn Sie das nötige Kleingeld haben, ist es alles, was Sie wollen. Wollen Sie, daß Andrew Sie hier rausboxt? Gerade haben Sie doch noch die Befürchtung geäußert, daß man Sie hier hochkant rauswerfen will. Hören Sie», Adam beugte sich zu ihr hinüber und flüsterte, «warum machen wir hier nicht beide den Abgang? Ich habe mir einen genialen Plan ausgedacht, wie wir es anstellen können.»

«Von Ihren Abgängen habe ich schon gehört.» Sie lächelte. «Wir können doch jederzeit zur Haustür hinausmarschieren, ist eine Flucht da nicht reichlich überflüssig?»

Das tat weh. Er hatte angenommen, sie würde sich für seine Fluchtpläne begeistern. Unwirsch sagte er: «Na ja, Kojak – oder besser, Dr. Viner – wäre nie auf die Idee gekommen, Sie unter die Knute des Psychiaters zu zwingen, wenn das mit dem Silber nicht gewesen wäre, verdammt noch mal.»

«Ich habe es doch wieder zurückgebracht. Miss Rupert hat mich verpfiffen.»

«Weil Sie sich so schlau angestellt haben. Lassen sich von Rübe beim Tischdecken erwischen! Sie wollen erwischt werden, geläutert werden von Ihrem unverbesserlichen, unersättlichen Wunsch, Ihre lüsternen Begierden zu befriedigen –»

«Ach, halten Sie doch den Mund. Haben Sie wieder Judith Krantz gelesen? Nehmen Sie doch noch einen Kaffee.» Sie nahm die silberne Kanne vom Büfett im Eßzimmer und hielt sie hoch.

«Ich darf nicht, deshalb tu ich's. Bitte.» Sie schenkte ein. «Pralinen und Haarbänder. Aber Helen hat gesehen, wie Sie die Cadbury-Schachtel aufs Korn genommen haben.»

«Ach, sie weiß über meine ‹lüsternen Begierden› doch längst Bescheid. Man hat sie ja über meine gesamte unrühmliche Geschichte schon in Kenntnis gesetzt.»

«Tochter und Schwiegersohn, was? Die liebe Familie. Ist doch klar. Haben Sie denn einen Termin bei Helen?»

«Nein, sie will, daß ich zu Dr. Kingsley gehe.»

«Maurice?» Er runzelte die Stirn. «Merkwürdig. Dachte, den behielte sie nur aus Mitleid. Er ist Alkoholiker. Dann glaubt sie nicht wirklich, daß es Ihnen schlechtgeht. Netter Bursche, aber eher Playboy als Arzt. Verschreibt immer nur Pillen, sagt Helen. Sie sollten mal seinen Vorrat sehen.» Adam sah auf seine Nachttischuhr. «Mist, in fünf Minuten kommt er zur Kontrolle.»

«Kontrolle?»

«Na ja, das machen sie bei gewissen Leuten. Sie wollen gern sehen, ob ich noch hier bin oder ob ich mich schon über alle Berge gekarrt habe.» Adam keuchte vor Lachen. «Sie müssen wissen, dazu bin ich durchaus in der Lage. Hab es schon gemacht, um ehrlich zu sein.»

Sie sah sich in seinem Zimmer um. Es war wunderschön,

ein Eckraum mit hohen Fenstern, die auf den Hof, den trok-kenen Springbrunnen, den weiten grasbewachsenen Abhang und den Irrgarten hinausgingen. «Die Fensterbänke sind niedrig, ja. Sie bräuchten aber trotzdem Ihren Rollstuhl.»

«Fühlen Sie mal den Bizeps. Ich habe starke Arme.»

Lady Cray sah auf seinen ausgestreckten Arm und verzog irritiert den Mund: «Nein, danke.»

«Den Rollstuhl kann man zusammenklappen. Hat Rübe Ihnen erzählt, wie sie abends mal stundenlang nach mir ge-sucht hat? Ich war im Irrgarten.» Er verschluckte sich beinahe an den Mandeln. «Ich bin der einzige –»

Lady Cray sah aus dem Fenster, auf das Adam gezeigt hatte, und setzte sich plötzlich auf. «Adam, da draußen ist jemand.» Sie hatte gemeint, im Hof knirschende Schritte zu hören.

Alex wußte nicht, was er tun sollte. Eine Fremde im Zimmer seines Urgroßvaters. Jetzt hatte sie ihn gesehen oder gehört, bevor er sie gesehen hatte. Er preßte sich gegen die Mauer rechts neben dem Fenster. Es öffnete sich, und diese Frau – eine ältere Frau, die eindeutig keine Angst vor Dieben hatte – fragte: «Wer ist da?»

Er sagte nichts. Und dann guckte der alte vertraute Kopf heraus, und sein Urgroßvater murmelte Verwünschungen, und Alex kam zu dem Schluß, na gut, wenn Adam sie mag, muß sie in Ordnung sein.

«Alex!» Tränen kullerten aus den leuchtendblauen Augen Adam Holdsworths, als er seinen Urenkel umarmte. «Meine Güte, du kannst doch durch die Haustür kommen, aber ande-rerseits bin ich froh, daß du es nicht getan hast. Das ist eine gute Freundin, Lady Cray.»

Sie hielt ihm die Hand entgegen. Alex fand sie wirklich – elegant. *Elegant* war das Wort. Und ihre grauen Augen hatten diesen klugen, harten Blick, den er auch oft bei seinem Ur-großvater sah. Offensichtlich war sie reich.

«Weine nicht, Großvater.» Alex umarmte ihn wieder.

«Ach, das geht die ganze Zeit so, junger Mann. Er ist wie ein unterirdischer Sturzbach, ein richtiger Wasserfall.»

«Gar nicht wahr!» schrie Adam. «Mein Gott, Alex! Du warst verschwunden. Alle suchen dich.» Er schien in seinem Rollstuhl zusammenzuschrumpfen.

«Großvater?»

Adam sah ihn traurig an. «Deine Mutter. Was kann ich sagen? Was kann ich sagen oder tun?»

Alex sah weg.

Lady Cray hob ihr Kinn ein bißchen. «Nichts. Es gibt nichts, was irgend jemand sagen oder tun könnte. Ich habe meine Zweifel, ob er hierhergekommen ist, um sich an Ihrer Schulter auszuweinen. So sieht er nicht aus. Er ist wie Andrew.»

Egal, wer Andrew war, Alex mußte über ihre sachliche Art lächeln. Der Schmerz wurde weniger stechend. Sie sagte, sie habe sich sehr gefreut, Alex kennenzulernen, und dann war sie verschwunden.

«Sie ist nett. Wer ist sie?»

«Ach, einfach nur eine Frau.» Adam machte eine abwehrende Handbewegung. «Mein Gott, jetzt erzähl mir mal, was passiert ist.»

Während Alex erzählte, sah er, wie sein Urgroßvater sichtbar alterte, immer noch ein bißchen, als hätte ihn ein Spezialeffekte-Experte für einen Film in der Mangel. Alex wußte, er dachte auch an seinen Vater; der alte Adam hatte seinen Vater immer besonders gern gemocht. Zwei Selbstmorde.

«Es ist undenkbar», sagte Adam, als hätte er Alex' Gedanken gelesen. «Das hätte Jane nie getan. Sie hätte es sich selbst nicht angetan und dir auch nicht.»

Alex entspannte sich und nahm eine Zigarette aus der Pakkung der Dame. Nachdem er einen tiefen Zug gemacht hatte, erzählte er Adam von dem «Neuen».

«Dieser Bibliothekarsbursche, den der alte Crabbe angeheuert hat?»

Alex mochte den «alten Crabbe».

«Bloß ist er kein Bibliothekar.» Alex erzählte ihm von dem Gespräch im Baumhaus. «Also muß ich zur Polizei gehen, oder? Ich bin der einzige – außer dem, der es getan hat –, der das mit den Pillen weiß.»

Bevor Adam antworten konnte, ging die Tür auf, und Maurice Kingsley kam lächelnd herein. «Freut mich, Sie hier zu sehen, Adam. Wen haben Sie denn da zu Besuch? Aber egal, wer es ist, ich nehme an, er ist durchs Fenster gekommen. Sieht aus wie Sie, muß auch ein Holdsworth sein. Benutzen Holdsworths eigentlich *jemals* Türen?» Er streckte die Hand aus.

Mechanisch schüttelte Alex sie.

Es war der Mann von der Bank vor ihrem Haus in Lewisham.

26

«ICH NENNE ES ‹CRINKLE COTTAGE›», sagte Fellowes, als sie im Pförtnerhäuschen waren. «Ich habe es nach den Crinkle Crags benannt, diesen wogenden Berghängen. Sind Sie schon mal da oben gewesen?»

Schon mal da oben gewesen? Machte er Witze? «Nein. Vergessen Sie nicht, daß ich gerade erst hier angekommen bin.

Viel Zeit für Erkundungen hatte ich noch nicht.» Würde Melrose sich auch nicht nehmen, wenn er es irgend vermeiden konnte.

«Ich finde immer, es ist eine gute Metapher für mein Hirn, Crinkle Crags, die zerknitterten Felsen.» An allen vier Wänden waren fünf, sechs, sieben Bilder hintereinandergestapelt. Francis zog sie heraus, schob sie wieder zurück, gab Laute des Mißfallens von sich, während er seine eigenen Arbeiten betrachtete. «Weiß der Henker, wo es ist. Irgendwo hier.»

Crabbe hatte Melrose aus seinem gnadenlos langweiligen Vortrag über – was war das heute morgen gewesen? – Rydal Mount entlassen und ihn zu Graham Holdsworths Cousin geschickt, der nach dem Bild mit der Ansicht des berühmten Wordsworth-Southey-Dorfes suchen sollte. Melrose wußte, er würde den Ort besuchen müssen. Irgendwann.

«Hier ist eins. Nicht schlecht.»

«Von Graham.»

«Selbstverständlich nicht. Seine waren alle schlecht. Von mir.»

Es war ein weiter Blick auf Wast Water und die Screes, und es war in der Tat «nicht schlecht». «Ihre Fähigkeit, Licht und Schatten einzusetzen, ist wirklich beeindruckend. Auch wenn es pathetisch klingt.»

«Macht nichts. Ich kann jede Bestätigung gebrauchen, die ich kriegen kann.»

Melrose griff nach einem größeren Bild mit einer Lakeland-Szene. «Von wem ist das? Nicht von Ibbetson oder Graham Holdsworth.»

«Das? Das ist ein Thompson. Er ist sehr gut. Die Farbschicht ist so dick, daß man den Eindruck hat, es wäre ein Ölgemälde. Aber es ist ein Aquarell. Sehen Sie sich *diese* Lichtgebung an. Chromgrün.» Fellowes fuhr mit seinem dikken Finger am Horizont entlang.

«Sieht aus wie Hexers Augen.»

Fellowes wandte sich der Kollektion wieder zu. «Ah! Hier ist ein Ibbetson. Nehmen Sie ihn.»

Die Ansicht von Greta Hall war kitschig und phantasielos. Man verpaßte wirklich nichts, wenn man es nicht gesehen hatte; das Bild besaß genausowenig Charakter wie die anderen an den Bibliothekswänden.

«Nur so aus Spaß habe ich versucht, seinen Stil zu kopieren. Ich dachte, ich könnte es vielleicht Crabbe andrehen.» Er seufzte. «Aber unter den Umständen habe ich es nicht übers Herz gebracht.»

«Was für Umstände?» Es gab zwei Bilder: das eine ein Blick von oben auf einen Ausschnitt von Wast Water und Wasdale Head, das andere ein stinklangweiliger Blick auf Klippen, einen gigantischen Berg und eine große Schlucht, dazu flockige Wolken.

«Es war an dem Tag, als Virginia starb. Ich habe Ihnen ja erzählt, daß sie abstürzte, als sie auf den Scafell kletterte. Brach sich auf den Felsen darunter den Hals. Und ich habe Ihnen auch erzählt, daß sie mich ganz schön in die Mangel genommen hatte. Sie mochte den Scafell auch; sie wollte den Aufstieg von Borrowdale machen, wegen der herrlichen Szenerie, aber ich wollte unbedingt über Brown Tongue hinaufsteigen. Ich sagte ihr, ich würde nicht ums Verrecken – na ja, so hab ich das natürlich nicht gemeint.» Francis saß in dem einzigen Polstersessel und stopfte energisch seine Pfeife.

Melrose starrte ihn an. «Einen Moment mal. Wollen Sie damit sagen, sie waren *bei* ihr?»

Francis blickte auf und sog heftig an der Pfeife. «Ja. Deshalb war die Polizei so an mir interessiert.» Er zuckte mit den Schultern. «Aber schließlich und endlich braucht man ein Motiv, und ich hatte eindeutig keins. Außer vielleicht, daß ich Ginny sehr gern mochte und sie überlegten, ob ich vielleicht aus Eifersucht… Aber das war natürlich Unsinn.» Fellowes lächelte und paffte vor sich hin.

«Wo ist die Stelle?»

«Sie meinen, wo Virginia den Unfall hatte?»

«Wo Sie das Bild gemalt haben.»

«Auf dem Scafell, ein paar Meter auf der Eskdale-Seite runter. Virginia war wild entschlossen, über den Broad Stand nach Mickledore zu gehen. Das ist die tückische Felswand, die den Weg versperrt. Wenn man die nicht schafft, muß man umkehren und einen anderen Weg gehen.»

Melrose fuhr sich mit der Hand durchs Haar. Er dachte daran, wie sich Alex gestern abend von dem Baum gelöst hatte, fast, als sei er unsichtbar. «Warum wurden Sie denn überhaupt verdächtigt?»

Francis lachte. «Frei nach Hilary: weil ich da war.»

«Das ist doch lächerlich. Jemand *anderes* hätte doch auch dagewesen sein können.»

«Aber das ist der Punkt: Jemand anderes hätte *nicht* dagewesen sein können, sonst hätte ich ihn gesehen. Jemand anderes hätte an mir vorbeigehen müssen. Es sei denn, er war ein sehr erfahrener Kletterer.»

Melrose zog die Stirn in Falten. «Wie hätten Sie denn jemanden sehen sollen? Sie haben die Ansicht von Wasdale Head gemalt. Sie hätten ihm den Rücken zugedreht. Es sei denn, er wäre direkt auf dem Berghang gewesen, hier.» Melrose deutete auf das zweite Aquarell.

«Ich habe etwas vergessen; Sie wissen nicht, wie Ibbetson malte.» Francis ging durch die herumliegenden Leinwände, Papiere, Töpfe zu einem reichlich malträtierten Schreibtisch, öffnete eine Schublade und warf Melrose ein handgroßes Ledermäppchen zu. «Das ist ein Claude-Lorrain-Glas.»

Melrose zog aus dem Mäppchen einen kleinen konvexen Spiegel hervor. Er sah Fellowes fragend an.

«Claude Lorrain beeinflußte wie Salvator Rosa eine ganze Schule des Sehens und Malens. Eine der schlimmsten Perversionen des ‹Sehens›, die mir je untergekommen ist. Es erinnert mich manchmal daran, wie Leute ein Foto ‹sehen›, das heißt, eine Amateuraufnahme. Ich habe beobachtet, wie Touristen das machen. Knipsen ihre Freunde vor, sagen wir, Dove Cottage und versammeln sich dann, um festzustellen, wie sie auf dem Bild aussehen, anstatt sich das Cottage selbst anzuschauen.»

«Was hat das mit dem hier zu tun?» Melrose hielt den Spiegel hoch.

«Das Gerät war bei Landschaftsmalern sehr beliebt. Man malt, was hinter einem ist, nicht, was vor einem ist. Der Spiegel stellt den Rahmen dar. Claude vertrat die Ansicht, man solle exakt malen, was man sieht. Man dürfe nicht ‹interpretieren› – obwohl das natürlich unmöglich ist –, sondern nur abmalen, was da ist. Es ist extrem künstlich und einem Spiegelbild verblüffend ähnlich. Ibbetson hatte dieselbe Vorstellung, wenn er ein Bild ‹einrahmte›, zum Beispiel mit Bäumen. Zusätzlich bringt man noch ein paar stilisierte Menschen und Tiere in idyllische Positur, die erbärmlicher wirken als die Stammgäste im Old Con. Meine Güte, wie oft haben Sie schon mit einer Kuh zusammengesessen?»

Melrose verdrängte den Gedanken an Agatha.

«Sie halten also dieses Claude-Lorrain-Glas in der Hand und sehen das, was hinter Ihnen ist.»

Fellowes nickte. «Ein Dichter wie Wordsworth würde sich im Grabe umdrehen. Für ihn war Wahrnehmen wirklich Erschaffen.» Er klopfte mit seiner Pfeife gegen den Keramikkrug. «Mal Thomas West gelesen?»

«Erstaunlicherweise ja.» Allerdings hatte er seine Neuerwerbung aus dem Wrenn's Nest noch nicht ausgelesen.

«Dann wissen Sie, daß er fand, Reisen sollten eine Anordnung perfekt arrangierter Bilder oder Szenerien sein. In gewisser Weise ist das der Beginn des Baedeker und dieser ganzen Reiseführer. Man sagt Ihnen genau, *was* Sie sich ansehen sollen. Die Touristen kommen hierher, um Dove Cottage, Grasmere, Hawkeshead Church, Coniston Water, Ruskins Haus, Beatrix Potters Cottage und so weiter zu besichtigen. Eine Anordnung perfekt arrangierter Bilder. Diese Schule liebt auch gruselige Elemente. Schloßruinen, knorrige Bäume. Wissen Sie, eine meiner Lieblingsschriftstellerinnen ist Jane Austen, und eine ihrer besten Figuren ist Edward Ferrars, der sich über die Sentimentalität der Heldin lustig macht. ‹Ich mag keine krummen, kahlen Bäume. Ich mag keine heruntergekommenen, baufälligen Cottages.›» Fellowes lachte.

Melrose dachte einen Moment nach. «Wenn ich zu dem Platz will, wo Sie das Bild gemalt haben», es schauderte ihn bei dem Gedanken, irgend etwas anderes zu erklimmen als die Stufen von Ardry End, «welche Route muß ich nehmen?»

«Sie? Entschuldigen Sie, aber ich kann mir nicht vorstellen, wie Sie in voller Montur auf den Scafell klettern.»

«Ich auch nicht. Aber welche Route müßte ich nehmen?»

«Die leichteste. Die, die ich beziehungsweise wir genommen haben. Von Wasdale Head aus, am anderen Ende von Wast Water. Sie starten am Wasdale Hotel –»

Wo Melrose am liebsten umkehren würde.

Ach, Wordsworth! Ach, Gasthöfe!

27

Dr. Maurice Kingsley hatte ihn anscheinend nicht erkannt.

Alex wußte es nicht genau. Licht war an dem Abend nur vom Widerschein aus der Haustür und von der kurz aufschießenden Flamme gekommen, als Kingsley das Streichholz angezündet hatte. Und gewiß war der Doktor so betrunken gewesen, daß er nicht nur das Gesicht von William Smythe, sondern den ganzen Abend vergessen hatte. Sternhagelvoll war er gewesen.

War er das wirklich gewesen?

Sein Gesicht drückte nichts als Anteilnahme aus. «Es tut mir leid, Alex. Wegen Ihrer Mutter. Ich mochte sie», sagte er einfach, schaute weg und dann wieder Alex an. «Hören Sie, wenn Ihnen danach ist, zu reden, kommen Sie einfach bei mir vorbei. Reden hilft –»

«Sie müssen es ja wissen, Kingsley», sagte Adam. «Sie tun es ja zur Genüge.» Adam nahm sein Gebiß heraus und deponierte es in einem Glas neben dem Rollstuhl.

Kingsley lachte. «Na, na, na, Adam. Lassen Sie lieber mal eine von den Zigarren rüberwachsen, die sie wie ein Eichhörnchen verscharrt haben, obwohl Rauchen hier verboten ist.»

Adam äffte die altjüngferliche Schwester Lisgrove nach und lispelte: «‹Herr Doktor, er hat schon wieder sein ganzes Zimmer vollgestänkert.› Bei Gott, die ist hinter Ihnen her wie der Teufel hinter der armen Seele. Gott weiß, warum. Obwohl, ich vermute, das geht allen Frauen hier so... außer Helen Viner. Die ist zu vernünftig dazu.» Adam bückte sich und kramte unter seinem Bett herum. Er holte eine Kiste handgerollter Zigarren hervor und warf dem Arzt eine zu.

«Das ist sie zweifellos.» Er lächelte geheimnisvoll. «Danke.»

Während des gesamten Gesprächs hatte der Arzt Alex beobachtet. Alex wiederum hielt Kingsley sehr wohl für einen Frauenhelden, hatte aber auch den Eindruck, daß er in zehn Jahren ziemlich fett sein würde. Wahrscheinlich vom Trinken. Würde er seiner Mutter gefallen? Er war freundlich, aber aalglatt. Verschlagen, fand Alex.

Ob seine Anteilnahme vorgetäuscht war, wußte Alex genausowenig, wie er abschätzen konnte, ob Kingsley tatsächlich betrunken gewesen war. Das Problem war, daß es Alex im Moment überhaupt schwerfiel zu erkennen, was bei jemandem ehrlich war und was nicht. Außer bei seinem Urgroßvater und bei Millie. Aber der Freund dieses Polizisten, Mr. Plant, sah ehrlich aus, und es überraschte Alex, daß er so überzeugt davon war. Einen Augenblick lang fand er es tröstlich, daß der Mann hier in der Gegend war.

Er fühlte sich fast sorglos.

«Was war mit Ihnen, Alex? Ihre Familie ist außer sich...» Kingsley hielt inne.

Die «Familie». Aus Alex' Gesicht wich jeder Ausdruck. Bestimmt hatte irgend jemand – sein Großvater, Dr. Viner, sonst jemand – Kingsley gesagt, wie wenig überzeugt Alex davon war, daß die Familie sich um sein Wohlergehen sorgte. «Ich war in London. Ich habe mich in einem Hotel versteckt. Ich wollte nicht mehr von der Polizei oder sonst jemandem belästigt werden. Was haben sie Sie gefragt?»

Kingsley hatte die Zigarre immer noch nicht angezündet, er hielt sie schräg zur Seite. «‹Sie›?»

«Die Polizei.»

Adam sagte nichts. Er konnte «erstarren», ohne einen Muckser von sich zu geben, und beinahe von der Szene verschwinden, wenn er fand, daß die Umstände es erforderten.

Kingsley runzelte die Stirn. «Die Polizei? Wieso? Nichts. Sie haben mich nur gefragt, ob ich Mrs. Holdsworth kenne. Hätten sie mich verhören sollen?» Jetzt lächelte er.

«Mrs. Holdsworth.» Nicht «Jane». Wie reizend, dachte Alex. Kingsley würde wohl kaum im Anzug und auf einer Parkbank auf eine «Mrs. Holdsworth» warten. Er dachte angestrengt nach und hörte mit halbem Ohr mit, wie Dr. Kingsley sich darüber ausließ, daß die Polizei immer Fragen stellte...

«... bei plötzlichen – Todesfällen.» Diskret sah er weg. «Dr. Viner kann Ihnen mehr sagen. Sie kannte Ihre Mutter sehr viel besser als ich.» Schweigend blickte er erst in Adams und dann in Alex' ausdrucksloses Gesicht. «Hören Sie, wollen Sie damit sagen, die Polizei hat einen Verdacht?»

Tonlos erwiderte Alex: «Nein. Ich will damit sagen, daß ich einen Verdacht habe.»

Maurice Kingsley brach das Schweigen und sagte: «Ein Trauma verursacht oft – Phantasien, seltsame Gedanken, Alex. Um Gottes willen, ich will nicht sagen, daß Sie *unrecht* haben. Aber es wäre mir lieb, Sie würden mit mir darüber reden.»

Es ist wie beim Wetten, dachte Alex, wie auf dem Turf oder beim Pokern, eine Herausforderung. Wenn er sich an mich erinnert oder den Verdacht hat, *ich* war der William Smythe auf der Bank, wird er etwas unternehmen.

Nur zu.

«Ich habe einen Termin, tut mir leid.»

«Uns nicht», sagte Adam und schenkte ihm ein zahnloses Lächeln. «Gehen Sie besser in Ihr Büro, bevor Lady Cray es ausgeräumt hat.»

Kingsley schenkte Alex ein launiges Lächeln, das besagte, *ich bin daran gewöhnt*, und ging mit seiner nicht angezündeten Zigarre davon.

«Was zum Teufel hat das alles zu bedeuten?» fragte Adam, nahm eine Zigarre aus der Kiste und versuchte, die Spitze abzubeißen (ohne Zähne).

«Er war *da*, Großvater. Vor unserem Haus, und zwar an dem Abend –» Alex war völlig durcheinander und fuhr erst nach einer Weile fort: «Er saß auf einer Bank im Park, völlig betrunken, grummelte, daß er versetzt worden war, und fragte mich nach einer Kippe.»

«Warum warst *du* im Park?»

«Das erzähl ich dir später, das ist doch jetzt egal», sagte Alex ungeduldig.

Die feuchte, angekaute Zigarre im Mund, sagte Adam: «Du meinst... verdammt und zugenäht. War das, *nachdem* die Polizei angekommen war?»

Alex nickte. «Du willst doch wohl nicht behaupten, daß das ein Zufall gewesen sein kann.»

Adam sagte: «Ich würde sagen, erzähl das der Polizei. Deine Tante und Genevieve waren an dem Abend auch in London. Das macht zusammen drei.» Adam paffte vor sich hin, sah auf den trockenen Springbrunnen, in den nebligen Tag. «Drei, von denen wir wissen.»

E R HATTE SEINEM URGROSSVATER ERZÄHLT, er ginge sofort zum Tarn House (mit der Geschichte von Trauma und Gedächtnisschwund, irgendwas, was ihm auf dem Weg dorthin vor die Füße kam wie Kieselsteine), aber Alex blieb noch auf dem Grundstück von Castle Howe.

Er verstand sich selbst nicht mehr. Was er über Dr. Maurice Kingsley herausgefunden hatte, hätte ihn veranlassen müssen, direkt zu Melrose Plant oder zum Telefon zu gehen, um Inspector Kamir anzurufen, denn jetzt hatten sie eine Person, die mit Sicherheit am Ort des Verbrechens gewesen war. Ob die Polizei überhaupt von einem Verbrechen ausging, war Alex einerlei. Er wußte, daß es eines war.

Trotzdem blieb er noch. Er ging durch den Park, sah über den großen Rasen zu Dr. Viners Büro in dem kleinen Steinhaus, beobachtete zwei alte Damen (denen das Geld zu den Ohren rauskam, ein Blick auf die Diamanten genügte) Arm in Arm spazierengehen und miteinander tuscheln. Die eine drückte der anderen ein wenig den Arm, woraufhin die lachte.

Sie wirkten so sorglos. Er wiederholte das Wort im Geiste immer wieder. Es klang hohl, falsch, ein Wort ohne Bedeutung. Er ging über den schmalen Weg, der von den ersten Schlüsselblumen gesäumt war, betrachtete die Osterglockenbeete und dachte an Millie. Hörte das überhaupt nicht mehr auf, dieses trostlose Gefühl?

Er erreichte den Eingang zum Irrgarten (dem Lieblingsaufenthaltsort seines Großvaters), blieb stehen, sah hinein. Wenn er hineinginge, käme er wieder heraus? Spielte es eine Rolle? Alex sah zum bleiernen Himmel hoch. Solche Gefühle kannte er gar nicht, es war mehr als bloßes Niedergeschlagensein, und nicht einmal der Tod seiner Mutter konnte sie erklären. Er fühlte sich ausgetrocknet, geschrumpft, fast wie die gebrechlichen Alten in Castle Howe. Und dennoch: so verrückt, so wahnsinnig sie auch waren, die meisten schienen mehr Leben, mehr Energie zu haben als er. Wenn es denn Wahnsinn war. Manche wanderten mit Vorliebe hier hinein, verirrten sich und fingen an, *Hilfe, Hilfe* zu schreien. Kojak schimpfte dann, sie würde den Irrgarten dem Erdboden gleichmachen, aber sein Großvater war dagegen. Und er war Castle Howes größter Gönner.

Vom oberen Stockwerk und vom Balkon aus konnte man

die Besucher des Irrgartens beobachten. Die Gefahr, daß ein «Gast» darin starb, bestand überhaupt nicht.

Alex mußte an den Baum bei der Severn School denken, an das Fernglas, die Rennbahn. Das schien alles Jahre her und Kontinente weit entfernt zu sein; etwas war verloren.

Er betrat den Irrgarten, lief ein bißchen darin herum und setzte sich dann auf eine der schmiedeeisernen Bänke, die in Abständen in den kleinen Nischen standen.

Das Zocken, das Pokern, die Kartentricks. Es gehörte zu einer Vergangenheit, an die er sich nur noch ganz dunkel erinnern konnte.

Er hatte sich verändert; er hatte Angst.

«Alex!»

Als er sie sah, sprang er auf, überrascht, daß sein Körper überhaupt noch die Energie hatte, sich so jäh zu erheben, und daß seine Lippen es fertigbrachten zu lächeln. Aber es gab etwas an Dr. Viner (schon immer), das sein Blut in Wallung brachte.

Als sie vom ein paar Meter entfernten Eingang auf ihn zukam, errötete er sogar. Er vergaß, guten Tag zu sagen.

«Alex.» Sie streckte die Hände aus, legte sie ihm auf die Arme, machte jedoch keine Anstalten, ihn an sich zu drücken, ihm zu nahe zu kommen. Ohne daß ihre Augen sich zu bewegen schienen, suchten sie sein Gesicht ab. Nach Zeichen. Zeichen der Anspannung, Zeichen des Kampfes.

Er behielt seine Züge mühsam unter Kontrolle. Aber als ob unter der angespannten Haut die Knochen brächen und die Muskeln erschlafften, war sein Gesicht im Begriff, wie das Gesicht eines dieser alten Menschen zu werden. Wurde es dann doch nicht. Er verzog keine Miene, sah sie nur an. Und es war nicht einfach, sie anzusehen, weil sie ihn an seine Mutter erinnerte. Dasselbe sandfarbene Haar, irgendwie goldfarbene Augen. Oder haselnußbraun, das waren sie, gesprenkelt mit verschiedenen Farben – Braun, Grün, Topas, Blau. Schlimmer, sie hatte auch den freundlichen Ausdruck der Augen seiner Mutter. Kein Wunder, daß sie so enge Freundinnen gewesen waren; kein Wunder, daß Dr. Viner so eine gute Psychiaterin war.

Das alles ging Alex durch den Kopf, während er sie schließlich begrüßte und sie sich auf die Bank setzte und ihn neben sich zog. Obwohl es sich nicht anfühlte, als faßte sie ihn an. Es war eher wie eine magnetische Kraft. Er sah von ihr weg, den Blick geradeaus gerichtet, weil er einen neuen schwerkraftartigen Sog fühlte, aber als müßte er nicht nach unten, sondern zur Seite, gegen sie, fallen.

Beinahe hätte er ihr sofort die Sache mit Kingsley erzählt. Aber das ging nur die Polizei etwas an.

«Du glaubst nicht, daß deine Mutter sich selbst umgebracht hat, nicht wahr?»

Sie war so direkt. Und sie sah ihm offen in die Augen, faßte das Unaussprechliche in Worte.

«Ich mache mir auch so meine Gedanken. Ganz egal, was für Probleme sie hatte, ganz egal, ob sie depressiv war, ob die Familie sie unter Druck setzte, es ist kaum vorstellbar, daß sie das getan hat. Sie hat dich zu sehr geliebt.»

Was er sich selbst gesagt hatte, was er die ganze Zeit gewußt hatte, klang jetzt, da es von jemandem ausgesprochen wurde, so wohltuend.

«Die Polizei hat gesagt, es war eine Überdosis. Sie haben mich gefragt, wie man eine tödliche Dosis Seconal verabreichen kann, ohne daß das Opfer es merkt.» Sie sah Alex an, aber der verächtliche Ausdruck galt nicht ihm. «Als ob ihr Pathologe diese Frage nicht beantworten könnte. Ich habe ihnen gesagt, daß man doch einfach nur die Kapseln in eine Flüssigkeit entleeren müßte und daß Whisky den Geschmack überdecken würde. Und mehrere Whiskies erst recht. Sie haben sich bedankt und sind gegangen. Das heißt, nachdem sie mit Maurice Kingsley gesprochen hatten. Er sitzt ein bißchen in der Patsche», seufzte sie.

Alex warf ihr einen schnellen Blick zu.

«Maurice ist an dem Abend nach London gefahren. Aber du hast Dr. Kingsley gerade erst kennengelernt, oder? Er kannte deine Mutter. Ich weiß ehrlich gesagt nicht genau, was dieser Inspector aus London glaubt. Er hat sehr wenig verraten. Ich war womöglich ihre beste Freundin; Maurice kein ganz so enger Freund, aber ein Mann. Eifersucht vielleicht. Ich glaube nicht, daß ihnen für mich ein Motiv eingefallen ist –»

«*Sie?*» Alex starrte sie an. «Sie sind der *letzte* Mensch –»

Sie lächelte. «Mit dem *letzten* Menschen muß man vorsichtig sein. Tatsache ist, jeder Arzt hat Zugang zu verschreibungspflichtigen Medikamenten.» Sie schüttelte den Kopf und senkte ihn dann. «Es tut mir leid, es tut mir leid, Alex.» Sie legte das Gesicht in die Hände. «Großer Gott, *ich* bin hier die Ärztin und weine mich ausgerechnet an *deiner* Schulter aus.»

Dadurch fühlte er sich aber irgendwie besser, so wie er sich oft mit seiner Mutter gefühlt hatte. Dafür wollte er ihr auch etwas anvertrauen. Er erzählte ihr von dem Traum. Das Kartenspiel, mit Tesafilm umklebt, die öde Landschaft, die Dame, Millies Interpretation. Er erzählte ihr aber nichts von der Waffe.

«Laß uns ein bißchen gehen», sagte sie. «Dann kann ich besser nachdenken.»

«Verirren wir uns dann?» Er versuchte zu lächeln.

«Wir haben uns schon verirrt.» Sie vergrub die Hände in den großen Taschen ihres weißen Kittels.

«Eine trostlose Landschaft vor einem wunderschönen Horizont: Himmel und Hölle vielleicht», kommentierte sie.

«Das mit dem Kartenspiel verstehe ich nicht.»

«Du bist doch ein echter Zocker, Alex.» Sie lächelte. «Hab ich jedenfalls gehört.»

«Jetzt vergleichen Sie mich aber nicht mit dem Pfarrer und Mrs. Bradshaw. Die schlage ich mit verbundenen Augen.»

Sie drehte sich um und sah ihn an. «Das hast du doch schon.»

«Sie konnten nicht zählen. Aber die Karten in dem Traum –»

«Bedeuten mehr, ich weiß.» Dr. Viner schwieg eine Weile und verlangsamte ihren Schritt. «Was für Assoziationen hast du?»

«Keine. Nichts.»

«Das ist aber unmöglich. Dein Kopf kann nicht völlig leer sein. Betrachte es von einem anderen Standpunkt aus. Zum Beispiel könnte eine Karte einen Menschen symbolisieren. Ein *Kartenspiel* könnte dann eine Gruppe deiner Freunde sein, Betrüger, so was in dem Dreh. Ich sage das nur als Beispiel.»

«Ein Kartenhaus?»

Sie sagte nichts, ließ ihn den Vorschlag überdenken.

«Meine Familie. Nehmen Sie Mum weg, und das ganze Ding fällt in sich zusammen. Als wäre sie das Fundament.»

«Und? Paßt das? Es ist dein Traum.»

«Nein.»

Sie blieb abrupt stehen. Sie waren an einer anderen weißen Bank, oder vielleicht war es dieselbe. Woher sollte er das wissen?

«Glauben Sie, es ist wichtig?» fragte er.

«Ich weiß, daß es wichtig ist.»

«Warum?»

Jetzt gingen sie durch einen anderen Durchgang und landeten am Ende einer Sackgasse aus Buchsbaumhecke.

«Es geht um das, was fehlt.»

«Was meinst du?»

«Aus Mums Zimmer. Etwas hat gefehlt. Was immer es ist, es hat sich mir eingeprägt und sich in die Karten verwandelt. Jemand hat mich an den Film *Ich kämpfe um dich* erinnert. Wo ein Rad im Traum in Wirklichkeit ein Gewehr ist.»

Sie lächelte. «Den hab ich gesehen. Ingrid Bergman löst das Rätsel. Ich wünschte, ich wäre Ingrid Bergman.»

Alex brach einen Zweig aus der Hecke. «Ach, als Dr. Viner sind Sie doch auch schon schwer in Ordnung.»

«Besten Dank. Wem hast du den Traum noch erzählt?»

«Wem?»

«Du hast gesagt, jemand hätte dich an den Film erinnert.»

«Oh, Millie. Sie liebt Filme.» Vielleicht würde sie es merkwürdig finden, daß er ihn dem neuen Bibliothekar erzählt hatte, einem vollkommen Fremden. «Jede Nacht träume ich den Traum. Irgendwann wird es mir einfallen.» Sie waren wieder an einer dichten Hecke angelangt. «Rechts oder links?»

«Links. Ich habe diesen Irrgarten in- und auswendig gelernt. Mußte ich; die Schwestern Dunster haben hier immer Verstecken gespielt.» Als sie endlich zum Ausgang kamen, sagte sie: «Es scheint so etwas wie ein Taschenspielertrick zu sein. Oder ein guter Kartentrick?»

«Außer, daß das Spiel mit Tesafilm zusammengeklebt war. Und meine Mutter hatte was damit zu tun.» Jetzt standen sie auf dem Steinweg, wo die Schlüsselblumen und die Osterglocken begannen. «Dann flogen die Teile mit dem Wind weg.»

Sie zog die Stirn in Falten und knöpfte sich die Jacke zu, denn es wehte ein kalter Wind. Einen Augenblick sah sie in Richtung des herrschaftlichen Hauses. «Ich muß gehen. Ich seh dich heute abend beim Abendessen. Dein Urgroßvater

hat mich und Lady Cray eingeladen. Ob sie wohl im Lieferwagen entkommen oder einfach durch die Haustür gehen?»
Sie lachte und ging weg.

Er sah ihr nach und dachte immer noch an den Packen Karten, der dann wie Konfetti von dem wirbelnden Wind wegge-
tragen wurde.

Und wie von selbst kam ihm der Ausdruck in den Sinn. *Ein
Packen Lügen.*

28

Lady Cray bedachte die Pille in Dr. Kingsleys ausge-
streckter Hand mit einem fröhlichen, vogelähnlichen Blick.
«Schlucken Sie sie doch, wenn Sie das Zeug wirklich brauchen.»

«Sehr lustig.»

«*Ich* soll sie nehmen?»

Er nickte.

«Warum?»

«Sie wird Ihre Nerven beruhigen.»

«Ich bin doch ruhig, fast wie im Koma.» Sie holte ihr goldenes Zigarettenetui heraus. «Da ist eine Zigarette viel besser.
Bitte nehmen Sie Ihre Hand aus meinem Gesicht.»

«Ich mache Ihnen einen Vorschlag. Sie nehmen die Pille,
und dann dürfen Sie rauchen.»

«Was ist es denn? Ein Wahrheitsserum? Insulinschockthe-
rapie?»

Kingsley seufzte. «Meine Güte, Lady Cray, es ist ein mil-
des Beruhigungsmittel.» Er griff in das Regal hinter sich und

zeigte ihr eins der kleinen Gläser, die dort in einer Reihe standen.

«Also gut.» In der Ecke seines mit Büchern vollgestopften Sprechzimmers – sehr psychiatermäßig, fand sie, nachdem sie es zum erstenmal gesehen hatte (sie wollen alle, daß man glaubt, sie könnten lesen) – war ein Wasserspender. «Gut, geben Sie mir ein bißchen *Wasser*.»

«Oh, Verzeihung. Ich nehme sie immer ohne.»

Sie nahm sie überhaupt nicht; die Pille verschwand unter ihrer Zunge. Als er ihr den kleinen Pappbecher mit dem Wasser brachte, schluckte sie es gierig und hielt ihm wie eine Schiffbrüchige den Becher entgegen. «Mehr.»

Während er wieder zum Wasserspender ging, spuckte sie die Pille aus und warf sie in den Papierkorb. «Ich seh so gern, wie die Blasen hochblubbern, Sie auch?» Sie deutete mit dem Kopf auf den gläsernen Behälter, in dem das Wasser heruntergesaugt wurde, wobei ein blubbernder Strudel entstand. Sie zerknüllte den Becher und warf ihn weg. Wahrscheinlich ein Behaviorist, dachte sie. Gutaussehend, aber für Freud oder Jung scheint er nicht klug genug zu sein. Sie lächelte breit, damit sich ihr Grübchen zeigte. Sie haßte Grübchen, aber aus unerfindlichen Gründen fanden Männer Grübchen bei Damen in einem gewissen Alter absolut entwaffnend. Und so legte sie ihr süßestes Lächeln auf, als er ihr den zweiten Becher reichte.

«So. Was machen Sie denn den lieben, langen Tag?» Lady Cray sah sich im Sprechzimmer um. Wenn man sich in dem Ledersessel umdrehte, sah man durch das große Aussichtsfenster die Fossilien aus Stonehengezeiten, die sich mit Spazierstöcken, Gehhilfen, Fräulein Rübe, der lispelnden Lisgrove und jungen Helfern durch die Gegend schoben. Der Pfarrer (sie hatte keine Ahnung, welcher Kirche er verbunden war, aber die Gemeinde mußte wohlhabend gewesen sein) bewegte sich langsam an der Buchenhecke entlang und schlug mit dem Stock dagegen. Und in weiter Ferne Wast Water. In sehr weiter Ferne. Tatsächlich so weit entfernt, daß man es nur von den Wällen aus mit einem Fernglas sehen konnte. In der Broschüre war es dargestellt, als reichte der Rasen direkt bis an die Ufer des Sees. Ein kaltes, unwirtlich aussehendes Gewässer, fand sie. Nicht wie die anderen Seen. Es war der tiefste in ganz England.

«Woran denken Sie?» fragte er.

«An Wast Water.»

«Und warum?»

«Ich dachte, das verraten *Sie* mir.»

«Wie komme ich bloß darauf, daß Sie unkooperativ sind?» Er nahm lächelnd die Zigarre von Adam aus der Tasche. «Ich wußte, daß er die unterm Bett hortet.»

«Ich war noch nie unter seinem Bett, mich dürfen Sie dazu nicht fragen.» Sie holte ihr schlankes goldenes Zigarettenetui aus der cremefarbenen Lederhandtasche und nahm eine Black Russian heraus. Unter ein paar Papieren fand Dr. Kingsley sein ebenso schlankes und sehr elegantes schwarzes Porsche-Feuerzeug. Erst gab er ihr Feuer, dann zündete er sich seine Zigarre an.

«Als Arzt muß man sich hier ja dumm und dämlich verdienen. Das ist ein hübsches Feuerzeug. Ich habe genau so eins.» Sie wühlte ein wenig in ihrer Tasche herum. «Psychiater erkennen offenbar alles. Von der Spitze der Nelsonsäule aus würden Sie eine Zigarre ausfindig machen.»

In Wirklichkeit galt das für sie selbst. Sie hatte immer vorzüglich sehen können und war sehr stolz darauf. Es war wunderbar zu beobachten, wie junge Leute zu ihren Brillen griffen, um den Tower zu sehen, wenn sie, Lady Cray, einen von den Raben dort aus achthundert Metern Entfernung erkennen konnte. Gut, das war *leicht* übertrieben. Oje, jetzt redete er über das Silberbesteck. Vielleicht war er doch kein Behaviorist. Es klang eher nach Freud für Anfänger.

«... das Bedürfnis, einen Verlust aus Ihrer Kindheit wettzumachen.»

Sie fuhr hoch. Allein das Wort *Kindheit* weckte in ihr den Drang, jedes einzelne Buch auf den Regalen zu zerreißen – und davon gab es viele. Drei Wände voll. Mimte hier den Psychiater und hatte wahrscheinlich keins gelesen. Neben einem der Aktenschränke stand ein zierlicher Tisch mit einer Warmhalteplatte und Gerätschaften zum Teekochen. «Es war das Teeservice», sagte sie und sah zur Decke. «Wissen Sie, Mummy schenkte mir ein wunderschönes Puppen-Teeservice. Mit kleinen Löffeln und allem Drum und Dran. Mein Bruder hat es kaputtgemacht. Ich denke immer noch daran.» Mummy hatte an ihrem «jour fixe» normalerweise arbeitslose «Künstler» oder Schauspieler zu Gast, die sich «zwischen zwei Engagements ausruhten». Mummy hatte ihren Gin pur getrunken.

Maurice schmauchte und lächelte. «Sie müssen sich schon noch ein bißchen anstrengen, Lady Cray.»

«Ich?» Eine wie lackiert aussehende Augenbraue schoß hoch. «Warum?»

«Sie haben keinen Bruder.»

«Ich hätte schwören können...» Sie zuckte mit den Schultern. «Vielleicht irre ich mich. Es muß eins von den lieben Kleinen von Mummys Liebhabern gewesen sein. Sie hatte einfach Dutzende. Ich wurde immer übergangen...» Sein Kopf bewegte sich hin und her. Auch nicht gut, nein. «Lesen Sie?»

Mit Pokergesicht sagte er: «Nein. Die sind alle hohl. Nur Attrappen.»

Vergeblich bemühte sie sich, nicht zu lächeln. «Wenigstens haben Sie Humor.» Ihr Blick durchkämmte die Buchreihen. «Mehr oder weniger.»

«Sehen Sie, Lady Cray, wir wissen alle ganz genau, daß Sie nicht wirklich eine Kleptomanin sind, obwohl Ihre Familie offensichtlich der Meinung ist.»

«Familie? Die wagen es, sich selbst so zu nennen? Mein einfältiger, knickeriger Schwiegersohn und meine ewig jammernde Tochter?»

Er lehnte sich zurück. «Sind wir jetzt etwa bei einer Wahrheit angelangt?»

Was sagte er da? Und warum machte er sich Notizen? «Offensichtlich haben Sie *nicht* mit meinem Enkel gesprochen. Andrew.» Sie spürte, wie sie strahlte; das Blut floß schneller in ihrem schmalen Körper. «Er ist der einzige, der was taugt. Wissen Sie, auch wenn Andrew doppelt so alt ist wie Alex Holdsworth, die beiden würden sich garantiert blendend verstehen.» Er hatte aufgehört, sich Notizen zu machen. Oder was immer er da kritzelte.

Er sah sie unter seinen dichten Augenbrauen hervor an. «Mittlerweile kennen Sie Adam ganz gut, oder?»

«Da horte ich das Diebesgut. In seinem Zimmer.» Kritzel, kritzel.

Schweigen. Hatte Sie einen Nerv getroffen?

«Sie wollen nur deshalb hier sein, weil Sie es nicht ertragen, bei Ihrer Tochter zu wohnen. Aber das müßten Sie doch gar nicht. Offensichtlich sind Sie unabhängig. Sie sind reich. Gold, Seide und reines Kaschmir.» Er deutete mit dem Kopf auf ihr Kostüm.

«Von unreinem Kaschmir habe ich noch nie gehört, aber ich freue mich, daß Ihnen meine Aufmachung gefällt.» Sie sah auf ihre Bluse, ihr federleichtes Kostüm. Es war *hinreißend*. «Meine Tochter und ihr Mann stellen es immer so dar, daß *ich* bei *ihnen* wohne. Dabei ist es umgekehrt. Es ist *mein* Haus, obwohl ich eine eigene Wohnung darin habe, einen separaten Eingang, alles separat.» Sie seufzte. «Es war schön, solange

Andrew bei ihnen wohnte. Aber er ist ausgezogen, und da war Schluß mit lustig. Eine Freundin hat mir Broschüren von Altersheimen, Pflegeheimen, Nervenkliniken gezeigt.» Sie rauchte und lächelte. «Das scheint hier eine Kombination von allen dreien zu sein.»

Er legte die Zigarre hin und blätterte eine andere Seite in Ihrer Akte auf. «Sie sind verhaftet worden, und zwar ... mal sehen –»

«Dreimal. Das kann *ich* Ihnen sagen. Was für interessante Leckerbissen hat Ihre Dr. Viner denn noch mit hineingenommen, nachdem sie mich durchleuchtet hat?»

Wieder ignorierte er ihre Frage. «Mrs. Barrister behauptet, Sie hätten den Kerzenständer von ihrem Tisch im Eßzimmer genommen.» Er kaute auf den Lippen.

«Ach, du *meine* Güte. Jetzt bin wohl immer ich schuld, wenn etwas verlorengeht. Warum sollte ich mir die Mühe machen, einen Kerzenständer mitzunehmen?»

«Warum sollten Sie sich die Mühe machen, ein silbernes Besteck mitzunehmen?» Er sah sie aus unschuldigen Kulleraugen erstaunt an.

«Mrs. Barrister *dürfte* gar keine Kerze auf dem Tisch haben. Adam hat gesagt, sie hat ihr Haar sogar einmal angezündet. Sah aus wie der brennende Busch, hat er gesagt.»

«Lady Cray, wir können nicht zulassen, daß unsere Gäste sich ständig darüber beklagen müssen, daß ihnen etwas abhanden kommt.»

«‹Gäste› Die meisten sind völlig meschugge. Sehen Sie doch nur mal aus dem Fenster. Der Pfarrer prügelt schon wieder die Rosenbüsche zu Tode.»

Kingsley schüttelte den Kopf, erhob sich, ging zum Fenster und beobachtete den alten Herrn bei seiner Metzelei. Lady Crays Hand schnellte hervor und ließ das Feuerzeug in ihre Tasche gleiten. Kingsley drehte sich um. «Zugegebenermaßen sind manche recht alt und nicht mehr im Vollbesitz ihrer geistigen Kräfte.»

«Übergeschnappt, gaga, total durch den Wind. Nennen Sie das Kind doch beim Namen!»

«Das gilt aber nur für einzelne.»

«Na gut, da stimme ich Ihnen zu. Die meisten sind vollkommen zivilisiert und einigermaßen vernünftig. Warum haben Sie Bücherattrappen?» Sie drehte sich um und deutete auf die Bücherborde zur Linken.

«Ihnen entgeht aber auch nichts, was?» Kingsley ging hin, zog ein «Buch» heraus und nahm eine Flasche kostbaren Lindisfarne-Met aus dem hohlen Innern.

«Ihr Privatvorrat! Wie wunderbar! Ich könnte eine kleine Stärkung gebrauchen.»

«Nein.»

«Wie langweilig. Sie sind schlimmer als die Polizei. Kein Alkohol im Dienst.» Sein Kopf, fand sie, schnellte recht fix hoch, als sie die Polizei erwähnte. Das war interessant. Aber er sagte nichts, sondern beugte sich nur über seinen Terminkalender.

«Paßt es Ihnen um zehn?»

«Kommt darauf an. Worum geht's denn?»

«Wahrscheinlich wird es schwierig, da Sie wieder nicht kooperieren werden, aber ich bin gut, wissen Sie. Ich könnte Ihnen helfen. Ich fürchte, daß Sie Ihre kleine Krankheit ein bißchen zu sehr genießen.» Er beobachtete sie lächelnd über seine zusammengelegten Fingerspitzen hinweg.

Nach außen hin lächelte sie auch. Innerlich schauderte es sie. Es stimmte nicht, was er sagte. Zumindest nicht, was die Dinge betraf, die sie zwanghaft mitnahm. Die Pralinen und die Bänder. Besonders rote Bänder. Um seinem Blick auszuweichen, ließ sie ihren wieder über die endlosen Bücherreihen schweifen.

Das da, hinter ihm. Stand einzeln drei Regale über dem Bord, auf das er gerade das schnapsgefüllte Buch zurückgestellt hatte. Dr. Kingsleys Augen waren ziemlich schlecht; sie wußte auch, daß er eitel sein mußte, denn seine Brille – mit Bifokalgläsern – lag auf dem Schreibtisch. Auch dieses Buch hatte einen unechten Rücken, und darin war ein Lesebändchen, eins, das man in besonders schönen alten Exemplaren sieht. Sie konnte es deutlich sehen. Es war blutrot.

«Wissen Sie, lieber Dr. Kingsley, ich glaube, es wäre sogar besser, wenn ich Sie heute noch einmal sehen könnte.»

Vollkommen verblüfft sah er auf.

«Wenn Sie eine freie Stunde haben. Gegen drei, vier? Ich habe das Gefühl, daß wir ganz gut miteinander auskommen.» Sie hoffte, daß ihr Grübchen zu sehen war.

«Ich bin erstaunt, aber ja. Um drei?»

«Wunderbar.»

Sie sah zu, wie er sich die Zigarre wieder in den Mund steckte und das schwarze Feuerzeug suchte.

«Oh, wenn Sie gestatten wollen. Ich habe meins gefunden.»

Sie lehnte sich vor, um ihm Feuer zu geben, und er bedankte sich.

29

ALEX SPRACH IN DEN TELEFONHÖRER, als riefe er seinem Wettkumpel etwas zu, und als Hawkes antwortete, bat er ihn darum, mit Mr. Melrose Plant sprechen zu dürfen.

«Es ist Ihr Anwalt, Mr. Plant», sagte Hawkes, ohne Mr. Plant, den er in der Bibliothek fand, direkt anzusehen.

Tief über seine Karteikarten gebeugt, saß Melrose da und blickte über seine goldgerahmte Brille. «Mein Anwalt? Das muß ein Mißverständnis sein.» Hatten kurzsichtige, bucklige Bibliothekare, die an der Armutsgrenze lebten, Anwälte?

Hawkes wiederholte die Nachricht so betont gelangweilt wie möglich und fügte hämisch hinzu: «Sie können ja in der Küche telefonieren.»

Warum, fragte sich Melrose, sollte Simon Ledbetter ihn *hier* anrufen? Als er durch das Eßzimmer zur Küche ging, dachte er auf einmal: Agatha. Sie hat es geschafft, wegen meines Testaments bis zur Kanzlei vorzudringen.

Aber die Stimme am anderen Ende war nicht die von Ledbetter.

«Hören Sie zu», sagte Alex, «und sagen Sie nichts.»

Mrs. Callow und Hawkes standen mit gespitzten Ohren da, gaben sich dabei aber betont gleichgültig. «Mr. Ledbetter? Wir haben ja jahrelang nichts mehr voneinander gehört. Na ja, kaum noch was zu besprechen, nicht wahr, jetzt, wo das Geld weg ist.» Melrose lachte schwach.

«Hört jemand zu?»

«Offensichtlich. Wissen Sie, ich befinde mich in einer ziemlich schwierigen Lage.»

«Dann hören Sie einfach nur zu. Es war Dr. Kingsley. Maurice Kingsley. Sie kennen ihn nicht. Er war der Mann auf der Bank. Sie wissen schon, vor Mums –»

Die Stimme brach und verlor sich dann.

Melrose fiel auch nichts ein, was er sagen sollte. Noch ein Verdächtiger, ein *echter*, kein aus dem Hut gezauberter. Ein Mann, der am Ort des Verbrechens gewesen war, was Alex bezeugen konnte. «Rufen Sie, äh, von Ihrem Büro aus an, Mr. Ledbetter?» Das war dumm. Von wo aus sollte ein

Rechtsanwalt schon anrufen? Aus einer Telefonzelle? Hawkes gaffte ihn unverhohlen an.

«Aus dem Castle. Aus Großvaters Zimmer. Sie werden ihn heute abend treffen.»

Dann war die Leitung tot.

Wen treffen? Kingsley? Adam?

«Alles neu aufgesetzt und fertig? Fein... Nein, zu diesen Papieren kann ich Ihnen wirklich nichts sagen... Ja, tut mir leid.» Er legte auf und dachte nach.

Unter Hawkes' dreisten Blicken war es unmöglich, zu telefonieren, und erst recht nicht, ein Ferngespräch nach London zu führen, obwohl ihm mehrere klug verschlüsselte Gespräche durch den Kopf rasten. Und jeder Anruf von Tarn House mußte da getätigt werden, wo man Mrs. Callow im Blick behalten konnte, denn Millie hatte ihm verraten, daß sie den Hörer abnahm, wenn sie eines der roten Schlangenaugen an den Telefonen blinken sah.

Die neue Information mußte er in seinen getippten Bericht aufnehmen, den er bald zu dem Faxgerät in der Post bringen würde.

Madeline studierte das Gemälde im Tageslicht am Fenster.

Als Melrose aus der Küche in die Bibliothek zurückkam (wo er vor den teilweise leeren Regalen Bücher aufgestapelt hatte, um harte Arbeit vorzutäuschen), fuhr sie auf.

«Ach! Ich habe Sie gar nicht gehört.» Das Aquarell glitt ihr aus der Hand und schwebte zu Boden wie eine große Feder. Sie hob es auf und legte es zurück auf den Tisch.

«Ich habe es von Francis, falls Sie sich wundern.»

«Gewundert habe ich mich eigentlich gerade über gar nichts. Ich bin überrascht, daß er so etwas in seinem Besitz hatte; er haßt diesen Stil.»

«Ach, es war nicht einfach nur ‹in seinem Besitz›; er hat es gemalt.»

«Francis?» Sie schien wirklich überrascht.

«An dem Tag, als Mrs. Holdsworth gestorben ist, am Tag ihres Sturzes.» Melrose war zu seinem Stuhl am Schreibtisch gegangen, um sich neben sie zu stellen. Madeline war sehr angespannt, sie hatte die Hände hinter dem Rücken verschränkt und betrachtete die Ansicht von Scafell gegen Wasdale Head und Wast Water. Er wollte gerade noch mehr dazu sagen, besann sich dann aber eines besseren. Er wollte nicht als Vertrauter von Francis Fellowes erscheinen, nachdem er noch nicht einmal eine Woche hier war. Er überließ das Reden Madeline. War ohnehin besser.

Er fand es komisch, daß ihre Nähe – ihre Schulter berührte ihn, ihre Hüfte streifte seine fast – keine Reaktion in ihm hervorrief, keine Wärme, nicht das leiseste Kribbeln oder ein Gefühl von Erregung. Und sie war keine unattraktive Frau mit diesen Mandelaugen und dem federleichten, weichen Haar, das ihr Gesicht umrahmte. «Er hat gesagt, daß er mit ihr zusammen war. Daß er und Virginia Holdsworth zusammen den Scafell hochgegangen sind.»

«Ja. Francis wurde ausgiebig verhört. Man hätte meinen können, er habe womöglich was damit zu tun. Aber ich nehme an, es war nur, weil er am Schauplatz war.»

Wenn ihre Schwester nicht gekommen wäre, hätte Madeline vielleicht Graham Holdsworth geheiratet. Und sie war geblieben, während (dachte Melrose) eine andere Frau den Schauplatz einer solchen Demütigung fluchtartig verlassen hätte.

«Sind Sie schon mal hochgeklettert?»

Madelines Gesicht wurde rosig, und gleichzeitig zeigte sich auf ihrem Nasenrücken dieser verräterische weiße Streifen. Weißglut. Seinetwegen? Wegen ihrer Schwester?

Sie sagte nur: «Alex ist wieder da.»
Wegen Alex.

«Alex ist wieder da.»

So wie sich Gesichter in Filmen manchmal übereinanderschieben und ineinander verschwimmen, war Genevieve in der Bibliothek vor Madeline geglitten und verkündete nun dieselbe Neuigkeit.

Schlechte Neuigkeiten. Wie sehr sie auch versuchte, ihre Mimik unter Kontrolle zu halten, ihre Augen sprühten Feuer, das Lächeln wirkte wie festgenäht und verschwand bald, als sie vom Rosenholzcouchtisch zum Chippendalebüfett ging, ihre Modezeitschriften aufnahm, sie hastig durchblätterte und wieder hinwarf. Ohne sich darum zu scheren, was sie für einen Eindruck auf Melrose machte (vermutete dieser), legte sie die Hände mit den rosalackierten Nägeln auf die Ärmel ihrer Seidenbluse, tappte mit dem Fuß und starrte aus der Verandatür.

«Das ist ja wunderbar», sagte Melrose und hoffte, daß er sich dieser Situation angemessen verhielt, die bisher offenbar für niemanden ein Anlaß zum Feiern war.

«Crabbe ist in Keswick; George weiß es auch noch nicht. Er ist mit den Hunden draußen.»

Es klang, als hätte George dem Jungen die Hunde auf den Hals gehetzt, wenn er es gewußt hätte.

«Natürlich ist Alex zuerst zu Adam nach Castle Howe gegangen.»

Es sah aus, als würde sie den Harrods-Katalog gleich in Stücke reißen. Melrose unterdrückte ein Lächeln. Sie führte sich auf, als würde sie ihre Kataloge in Zukunft nur noch ansehen können, ohne gleich alles aufzukaufen. Es war fast so, wie wenn Marshall Trueblood sich die neueste Armani-Kollektion fortan an die Wände heften müßte, anstatt sie sich selbst anzulegen.

«Adam und zwei, drei weitere Leute kommen zum Abendessen.» Sie hatte den Kopf immer noch über ihr Hochglanzmagazin gebeugt. Schließlich warf sie es hin, und es glitt vom Tisch. Sie machte sich nicht die Mühe, es aufzuheben. Dazu waren andere da. «Cocktails um sieben, Dinner um acht.» Sie wirbelte herum, ging zur Tür und drehte sich da noch einmal um: «Eine Party für Alex.»

Melrose starrte auf die Tür, Genevieve hatte sie fast zugeknallt.

Alex. Alles drehte sich nur um Alex. Unsinnig, Adam abzumurksen; er war sowieso ein alter Mann. Um an Adams Millionen zu kommen, mußte man die Hürde Alex nehmen.

Melrose sah auf das Scafell-Gemälde. Es wäre etwa genauso leicht, wie über die Hürde Broad Stand nach Mickledore zu gelangen.

30

«ICH SEHE NICHT EIN, warum Hawkes uns abholen soll», sagte Adam. Diese Klage wiederholte er in allen möglichen Varianten, während er erfolglos versuchte, seine schwarze Krawatte zu binden.

«Hören Sie auf zu quengeln.» Lady Cray saß in dem Sessel neben dem Fenster, in einem Abendkleid, das diese merkwürdige Farbe von Waterford-Kristall hatte, ein tiefes Graublau, ein beinahe unsichtbarer Farbton. Das Kleid war schlicht und gerade geschnitten. Als einziges Schmuckstück trug sie einen quadratisch geschliffenen Diamanten, der fast dieselbe Farbe wie das Kleid hatte. Das Ensemble ließ ihre funkelnden Augen mit den großen Pupillen noch leuchtender erscheinen. Mit den Fingern trommelte sie auf ihre Abendtasche, die natürlich auch zu dem Kleid paßte. Sie trommelte und trommelte, und es hätte wie ein richtiger Marsch geklungen, wenn das seidige Material das Klopfen nicht gedämpft hätte.

«Ich quengele ja gar nicht. Carstairs liefern genau um diese Zeit», Adam sah auf seine Nachttischuhr, «und von hier aus fahren sie genau an Tarn House vorbei nach Boone. Es wäre ein Kinderspiel, über die Laderampe reinzukommen, während der Fahrer im Haus ist.» Hier nickte er angestrengt in Richtung Küche. «Sie müssen nicht mal schieben. Das Ding hier läuft elektrisch, schon vergessen?» Er klopfte liebevoll auf die Lehne des Rollstuhls.

«Und wie gedenken Sie, den Lieferwagen auf der Straße vor dem Haus zum *Halten* zu bringen?»

Er rückte seine Krawatte zurecht. «Ach, dann schlagen wir eben Krach», sagte er ungeduldig.

«Krach schlagen? Wie denn? Salatköpfe durch die Latten schmeißen? Kohlköpfe gegen das Fahrerhäuschen donnern? Hat er einen Anhänger, dieser Lieferwagen? Das wäre doch eine viel größere Herausforderung –»

«Halten Sie den Mund und helfen Sie mir mit dieser verdammten Krawatte.»

«Ich ziehe es vor, wie geplant in einem Daimler mit Chauffeur zu fahren.» Ihre Finger klopften wieder auf die Tasche.

«Angsthase.»

«Adam, ‹Krach zu schlagen› entbehrt jeglicher Raffinesse. Ich habe von Ihrem Ausflug in dem Wäschereiwagen gehört. Den hatten Sie offensichtlich auch bis zu seinem eher absurden Ende durchgeplant.»

Er rollte herum, um sie anzusehen, und gab seine sehr persönliche Variante eines Kicherns von sich. «Er hat mich aber nach Boone gebracht, oder etwa nicht? In den Old Contemptibles auch schon.» Er rollte wieder zurück, um erneut das Krawattenproblem anzugehen.

«Sie sind kein Gefangener. Sie könnten einfach durch die Haustür gehen.»

«Wer will das schon? Warum soll Maltings, das Fäßchen, sehen, wohin ich gehe. In dem schwarzen Kleid und mit dem Strickzeug erinnert sie mich an die Muttchen, die in *Herz der Finsternis* die Tür bewachen. Die beiden ergäben ein gutes Team: Kojak und Kurtz. Na, *das* wär ein Abenteuer für Sie gewesen. Würden Sie nicht gern in einem kleinen Kahn den Amazonas hinunterfahren, so weit Sie könnten, und mit Kannibalen kämpfen?»

«Nein. Ich kann in den Swan gehen und mich mit den Touristen um mein Abendessen balgen.»

«Von Ihnen hätte ich eine größere Begeisterung für Abenteuer erwartet. Ist der jetzt in Ordnung so, dieser dämliche Schlips?»

Er saß schief. Ihr war es einerlei. Sie lächelte ihn im Spiegel an. «Ach, Sie meinen, ich fände keinen Geschmack daran?» Sie machte ihre Tasche auf, zog etwas heraus, das im Spiegel wie Papiertaschentücher aussah, und warf es ihm direkt in den Schoß.

«Was zum Teufel ist das?»

Sie seufzte. «Du liebe Güte, wie sieht es denn aus?»

«Wie Briefe.»

«Dumm sind Sie nicht.»

Er vergaß die Krawatte und rollte zu ihr hinüber. «Sie sind an *Jane*.» Er sah sie an, sein Kiefer mahlte. «Gott im Himmel, woher haben Sie Briefe an Jane?»

Mit ihrer neuen Errungenschaft, dem schwarzen Feuerzeug, zündete sie sich eine Black Russian an. «Vom Himmel gefallen sind sie nicht. Aus Dr. Kingsleys Regalen. Aus einem ausgehöhlten Buch. Einer Attrappe. Er hat mehrere, in denen er seinen Schnaps aufbewahrt.»

Da blieb Adam nur noch, dumm aus der Wäsche zu gucken und seinen Blick von ihr zu dem kleinen Bündel Briefe wandern zu lassen, die mit einer großen Büroklammer zusammengehalten wurden. Und den Kopf zu schütteln. Und zu stottern. «Äh... aber... und? Haben Sie sie gelesen?»

Ihre Augen weiteten sich. «Mitnichten. Ich mag Kleptomanin sein, aber ich stecke meine Nase nicht in fremder Leute Angelegenheiten.» Sie ließ die Tasche zuschnappen. «Ich finde es ungehörig, herumzuschnüffeln.» Sie zog eine Augenbraue hoch. «Und außerdem bin ich froh, daß Sie Ihr Gebiß drin haben, denn Ihr Mund steht offen. Machen Sie ihn bitte zu.» Sie drückte ihre Zigarette aus.

«Wie?» quiekste er. «Wie haben Sie die in seinem Büro gefunden? Warum haben Sie seine Sachen durchsucht?»

Sie seufzte gereizt. «Adam, ich durchsuche niemandes Sachen. Sie erinnern sich, daß ich heute morgen einen Termin mit ihm hatte? Ja. Gut, dabei habe ich – etwas – erspäht. Als er mir sagte, er wolle mich morgen um zehn wiedersehen, war ich nur allzu bereit dazu, schlug aber vor, sofort zu beginnen, heute nachmittag. Während dieses zweiten Termins habe ich es geschafft, an das hohle Buch zu kommen. Ach, was soll's? Es war nicht raffinierter als Ihr Wäschereiwagentrip.»

«Und? Was haben Sie ‹erspäht›?»

Sie sah auf ihren Armreif, in dem eine kleine Uhr verborgen war. «Muß der Daimler nicht jeden Moment kommen?»

«Sie können ja wohl nicht durch Buchrücken hindurchsehen. Ich glaube jedenfalls kaum, daß Sie Röntgenaugen haben. Woher wußten Sie es also?»

Von weitem hörten sie Schritte. «Da kommt wahrscheinlich Mrs. Colin-Jackson, um –»

«Lassen Sie doch mal Kojak aus dem Spiel. Wie also?»

«Sie waren zusammengebunden.»

Er lehnte sich vor und wartete.

«Na, gut. Sie kriegen die Briefe, aber ich», sie öffnete ihre Handtasche wieder, «kriege das hier!» Es war ein Stück schmales rotes Band, mit einem Knick an den Stellen, wo es einmal um ein Päckchen gebunden gewesen war.

Wieder sperrte er den Mund auf. Er starrte auf das Band, das sich um ihren Finger rollte und herunterbaumelte. An der Tür erklang ein kräftiges Klopfen.

«Tun Sie sie weg», sagte Lady Cray. «In eine Schublade, irgendwohin –»

«Verdammt, nein. Ich werde sie doch nicht hierlassen.» Er warf ihr das Bündel wieder zu. «In Ihre Tasche. Schnell!» Er räusperte sich. «Herein!»

Mrs. Colin-Jackson öffnete die Tür, steckte ihr rotes Gesicht hinein, schenkte ihnen ein breites Lächeln und sagte: «Das Auto ist da!» Diese Ankündigung war so ginumnebelt, wie ihr Mund lippenstiftverschmiert war.

Die Briefe waren in der Tasche verstaut, der Rollstuhl zeigte abfahrbereit in Richtung Tür, und Adam Holdsworth und Lady Cray folgten einer schwankenden Mrs. Colin-Jackson den teppichbelegten Flur entlang durch das prächtige Ambiente von Castle Howe, vorbei an dem wedgewoodblauen Eßzimmer, den in satten Farben gestrichenen Wänden, den Antiquitäten und den Gemälden.

31

Es war Alex' Abend.

Er war die Hauptperson. Aber glücklicherweise waren sich einige der Gäste bewußt, daß der Junge nicht als «verlorener Sohn» zurückgekommen war. Und daß die üppigen Speisen, die aufgetischt wurden, eigentlich der Leichenschmaus waren, obwohl die Beerdigung noch bevorstand.

Die Cocktails hatte man in der Bibliothek eingenommen, wo Crabbe Holdsworth sich über Southey und Konsorten ausließ. Die Unordnung – Bücher, die in Stapeln auf dem Boden herumlagen – schien sein Verlangen, über die Lake-Dichter zu monologisieren, nur anzuheizen.

Hawkes hatte Platten köstlichster Spießchen mit Austern und Kalbsbries hereingetragen. Crabbe Holdsworth schien süchtig nach Austern zu sein. Melrose erinnerte sich an die vielen dicken Muscheln in der herrlichen Hammel-Austern-Pastete, die es neulich gegeben hatte. Wenn Millie so weitermachte, würde sie eines Tages Chef de la cuisine im Dorchester oder Ritz sein.

Melrose fragte sich, wer den Wein ausgesucht hatte. Es hätte ihn nicht im geringsten überrascht, wenn auch das Millies Aufgabe gewesen wäre. Aber anscheinend war der Schlüssel zum Keller in Hawkes' großen Händen, und er wählte selbst aus oder folgte Genevieves Anweisungen. Es gab drei Weingläser – eins für den weißen, eins für den roten, eins für den Dessertwein –, die auf ein richtiges Diner hinwiesen, was es ja dann auch wurde, obwohl die Zusammenstellung der Gerichte ungewöhnlich war. Sie wurden mit allem verwöhnt, was einst geschwommen, gehüpft oder geflogen war.

Als Vorspeise gab es eingelegte Silloth-Garnelen, sodann

eine Wildmousse, die so locker war, daß sie einem auf der Zunge zerging. George Holdsworth versicherte ihnen, daß der Fasan ein paar Wochen abgehangen, die Ente erst gestern vom Himmel geschossen und dem Perlhuhn heute morgen der Hals umgedreht worden war (so tönte er jedenfalls). Die Mousse spülten sie mit einem superben Chablis Grand Cru hinunter.

Jetzt lauschten sie beim Hasenragout der Geschichte über die Pirsch auf das listige Tier. Den Großteil dieses Berichts verpaßte Melrose nur allzugern, um sich voll auf den Château zu konzentrieren, der zu diesem Gang kredenzt wurde. Es war ein 55er Château Lafite-Rothschild. Wenn das kein Beweis für die Erlesenheit der Holdsworthschen Weinbestände war! George wurde höfliche Aufmerksamkeit gezollt, sein Jägerlatein sogar mit Erleichterung aufgenommen. Kingsley und Fellowes waren schon halb betrunken angekommen; Kingsley wurde betrunkener, Fellowes nüchterner.

Madeline saß aufmerksam und ruhig neben Melrose. Eher gelangweilt beteiligte sie sich an der Unterhaltung über Crabbes Buch.

Die Sitzordnung hatte Genevieve vor einige Probleme gestellt, weil mehr Männer als Frauen geladen waren. Sie war aber so vernünftig gewesen, Alex neben seinen Urgroßvater zu setzen, dessen Rollstuhl strategisch günstig zu ihrer Rechten plaziert war. Aber es gelang ihr nicht, Alex oder Adam ins Gespräch zu ziehen, und mit Adams Freundin Lady Cray, die entschlossen schien, den Mund zu halten und nur zuzuhören, erging es ihr auch nicht besser.

Adam Holdsworths Freundin faszinierte Melrose. Sie war einfach eine ganz besondere – und geheimnisvolle – Frau. Sie war elegant und extrem intelligent, dafür sprach, daß sie es vorzog, in fremder Gesellschaft zu schweigen. Sie pflegte sich auf eigentümliche Weise den Arm über die Brust zu legen, so daß die Hand leicht über die Schulter fiel. Als gebe sie einem Boten Informationen nach hinten, der sie dann wegzauberte. Im Licht der Kandelaber konnte Melrose das Glitzern ihrer Augen und die pechschwarzen Perlen ihrer Pupillen kaum sehen. Dennoch hatte er das Gefühl, daß sie ihn mit ihren Blicken zu durchbohren schien. Sie schaute abwechselnd zu ihm hin und wieder weg. Er konnte sich des Eindrucks nicht erwehren, daß sie (ebenso wie Millie) wußte, daß er nicht der war, der er zu sein vorgab.

Zu seiner Überraschung war ihm der Platz links von Genevieve zugewiesen worden, ihm, dem bebrillten Bibliothekar mit dem steifen Hals. Beim Mousse begriff er, daß sie ihn zwar nicht umwerfend attraktiv, aber als Neuling zumindest interessant fand. Als nächstes fiel ihm auf, daß auch Genevieve ihm auf der Spur sein mußte, denn sie hatte seinen Wolle-Seiden-Anzug wiederholt eingehend gemustert. Man konnte das Schildchen aus dem Armani nehmen, aber man konnte die Handschrift Armanis nicht aus einem Armani nehmen, und Genevieve Holdsworth war alles andere als blind gegenüber Mode. Ihr cremefarbenes Abendkleid aus Viskose war auch nicht von der Stange, soviel war sicher. Warum hatte er geglaubt, der Norden sei das Land der Vogelscheuchen, ein Ort, wo die Frauen nur Musselin und Regenmäntel und Gummistiefel kannten? Oder wo man einen leger geschnittenen Anzug einfach für ausgebeult hielt? Was war er nur für ein mieser Schnüffler.

An der Sitzordnung störte ihn nur, daß Dr. Helen Viner ganz am anderen Ende des Tisches neben Crabbe Holdsworth saß. Die beiden hatten ein interessantes Gespräch über den künstlerischen Schaffensprozeß (ein Abfallprodukt von Crabbes kurzem Kommentar über «Kubla Khan») geführt, dem Melrose mit halbem Ohr zugehört hatte, weil er zu sehr damit beschäftigt gewesen war, herauszufinden, was ihn an ihr so anzog. Genevieve war erotischer, Madeline hübscher. Aber Dr. Viner gehörte zu den seltenen Menschen, bei denen man sofort das Gefühl hatte, man kenne sie – auf den ersten Blick oder bei der ersten Berührung, es war, als begegnete man einem alten Freund.

Auf eine merkwürdige Weise war sie das ja auch, denn Alex hatte Melrose von seinem Gespräch mit ihr im Irrgarten erzählt. Daß er, Alex, ein ungutes Gefühl gehabt hatte, als sie weggegangen war. Dachte Alex, sie hätte ihn *angelogen*? Nein. Na gut, hätte doch aber sein können, oder nicht? Worüber hatten sie gesprochen außer über die (für Alex absurde) Idee, daß sie verdächtig sein könnte, und über seinen Traum? Sie hatte ein Alibi, hatte Melrose Alex erzählt. Tatsächlich war sie die *einzige*, die wirklich eins hatte.

Melrose konnte verstehen, daß Alex sich zu Helen Viner hingezogen fühlte. Ihm ging es ja genauso. Sie war außergewöhnlich offen; sie war aufnahmebereit, ein Mensch, dem man seine Gedanken anvertrauen konnte, ohne befürchten zu müssen, daß auf einen herabgesehen wurde; sie vermittelte einem nie das Gefühl, man solle mehr oder weniger oder anders sein. Die Wendung «ideale Mutter» fiel ihm ein, was ihm einen gehörigen Schock versetzte. Wie ein verspäteter Schock fühlte es sich an. Sie erinnerte ihn an seine eigene Mutter, und er schämte sich. Aber als er hinübersah und Alex' Blick begegnete, schwand das Gefühl, und die Röte wich aus seinem Gesicht. Und Millie war auch noch da. Er wurde zornig bei dem Gedanken, daß jemand ihnen einen solchen Verlust zugefügt hatte.

Das hauchzarte Weinglas zerbrach.

Er hatte das Glas und den Stiel so fest umklammert, daß der Stiel abgebrochen war und ihm in zwei Fingern einen glatten, wenn auch nicht sehr tiefen Schnitt verpaßt hatte. So etwas war ihm noch nie im Leben passiert; er lachte, erwiderte mehreren besorgten Stimmen, es sei nicht so schlimm, und wikkelte sich seine Serviette um die Finger; Hawkes wurde losgeschickt, um Pflaster zu holen; der gute alte George bellte quer über den Tisch, daß kein Tropfen Wein verschüttet worden sei – das war also seine Hauptsorge.

Sah irgend jemand außer Melrose, daß Lady Cray kreidebleich geworden war? Als ob sie alles hautnah mitfühlte, krallte sie ihre Finger so fest in den Saum des Tischtuchs, als wolle sie alles darauf Befindliche auf ihren Schoß und dann auf den Boden ziehen. Sie brauchte fast fünf Sekunden, um ihre Fassung vollständig wiederzuerlangen. Erst dann kehrte die Farbe in ihre Wangen zurück, die Hand fuhr wieder quer über die Brust und ruhte auf der Schulter, um auch diese Botschaft der Vergangenheit zu übergeben.

Melrose sah, daß Helen Viner ihn anschaute, und trotz der Entfernung zwischen ihnen verstand er, was sie ihm sagen wollte. *Machen Sie sich nichts daraus. Das kann jedem passieren.*

Obwohl zwei Ärzte anwesend waren, genoß Genevieve es, die Krankenschwester zu spielen und ihm das Pflaster aufzukleben. Es war kaum Blut geflossen, die Schnitte waren schon fast nicht mehr zu sehen. Der kleine Unfall war vergessen, und bei Zitronensoufflé und Sauternes wurde wieder Konversation gemacht.

Aber obwohl es ein ganz normales Tischgespräch zu sein schien – während der gesamten Mahlzeit hatte unterschwellig eine allumfassende Furcht geherrscht. Nicht einmal das halbe Dutzend Flaschen Wein, das sie geleert hatten, lockerte die Anspannung am Tisch.

Melrose bemerkte, daß jeder jeden beobachtete. Nur Crabbe und George fanden sich selbst interessanter als die anderen. Immer wenn Kingsley, Genevieve, Madeline, Helen

Viner, Fellowes – und besonders Adam und Alex – eine Bemerkung machten, spürte Melrose eine bebende Nervosität, als sei ein ungestümer kleiner Funken von einem brennenden Scheit auf den Teppich gefallen und hätte sie alle entzündet und als bedürfe es einer weiteren Anekdote von George oder Crabbe, um das Feuer zu löschen.

Natürlich wurden viele Nichtigkeiten ausgetauscht, um von der Tatsache abzulenken, die allen auf der Seele lag; sie waren zu elft, eine ungerade Zahl; sie hätten zwölf sein sollen; Jane hätte dasein müssen.

Wenn er den Blick von Alex zu Adam und dann zu Lady Cray schweifen ließ, erwiderten sie ihn. Ganz, ganz leicht nickten sie. Melrose hätte schwören können, daß die drei in heimlichem Einverständnis miteinander standen.

Banquos Geist konnte jeden Moment erscheinen und das Kartenhaus zum Einstürzen bringen.

Nach dem Essen, im Salon, mußte er sie nicht erst von Kaffee, Portwein und Walnüssen loseisen. Helen Viner kam zu ihm, zu seinem großen Glück, wie er fand.

Sie stellte es sehr geschickt an, bewegte sich von Francis Fellowes zum alten Adam und tauchte dann «zufällig» neben Melrose auf. Er hätte es nicht als «geschickt» bezeichnet, wenn ihm nicht aufgefallen wäre, daß Lady Cray Dr. Viners Bewegungen verfolgt hätte. Und seine. Obwohl es so aussah, als höre sie Madeline Galloway zu, beobachtete sie sie, während sie sich mit einem schwarzen Feuerzeug eine Zigarette anzündete.

«Mr. Plant, können wir uns einen Moment unterhalten?» Helen Viner hatte ein zauberhaftes Lächeln.

Er wäre ihr gern behilflich gewesen, stellte jedoch fest, daß sie durchaus imstande war, das Gespräch selbst zu beginnen. Sie schlug sogar vor, ein wenig spazierenzugehen. «Sie brauchen eine Jacke», sagte er.

«Ich brauche nichts.»

Er fragte sich, ob sie immer so knapp und vieldeutig sprach. Vielleicht hatte ihre Arbeit als Psychiaterin, die ständige Bereitschaft, zuzuhören, dazu geführt, daß sie ihre eigene Sprechweise verknappte.

Es gab keine Veranda, nur ein paar Stufen, die von der Tür ins nasse Gras führten. Ihre Füße verschwanden in dem Bodennebel, als sie über den unkrautüberwucherten Pfad zu den Hundezwingern gingen.

«Es ist wegen Alex», sagte sie.

«Aha? Was ist mit ihm? Das mit dem Selbstmord seiner Mutter ist tragisch, aber er geht bemerkenswert gut damit um.»

«Ja. Vielleicht zu gut. Er ist erst sechzehn. Ich bin sicher, er ist überzeugt, daß seine Mutter ermordet wurde.»

Melrose gab die angebrachten Laute des Erstaunens von sich.

«Oh, aber Sie wissen doch bestimmt, daß die Polizei hier war und Fragen gestellt hat. Wie dem auch sei, für Alex ist es besonders schrecklich. Wegen seines Vaters. Sein Vater hat sich auch umgebracht.» Er nickte und sie fragte: «Wußten Sie das?»

«Francis Fellowes hat es mir erzählt.»

Sie kuschelte sich enger in ihren Pullover. «O je, der ist ja ein schlimmeres Klatschmaul als die Stammgäste im Old Contemptibles.»

Melrose lachte. «Na, er ist ja schließlich *auch* Stammgast dort. Aber wieso Klatsch? Graham Holdsworth hat sich doch wirklich das Leben genommen – oder nicht?» Als sie sich den

Zwingern näherten, fingen die Hunde verschlafen an zu bellen. Dann war alles still. «Sehen Sie, ich verstehe nicht ganz, warum Sie mit *mir* reden. Ich glaube nicht, daß der Junge mit mir ein vertrauliches Gespräch über seine Mum führen will; ich habe ihn erst heute nachmittag kennengelernt.»

«Nein, das stimmt nicht», sagte sie so ruhig, als machte sie eine Äußerung zum Wetter.

«Wie bitte?» Wenn Alex es ihr erzählt hatte, wäre es Melrose lieb gewesen, wenn er ihm Bescheid gesagt hätte. Sie lehnten am Tor zum Innenhof. Melrose klappte seinen Jakkettkragen hoch und fragte sich zitternd, was zum Teufel hier vorging. Aber er sagte nichts.

«Als ich ihn heute morgen im Castle Howe getroffen habe, sagte er, er hätte zuerst einmal Adam sehen wollen. Aber er erwähnte, daß es in Tarn House einen neuen ‹Bibliothekar› gebe.» Sie lächelte und zeigte dabei ihre blitzendweißen Zähne. «Und außerdem haben Sie seine Mutter gerade als ‹Mum› bezeichnet. Normalerweise hätten Sie ‹Mutter› oder ‹Mummy› gesagt. Alex sagt nur ‹Mum›, um seine Großeltern zu ärgern, denn es ist ja wohl eher ein Unterschichtswort.»

«Sie hätten Detektivin werden sollen.»

«Oder Psychiaterin. Da gibt es einige Übereinstimmungen. Einerlei, Alex hat mir einen Traum erzählt, den er immer wieder träumt.» Sie zog wieder an ihrem Pullover und bewegte sich näher auf ihn zu. «Er sagte, er habe einem ‹Freund› von dem Traum erzählt. Da seine einzigen Freunde hier Millie und Adam sind, er die beiden mir gegenüber aber problemlos erwähnt hätte, vermute ich, daß Sie es waren.»

Melrose sah keinen Sinn, es abzustreiten. Er zog sein Jakkett aus und hängte es ihr über die Schultern. Über diese Geste schien sie so überrascht, daß er sich fragte, wann ihr zum letztenmal eine solche Aufmerksamkeit zuteil geworden war. «Reden Sie weiter.»

«Sie werden noch erfrieren –»

«Erzählen Sie weiter über Alex.» Als er sah, wie sie die Jackettärmel um sich zog, bedauerte er, daß seine Arme nicht mehr darin waren.

«Es ließ mir das Blut in den Adern gefrieren. Diese düstere Symbolik. Dieses Bild der Herzdame – an die er ‹festgeklebt› zu sein schien. Gut, man kann sich die Träume anderer nicht aneignen oder dem Träumenden erzählen, was sie bedeuten, trotzdem…» Sie schwieg.

«Sie meinen doch nicht, daß *Alex* suizidgefährdet ist?»

Sie hatte die Hände unter dem Kinn verschränkt und dachte nach. «Ich weiß nicht, vielleicht hilft ihm irgendeine Art von Therapie.»

«Bei Ihnen?»

«Nein!» Ihre Stimme klang laut durch den Abend. «Nicht bei mir. Das würde Alex eh nicht machen. Wichtig ist», sie sah Melrose scharf an, «daß er einen Freund hat. Ich weiß nicht genau, warum Sie hier sind, und es geht mich auch nichts an. Es ist mir egal –»

(*Das* hatte ihm gerade noch gefehlt.)

«– aber außer Adam hat er in dieser Familie niemanden, dem er vertraut. Adam kann ihn nicht beschützen. Er braucht jemanden, der zur Familie Holdsworth überhaupt keine Beziehung hat, jemanden, der nicht an Geld interessiert ist. In dieser Familie gibt es zu viele ‹Unfälle›, verdammt noch mal.»

«Sie glauben nicht, daß es Unfälle waren.»

Sie dachte ein wenig nach. «Grahams Tod war Selbstmord, das ist sicher. Er hat einen Abschiedsbrief hinterlassen…» Sie hielt inne. «Könnte ich eine Zigarette haben? Ich habe vor zwei Monaten aufgehört, aber ich glaube, jetzt ist es langsam mit meiner Willenskraft vorbei.»

Melrose gab ihr mit einem zerkratzten Aluminiumfeuerzeug, das er in der Schreibtischschublade gefunden hatte, Feuer. «Verflixt!» sagte sie, ballte die Hand zur Faust, hielt sie an die Wange und drehte sich von ihm weg. Plötzlich, aber nur ein paar Sekunden lang, flossen Tränen. Sie schnappte nach Luft. «Er war für kurze Zeit mein Patient. Das ist kein Geheimnis. Graham hat die Scheidung schwer zu schaffen gemacht.»

«Fühlen Sie sich schuldig?»

«Ich hätte es ahnen müssen. Es war nicht sein erster Selbstmordversuch; Jahre vorher hatte er schon mal versucht, sich die Pulsadern aufzuschneiden. Er war einfach ein selbstzerstörerischer Mensch. Trotzdem meine ich, ich hätte es verhindern können. Eins kann ich Ihnen sagen: Seine Beziehung mit Madeline ist an etwas anderem zerbrochen. Es lag nicht an Jane.» Sie rauchte in wütenden kleinen Zügen. «Diese Legende habe ich ganz besonders satt. Aber Madeline glaubt vermutlich daran.»

«Es hat wohl keinen Zweck, Sie zu fragen, woran es gelegen hat.»

Sie schüttelte den Kopf.

«Sie wissen, daß Sie womöglich Informationen haben, die der Polizei helfen würden.»

Wieder schüttelte sie den Kopf.

Melrose seufzte. «Ich will ja nicht unverschämt wirken –»

«Ich bin Unverschämtheiten gewöhnt.» Sie lachte. «Und Schlimmeres.»

«Sie haben gesagt, es habe in dieser Familie zu viele Unfälle gegeben. Aber die erste Mrs. Holdsworth –»

«Virginia? Die Polizei gab sich mit der Auffassung zufrieden, daß es ein Unfall war. Aber vielleicht hat Francis sie ja gestoßen.» Sie lächelte beinahe. «Ich kann mir aber andererseits nicht vorstellen, daß Francis etwas Gewalttätigeres tut, als von einer Leinwand zur anderen zu rennen.»

«Annie Thale.»

Helen sah ihn durch die Rauchspirale an. «Annie Thale war kein Mitglied dieser Familie.»

Einen Moment lang schwieg er. «Und Millie?»

Ihr Blick war mindestens so scharf wie der abgebrochene Stiel des Kristallglases. «Sie überlegen, ob Graham Annies Geliebter war und Millies Vater? Und ob sie über seinen Selbstmord so untröstlich war, daß sie diesen Ausweg wählte?»

«Offensichtlich haben Sie auch schon daran gedacht.»

«Nein. Die Polizei hat das gedacht. Aber es stimmt nicht.»

«Woher wollen Sie das so genau wissen?»

Sie warf die Zigarette in den Nebel. «Weil ich es eben weiß.» Sie seufzte. «Als Annie ‹stürzte›, und das so bald, nachdem sie ihn im Pförtnerhäuschen gefunden hatte, hm… wenn Sie zwei und zwei zusammenzählen, können Sie sich vorstellen, daß die Polizei auch da mißtrauisch wurde. Selbst auf die Gefahr hin, daß ich die ärztliche Schweigepflicht verletzt hätte, was soll's. Ich hätte nicht zugelassen, daß das Gerücht in Umlauf kam, und trotzdem war es in Umlauf. Wenn sie ein Verhältnis gehabt hätten, hätte ich es gewußt. Er redete über sie, ja. Sie fühlte sich von ihm erotisch angezogen, aber das war einseitig. Graham war ein rundum unglücklicher Mann, aber auch sehr anziehend. Er war freundlich und sanft und extrem durcheinander, weil er aus seiner Ehe herauswollte. Ich habe Ihnen nichts erzählt, was nicht schon alle wissen. Abgesehen von seiner Beziehung – oder besser Nichtbeziehung – mit Annie Thale. Und das ist wirklich eine Leerstelle! Nicht weil er mir nichts erzählt *hat*, sondern weil es da nichts zu erzählen gab. Ich *bin* eine verantwortungsbewußte Ärztin. Darauf habe ich mein Leben aufgebaut.»

«Sie müssen sich doch nicht rechtfertigen, jedenfalls nicht mir gegenüber.»

Sie schaute zu ihm hoch und schob sich eine Haarsträhne hinters Ohr. «Danke.»

«Vertrauen Sie Kingsley?»

Das schien sie wirklich zu überraschen. «Warum um alles in der Welt sollte ich ihm nicht vertrauen?»

Er lächelte und zuckte mit den Schultern. «Nur so.» Wußte sie, daß er nach London gefahren war? «War er mit Jane Holdsworth befreundet?»

Helen war verblüfft. «Ja. Warum?»

«Auch nur so.»

Wie um ihn zu verteidigen, sagte sie: «Maurice trinkt zuviel. Aber er ist ein sehr guter Arzt. Lassen Sie uns hineingehen, ja? Danke für das hier.» Sie ließ das Jackett von den Schultern gleiten und gab es ihm zurück.

Ein paar Augenblicke lang gingen sie schweigend nebeneinander her, dann fragte Melrose: «Glauben Sie, daß Alex recht hat?»

«Was den Tod seiner Mutter betrifft?»

Sie waren an den Stufen zur Verandatür angelangt. Melrose sah, daß Hawkes die Mäntel verteilte. «Ja. Daß es Mord war.»

«Wahrscheinlich war es das», sagte sie und trat ins Licht.

Darauf wollte er nichts mehr sagen.

«Es gab ja wirklich kaum Gelegenheit, Sie kurz zu sprechen, Mr. Plant», sagte Lady Cray. «Sie sind wirklich ein äußerst beliebter junger Mann.»

«Ich bin weder sonderlich beliebt noch jung, aber trotzdem vielen Dank. Mir ist aufgefallen, daß Sie mich den ganzen Abend nicht aus den Augen gelassen haben. War irgendwas Besonderes?»

Die Gäste zogen ihre Mäntel an, wollten eigentlich gehen, redeten sich aber noch einmal fest. Lady Cray war in einem zu dem Abendkleid passenden Cape auf ihn zugeflogen; sie war zum Aufbruch bereit, wollte aber vorher unbedingt noch mit ihm reden. Sie hatte sich bei ihm untergehakt und manövrierte ihn zum Kamin, den er nun im Rücken hatte, während sie frontal davorstand.

«Ja, also da ist in der Tat etwas sehr Besonderes.» Sie hustete ein paarmal und öffnete die Tasche, um nach einem Taschentuch zu suchen. «Ich kann meins nicht finden. Kann ich Ihres benutzen?»

Sie schaute immer wieder kurz nach oben und über seine Schulter. «Wie bitte? Sicher.»

«Danke schön.» Sie schlug das Taschentuch auf, fuhr damit in ihre Tasche, brachte schnell ein paar Papiere zum Vorschein und hob das Taschentuch zum Mund.

Melrose klappte der Kiefer herunter.

Sie lächelte. «Bitte, Mr. Plant. Lassen Sie sich nichts anmerken. Dr. Kingsley und Madeline Galloway starren genau zu uns herüber.»

«Wie –?» Und dann fiel ihm der große Spiegel über dem Kaminsims ein.

«Der Spiegel. Sie können uns sehen, aber keiner kann uns hören. Und tun Sie Ihr Taschentuch wieder in Ihre Jackettasche. Hübscher Anzug. Armani, nicht wahr?»

Er seufzte. «Ich bin wirklich ein hundsmiserabler Spion.»

«Ach, Sie machen es ganz gut. Ich hätte es nicht gemerkt, wenn Alex es nicht Adam und Adam es nicht mir erzählt hätte. So ist gut, gucken Sie weiterhin so, als wäre nichts geschehen.»

«Ist es so gut?»

«Ja, es sieht ganz natürlich aus. Lächeln können Sie, aber zeigen Sie ansonsten keine Reaktion! Ich habe Ihnen gerade fünf Briefe gegeben, die an Jane Holdsworth gerichtet sind. Bitte –» Sie ahnte, daß er eine Frage stellen würde. «Ich erkläre es später. Jetzt nur dies: Sie waren in Dr. Kingsleys Büro versteckt.»

«Sie verblüffen mich, Lady Cray.»

«Das verstehe ich; aber zeigen Sie es freundlicherweise nicht.» Wieder huschte ihr Blick zum Spiegel hoch. «Wir haben sie nicht gelesen.»

«‹Wir›?»

Ungeduldig sagte sie: «Adam und ich. Wir finden, sie sollten direkt zur Polizei.»

«Durch mich?»

«Durch Sie. Sie brauchen nicht ganz so dumm zu gucken. Stellen Sie nur keine Fragen, denn ich habe keine Zeit, sie zu beantworten. Gute Nacht, Mr. Plant.» Sie lächelte süß und streckte die Hand aus.

Er erwiderte ihr Lächeln, obwohl es ihm etwas schwerfiel. «Das ist ja zum Verrücktwerden, Lady Cray.»

«Genau das findet meine Familie auch.»

Er sah, wie sie Genevieve, die auf sie zukam, entgegenschritt, zum Abschied ein paar Dankesworte sagte und dann verschwand.

DRITTER TEIL

BRINGT ALLE RECHTSANWÄLTE UM

32

Pete Apted, Queen's Counsel, saß mit den Füßen auf
dem Tisch da. Er verzehrte gerade ein Würstchen in Blätter-
teig und brütete über einer Akte in seinem Schoß, als Jury
hereinkam.

Es war ein offenes Geheimnis, daß der Anwalt Pete Apted,
Q. C., die höchsten Honorare in der ganzen Stadt kassierte.
Die Klienten beschwerten sich nicht. Er verlor niemals einen
Fall.

Aber angesichts der allenthalben steigenden Kosten fragte
Jury sich, wer den Mann dazu beauftragen konnte, ihn, Jury,
zu vertreten. Apteds Juniorpartner, ein junger Mann namens
Burley, hatte Jury vor zwei Tagen (einen Tag, nachdem dieser
vom Dienst suspendiert worden war) ausführlich befragt.
Erst nach Erledigung dieser Präliminarien hatte er ihn dann
für diese unchristliche Zeit, nämlich für sieben Uhr morgens,
zu Apted bestellt.

Jury war erstaunt, wie schnell Apteds Juniorpartner Aussa-
gen von (mutmaßlichen) Zeugen zusammengestellt hatte. Es
war immerhin erst zwei Tage her, daß dieser Mr. Burley ihn
angerufen und gesagt hatte, er werde unverzüglich vorbeikommen. Gleich in der Wohnung in Islington.

*«Ich verstehe nicht. Ich habe keinen Anwalt beauftragt.
Warum sind Sie hier?»*

«Weil ich beauftragt worden bin», war die einzige Erklärung.

Und dann hatte er ihn über drei Stunden lang befragt und

sich mit winziger Schrift Notizen gemacht. Mr. Burley war ein spilleriger, äußerst wortkarger junger Mann mit Eulenaugen und einer widerspenstigen Haartolle.

Apteds Assistentin, die es nicht weiter beeindruckte, als ihr vorgeworfen wurde, den falschen Beruf ergriffen zu haben («*Zumal Sie Sternzeichen Jungfrau sind*»), hatte Carole-anne befragt.

Als der zweite Bericht von Melrose Plant eingetroffen war, hatte Jury die Informationen über Maurice Kingsley sofort an Mr. Burley weitergeleitet, und zwar mit der Bemerkung, daß dies ein erster Durchbruch sei. Woraufhin ihm der Anwalt gedankt und ohne weiteren Kommentar aufgelegt hatte.

Nun zerknüllte Pete Apted das fettige Einwickelpapier und warf es in Richtung Papierkorb. «Setzen Sie sich doch endlich, um Himmels willen», sagte er und fing an, einen Apfel an seinem Hemd abzureiben.

Jury, der dagestanden und beobachtet hatte, wie Pete Apted mit wütender Entschlossenheit kaute und dabei in der Akte auf seinen Oberschenkeln eine Seite nach der anderen umblätterte, setzte sich wie befohlen dem Anwalt gegenüber, auf einen der beiden lederbezogenen Holzstühle. Er mußte älter sein, als er wirkte, sah aber immer noch zu jung für sein Amt aus. Das dunkle, ein wenig überladene Büro hatte nur ein hohes, schmales Fenster mit schweren, muffigen Vorhängen. Die Regale waren mit Büchern vollgestopft; viel zu kleine Ablagekörbe quollen vor Papierstößen nur so über; die Stühle waren klapprig und schmal. Von Gemälden an den gegenüberliegenden Wänden starrten mißmutige Männer in Roben. Einer stand neben einem Stoß ledergebundener Bücher, die Hand schützend darauf gelegt, ein anderer mit schweren Lidern saß steif in einem mittelalterlichen Sessel. Beide sahen aus, als würden sie jeden gerichtlich verfolgen, bis er seinen letzten Atemzug tat.

Nach einigen Augenblicken des Schweigens, das nur durch das Krachen von Apteds Apfel unterbrochen wurde, fragte Jury ohne Umschweife: «Wer bezahlt das hier, Sir Peter? Sie haben diesen Fall doch nicht aus Liebe zur Metropolitan Police übernommen?»

Apted fuhr auf. «Hören Sie mit dem Sir auf, und außerdem heiße ich Pete, nicht Peter. Eigentlich P-i-e-t, holländisch, aber was die Schreibweise angeht, habe ich mich schließlich der Fleet Street gebeugt. Nein, ich tue es nicht aus Liebe; ich tue es für Geld. In meinem ganzen Leben habe ich noch nie etwas aus Liebe getan, eine Regel, die Sie in Zukunft auch beherzigen sollten, wenn man bedenkt, was Sie sich hier eingebrockt haben. Was die Bezahlung angeht, die Person wünscht anonym zu bleiben.»

Jury war erstaunt. Plant konnte es nicht sein; er würde sich nicht um Anonymität bemühen, sondern es sich schlicht und ergreifend nicht ausreden lassen.

Wer dann? Vivian Rivington?

Vivian war reich, und garantiert hatte etwas in der Zeitung gestanden. Vielleicht hatte jemand aus Long Piddleton sie informiert. Lady Ardry hatte die Geschichte vielleicht schon über ganz Europa verbreitet.

Dennoch machte Jury die dumme Geste: «Ich würde lieber selbst bezahlen.»

«Wovon? Für zwei Pfund pro Woche bin ich nicht zu haben. Hören Sie auf, sich selbst zu bemitleiden, und seien Sie dankbar. Irgendein Idiot in Old Bailey, und dieser Müllhaufen könnte sich vor Gericht wiederfinden.» Er warf die dicke Akte auf den Schreibtisch, der von einer Bronzefigur mit Kapuze und einer gerahmten Fotografie dominiert wurde, von der Jury nur die Rückseite sah.

Jury konnte nicht glauben, daß Augen von der Farbe schwachen Tees so elektrisierend sein konnten. Apteds Haar hatte dieselbe Farbe, sein Mund war schmal und sein Körper drahtig – sehnig und drahtig; er war genau der Typ Rechtsanwalt, der vom Sitz aufsprang und Zeugen auseinanderpflückte.

«Einen Moment», sagte Jury. «Was meinen Sie, *könnte*. Dieser Müllhaufen *wird* sich vor Gericht wiederfinden.»

Apted schüttelte den Kopf, offenbar weniger, weil er es dementieren wollte, aus Entsetzen, weil Jury so begriffsstutzig war. «Mr. Jury, ich glaube nur an eines.» Er nagte den Apfel zu Ende, schleuderte das Kerngehäuse in den Papierkorb und schien sich zu freuen, daß er getroffen hatte.

Das Schweigen im Raum implizierte, daß Jury Pete Apted, Q. C., gefälligst dieses «eine» nennen sollte. «An die Wahrheit.»

Apted warf Jury einen ungläubigen Blick zu. «Nein, daran, zu gewinnen. Unglücklicherweise funkt einem die Wahrheit manchmal dazwischen. Also muß ich sie kennen, bevor ich einen Fall übernehme. Wenn Sie mir *sagen*, Sie sind schuldig, kann ich Sie nicht verteidigen. Aber Sie sind nicht schuldig und werden das folglich nicht sagen, also werde ich den Fall übernehmen.»

«Dann wissen Sie, daß ich mit Jane Holdsworths Tod nichts zu tun habe.»

«Nein. Ich weiß nicht, daß Sie ‹mit Jane Holdsworths Tod nichts zu tun haben›.» Beinahe äffte er Jury nach. «Ich weiß nur, daß Sie sie nicht getötet haben. Es wundert mich, daß dieser…», wieder blätterte er geräuschvoll die Seiten durch, «Detective Inspector Kamir meint, es bestünde eine geringe Möglichkeit, daß Sie es getan haben.» Verächtlich warf er die Unterlagen zurück auf den Schreibtisch. «Wollen Sie gerichtlich dagegen vorgehen, daß Sie suspendiert wurden? Das wäre doch ein Spaß. Würde natürlich höhere Gebühren bedeuten.» Pete Apted lächelte, ein blitzartiges Lächeln, das sofort wieder verschwand.

Angesichts des (sprichwörtlichen) Selbstvertrauens des Anwalts spürte Jury eine Welle der Erleichterung. «Mr. Burleys Bericht über Maurice Kingsley haben Sie gelesen?»

Apted nickte.

Jury wartete. Apted sagte nichts. «Glauben Sie denn, es könnte Kingsley gewesen sein? Er war dort.»

«Hm, er interessiert mich nicht die Bohne, aber instinktiv würde ich mal sagen: Nein, warum denn? Er soll die Frau umgelegt haben, draußen auf einer Bank geschlafen haben – wenn er denn tatsächlich geschlafen hat –, und dann ein Gespräch mit einem Jungen angefangen haben, der ihn bestimmt wiedererkannt hätte? Ob er wußte, daß es ihr Sohn war oder nicht, ist völlig einerlei.»

Apted sprach mit tonloser Stimme, fast routiniert, als leiere er das Abc des gesunden Menschenverstandes herunter.

Jury sank in sich zusammen. «Für ein solches Verhalten könnte es Gründe geben.»

Pete Apted schien scharf nachzudenken. «Ja. Er könnte schwachsinnig sein. Gut, wir kennen die Einzelheiten nicht, aber ich wiederhole: Ich verteidige nicht diesen Dr. Kingsley. Ich würde indes immer noch in Betracht ziehen, die Metropolitan Police vor Gericht zu bringen.» Wieder dieses kurz aufblitzende Lächeln. Jetzt knallte er mit einem Schuh gegen die Schreibtischkante und rollte seinen Schlips vom Ende her auf wie ein Schuljunge, der Schlipse nicht gewöhnt ist.

«Ich will die Met nicht vor Gericht bringen, und Kamir ist nicht dumm. Und bitte erklären Sie mir den Unterschied zwischen ‹mit ihrem Tod nichts zu tun zu haben› und ‹nicht ihr Mörder sein›. Offenbar bin ich schwer von Begriff.»

Apted warf ihm noch einen von diesen Blitzblicken zu *(Sie sagen es!)*, und da fiel Jury ein, daß er aus Erzählungen über

283

das Verhalten des Anwalts im Gerichtssaal wußte, daß das einer seiner Tricks war: Solche Blicke schoß er auf einen Gegner ab, der ein vollkommen zwingendes Argument vorgebracht hatte, und wenn die schiere Macht des Blicks das Argument nicht gleich in der Luft zermalmte, so hinterließ es doch zumindest einen großen Knacks darin.

«Verzeihung. Habe ich was Dummes gesagt?»

«Oh, entschuldigen Sie sich nicht. Ich weiß, daß Ihr normalerweise äußerst scharfer Verstand» (das sagte er ohne Ironie) «durch die Beziehung mit dieser Frau abgestumpft war. Besonders mit *dieser* Frau.» Er sprang keineswegs vom Stuhl, wie Jury es vor seinem inneren Auge gesehen hatte. Pete Apted erhob sich langsam, als trage er eine schwere Bürde auf den Schultern, und ging zum Fenster hinüber, wo ein schwacher Sonnenstrahl den Staub in den Stoffalten sichtbar machte. Apted schob sich die Brille auf den Kopf und blieb in dem flimmerigen Licht stehen. Ohne Brille und im Profil sah er zehn Jahre jünger aus. Oder vielleicht *war* er zehn Jahre jünger, als er gewirkt hatte, während er dagesessen und über seinem Apfel und der aufgeschlagenen Akte gegrübelt hatte.

Das Morgenlicht drang durchs Fenster, und er kniff die Augen zusammen, als sei dieses Licht ein Eindringling, der das Strahlen seines Verstandes beeinträchtigte. «Es hat keinen Zweck, über das Offensichtliche zu debattieren», sagte er.

«Ich weiß ja nicht, was Sie für offensichtlich halten.»

«Dasselbe wie Sie», sagte er, ging zu seinem Schreibtisch zurück, ließ sich in den Stuhl und die Brille auf seine Nase fallen, «sonst wäre es nicht offensichtlich, oder?» Er stellte die große Fotografie auf seinem Schreibtisch wieder exakt neben den teuren Kugelschreiberhalter, der nicht so aussah, als ob er je benutzt würde.

«Sie haben meine Frage zu ihrem Tod nicht beantwortet. Was ist der Unterschied?»

«Sie haben sie nicht umgebracht. Das bedeutet nicht, daß Sie sie nicht, hm, vielleicht dazu aufgefordert haben.»

Jury starrte ihn an.

«Mein Gott, nun machen Sie nicht so ein Gesicht. Ich sage nicht, daß Sie es getan haben. Ich wollte nur darauf hinweisen, daß es zu Denkfehlern führen kann, um die Sache herumzureden.»

«Bitte, schenken Sie sich die juristischen Lektionen, Mr. Apted. Wenn ich nicht –»

Apted unterbrach ihn. «Wissen Sie, obwohl Sie Detective Inspector Kamir so bereitwillig Auskunft gegeben haben – was im übrigen einer der ‹offensichtlichen› Gründe für die Schlußfolgerung ist, daß Sie nicht der Täter sind –, haben Sie ihm *etwas* nicht erzählt: In dieser ganzen arglos und ohne Anwalt hergebeteten Liste von Dingen, die Sie zwei Wochen lang taten, haben Sie nicht ein einziges Mal den Kalender erwähnt.»

Jury stutzte. «Den Kalender?»

Apted stöhnte. «Superintendent: den Kalender mit den kleinen Kästchen, in die Ihr Name beziehungsweise Ihre Initialen hineingekritzelt sind. Die Verabredungen mit ihr. Dinner. Bett. Et cetera.» Apted ließ die Stuhlbeine mit einem dumpfen Aufprall auf den Boden krachen und verkreuzte die Arme über dem Haufen Papiere. «Wenn Sie verrückt genug waren, einen Ring für sie zu kaufen, dann haben Sie doch sicherlich geglaubt, Ihre Zuneigung würde erwidert. Oder um es anders auszudrücken: Wenn ich was mit einer Lady habe, rechne ich verdammt noch mal nicht damit, daß sie sich für zukünftige Schäferstündchen Notizen in einem Kalender machen muß.» Er brach ab, stand wieder auf und ging zum Fenster hinüber.

Das saß. «Es ist mir aufgefallen.» Er hatte versucht, die Zweifel zu besiegen. Aber in den Stunden, nachdem er den

Ring gekauft, mit Jenny geredet, den Park durchwandert und auf der Bank gesessen hatte, war er ins Grübeln gekommen. Beziehungsweise er hatte verzweifelt versucht, nicht ins Grübeln zu kommen. «Warum?» Er war sich kaum bewußt, daß er es laut gesagt hatte.

Vom Fenster her antwortete Pete Apted: «Sie brauchte einen Bullen.»

Jury sah überrascht hoch. «Was?»

«Einen Polizisten. Jemanden, der etwas vom Ermitteln versteht, dessen Beruf es ist. Deswegen hat sie sich an Sie gehängt. Und Ihren Namen in den Kalender zu schreiben, gab ihr die Sicherheit, daß Sie bei den Untersuchungen mitarbeiten, wenn Sie sie nicht sogar verantwortlich übernehmen würden.»

«Sie *kannte* mich doch gar nicht. Bis zu unserer zweiten Verabredung wußte sie gar nicht, daß ich bei der Mordkommission bin.»

«Doch, das wußte sie.» Apted ging an seinen Schreibtisch zurück. «Aber Sie wollten es nicht wahrhaben, stimmt's, Mr. Jury? Und außerdem haben Ihre Leute nicht so sorgfältig ermittelt, wie es notwendig gewesen wäre. Zum Beispiel: Interview mit Miss Palutski. Nicht gerade eine kooperative Zeugin.» Apted las in dem Bericht und lächelte. «‹Keine Ahnung, worüber Sie reden. *Wer* war in der Camden Passage? Die hab ich nie gesehen.› Et cetera.»

«Sie hat die Wahrheit gesagt. Sie mag Jane Holdsworth gesehen haben, aber nicht bewußt. Sie war zu sehr damit beschäftigt, mit einer Krone zu spielen.»

«Ich habe meine Juniorpartnerin Kath hingeschickt. Kath würde so manchen von euch locker in die Tasche stecken. Sie raucht zuviel, trinkt zuviel, lebt wie –» Apted zuckte mit den Schultern. «Unmöglich zu beschreiben. Aber, meine Güte, die versteht ihr Metier. Sie hatte die Idee, Carol-anne Palutski dazu zu veranlassen – eine bezaubernde junge Dame nach Kaths Aussage; sie wollte ihr wahrsagen, ihr ein Horoskop anfertigen und ihre Gedanken lesen et cetera. Kath brachte also Miss Palutski dazu, die Szene in der Camden Passage *nachzuspielen*, was sie auch tat, so gut wie eine Schauspielerin.»

«Sie hält sich für eine.»

«Na ja, mit Sicherheit hat sie ein Schauspielergedächtnis. Hat das ganze Ding durchgespielt, die ganze Szene mit dem Schlitzohr aus der Camden Passage, dem Typ, der mit Antiquitäten handelt, bei denen es sich garantiert um Hehlerware handelt.» Apted überflog einen Teil des Berichts, nicht ohne ihn ausführlich mit «hm, hm» und «aha» zu kommentieren, und fuhr dann fort: «... ‹also sag ich zu ihm: Versuchen Sie bloß nicht, ihn zu bescheißen, er ist Polizist...!› Und hier, ein bißchen weiter unten, ja, hier: ‹... *Superintendent*›.» Er sah zu Jury hinüber. «Alles in Hörweite. Glauben Sie, Ms. Holdsworth hat sich rein zufällig um die ganzen Tische herumgearbeitet?»

«Sie wußte, jemand würde versuchen, sie umzubringen; und sie wußte, daß es als Selbstmord getarnt werden sollte», antwortete Jury rasch. Er versuchte alles. Auf Teufel komm raus.

«Sie sind verschaukelt worden.»

«Erzählen Sie mir nicht, daß sie mich als Täter dastehen lassen wollte. Das ist völlig unsinnig.»

«Das habe ich nicht gesagt.»

«Ganz egal, wer sie an dem Abend besuchen wollte –»

«Der mysteriöse Besucher? Es war ausgesprochenes Pech für Kingsley, daß er den falschen Abend erwischt hat.»

«Wer dann –?»

Pete Apted senkte den Kopf und schielte zu Jury hinüber. «Was spricht gegen die wahrscheinlichste Erklärung?»

«Und die wäre?»

«Daß sie sich selbst umgebracht hat.»

Jury saß da und starrte Pete Apted an, der schon zu einem anderen Fall übergegangen zu sein schien. Die Brille war jedenfalls wieder an ihrem Platz, und er nahm sich einen Schriftsatz vor.

Jury ließ sich das Gespräch mit Kamir noch einmal durch den Kopf gehen – die Spekulationen, die Argumente. Jetzt wirkten sie noch schwächer. Aber er hielt sich an die Frage, «Warum sollte eine Frau, die glücklich ist, Selbstmord begehen?»

Apted schob die Brille wieder hoch und warf den Stift hin. «Mr. Jury, wenn etwas wie eine Ente watschelt und wie eine Ente quakt, dann wollen wir doch sagen, es *ist* eine Ente.»

Jury wiederholte das schwächste Argument. «Sie war zum Ausgehen angezogen; sie wollte sich mit jemandem treffen.»

Apted rollte die Augen gen Himmel. «Das hat sie *Ihnen* erzählt. Wahrscheinlich ganz bewußt.» Seine hellbraunen Augen brannten, als er sich zu Jury beugte. «Und was ihren Sohn angeht, wäre Mord, so schrecklich das wäre, für ihn nicht weniger schmerzlich als Selbstmord? Und daß Lady Holdsworth so glücklich gewesen sein soll, ist *Ihre* Interpretation.» Die Brille fiel wieder herunter; er griff nach dem Stift. «Und offen gesagt, ich glaube, Sie machen sich da was vor.»

Jury setzte sich in seinem Stuhl zurecht. Er war fassungslos. «Und ich sollte als Täter dastehen.»

Apted blätterte geräuschvoll um und sagte: «Richtig. Aber das tat sie unbewußt; sie glaubte vermutlich, daß niemand diese Möglichkeit ernsthaft in Betracht ziehen würde. Schließlich waren Sie ihr Geliebter.»

Jury sah schweigend zu, wie sich der Anwalt Notizen machte. Dann sagte er: «Warum?»

Apted sah abrupt auf. «Warum?» Er legte den Stift wieder hin und lehnte sich über den Schreibtisch nach vorn. «Mein Job ist es, Sie zu schützen, Mr. Jury.» Er zeigte mit dem Finger direkt auf Jurys Brust und formte das Wort noch einmal stumm mit den Lippen. *Sie.* «Und Sie sind gelinkt worden.»

Müde erhob sich Jury. «Sonst noch was?»

«Nein.» Pete Apted sah auf und lächelte. Diesmal verschwand es nicht gleich wieder. «Aber ich glaube, Sie können davon ausgehen, daß Sie Ihren Job wiederhaben. Niemand will Sie vor Gericht bringen; Sie sind zu beliebt. Sieht jedenfalls so aus.»

Dieser Gedanke war ihm offenbar nachträglich gekommen. Jury lächelte. Er konnte sich nicht recht vorstellen, daß dieser Mann die Robe anlegte, daß er das Ritual einer Verhandlung, das ganze feierliche Brimborium mitspielte. «Mein Kompliment», sagte Jury nur.

Pete Apted, Q. C., verzog keine Miene.

«Was, wenn ich was herausfinde und Sie noch mal brauche?»

«Sagen Sie einfach Bescheid.»

33

ALS ER UM ACHT UHR DREISSIG das Büro betrat, sprang Fiona auf. Die winzigen rechteckigen Papierstückchen, mit denen ihr Gesicht bepflastert war, flatterten. «Sie!»

«Ich. Guten Morgen.»

Fiona versuchte, sich in eine nonchalante Pose zu werfen, was nicht so leicht ist, wenn man einem Mann, der einem besonders viel bedeutet, mit einer leimartigen Papiermaske auf dem Gesicht gegenübersteht.

Aber probieren konnte man es ja. Lässig pflückte Fiona die zwei neben ihren Augen klebenden feuchten Stückchen ab, zerknüllte sie wie Pete Apted ein Einwickelpapier, betrachtete das bewährte Schönheitsmittel wie ein Ärgernis (gab es davon nicht schon genug?) und schnippte die beiden winzigen Bällchen in Richtung Papierkorb, genau wie Apted.

Cyril, fasziniert von den hauchzarten Papierstückchen, glitt elegant vom Schreibtisch zum Korb. Es würden ja sicher noch mehr kommen.

Nein. Statt dessen nestelte Fiona eine Zigarette aus der Pakkung, bat Jury um Feuer, schlug die Beine übereinander und legte dekorativ einen Arm auf den Rücken ihres Schreibtischstuhls, wodurch sich der Stoff ihrer schwarzen Bluse über dem Busen spannte. «Wußten wir's doch, daß Sie in Null Komma nichts zurück sein würden. Erst gestern hat Al gesagt: ‹Die schicken ihn in Null Komma nichts wieder hierher zurück.›» Auf dem ganzen Erdenrund (wettete Jury) war Fiona die einzige, die Wiggins «Al» nannte.

Cyril saß absprungbereit neben dem Papierkorb und starrte hoch zu den kleinen dünnen Fetzen.

So schlecht es Jury auch ging, er konnte kaum ein ernstes Gesicht bewahren. «Was machen Sie hier eigentlich?» fragte er. Der Kessel pfiff.

Zum Glück, denn nun konnte sich Fiona damit beschäftigen. «Was meinen Sie?» Sie sah ihn verständnislos an und sagte dann, als sei sie überrascht: «Ach, das hier? Na, das ist doch das Neueste vom Neuen.» Sie sah ihn ein wenig hochmütig an und ließ die Teebeutel in die Tassen plumpsen. «Sie verfolgen wohl Fergies und Dis Schönheitsprogramm nicht, oder etwa doch?» Sie zog eine Grimasse und versuchte, es witzig klingen zu lassen.

Jury schüttelte ernst den Kopf. Obwohl Fiona immer wieder Hiebe einstecken mußte, sie war nicht kleinzukriegen. Fiona – das fiel ihm jetzt erst auf – schaffte es, einem in den schrecklichsten Situationen Mut zu machen.

«Es ist eine Collagenbehandlung. Wirkt Wunder für die Haut. Tee?» fragte sie ruhig, wobei das hauchdünne Papier um ihren Mund sich mitbewegte.

«Aber klar doch. Wo ist unser Chef?» Er nahm einen Schluck von dem milchigen Tee und beobachtete Cyril, der offenbar begriffen hatte, daß ihm keine Papierklümpchen mehr zufliegen würden, und nun auf das Büro des «Chefs» zusteuerte.

«Haben Sie mal erlebt, daß er vor neun hier ist? Ha! Der nicht!» Sie hatte Schwierigkeiten beim Trinken, weil das Papier so fest am Mund klebte, aber es gelang. «Der nicht, seit wir die rothaarige Tippse nicht mehr haben.»

Er erinnerte sich. Das arme Mädchen hatte es eine Woche ausgehalten und die meiste Zeit damit verbracht, vor Racer den Flur hinunterzuflüchten.

«Als würde der Weg zu einer Stelle über sein Bett führen.»

Jury sah zu, wie Fiona schwerste Artillerie zum Vorschein brachte: Spiegel und Make-up-Köfferchen. Den packte sie aus wie Wiggins seine Natural Habitat-Tüte. Fiona konnte die Natur aber gestohlen bleiben; sie selbst legte auf viel subtilere Weise Hand an. Jetzt blieb sie erst einmal sitzen und rauchte ihre Zigarette; sie konnte ja die Papiermaske nicht abziehen, während Jury daneben saß.

«Ich glaube, ich rede mal ein paar Takte mit Cyril. Hab ihn ja schon mehrere Tage nicht gesehen.»

«Passen Sie aber bloß auf, daß er hier keine Schweinerei anrichtet!» rief Fiona Jury hinterher.

Nur Augen und Ohren des Katers lugten über Chief Superintendent Racers Schreibtischplatte, letztere wie immer ein schlagender Beweis dafür, daß hier nicht gearbeitet wurde. Keine unordentlichen Papiere oder Akten. Der Kugelschreiber unschuldig im glänzenden Halter. Die Schreibtischauflage makellos rein, nur ein Reiseprospekt klemmte in einer Ecke. Racer erklärte natürlich den jungfräulichen Zustand seines Arbeitsplatzes mit langen Ausführungen über effiziente Büroorganisation. Und davon verstehe Jury eben nichts (sagte Racer). Ein organisierter Mann wirke immer, als hätte er absolut nichts zu tun, was in Racers Fall sogar zutraf.

Cyril blinzelte träge Jury an und begab sich wieder an seine Morgentätigkeit, Racers mittlere Schublade auszuleeren. Cyril hatte schnell gelernt, wie er seine Pfote in den Messingring stecken und ziehen mußte. War das erst einmal vollbracht, konnte er das Innere in Angriff nehmen.

«Wie geht's, Cyril?» Jury hörte Büroklammern und Reißzwecken kratzen und knacken. Cyril hob den Kopf und blinzelte Jury verschwörerisch an. Dann verschwand der Kopf wieder. Aus den sechs kleinen Fächern vorn in der Schublade förderte Cyril Büroklammern, Bleistifte, Tesafilm, Reißzwecken und weitere Gegenstände zutage. Dann raschelte Papier, das gleich über den Rand der Schublade geschoben und zu Boden flattern würde.

Als Cyril fertig war, hob er den Kopf, gähnte, als ob die Aufgabe ihn nun langweile, glitt herunter, tauchte wieder auf und blinzelte Jury wieder an.

Nach all diesen Mühen erwartete er zumindest eine Inspektion des entstandenen Schadens.

Jury ging auf die andere Seite des Schreibtischs: die Schublade stand weit offen, und alles war draußen bis auf die Mausefalle, die Racer mit einer Sardine ausgestattet hatte. Ölflecken im Holz.

«Großartig gemacht, Cyril. Und stinken tut es auch.»

Als die äußere Bürotür aufging, stellte Cyril ein Ohr auf und verzog sich flugs in die Bodenvase, die als Schirmständer benutzt wurde. Von diesem Posten aus konnte er observieren, ohne observiert zu werden. Racer blieb so lange in Fionas Zimmer, bis er seinem Ärger darüber Luft gemacht hatte, daß sie Tee mit Teebeuteln kochte.

Dann kam er in sein Büro marschiert, bedachte Jury mit einem Blick und sagte: «Wie sehen Sie denn aus!» Racer, in Seidenhemd und maßgeschneidertem Anzug, legte den Mantel ab und ging um seinen Schreibtisch. Da bot sich ihm alles andere als Ordnung. Er schlug auf die Sprechanlage, als wollte er sie in Stücke schlagen, und brüllte: *«Miss Clingmore! Bringen Sie sofort das Tohuwabohu hier in Ordnung, und wenn der Rattenfänger das noch einmal macht, ist es nicht nur um sein Leben geschehen, sondern auch um Ihren Job!»* Er funkelte Jury an und sagte: «Alles hat er rausgezerrt, nur nicht die verdammte Sardine.» Er warf die Mausefalle auf seine Schreibtischauflage. «Und Sie, Sie haben wahrscheinlich die ganze Zeit hier gesessen und zugesehen. Ich schwöre, ich werde ein paar Priester engagieren, die sollen diesen Teufel austreiben.» Er schaute suchend um sich. «Wo ist das räudige Viech? *Wo?*»

Seufzend erschien eine komplett wiederhergestellte Fiona Clingmore und schickte sich an, die Klammern und Reißzwecken aufzusammeln. Racer hingegen begab sich völlig erschöpft zu seiner Bürobar, um sich wiederzubeleben. «Dieses verdammte Tier ist schlimmer als alle Katzen dieser Welt! Ein hundertneunzigprozentiger Kater. Er ist das einzige Tier, das Noah allein auf die Arche gelassen hätte.» Er goß sich einen kleinen Rémy hinter die Binde.

Jury sagte: «Sieht so aus, als sei ich wieder in Amt und Würden.»

«Dieser verdammte Sir Peter Apted hat den Chef angerufen.» Racer durchkämmte das Zimmer immer noch nach Cyril. «Wenn ich diese winzigen gelben Augen noch einmal sehe... Sind Sie mit Aufräumen immer noch nicht fertig, Miss Clingmore? Raus mit Ihnen! Suchen Sie ihn!»

Als Fiona um den Schirmständer ging, zwinkerte sie Jury zu.

«Pete, nicht Peter», sagte Jury.

Racer erwischte Jury mit seinem Katersuchblick und fuhr fort: «Dann werden Sie jetzt vermutlich Ihre Nase in Kamirs Angelegenheiten stecken wollen.»

Aber er schien nicht so verärgert über seine gerechte Strafe, daß Jury seinen Job zurückhatte, wie dieser gedacht hatte. Jury glaubte sogar, einen Hauch von Erleichterung herauszuhören. «Na ja, es hat mir persönlich eine Menge Kummer verursacht. Wenn Kamir einverstanden ist, ja, dann würde ich gern mit den Holdsworths reden.»

Jury erhob sich.

Racer winkte ihn wieder hinunter. «Jetzt mal Geduld, Jury. Die Welt tanzt nicht nach Ihrer Pfeife. Sie haben mir diese Schweinerei eingebrockt.»

«Tut mir leid. Aber die größere Schweinerei hat man ja wohl *mir* aufgetischt, finden Sie nicht?»

Weit gefehlt, natürlich nicht.

«Einverstanden, wenn ich Wiggins mitnehme?»

«Bitte sehr.» Racer lächelte fies. «Das Wetter da oben pustet ihm vielleicht den Kopf frei.»

Obwohl Sergeant Wiggins entzückt war, Jury wieder im Büro zu sehen, war er nicht einverstanden. Schlimmer als Yorkshire würde es sein. Nur Regen. Wiggins hantierte mit seinen Pillen herum und spülte bei dem bloßen Gedanken an Moore und Moose und Nässe mehrere hinunter, während

294

Jury Melrose Plants Fernschreiben und seine eigenen Notizen in eine Aktentasche packte und Wiggins von Wordsworth erzählte, von seinen himmlischen Spaziergängen über himmlische Fells, wie er die blauen Seen genoß, die Narzissen und Berge und dabei sogar rezitierte: «Wie einsam über Berg und Tal / Die Wolke in der Höhe streicht…»

«Seh ich aus wie eine Wolke, Sir?» Grimmig schob er ein Dutzend Gläschen in eine Tasche.

Kleider hatten in Wiggins' Koffer nichts zu suchen.

34

Es stimmte, Thomasina Thale wohnte in einem «vornehmen» Haus – in einer imposanten Backsteinresidenz an einem der besseren Plätze in Earls Court –, aber es gehörte ihr nicht. Ihr gehörte nicht einmal der kleine Teil des Hauses, den sie bewohnte, es handelte sich um eine Mietwohnung im zweiten Stock, ohne Fahrstuhl.

Das war nicht das einzige in Plants Bericht, das von der Wahrheit abwich: «Tante Tom» war keine ältliche «viktorianische» Dame. Sie war Mitte dreißig, hatte ein hübsches, ungeschminktes Gesicht, wunderschönes kastanienbraunes Haar und (wie Jury sah, als sie durch den kurzen Flur vor ihm herging) ein geschientes Bein. Sie hinkte.

Die Leute nannten sie «Tommy». Als sie Jury und Wiggins bedeutete, Stühle in das Wohnzimmer mitzunehmen, dessen Fenster auf einen kleinen Park hinausgingen, lachte sie über den Spitznamen, den ihre Nichte für sie auserkoren hatte.

Als Jury (wirklich verblüfft) die Beschreibung Plants in

dem Bericht wiederholte – die Beschreibung einer zugeknöpften Dame mit ehernem Blick, die (buchstäblich) die Peitsche über allem schwang –, lachte Tommy Thale noch lauter. Ein volles, wirklich ungezwungenes Lachen, wunderbar, wenn man bedachte, was für ein eingeschränktes, entbehrungsreiches Leben sie führen mußte. Doch als Jury das Zimmer sah, die gestickten Kissen und Stühle mit Petit-point-Stickerei, und die Wärme spürte, die die Fransenlampenschirme und der elektrische Kamin ausstrahlten, dachte er, daß Tommy Thale zu den Menschen gehörte, die nie den Mut verlieren und ein Glas immer als halb voll und nicht als halb leer bezeichnen, dankbar dafür, daß sie nicht verdursten müssen.

Mit den Handballen wischte sie sich die Lachtränen aus den Augen. «Na ja, das mußte sie wahrscheinlich erzählen. *Die* hätten sie sonst sicherlich hergeschickt. Hierher nach London, damit sie bei mir lebt. Wahrscheinlich hat sie die Geschichte für den alten Adam erfunden. Er mag Millie sehr, fast so sehr wie Alex. Er hätte nie zugelassen, daß *sie* ihr was zuleide taten.»

«Die Familie Holdsworth. Haben Sie sie kennengelernt?»

Wieder lachte sie, mit der Hand drehte sie den Stock hin und her und sagte: «Das wäre ja wohl kaum möglich gewesen, oder? Nicht mit Stiefeln und Peitsche. Klingt ja wirklich ein bißchen nach S/M.»

«Wie bitte, Miss?» Wiggins guckte verwirrt.

«Sadomasochismus, Sergeant.»

«Ach, ja. Wir von der Mordkommission haben damit nicht soviel zu tun.»

«Das will ich hoffen.»

Jury lächelte über ihren Versuch, ernst zu bleiben. Es war das erste Mal seit Tagen, daß auch ihm wieder einmal nach einem Lächeln zumute war. Die Standhaftigkeit, mit der sie ihr Schicksal ertrug, relativierte sein eigenes Unglück.

Sie fuhr fort: «Aber durch Millies Briefe weiß ich über alle dort Bescheid. Sie schreibt Briefe wie verrückt – wer weiß, ob alles wahr ist, was sie schreibt? Und von Annie habe ich auch einiges erfahren. Als sie noch lebte.» Nun sah Tommy traurig aus. Es gab Schicksale, die schlimmer waren als das ihre.

«Aber warum will sie nicht bei Ihnen leben?» fragte Jury. «Warum will sie an einem Ort bleiben, wo sie soviel arbeiten muß – das hat mir zumindest mein Freund erzählt – und vom übrigen Personal ziemlich gemein behandelt wird und nicht einmal die Familie mag. Außer dem alten Mann und... Jane Holdsworths Sohn. Alex heißt er, glaube ich.»

«Deswegen sind Sie ja wohl hier. Wegen Jane Holdsworth? Ich hab davon gelesen, und bitte verzeihen Sie, aber hatten Sie nicht was mit ihr zu tun?»

«Ja.» Er konnte den barschen Ton nicht verhindern. Es klang wie: Halt dich da raus!

Wiggins blickte abrupt auf und wandte sich dann wieder seinen Notizen zu.

Tommy Thale sah Jury lange an. «Tut mir leid. Sie sollten wahrscheinlich die Fragen stellen, nicht ich. Zu Millie. Millie bleibt wegen ihrer Mutter da. Also wegen meiner Schwester, Annie. Darüber wissen Sie Bescheid, nehme ich an.» Jury nickte, und sie fuhr fort: «Alle haben Millie erzählt, es sei ein Unfall gewesen, sie sei ertrunken, obwohl ich bezweifle, daß das irgendwer geglaubt hat, auch nicht die Polizei. Millie ist entschlossen zu bleiben.» Ihr Blick huschte zu einer Bilder-gruppe auf einem runden Tisch mit einer Spitzendecke. «Das arme Ding. Wie ein kleiner Geist, der am Ort des Leids spukt. Trotzdem glaube ich, die Gründe liegen tiefer; ich glaube, sie ist entschlossen, herauszufinden, was passiert ist.»

«Glauben Sie, es war Selbstmord?»

Sie antwortete nicht sofort; sie dachte nach. «Eigentlich nicht.»

«War Ihre Schwester vom Temperament her so wie Sie?»

«Ich würde sagen, ja.»

«Dann ist es wirklich schwer vorstellbar.»

Tommy lächelte ihn an. «Ist das ein Kompliment?»

«Natürlich. Dann bleibt nur noch Mord, Miss Thale.»

«Tommy. Ja, stimmt wahrscheinlich. Und *wenn* sie jemand ermordet hat, und *wenn* Millie das herausfindet, dann sollte die Person sich vorsehen. Meine Nichte ist geradezu verbissen loyal. Kann ganz schön rabiat werden. Manchmal kommt es mir vor, als säße sie im Zentrum ihres eigenen Sturms. Sie kann beherrscht wirken, fast ruhig. Aber sie ist nicht ruhig; sie ist gewappnet. Gewappnet gegen jede Katastrophe, die ihr widerfahren könnte, ganz egal, welche.» Wieder lächelte Tommy. «Und sie ist eine erstklassige Köchin, wie ihre Mutter... Oh, möchten Sie beide nicht einen Tee? Ich hab ganz vergessen...» Schwerfällig schickte sie sich an, vom Sofa aufzustehen.

«Mein Sergeant ist ein erstklassiger Teekoch. Und ich bin sicher, er hätte gern einen. Stimmt's, Wiggins?»

Wiggins erhob sich schnell. «Stehen die Sachen einigermaßen griffbereit?»

«Ja. Die Küche ist da hinten.» Sie rief Wiggins' entschwindendem Rücken nach: «Der Tee ist in einer Dose, der Zucker auch, die Kanne ist auf der Arbeitsplatte.»

Jury hatte ja gewußt, daß Wiggins jetzt seinen Tee brauchte.

«Was weiß Millie über ihren Vater?»

Tommy schüttelte den Kopf. «Nichts, außer, daß sie keinen hat. Und ich weiß auch nichts, falls Sie das gehofft hatten.»

«Haben Sie je überlegt, ob es jemand von dort oben ist? Aus der Familie vielleicht?»

«O ja, aber ich habe da doch starke Zweifel. Annie hatte

hier in London mit ein oder zwei Männern eine Beziehung.»
Sie beugte sich vor, ihre Hände umschlossen den Knauf des
Stocks. «Allerdings gibt es einen Menschen, von dem ich
weiß, daß er *nicht* der Vater ist: Graham Holdsworth. Annie
hat sich schrecklich aufgeregt, als das Gerücht aufkam. Sie
war in ihn verliebt. Aber er nicht in sie. Doch er redete viel mit
ihr. Oft. Wenn sie zum Beispiel in der Küche allein zusammen waren oder auf dem Grundstück allein spazierengingen,
und die Leute wußten das.»

Jury schwieg. «Sind Sie ganz sicher? Ich meine, vielleicht
wollte sie ihn nur schützen.»

«Dann wäre sie nicht so weit gegangen, mir zu erzählen, er
sei schwul, oder?»

Jury setzte sich nicht, sondern fiel zurück in seinen Stuhl.
Was hatte ihm Jane wohl sonst noch verschwiegen? «Graham
Holdsworth war homosexuell?»

«Ja. Annie konnte es nicht glauben. Sie sagte, sie hätte es
einfach nie vermutet, nie gedacht, daß – hm, aber gibt es nicht
so was wie ein intuitives Gefühl dafür? Kann man das nicht
merken?»

«Manchmal ja, manchmal nein. Erzählen Sie weiter.»

«Er sagte ihr, das habe seine Ehe zerstört. Schließlich ging
er in irgendeine Therapie. Er erzählte Annie, das habe ihn
wahrscheinlich ursprünglich davon abgehalten, Madeline
Galloway zu heiraten. Aus irgendeinem Grunde jedoch
schien er sich mit Jane durchaus wohl zu fühlen...» Sie zuckte
mit den Schultern. «Es ist kompliziert. Natürlich weiß ich das
alles nur aus zweiter Hand, aber eins können Sie mir glauben,
Annie hat nie gelogen, nie. Sie befürchtete, daß er es tun
würde, nachdem er wußte, was mit ihm war. Daß er sich umbringen würde, meine ich.»

«Heutzutage? Mein Gott, heute versteckt sich doch kaum
noch ein Homosexueller.»

«Die Graham Holdsworths schon. Und er hatte es vorher auch schon mal versucht, wissen Sie, so mit zwanzig. Manche Leute sind einfach nicht zum Leben geschaffen, meinen Sie nicht? Schon ohne sich mit seiner Homosexualität auseinanderzusetzen, fiel es ihm schwer, sich selbst zu akzeptieren, sagte Annie. Er sei ziemlich schwach, sagte sie; das klingt kaltherzig, aber Sie wissen, was ich meine. Er war schließlich sein ganzes Leben lang verhätschelt worden, mußte eigentlich nie arbeiten, und wurde als ‹Poet› und ‹Maler› mit den Privilegien behandelt, die eine besondere Begabung nun einmal fordert.» Wieder zuckte sie mit den Schultern. «Aber er war sehr nett und freundlich, sagte Annie. Sanft.» Sie ließ den Blick über die Dinge auf dem Kaminsims schweifen und lächelte jetzt nur noch schwach. «Einmal hat er sie zum Rudern mit auf den Windermere genommen. Das sollte auch Millie tun, fand seine Ärztin, auf einen der Seen hinausfahren, sie meinte, daß es Millie vielleicht dabei helfen würde, ihre... Zwangsvorstellungen loszuwerden. Natürlich nicht auf dem Wast Water.» Sie lächelte traurig.

«Grahams Ärztin?» Jury überdachte Plants Bericht. «Viner? Heißt sie so?»

«Ich glaube, ja. Nachdem es passiert war, hat sie mir einen langen Brief geschrieben, nur den einen. Ich hatte den Eindruck, sie fühlte sich sehr, sehr schuldig, weil ihr Patient sich umgebracht hatte. Und sie war wegen Millie besorgt.»

«Ich bin überrascht, daß sie Ihnen geschrieben hat – da Millie Sie doch als eine regelrechte Furie dargestellt hat.»

«Ach, ich weiß nicht, ob die Ärztin das alles geglaubt hat. Aber ich habe ohnehin nie wieder von ihr gehört.»

Wiggins kam mit dem Tee zurück, stellte die Tassen hin, spielte Mutter.

«Köstlich», sagte Tommy, nachdem sie einen Schluck getrunken hatte.

Wiggins strahlte bei ihrem Lächeln und griff wieder zu Notizbuch und Stift. Für sich selbst hatte er einen großen Becher aufgetrieben.

«Sehen Sie Millie oft?» fragte Jury.

«Ich *habe* sie oft gesehen. Bis das hier passierte.» Sie tätschelte die Schiene. «Seit zwei Jahren habe ich sie nicht mehr gesehen.»

«Aber es wundert mich trotzdem, daß sie nicht zu Ihnen wollte. Wenn sie, wie Sie sagen, so loyal ist.»

«Na ja, sie weiß es ja gar nicht», sagte Tommy übertrieben heiter, um den Wirbel von Gefühlen zu verbergen. «Ich habe es ihr nie gesagt. Und als sie zu Besuch kommen wollte, habe ich sie vertröstet. Millie glaubt immer noch, ich hätte meine alte, viel größere Wohnung; meinen alten, viel besseren Job; meinen alten, ziemlich gutaussehenden Verlobten. Inzwischen eine verglühte Liebe.» Ihr Lächeln war nicht echt.

Einen Moment lang schwieg Jury. Er ahnte, was kommen würde, wollte es aber nicht sonderlich gern hören. «Was ist denn passiert?»

«Das hier.» Wieder tätschelte sie die Schiene. «Wir hatten einen Unfall. Er mußte ja seinen brandneuen Alfa Romeo mit über hundertfünfzig Sachen fahren. Er kam ohne einen Kratzer da raus. Ich nicht.» Sie zuckte mit den Schultern. «Er hat mich verlassen. Ronnie hieß er.»

Ein langes Schweigen entstand. Jury fühlte sich merkwürdig.

Wiggins machte große Augen. «Ehrlich gesagt, Miss, ich könnte Ronnie umbringen.» Er senkte den Blick und errötete, weil es so unprofessionell war.

«Wenn sie es je herausfände, würde Millie es tun, Sergeant.»

Und dann lachte sie wieder dieses überschwengliche Lachen.

35

Wast Water war nicht im entferntesten so lang wie Windermere, und trotzdem fragte Melrose sich nach ein, zwei Kilometern auf der Straße mit Blick auf die riesigen rötlichen Hänge, die sich über dem anderen Ufer erhoben, wie ein See so groß sein konnte oder wie Berge so nah aussehen und doch so fern sein konnten. Der Great Gable war vermutlich gut drei Kilometer hinter den Kuppen des Scafell, sah aber aus, als sei er darin eingekeilt. Wenn Melrose wegen der schönen Aussicht unterwegs gewesen wäre, hätte er zugegeben, ja, die lohnte die Reise, es war nicht künstlich und idyllisch, sondern trostlos, grimmig, fast gespenstisch. Der See war nicht so einladend blau wie Windermere, sondern kalt und dunkelgrau. Fellowes hatte die Stimmung perfekt eingefangen.

Melrose fuhr auf einen Seitenweg, bremste neben einem amerikanischen Auto, das so lang war wie ein Lieferwagen – was war es für eins? ein Cadillac? nein, ein Buick –, und stieg aus, um sich in dem eisigen Wind die Beine zu vertreten und einen Blick auf Fellowes' Karte zu werfen, von der er nicht wußte, ob er ihr trauen konnte oder nicht. Gott, diese Berge sahen wirklich bedrohlich aus! Dabei konnte man darauf wandern und klettern. Wahrscheinlich eher klettern.

Ein Paar bummelte Hand in Hand am Uferstreifen entlang. Ein älterer Mann mit einem Stock kam auf ihn zu. Bei näherem Hinsehen klassifizierte Melrose ihn rasch als einen der Ortsansässigen, denn er sah so wettergestählt aus wie die Swaledaler Schafsböcke, und sein Gesicht war von der vielen frischen Luft so gefurcht, daß es ledrig aussah.

Der alte Mann lächelte nicht (das taten sie hier sowieso selten, es sei denn, ihre Gläser waren leer), aber er tippte höflich an seine Mütze. «Tag.»

«Schönen guten Tag. Wollte hier ein bißchen spazieren-gehn.»

«Nasser Tag.» Er sah zu den schweren Wolken hoch. «Wird regnen.» Er sah über den See. «Wolln Sie etwa den Hang mit dem Geröll hochlaufen? Sieht einfach aus, isses aber nich. Das Geröll wird schon bald zu großen Felsbrocken.»

«Ich bin mit dem Auto hier.»

«Recht so.»

«Will den Scafell hoch zum Broad Stand.» Er sprach es wie Scaufell aus.

«Nicht doch.» Der alte Mann schob seinen Hut zurück. «Es wird ‹Scarfl› ausgesprochen, das Wort ‹scau› gibt es nicht; wissen Sie, das ‹sca› bedeutet ‹steil›, steiler Hang.»

Für eine etymologische Lektion war Melrose nicht in Stimmung. Er hielt dem Mann die Karte vor die Nase und fragte: «Ist diese Route okay?»

Der alte Mann studierte sie und nickte. «Ab sechshundert Metern wird der Laard's Rake schwierig. Sie könnten hier um Rake's Progress herumgehen.» Er drückte den Finger auf die Karte.

«Danke», sagte Melrose.

Zum Abschied tippte sich der Mann wieder an die Mütze. Dann stieg er in den Buick LeSabre, ließ ihn aufheulen und fuhr davon.

Vor über einer Stunde hatte er den Weiler Wasdale Head hinter sich gelassen. Er konsultierte seine Karte. Die Rettungs-stationen und Erste-Hilfe-Kästen waren darauf verzeichnet. Kästen? War es eine Do-it-yourself-Erste-Hilfe-Station? Konnte man dort selbst sein Bein zusammenflicken, wenn es gebrochen war?

Melrose hatte schwere Wanderschuhe erstanden (er bezweifelte, daß er sie je wieder benutzen würde) und einen

Rucksack (da erübrigte sich jeder Zweifel), in dem er Fellowes' Bild, Millies belegte Brote, ihren kleinen Kompaß und ein Fernglas verstaut hatte.

Als er an Brown Tongue und den Hollow Stones vorbeigegangen war, mußte er sich schon wieder Steinchen aus den Schuhen schütteln; er zog eine Socke aus und inspizierte zwei Zehen, ob dort wohl auf denen schmerzende Hühneraugen entstanden, sowie die Ferse, auf der sich eine Blase gebildet hatte. Masochistisch wie er war, saß er neben einem Kreuz, das an einen tödlichen Unfall von vier Wanderern um die Jahrhundertwende erinnerte. Der Kletterer, von dem sie ihm erzählt hatten, kam ihm in den Sinn. Wo war das gewesen? Am roten irgendwas... Der Kletterer war tödlich gestürzt und war wochenlang von seinem treuen Hund bewacht worden. Wenn Melrose von einem Felsvorsprung fiel, würde ihn ein treuer Bussard bewachen.

Am Rake's Progress hatte er aufgegeben. Angesichts der Torheit, hier herumzukraxeln, mußte er unwillkürlich an Hogarths Bildgeschichte gleichen Namens über die Ausschweifungen des Trinkens denken. Die Route hatte ihn fast zwei Kilometer und (wegen der rutschenden Steine) eineinhalb Stunden auf allen vieren gekostet, dann war er den Weg zurückgegangen und hatte sich entschieden, doch der ursprünglichen Route zu folgen.

Das Ärgerliche an dieser hirnrissigen Wanderung war weniger, daß der Blick auf den Broad Stand ihm am Ende wahrscheinlich nichts enthüllen würde, sondern vielmehr, daß soviel *körperliche* Aktivität damit verbunden war. Und selbst *das* wäre nicht so schlimm, wenn er nach vollbrachter Tat seine Schritte – ganz der tapfere Bergsteiger – lässig ins Old Contemptibles hätte lenken und dort erzählen können, er habe eine Fahne auf einem der Scafell-Gipfel gehißt. Mein Gott, und Wordsworth hatte da oben Picknicks veranstaltet, und Coleridge war zum Briefeschreiben hochgeschlendert. Coleridge war aber auch ein passionierter Kletterer gewesen, der vor nichts Angst hatte.

Der Regen fiel in beständigen scharfen Güssen, und Melrose bereute, daß er kein Cape mitgenommen hatte. Er war völlig durchnäßt. Er stapfte mühsam die Geröllrinne namens Lord's Rake hoch und war etwas zufriedener, als er zwei Wanderer sah, die in Gummicapes heruntergestapft kamen. Sie grüßten, grinsten wie die Honigkuchenpferde und bezeichneten das Ganze als «absolut grandios». Wenn doch auch Melrose ein Mann für schöne Panoramen und nicht ein Mann für den Kamin, einen schnarchenden Hund und ein Glas Graham's Port gewesen wäre!

Zwei Stunden lief er unermüdlich weiter bergauf, bergab, kam schließlich an einen Hang und stieg den Scafell Crag hinunter. Es war nicht leicht, aber wenigstens war sein Ziel nicht mehr fern.

Und dann war er da: am Beginn des Übergangs nach Mickledore und dem steilen Felsüberhang, den Virginia Holdsworth hinuntergefallen war. Der Broad Stand schien gar nicht mal so ein schwieriges Hindernis auf den Weg zum Gipfel des Scafell zu sein. Aber den Versuch würde er todsicher nicht riskieren. Er drehte sich um und ging ein paar Meter nach Osten, bis er den tiefen Spalt in dem Felsen sah, der «Die Agonie des fetten Mannes» genannt wurde. Er konnte jemanden von seinem Körperbau leicht Unterschlupf bieten. Wäre doch nett, wenn er Agatha einmal hier hochlocken und es an ihr ausprobieren könnte.

Melrose ging hindurch und trat auf ein Plateau. Die Wände waren aus glattem Stein, und er sah keinen Weg, auf dem man nach oben oder hinausgelangen konnte, ohne richtiggehend zu klettern.

Er ging hinaus und untersuchte penibel die Szenerie an der

Stelle, wo Francis Fellowes seine Staffelei aufgebaut hatte; Melrose nahm das Bild aus dem Rucksack. Glücklicherweise hatte der Regen nachgelassen, so daß er etwas von dem Spiel von Licht und Schatten sehen konnte. Als Fellowes das Bild gemalt hatte, war das Licht intensiver gewesen, wodurch ein stärkerer Kontrast zwischen Licht und Schatten entstanden war. Melrose nahm die Polaroidkamera heraus und knipste drei Bilder aus verschiedenen Blickwinkeln.

Es stand völlig außer Frage. Kein Weg hinaus, kein Weg hinunter, kein Weg zurück außer über den gefährlichen Broad Stand oder dem Rückzug auf dem Weg, den man gekommen war.

Mittlerweile war es später Nachmittag. Melrose packte seine Ausrüstung zusammen und ging.

36

«Bootle?» fragte das Mädchen bei der Touristeninformation in Grasmere. «Das müßte auf der anderen Seite von Coniston Water sein.»

«Nein. Boone. Es ist nur ein kleines Dorf», sagte Jury. «In der Nähe von Wasdale Head oder dem Wast Water.»

Das hübsche Mädchen runzelte über die Karte gebeugt die Stirn. Ihre Haare hatten die Farbe der Osterglocken, ihre Augen die Farbe des Ullswater. «Ja. Hier ist es. Aber das ist eine recht lange Fahrt. Auf der Fähre würden Sie wenigstens über den Lake Windermere nach Hawkshead kommen.» Sie sah Jury an und lächelte fröhlich.

«Und wo legt die Fähre ab?»

«Die fährt nicht.»

«Dann muß ich wohl davon ausgehen», sagte Jury, der sich beherrschen mußte, nicht die Geduld zu verlieren, «daß wir sie nicht nehmen können.»

Ihr Lächeln erstarb. «Sie fährt erst wieder im April. Jetzt ist noch März.»

Sie sagte es, als sei sie persönlich für die Abfolge der Monate verantwortlich, und er fragte sie freundlich: «Wie kommt man dann nun am besten nach Boone?»

«Bitte?» Während sie sich eine Osterglockenhaarsträhne um den Finger wickelte, schien sie sich Jurys Gesicht einzuprägen.

«Boone. Wast Water. Und wir sind etwas in Eile.»

Wiggins machte allerdings nicht den Eindruck, als sei Eile geboten. Er drehte in aller Ruhe den Ansichtskartenständer, nahm eine Karte heraus, steckte sie wieder hinein, nahm eine andere heraus.

«Oh. Ja.» Sie beugte sich wieder über die Landkarte auf dem gläsernen Schaukasten, in dem Souvenirs aus dem Lake District ausgebreitet waren. «Über Ravenglass, würde ich sagen. Da müssen Sie am Windermere vorbeifahren, hinunter nach –»

«Aber die Straße führt nach Süden, und wir wollen nach Südwesten.»

«Es ist die einzig halbwegs befahrbare Straße, auf der Sie fast bis zum Ziel kommen. Wast Water ist so isoliert. Die anderen Seen könnten Sie fast alle über gute Straßen erreichen.»

Sie hätte es eindeutig lieber gesehen, wenn sie zu einem anderen See gefahren wären. «Dann sagen Sie mir eine *schlechte* Straße. Es muß doch eine geben, bei der man nicht einen so großen Umweg machen muß.»

Jetzt zog sie die Haarlocke zwischen den Lippen hindurch und betrachtete Jury tiefgründig und kummervoll.

Jury zeigte auf eine kleine Straße, die wie eine relativ gerade Strecke von Ambleside aus wirkte, ein paar Kilometer südlich von Grasmere. «Wie wär's denn mit der hier?» Sie führte direkt in die Gegend von Wasdale. «Hier steht Wrynose Pass.»

«Aber den wollen Sie doch nicht nehmen.»

«Warum nicht?»

«Er ist furchtbar holprig und kurvenreich. Und», sie sah aus dem Fenster und dann auf ihre kleine Armbanduhr, «die Dämmerung könnte hereinbrechen, während Sie noch auf der Straße sind.»

Jury lächelte, faltete die Karte zusammen und ließ eine Pfundmünze auf den Schaukasten fallen. «Wir haben keine Angst vor der Dunkelheit.»

Er zog Wiggins von den Ansichtskarten weg, drehte sich um und winkte dem Mädchen noch einmal. Sie sah bekümmert aus, vielleicht dachte sie, sie schickte ihn in den sicheren Tod.

Als sie den Wrynose Pass endlich hinter sich hatten, war Wiggins kalkweiß. «Holprig? *Kurvenreich*, haben Sie gesagt?»

«Aber der Blick ist schön», sagte Jury, der gar nicht hinschaute, weil es neben der Straße so steil abfiel. Er fuhr mit dem Finger die Route entlang.

«Schön? Wir sind von Bergen umzingelt.» Wiggins sah hinauf. «Und Schluchten.» Wiggins sah hinunter. Er hatte das Auto auf einen kleinen Rastplatz gefahren. Die gab's in rauhen Mengen.

«Macht nichts, Wiggins. Sie waren schon immer ein großartiger Fahrer. Und es sind nur noch ein paar Kilometer.» Wohl wahr. Aber *was* für Kilometer. «Genau hier, sehen Sie, ist ein Pub. Da können wir anhalten und was trinken – ein Bier, einen Tee, was Sie wollen.» Zum Beweis zeigte Jury Wiggins auf der Karte das Woolpack, das am anderen Ende dieser gottverlassenen Straße stand.

Aber er achtete darauf, daß er die unschuldig aussehenden kleinen V, die den Hard Knott Pass bedeckten, mit dem Finger verdeckte. Die Steigung betrug zehn Prozent, es ging steile Hänge und tiefeingeschnittene Rinnen hoch.

Das Schlimmste stand ihnen nämlich noch bevor.

«Nie wieder», sagte Wiggins eine Stunde später und wischte sich die Stirn ab.

Jury kniff die Augen zusammen. Wenn er es noch einmal sagte...

«Nie wieder. Auf die Straße kriegen Sie mich nie wieder.»

Ein Kaffee im Woolpack hatte ihn keineswegs besänftigt. Er wollte ein heißes Bad und ein Abendessen im Pub in Boone.

«Meine Güte, Wiggins, auf der Straße fahren doch auch noch andere Autos.» Natürlich waren die anderen Autos genau wie Wiggins mit 5 km/h gefahren. «Ein paar Fahrer haben uns sogar angelächelt und gewinkt.»

«Touristen, Sir. Touristen ist es egal, ob sie sterben, Hauptsache, sie sind im Urlaub.»

Vor dem Schild des Old Contemptibles kehrte die Farbe in Wiggins' Wangen zurück.

Sie stellten den Ford auf dem winzigen Parkplatz ab und betraten das Pub durch eine Tür, auf der in schnörkeliger Schrift und bröckelnder weißer Farbe EINGANG stand; gegenüber dieser Tür ging es dann durch eine weitere Tür in den Schankraum.

Der Flur war dunkel und ruhig. Nur ein schwerer Mahagonisessel, ein paar Vogeldrucke und ein Empfangstisch mit dem Gästebuch waren zu sehen. Neben dem Tisch wies ein Schildchen potentielle Gäste an, den Klingelknopf darunter zu betätigen. Was Jury tat.

Die Frau, die herbeistürzte, trug einen Becher Tee auf einem Teller mit Keksen und sah Jury so hoffnungsfroh an wie Wiggins die Kekse. Sie hatten nicht zu Mittag gegessen und seit Penrith außer bei ihrem Stopp im Woolpack nichts zu sich genommen. Und auch diese Mahlzeit hatte nur aus Kaffee und einem trockenen, klebrigen Doughnut bestanden, den Wiggins verschmäht hatte. Er zog es vor, sich mit Kohlekeksen bei Kräften zu halten.

Mrs. Fish (als welche sie sich vorstellte), die Geschäftsführerin, hatte nicht mit Make-up, Ketten, Armbändern und Ringen gegeizt. Oh, selbstverständlich könnten sie bei ihr unterkommen. Sie stellte sich vor die drei Schlüssel am Brett über dem Empfangstisch und überlegte.

«Sie wollen doch sicher eine eigene Toilette.»

«Ja, wollen wir», sagte Wiggins barsch.

«Das geht in Ordnung. Es kostet dann allerdings zwei Pfund mehr pro Zimmer. Haben Sie unterschrieben? Gut. Kommen Sie mit mir.»

Sie gingen die baufälligen Treppen hoch in einen engen kleinen Flur, der dem unten in nichts nachstand und von dem drei Zimmer abgingen, zwei auf der einen und eins auf der anderen Seite. Am Ende war eine vierte Tür.

«Da sind wir», sagte Mrs. Fish, öffnete die Türen zu zwei Zimmern und steckte die Schlüssel in die Schlösser. «Das Bad ist gleich da am Ende des Flurs.»

«Aber das ist ein Etagenbad!» sagte Wiggins, hungrig, schmutzig und empört.

«Ja, aber außer Ihnen ist doch keiner da, oder?» sagte Mrs. Fish, ob ihres Improvisationstalents verschmitzt mit den Augen zwinkernd. Dann entfernte sie sich, nicht ohne dem Sergeant zu versichern, daß sie im Schankraum eine Kanne Tee für sie bereithalten werde.

Aus dem kleinen Fenster links neben der Haustür von Tarn House starrte ein Paar Augen. Das kleine Mädchen war wahrscheinlich zehn oder elf. Bevor Jury den Türklopfer anheben konnte, ging die Tür auf.

Sie hatte große, wunderschöne Augen, hübsches, schulterlanges rotbraunes Haar und einen Pony bis fast über die Augenbrauen.

Jury stellte sich und Wiggins vor und fügte hinzu: «Ich wette, du bist Millie.»

Das kleine Mädchen schreckte kurz zusammen, zeigte aber ansonsten keine Regung, als wollte sie beweisen, daß sie nichts mehr überraschen konnte. Sie saugte ihre Wangen ein, nickte und verkreuzte die Arme vor der Brust. Um abzulenken, warf sie einen Blick auf den schwarzen Kater zu ihren Füßen und sagte ein paar strenge Worte zu ihm; aber auch der Kater war durch nichts zu erschüttern. Er wich nicht von der Stelle und starrte die Eindringlinge unbeirrt an.

Jury fragte, ob Mr. Plant da sei.

«Draußen. Er ist nach dem Lunch losgegangen und noch nicht zurückgekommen.» Es klang, als befürchtete sie, daß er nie wiederkommen würde.

«Es wäre nett, wenn du mich zu Mr. oder Mrs. Holdsworth bringen könntest und Sergeant Wiggins hier zu Miss Galloway.» Da Jury Madeline Galloway schon in London getroffen hatte, sollte Wiggins mit ihr und George Holdsworth sprechen; Jury mit Genevieve und Crabbe.

Sie waren von der Polizei. Von *Scotland Yard*. Millie Thale gab sich Mühe, daß die Aufregung in ihren Augen nicht auch noch in ihrem Gesicht glänzte. Sie befahl Wiggins «hierzubleiben» und führte Jury zu einer riesigen Doppeltür.

Der schwarze Kater blieb bei Wiggins. Der allerdings tat so, als bemerke er ihn nicht.

«Virginia?» Crabbe Holdsworth war offensichtlich überrascht, daß ihr Name überhaupt erwähnt wurde. «Mit Absicht *gestoßen*? Wie kommen Sie denn *darauf*?» Mit einem Ruck, als habe ein Marionettenspieler plötzlich die Schnüre gezogen, stand er auf. «Ich dachte, sie wären wegen der armen Jane gekommen!»

«Bin ich auch», sagte Jury. «Möglicherweise besteht ein Zusammenhang zwischen Janes Tod und dem Tod Ihrer ersten Frau.» Der Mann schien aufrichtig erschüttert zu sein. «Mr. Holdsworth, es tut mir leid, wenn Sie das jetzt aufwühlt, aber in dieser Familie hat es sehr viele Unglücksfälle gegeben.»

Anstatt sich wieder zu setzen, machte Crabbe ein paar Schritte zu der Wand, an der die Ibbetson-Drucke und ein Aquatintastich von Gilpin hingen. «Daran müssen Sie mich nicht erinnern.» Einige Augenblicke lang studierte er die Bilder, dann ging er, die Hände auf dem Rücken, zu den Bücherregalen. «Aber darum finden Sie mich hier.»

«Wie bitte?»

Crabbe drehte sich um. «Bei meinen Büchern und Bildern. Die Bibliothek ist meine Zufluchtsstätte, das habe ich mit Robert Southey gemeinsam. Die Lake-Dichter hatten auch ihre Unglücksfälle. Wordsworth war anscheinend weitgehend dagegen gefeit. Vielleicht wegen seiner Veranlagung», fügte er nachdenklich hinzu.

Da stand der Mann, starr und steif, und Jury lauschte den unvermeidlichen Präliminarien, dem Abschweifen zu den persönlichen Interessen, das man so oft über sich ergehen lassen mußte, bevor man den Zeugen, den Verdächtigen oder wen auch immer zurück zum Thema bringen konnte. Merkwürdigerweise verstummte Crabbe Holdsworth plötzlich. Doch er schien ganz versunken in das vergangene Jahrhundert. Er schien überhaupt ein verträumter Mann mit wenig praktischem Menschenverstand zu sein, einer, der flüchten oder vergessen konnte.

Von ihm war keine großartige Hilfe zu erwarten.

Die Dinnerparty war am Abend vorher gewesen, und doch hatte Jury nach Melrose Plants frühmorgendlichem Bericht die Gästeliste klarer im Kopf als Crabbe Holdsworth, der mehrere Stunden mit den Leuten verbracht hatte. Er konnte sich nicht mehr daran erinnern, worüber sie geredet hatten, (nur an seine eigenen Kommentare); an die Dame, die sein Vater Adam mitgebracht hatte, konnte er sich auch nicht mehr erinnern (er wußte nur noch, daß eine Frau dagewesen war), und auch nicht an Einzelheiten des Menüs, außer an die exzellenten Austern und den Hasen, den sein Bruder geschossen hatte.

Jury beobachtete, wie Crabbe seinen Blick wieder über die Drucke und Bilder schweifen ließ, und fand es interessant, daß er kein geistiges Auge zu haben schien, das in kleinen Blicken und Beobachtungen die verschiedenen Szenen eingefangen hätte, die doch sicher durch die Sitzordnung der Gäste am Eßtisch entstanden waren.

Es erschreckte Jury beinahe, daß es einem Mann, der sich am liebsten mit Persönlichkeiten wie Wordsworth, Coleridge und De Quincey beschäftigte, so gänzlich an Erinnerungsvermögen mangelte.

Sie erinnerte sich.

«Maurice Kingsley war ziemlich betrunken. Na ja, das können Sie sich ja vorstellen, nachdem ihn die Polizei immer wieder in die Mangel genommen hat. Soweit ich weiß, war er in London, als Jane gestorben ist.»

Während sie sich in ihrem enganliegenden rosenholzfarbenen Kleid in der Ecke der Chaiselongue zurechtsetzte, die ihr mehr Bewegungsfreiheit gab als jeder Sessel, schien sie wunschlos glücklich. Sie konnte sich mit ausgestrecktem Arm zurücklehnen; sie konnte sich vorbeugen und eine Zigarette entgegennehmen. «Er war *dort*.»

Jury saß in einem Ohrensessel und beugte sich vor, um ihr Feuer zu geben. «Sie aber auch, Mrs. Holdsworth.»

Das erwischte sie, als sie gerade ihr dunkles Haar zurückstrich, um es vor der Flamme zu schützen. «Aber *nicht* auf einer Bank praktisch auf der Türschwelle des Opfers!»

Jury sagte nichts, sondern ließ sie mit ihrem Whisky und Soda herumhantieren und weiterreden.

«Warum wird Janes Tod so gründlich untersucht? Natürlich ist es schrecklich.» Sie inspizierte einen rosalackierten Fingernagel. «Aber auf jeden Fall hat sie sich selbst umgebracht.»

«Wahrscheinlich schon.» Seit Jury an diesem Morgen mit Pete Apted geredet hatte, mußte er immer wieder an ihn denken. «Wahrscheinlich schon.»

Sie zuckte mit den Schultern. «Dann ist es doch egal, wer wann wo war.»

«Tatsache ist, Mrs. Holdsworth, daß sich in den letzten sechs Jahren in dieser Familie zwei vermeintliche Unfälle und zwei vermeintliche Selbstmorde ereignet haben. Kommt Ihnen das nicht sehr unwahrscheinlich vor?»

«Wieso ‹vermeintlich›? Was wollen Sie damit sagen?»

«Ein Jahr nach dem tödlichen Sturz von Virginia Holdsworth erhängt sich ihr Sohn unten im Pförtnerhaus. Ein paar Wochen später widerfährt Annie Thale, ihrer Köchin, ebenfalls ein tödlicher Sturz, und zwar von dem Grundstück in Wast Water. Jetzt, etwa fünf Jahre später, tötet sich Jane Holdsworth. Gehen wir davon aus, die Selbstmorde waren welche», sagte Jury traurig, «und betrachten wir mal nur die ‹Unfälle›. Fangen wir bei Virginia Holdsworth an.»

Sie schwenkte ihr Glas, so daß der Whisky kleine Wellen schlug. «Reden Sie mit Francis Fellowes. Er war da.»

«Jetzt rede ich mit Ihnen.»

Mit geradezu entwaffnendem Selbstbewußtsein strich sie sich übers Haar. «Mr. Jury, die örtliche Polizei hat das untersucht; gut, ich nehme an, das mußten sie, weil es kein natürlicher Tod war. Entweder war es Francis – der keinen Grund dazu gehabt hätte –, oder es war keiner. Keiner. Die Leute gaben sich mit dem Offen*sicht*lichen ganz zufrieden.»

Sie dehnte das Wort, und Jury dachte wieder an Pete Apted.

«Akzeptieren Sie es um Himmels willen: ein Februartag mit glitschigen Felsen und Eis und dem tückischen kleinen Vorsprung. Ginny ist *gefallen*.»

«Ich akzeptiere das Offensichtliche noch nicht so ganz. Sie nennen sie ‹Ginny›. Kannten Sie sie gut?»

«Nein, eigentlich nicht.» Ihr leichtes Schulterzucken wirkte überzeugend gleichgültig. «Ich habe sie *und* Crabbe – wenn es das ist, was Sie denken – kennengelernt, als ich vor sechs, sieben Jahren mit ein paar Freunden hier Urlaub gemacht habe.» Sie seufzte. «Ein fataler Urlaub war das. In London bin ich lieber.»

Jury hätte über diese Vorliebe fast gelacht. «Die Kreditkarte bei Harrods bloß nicht kalt werden lassen, so was in dem Dreh?»

Genevieve lachte. «Genau.»

«Fatal war es auf jeden Fall für Virginia.» Jury war überrascht, daß Crabbes zweite Frau auf diese Anspielung völlig gelassen reagierte.

«Ich war zufällig da, Mr. Jury. Sagen wir, ich wurde seine Frau, weil er sich über den Verlust hinwegtrösten mußte.»

Jury lächelte. «Könnte man so sehen, aber Sie sehen nicht so aus, als würde Ihnen die Rolle genügen.»

«Das ist aber ein merkwürdiges Kompliment.»

«Könnte irgend jemand einen Grund gehabt haben, Virginia Holdsworth zu ermorden?»

Wieder seufzte sie und sah auf den Tisch mit den Geträn-ken. «War wohl nichts mit dem Kompliment. Sie meinen doch bestimmt mich. Um an das Geld der Holdsworths ran-zukommen?» Sie sah fast gelangweilt aus. «Dann hätte ich mich aber besser um Adam bemüht.»

Er fand ihre eisige Offenheit irgendwie entwaffnend. Aber Offenheit war eine beliebte Masche von Tätern. «Was war mit Graham Holdsworth und Annie Thale?»

Sie dachte kurz nach und schwenkte wieder ihr Whiskyglas. «Warum nennen Sie sie in einem Atemzug, Superintendent?»

«Aus dem offensichtlichen Grund, daß sie zusammen ge-storben sind. Sehr kurz hintereinander.»

Das interessierte sie. «Hm, ich weiß, daß Grahams und Janes Scheidung unmittelbar bevorstand. Aber ich kann mir nicht vorstellen, daß Annie etwas damit zu tun hatte. Oder sind Sie der Meinung, daß immer schon eine andere Frau auf der Matte steht?» Sie kippte den restlichen Whisky mit einer Nonchalance herunter, die sehr viel sympathischer war als die Posen und Manieriertheiten.

«Warum hatten sie Ihrer Meinung nach Probleme?»

«Jane war schwermütig; Graham verwöhnt. Keiner von beiden hatte je hart arbeiten müssen. Sehen Sie *mich* doch nicht so an. Die zarten Hände, die Sie so scharf mustern, sind die Hände einer ehemaligen Stenotypistin.»

«Was war mit Annie Thale?»

«Was soll mit ihr gewesen sein? Sie war eine vorzügliche Köchin. Meinen Sie, Talent zum Kochen liegt in den Genen? Ihre Tochter Millie kocht auch bemerkenswert gut. Manch-mal frage ich mich schon, wieviel Mrs. Callow in der Küche eigentlich noch *tut*.»

Dieses kleine Rätsel schien Genevieve mehr zu interessie-ren als der Tod von Millies Mutter. Ihr Gedächtnis war besser als das ihres Mannes, ihre Wertvorstellungen nicht. Er bezweifelte, daß das Gespräch mit ihr ihn weiterbringen würde. Trotzdem fragte er: «Dann sind Sie ganz sicher, daß es ein Unfall war?»

Sie erhob sich, atmete tief durch und ging noch einmal zur Karaffe. «Ganz sicher bin ich nie. Aber warum in Gottes Namen soll es etwas anderes gewesen sein?» Nach einem Blick zur Uhr auf dem Kaminsims sagte sie: «Sie werden doch später etwas mit uns trinken? Oder vielleicht hier zu Abend essen?»

Jury fand, daß sie angesichts der Umstände mit dieser Einladung ziemlich weit ging. Aber sie hatte sich schon kräftig in die Cocktailstunde hineingetrunken. «Gern, danke. Aber ich möchte noch mit den anderen sprechen. Zum einen mit Francis Fellowes.»

«Francis? Er wohnt im Pförtnerhaus. Da sind Sie vorbeigekommen. Es ist ja noch ein bißchen hell draußen. Vermutlich ist er noch mit seinen Farben draußen. Aus irgendeinem Grund malt er immer Wast Water. Er scheint wie besessen davon.»

Genevieve erklärte Jury den Weg und schien fast traurig darüber, daß er sie verließ. Vielleicht war selbst die Polizei für sie eine willkommene Abwechslung.

«Keine sehr liebenswerte Person, diese Madeline Galloway», sagte Wiggins und entfernte den Deckel von einem kleinen zusammenklappbaren Trinkbecher, den er dann wie eine Ziehharmonika auseinanderzog. «Irgendwas ist da faul.» Aus der hinteren Hosentasche nahm er einen lederbezogenen Flachmann, der zusammen mit einem Fernglas zur Grundausstattung eines Rennbahnbesuchers hätte gehören können. Wiggins hatte Mineralwasser hineingefüllt. «Eins kann ich Ihnen sagen, sie mochte ihre Schwester nicht; außerdem kann ich Ihnen sagen, daß sie Virginia Holdsworth nicht mochte und Genevieve Holdsworth nicht mag.» Er nahm einen Schluck Wasser, schüttelte eine zweifarbige Kapsel aus einem Gläschen und warf sie sich in den Rachen. Die diversen Utensilien verstaute er wieder in den dazugehörigen Schatullen.

Dann fuhr er fort. «George Holdsworth war nicht besonders hilfreich. Ich mußte mit Höllenhunden konkurrieren, um mir Gehör zu verschaffen. Er mochte Virginia sehr, hat er gesagt. Seine Gefühle den anderen gegenüber sind schwer zu ergründen. Aber er mochte Jane Holdsworth. ‹Eine Tragödie. Obwohl es mich nicht überrascht.› Das hat er gesagt. *Mich* hat es ein bißchen überrascht. Er war der Meinung, daß sie in den Selbstmord getrieben wurde. Das Wort hat er benutzt: ‹getrieben›. Und dabei ist er sonst so wortkarg.»

Jury sagte nichts. Sie stiegen ins Auto. «Und die Hausangestellten?»

Wiggins verzog das Gesicht. «Ein schreckliches Paar. Hawkes war gerade dabei, Silber zu putzen, und nahm kein Blatt vor den Mund, denn er hatte nichts gegen ein ordentliches Pläuschchen.» Wiggins' Nase juckte. Er kramte ein großes Taschentuch heraus, als er den Niesanfall kommen fühlte.

«Gehen wir, Wiggins; eine kleine Seebrise wird Ihnen guttun.» Wiggins sah ihn nur an.

DIE OBERFLÄCHE VON WAST WATER war grau, gekräuselt und sah eisig aus, kein Gewässer, das seinem Sergeant besonders gut tun würde. Das Vulkangestein schuf einen ehrfurchtgebietenden, geradezu beängstigenden Anblick. Am anderen Ende des Sees erhob sich das stahlgraue Felsmassiv von Scafell und Great Gable, während die Screes, der Geröllhang am gegenüberliegenden Ufer, völlig anders aussahen. Es war ein riesiger zerklüfteter Berghang, vom vielen Regen ausgewaschen.

Das wenige verbleibende Licht wechselte dauernd. In den paar Augenblicken, die Jury und Wiggins brauchten, um das Auto zu verlassen und sich über Gestein und Moose einen Weg zu bahnen, änderte sich die Farbe des Sees von Grau zu Schiefergrüngrau zu Umbra, je nachdem, wie die Wolken gerade standen.

Weil Licht und Schatten rasch wechselten, hatte der Maler nicht nur eine, sondern drei Leinwände aufgestellt, und als Jury und Wiggins ihm entgegengingen, lief er hastig von einer zur andern, um die Bewegung des Lichts einzufangen.

«Mr. Fellowes?»

Der Maler wandte sich schnell von der am nächsten gelegenen Leinwand ab, starrte sie an und drehte sich genauso schnell wieder um. «Verdammt!» schrie er und warf den Pinsel auf die Staffelei. «Das war's dann ja wohl!» brüllte er, nicht zu Jury und Wiggins, sondern zu den daherziehenden Wolken, den Screes und dem See selbst. Es sah wirklich alles finster aus in diesem gespenstischen ersten Frühlingslicht. «Vielen Dank auch!» blaffte er.

Dieser Ausruf war vermutlich gegen sie gerichtet, aber genauso leicht konnte er der Natur vorgeworfen haben, daß sie sich weigerte, für sein Bild Modell zu sitzen.

«Verzeihung, daß wir Sie bei der Arbeit stören. Sie sind Francis Fellowes?»

Er begann sich umständlich die Hände an einem Lappen abzuwischen und sagte: «Ja, sieht fast so aus.» Genauso gleichgültig murmelte er vor sich hin, als Jury und Wiggins ihre Ausweise zeigten. Ihm war es vermutlich egal, wer von ihnen dreien wer war.

Wiggins ging sofort los, um sich die Blätter von Wast Water näher anzusehen.

«Wir sind wegen Ihrer Cousine Jane Holdsworth hier, Mr. Fellowes.»

«Schon wieder? Es war doch neulich erst ein Inspector aus London hier.»

«Ja, Inspector Kamir, er leitet den Fall. Ich bin nur zufällig ein Freund von Jane Holdsworth gewesen.»

«Oh», sagte Fellowes unverbindlich. Dann rief er über die Schulter. «Sergeant! Seien Sie da bitte vorsichtig, ja?»

Wiggins hatte alle Leinwände begutachtet und rief zurück. «Das mittlere hier gefällt mir sehr gut, Sir.»

Fellowes, der nur dann etwas zu empfinden schien, wenn es um seine Arbeit ging, brüllte zurück: «Es geht nicht darum, was Ihnen oder mir *gefällt*. Es geht um das, was wir *sehen*.» Dann schaute er sich in der Weite, die eben noch seinen Strich so inspiriert hatte, um, als sei die Szenerie zum Verräter geworden und auf die Größe einer Gefängniszelle zusammengeschrumpft. Er sah aus, als wolle er ausspucken.

Wiggins war zurück, er ließ sich nicht beirren. «Das mag ja sein, Sir; aber auch mit drei Leinwänden – das Licht wird nie dasselbe sein. Auch morgen oder übermorgen nicht. Ist Ihnen das nicht klar?»

«Nein, Sergeant. Ich bin zu sehr damit beschäftigt, das Licht zu malen, als mich um solche Kleinigkeiten zu kümmern. Ich bin als Amateurmaler schließlich genauso schlecht wie Sie als Amateurpolizist.»

Das hatte er ohne jegliche Boshaftigkeit gesagt. Wiggins hätte sich aber ohnehin nicht darum geschert, auch nicht, wenn Fellowes Worte wie Kugeln abgefeuert worden wären. Wiggins war gegen Kugeln gefeit.

«Wie gut kannten Sie Jane Holdsworth?»

Fellowes sammelte seine Farbtuben ein. «Ziemlich gut. Gut genug, um überzeugt zu sein, daß sie sich nicht selbst umgebracht hat.»

Jury war überrascht, daß er ihnen so entgegenkam. «Warum?»

Er zuckte mit den Schultern. «Ich sehe keinen Grund; sie war nicht der Typ; sie mochte Alex zu sehr, ihren Sohn.» Er blickte von Jury zu den Staffeleien. «Hören Sie, müssen wir diese ‹Wo waren Sie an dem Abend des soundsovielten›-Leier durchgehen? Ich muß nämlich meine Leinwände zurück ins Haus schaffen.»

«Das weiß ich ja alles von Inspector Kamir. Aber ich würde gerne später einfach mal mit Ihnen über ihre Eindrücke sprechen, wenn das geht, Mr. Fellowes.» Jury folgte ihm zu einem alten Lieferwagen.

«Dann können Sie mich im Old Contemptibles finden. Da bin ich, wenn ich nicht hier oder im Haus bin.»

Fellowes verstaute seine Ausrüstung hinten im Auto, die Leinwände schob er vorsichtig hinein, damit sie nicht verrutschten. Dem Kommentar zu dem mittleren Bild, der sich schon fast sichtbar auf Wiggins' Lippen zu formen begann, kam Jury zuvor, indem er dem Sergeant auf den Fuß trat.

Fellowes fuhr ab.

«Sie sehen fix und alle aus, Wiggins. Gehen Sie ins Pub und legen Sie sich aufs Ohr. Und essen Sie was zu Abend. Lassen Sie mich bei Castle Howe raus.»

Wiggins wurde munterer, sagte aber pflichtbewußt: «Sie brauchen das Auto, um zum Pub zu kommen.»

«Machen Sie sich darüber keine Sorgen. Ich will die Psychiaterin treffen, Helen Viner.»

«Was ist mit Kingsley?»

«Ich will lieber warten, bis ich die Briefe gesehen habe, die Mr. Plant hat. Wissen Sie, ich kann mir gar nicht vorstellen, daß Melrose Plant den ganzen Tag draußen herumwandert.

Meine Güte, zu Hause schafft er es nicht mal von seiner Haustür zur Gartenbank.»

«Ab ins Pub, Sir», sagte Wiggins, lächelte und rieb sich den Fuß.

37

EINE STÄMMIGE FRAU saß hinter einem polierten, hotelähnlichen Empfangstisch über einem hotelähnlichen Gästebuch. Darüber hing ein großer Mahagonikasten mit Brieffächern. Sie strickte etwas, das wie ein endlos langer Schal aussah, und fixierte Jury argwöhnisch über ihren Brillenrand hinweg.

Es sei Abendbrotzeit (sagte sie, als sei diese Stunde hochheilig), und Mrs. Colin-Jackson dürfte nicht gestört werden. Sie mache die Buchführung. Zu der Dame wolle er nicht (erinnerte er sie), sondern zu Dr. Helen Viner.

Mrs. Colin-Jackson habe die Anordnung gegeben, jeden zu sehen, der zum erstenmal das Castle besuche. Sie machte sich nicht einmal die Mühe, von der schwarzen Wolle aufzublicken oder mit dem Nadelgeklapper aufzuhören.

«Dann holen Sie sie.» Jury hielt ihr die lederne Brieftasche mit seinem Ausweis direkt vor die Brille.

Sie fuhr in ihrem Stuhl nach hinten. Aber wenigstens erhob sie sich dann auch.

Arm ist hier niemand, dachte Jury, als er die luxuriösen Teppiche sah, die Antiquitäten, die in einem großen Aufenthaltsraum um einen Kamin gruppiert waren, die schweren Vorhänge, die edle Tapete und die Einbaubücherschränke.

Von irgendwoher drang durch den Flur mit dem dicken Teppich Rufen und Klirren. Er ging zurück, um es sich genau anzusehen. Zu seiner Rechten war ein feudales Eßzimmer, blau angestrichen, weißer Stuck an der Decke, Silber und Kristall (sogar die Weingläser), weiße Tischtücher und Leinenservietten. Mit einer davon schlug eine magere Frau, deren Bräune und Muskeln ihre innige Verbundenheit mit echten oder falschen Sonnen, Tennisplätzen, Pferden und Swimmingpools bezeugte, nach einer dicklichen, die die Schläge mit einer Serviette parierte, die sie in ihrem Weinglas naß gemacht hatte. Tröpfchen flogen, Servietten sausten durch die Luft. Munter verzehrten die Gäste etwas, das wie eine französische Sahnekreation aussah. Zeit und Aufmerksamkeit mußten sie allerdings zwischen dieser kleinen Schau und einer weiteren auf der anderen Seite des Zimmers aufteilen. Ein Mann zielte trotz einer gelähmten Hand mit einem Baiser auf eine Frau, die sich erhoben hatte und ihn mit einem Besteckteil bedrohte.

Rundum Applaus.

Jury stand da, die Hände in den Taschen, und hoffte auf mehr.

«Ja?»

Die kräftige Stimme kam von einer Frau mit einem kräftigen Kinn. Sie war wahrscheinlich Mitte fünfzig, sah aber aufgrund der dünnen roten Linien, die ihre Wangen wie ein Netz überzogen, älter aus.

Mrs. Colin-Jackson. Ihr Gesicht verschwand geradezu unter den Massen von Rouge und pfirsichfarbenem Puder, und sie war umnebelt von einer berauschenden Kombination aus L'Air du Temps und Gin. Sie war sturzbetrunken und konnte gerade noch nach vorne gucken und ihr Lächeln auf einer Seite festhaken. Es sah aus, als habe ihr Mund den Kontakt zu den Muskeln verloren. *Jede* Wette, daß sie die Buchführung erledigt hatte; wer weiß, was eine Steuerprüfung ergeben hätte.

«Dr. Viner?» Mrs. Colin-Jackson rückte ihr Dekolleté zurecht, steckte eine Strähne ihres Haars fest, das gefärbt war, um das Grau zu verbergen, und schien irritiert, weil Jury nicht ihretwegen gekommen war. «Ich vermute, sie ist in ihrer Praxis – sie wohnt auch dort, ein kleines Häuschen am Ende des Parks.» Sie zeigte es ihm. «Den Flur hinunter, dann rechts und durch die Seitentür.»

Jury konnte sie durch das erhellte Fenster sehen, sie hatte den Kopf über den Schreibtisch gebeugt. Die Lampe mit dem grünen Glasschirm überzog ihr Gesicht mit dünnen Rinnsalen aus Licht. Von hier aus gesehen war Dr. Viner eine sehr attraktive Frau.

Aus der Nähe – nachdem sie auf sein Klopfen hin die Tür geöffnet hatte – war sie noch attraktiver; ihr Gesicht war lebendig, ausdrucksstark; ihre Stimme warm. Als Polizist war Jury an warme Begrüßungen nicht gewöhnt. Er sagte ihr, er komme gerade vom Tarn House.

Dr. Viner hatte viel Zeit gehabt, um zu lernen, wie man seine Gefühle verbirgt, es war deshalb schwierig, sie zu überrumpeln. Sie machte die Tür weit auf und bedeutete ihm, hereinzukommen.

«Es ist kein tolles Häuschen», sagte sie. «Aber wenigstens habe ich hier meine Ruhe. Manchmal möchte man ja gern auch mal weg von allem.» Sie nickte in Richtung des Hauptgebäudes und gestattete sich ein boshaftes kleines Lächeln. «Wir haben eine merkwürdige Mischung von ‹Gästen›.»

Jury lächelte. «Ich habe vor dem Eßzimmer gestanden. Ich dachte, die Tortennummer sei mit dem Vaudeville ausgestorben.»

Sie seufzte. «Sind die Bannisters schon wieder zugange? Sie sind ein Ehepaar. Es muß doch reizend sein, zusammen dem Ruhestand zu frönen.»

«Wenn man das Geld hat, äußerst reizend.» Jury saß auf der anderen Seite der grünen Lichtbahn und besah sich ihren Mund und das Kinn. Die Augen lagen teils im Schatten. Sie hatte keine der anderen Lampen angezündet. «Sind sie alle in Behandlung?»

Sie schüttelte den Kopf und lachte. «Oh, mein Gott, nein. Eigentlich die wenigsten. Wir – Dr. Kingsley und ich – sind für die hier, die ein bißchen über die Stränge schlagen. Außerdem gibt es einen praktischen Arzt, der in Boone wohnt, und noch einen in der Nähe von Wasdale Head; und wir haben zwei sehr gut ausgebildete Schwestern.»

«Adam Holdsworth wohnt hier, soweit ich informiert bin.»

«Oh, Adam.» Quietschend schob sie ihren Stuhl zurück, nun war ihr Gesicht vollständig im Schatten. «Er ist einer meiner liebsten ‹Gäste›. Und ganz bestimmt *kein* Patient von mir.»

«Aber sein Enkel war Patient von Ihnen.» Eine plötzliche Stille entstand. Sogar das wellige Meerwasserlicht bewegte sich nicht mehr. «Graham Holdsworth.»

«Ich weiß, wen Sie meinen, Superintendent.»

«Erzählen Sie mir von ihm.»

«Als Freund?»

«Als Patient.»

«Nein.»

Das Wort klang nicht ärgerlich, sondern melancholisch.

«Dr. Viner. Bei einem Mann, der seit fünf Jahren tot ist, wollen Sie sich doch sicher nicht auf das Arztgeheimnis berufen.»

«Es gibt aber Betroffene, die noch leben.»

«Was mir sagt, daß Sie etwas Schmerzliches wissen.»

Sie atmete tief durch, als hätte sie länger den Atem angehalten. «Verdammt», sagte sie heiser. «Ich sollte lernen, meinen Mund zu halten.»

«Das können Sie doch ganz gut.»

Sie lehnte sich über ihre verkreuzten Arme vor, und obwohl ihr Mund weiterhin fest verschlossen war, schien er dauernd lächeln zu wollen. Die Falten in den Mundwinkeln sprachen dafür, daß sie gern lächelte und Humor hatte. «Ich sollte es aber besser können. Und ich verstehe nicht, was um alles in der Welt das mit Jane Holdsworth zu tun hat.»

«Sie vermuten, daß ich deshalb hier bin?»

Wieder quietschte der Drehstuhl, als sie sich zurücklehnte. «Na ja, deshalb waren die *anderen* jedenfalls alle hier – die Polizei. Obwohl ich ehrlich gesagt überrascht bin, daß ein Beamter von Scotland Yard hier auftaucht. Eigentlich war ich schon überrascht, daß der andere Beamte aus London sich hierher verirrt hat.» Sie rollte mit der flachen Hand auf der Schreibtischauflage einen Stift hin und her. «Ich glaube, Sie meinen alle, daß es kein Selbstmord war. Sie meinen, es war Mord.»

«Und was meinen Sie?»

Eine Zeitlang antwortete sie nicht. Sie steckte den Stift in ein Marmeladenglas, das ihre Sammlung Filzschreiber, Füllfederhalter und Bleistifte enthielt. Dann legte sie die Hände übereinander auf ein Buch und senkte den Kopf, als wolle sie die verwirrenden Feinheiten ihrer blaßbläulichen Adern studieren. Sie nahm einen anderen Stift, zog einen Rezeptblock heran, kritzelte ein wenig herum, schob den Block beiseite. Er fragte sich, warum sie so lange schwieg. Keine ihrer Bewegungen wirkte nervös oder zögerlich, sondern eher, als mache sie eine Bestandsaufnahme.

Schließlich richtete sie sich auf, legte die Hände in den Schoß, zog die Schultern leicht nach vorn und sah Jury an: «Nein.»

«Auf welche Frage ist das jetzt die Antwort?»

«Eigentlich auf beide.» Wieder Schweigen. Ihr Schweigen

war so tief wie die Schatten, die sich in den Ecken sammelten und mit den Bewegungen der Zweige des großen Baumes am Fenster immer neue Formen bildeten. Ein Windstoß rüttelte an den Fensterflügeln, wirbelte die Papiere auf ihrem Schreibtisch durcheinander und ließ die kleineren Zweige an den bleiverglasten Scheiben schaben. In seiner Einsamkeit war es Jury, als höre er Finger klopfen, als versuche jemand hereinzukommen.

Beim Sprechen schüttelte sie den Kopf. «Daß jemand, den sie kannte, ihr eine Überdosis gegeben hat, ist schwer zu glauben. Soweit ich weiß, hatte sie keine Feinde. Aber wenn Sie eine eindeutige Antwort wollen... und es muß ja entweder das eine oder das andere gewesen sein –» Sie sah mit äußerst traurigem Gesichtsausdruck zu ihm auf. «Selbstmord war es nicht. Nein.» Sie schüttelte den Kopf. «Ich glaube einfach nicht, daß sie sich das hätte antun können, weder sich selbst noch Alex. Ihrem Sohn.»

«Sie kannten sie ja offensichtlich recht gut.»

«Ja. Wir waren sehr befreundet.»

Nun wurde Jury direkter: «Hatte sie – hatte sie eine Affäre mit Maurice Kingsley?»

Helen Viner war keineswegs schockiert. «Kann ich mir nicht denken. Ich kann sie mir nicht zusammen vorstellen.» Der Gedanke schien sie zu amüsieren. «Ich weiß, daß er an dem Abend dort war. Gestern war die Polizei hier. Verständlich, daß Maurice darüber aufgebracht war; er hat sich auf der Dinnerparty bei den Holdsworths ganz schön betrunken.» Sie zuckte die Schultern. «Aber warum, um Himmels willen? Eifersucht?»

Zum erstenmal war Jury sehr froh, daß er Pete Apted getroffen hatte, froh, daß Apted ihn überzeugt hatte, daß Jane sich wirklich selbst getötet hatte. Das allein war schon verdammt schwer genug zu verdauen; der Gedanke, daß sie auch noch mit jemand anderem zusammengewesen sein sollte – jemandem wie Kingsley –, wäre noch grausamer gewesen, ein anderer Verlust, eine nagende Enttäuschung. «Ich weiß es nicht. Ich wüßte nicht, was Dr. Kingsley für ein Motiv gehabt haben sollte. Ich habe natürlich noch nicht mit ihm gesprochen, aber die Polizei hier ist auf kein Motiv gekommen. Ich glaube nicht, daß er es getan hat.» Er schwieg. «Ich glaube nicht, daß es überhaupt jemand getan haben könnte.»

Das wiederum überraschte sie aus irgendeinem Grunde. Abrupt wandte sie sich vom Fenster ab, nachdem sie die Vorhänge zugezogen hatte. Sie öffnete den Mund, aber es kamen keine Worte heraus.

Jury lächelte. «Also vermutlich brauchen Sie das Alibi nicht.»

Zurück an ihrem Schreibtisch runzelte sie die Stirn. «Was für ein Ali – oh!» Das Lächeln kehrte zurück. «Das hatte ich vergessen. Ich habe in der Tat mit Freunden in Kendal zu Abend gegessen.»

«Kamir – Inspector Kamir – hat das schon überprüft. Sie kennen die Holdsworths schon länger?»

Sie nickte und wandte den Blick wieder zu dem Baum, dessen Zweige immer noch gegen das Fenster klopften. «Gespenster», murmelte sie.

Stumm wartete er darauf, daß sie weiterredete.

«Zehn Jahre. So lange bin ich schon hier. Ich habe die erste Mrs. Holdsworth gekannt, Virginia. Ich muß gestehen, ich mochte sie sehr viel lieber als die zweite. Ginny war eine angenehme, lebendige, wirklich reizende Person. Sie mochte die Gegend hier, Genevieve nicht. Keine echte Seenliebhaberin, glaube ich jedenfalls nicht.» Sie verzog den Mund zu dem langsamen, entwaffnenden Lächeln. «Ginny ist furchtbar gern gewandert. Unglücklicherweise.» Sie senkte den Kopf.

«Annie Thale?»

Da hob sie den Kopf wieder. «Annie? Wie kommen Sie denn jetzt auf die?»

«Das erklärt sich von selbst, würde ich meinen.»

«Verzeihung, da komme ich nicht mehr mit; für mich erklärt sich das keineswegs von selbst.»

«Es ist noch ein Unfall. Sehr ähnlich dem von Mrs. Holdsworth.» Sie sagte nichts dazu, und so redete er weiter. «Dr. Viner! Zwei Selbstmorde, zwei Stürze.»

«Ja, es ist tragisch. Besonders für Alex. Beide Eltern... natürlich glaubt Alex nicht, daß sich seine Mutter das Leben genommen hat. Er kann es einfach nicht glauben.» Nun senkte sie den Kopf wieder.

«Ich wüßte gern etwas über seinen Vater. Was *Sie* wissen.»

Sie schüttelte den Kopf.

Jury sprang auf. «Gut. Dann lasse ich Ihre Unterlagen beschlagnahmen, Dr. Viner.»

Sie erhob sich, spreizte die Hände auf dem Tisch, beugte sich zu ihm vor. «Mein Gott! Lassen Sie doch den armen Mann in *Ruhe*!»

Jury blieb stehen. «Homosexualität ist keine Schande mehr, heutzutage nicht mehr.»

Sie öffnete den Mund, starrte ihn an und ließ sich dann schwer in ihren Stuhl fallen. «Wo haben Sie das denn gehört?» fragte sie sanft und ruhig.

«Von Annie Thale. Das heißt, von ihrer Schwester.»

Helen Viner war völlig perplex. «Millies ‹Tante Tom›? Das ist nicht Ihr Ernst.»

«Und ob das mein Ernst ist. Sie müssen gewußt haben, daß Holdsworth sich der Köchin Annie anvertraute und sie sehr gern mochte. Aber sie mochte ihn noch viel lieber.»

Das Schweigen dehnte sich aus, die Zweigenfinger klopften an die schwarze Scheibe. Helen Viner legte den Kopf in die Hände. «Schon gut. Ja. Graham wurde die meiste Zeit seines

Lebens von seinen Gefühlen gequält. Er war homosexuell, vielleicht bisexuell – bestimmt hatte er eine sexuelle Beziehung mit Jane. Aber er konnte sie nicht fortführen.» Sie nahm die Hände wieder herunter.

«Und Annie: War sie so verliebt in ihn, daß sie ihr *Leben* nicht fortführen konnte?»

«Ich hätte sie viel besser kennen müssen, um das zu wissen. Möglich ist es, ja. Alles ist möglich. Sagen Sie mir, wie ist sie?»

«Wer? Ach so, Miss Thale?» Er dachte an Millies «Tante Tom». «Hm, vielleicht ein bißchen förmlich. Ein bißchen kalt.»

«Wirklich? Ich dachte, Millie hätte sich das ausgesponnen.»

Jury beobachtete die Schatten, die die sich bewegenden Zweige jetzt warfen. Dann fragte er vieldeutig: «Adam Holdsworth mag Millie sehr, nicht wahr?»

«Sehr. Und Alex. Das versteht sich von selbst.»

«Man sollte sie im Auge behalten. Die Leute, die Adam Holdsworth mag, scheinen alle zum Sterben zu neigen. Ich finde allein hinaus.»

38

JURY UND WIGGINS hatten sich in Penrith im Hauptquartier der Polizei von Cumbria die Akten über Graham und Virginia Holdsworth sowie über Annie Thale angesehen. Grahams Abschiedsbrief war echt; es bestand kein Grund zu der Annahme, daß Virginia Holdsworths Tod kein Unfall gewesen war, da der Broad Stand ein berüchtigt gefährlicher Übergang war, aber es gab guten Grund zu der Annahme, daß Annie Thales Tod kein Unfall gewesen war. Allem Anschein nach hatte sie ebenfalls Selbstmord begangen.

Aber Jury wollte sich nicht mit Vermutungen zufriedengeben, obwohl ihm klar war, daß sie aus Rücksicht auf ihre Tochter gesagt hatten, es sei höchstwahrscheinlich ein Unfall gewesen. Wo doch die Unterlagen das Gegenteil besagten.

Die Polizei von Cumbria hatte nichts dagegen, daß Jury seine Erkundigungen einzog, denn der Fall Jane Holdsworth fiel nicht in ihr Ressort, sondern in das der Londoner Polizei.

Im Old Contemptibles klopfte Francis Fellowes mit einem Pinsel auf den Tisch. «Da kann ich Ihnen nicht helfen. Graham hat mir durch nichts zu erkennen gegeben, daß er schwul war. Nie was gehört, nie was gesehen. Wobei ich auch glaube, daß er kein sehr leidenschaftlicher Mann war, ich meine, eigentlich hatte er keine besonders starken Gefühle.»

«Offenbar doch.» Jurys Ton war ein wenig aggressiv.

Fellowes hörte auf zu klopfen, sah Jury an und wurde rot: «Ja, hm, ich habe nicht gemeint –» Er zuckte mit den Schultern.

«Angeblich wollte er Madeline Galloway heiraten, bevor deren Schwester auf der Bildfläche erschien, stimmt das?»

«Wunschdenken auf seiten Madelines. Ich bezweifle, daß Jane irgendwas kaputtgemacht hat.»

«Finden Sie es nicht merkwürdig, daß Miss Galloway in Tarn House geblieben ist?»

Fellowes lächelte. «Vermutlich werden die kleinen Demütigungen durch Geld aufgewogen – oder durch die Hoffnung darauf.»

«Wird sie etwas erben?»

«*Alle* werden etwas erben, Superintendent. Adam kann nicht ewig leben.»

«In dem Haus überleben die Leute nicht einmal ihr mittleres Alter. Waren Sie mit Graham Holdsworth befreundet?»

«Ja. Ich war aber nicht, was man einen Vertrauten nennen würde. Wissen Sie, komischerweise glaube ich, die einzige Person, der er wirklich vertraute, war Annie Thale. Sie war die Köchin; ihre Tochter, Millie, ist immer noch da. Mit Annie redete Graham über Dinge, die er sonst mit niemandem besprach. Sie war so ein Mensch.» Er nahm sein Bier. «Ich habe eigentlich noch nie richtig darüber nachgedacht.»

«Hatten Sie je den Gedanken, daß sie sich seinetwegen umgebracht hat? Weil er Selbstmord begangen hat?»

Fellowes hatte seinen Skizzenblock genommen und warf schnelle Striche darauf. Wie manche Leute einfach vor sich hin kritzeln, um sich zu konzentrieren, skizzierte er die Bar und die Gäste. Er schüttelte den Kopf. «*Ich* habe gedacht, sie wären lediglich gute Freunde. Aber ich könnte mich irren.»

«Was hat die Familie zu der Beziehung gesagt?»

Fellowes zog die Augenbrauen hoch. «Ich weiß nicht, ob sie überhaupt was wußten und sich Gedanken darüber machten.» Er hörte auf zu zeichnen und wandte sich mit einem feinen Lächeln Jury zu. «Und vergessen Sie nicht, wenn Sie von ‹der Familie› reden, sind das immer zwei verschiedene Gruppen. Es gibt Adam. Und die anderen – Genevieve, Crabbe, George und sogar Madeline.»

«Und Alex? Was ist mit ihm?»

Fellowes schüttelte schon den Kopf, bevor die Frage ganz ausgesprochen war. «Der ist in einer eigenen Kategorie. Er ist derjenige, der den ganzen Bettel kriegt.»

«Das Erbe.»

«Genau. Natürlich wird Adam allen anderen auch etwas hinterlassen, sogar mir, obwohl ich nur ein entfernter Cousin bin. Millie wird einen großen Batzen kriegen, mehr als alle andern, würde ich sagen, sie rangiert gleich nach Alex. Adam glaubt nicht, daß Blut dicker ist als Wasser. Er mochte Millies Mutter sehr, Virginia und Graham auch.»

Fellowes kaute an der Pinselspitze und überlegte. «Sehen Sie, diese Leute sind nicht hinter seinem Geld her. Sie mögen oder mochten ihn wirklich gern. Und Alex, na ja, Alex und Adam sind vom gleichen Schlag. Sie hecken immer allen möglichen Unsinn aus.» Fellowes lächelte. «Ich bin froh, daß der Junge wieder da ist.» Und mit einem Blick auf Jury: «Und sehr traurig wegen Jane.»

Einen Moment lang schwieg Jury und trank sein Bier. Dann sagte er: «Finden Sie nicht, Mr. Fellowes, daß diese Familie extrem zu Unfällen und Selbstmorden neigt? Da muß man sich doch fragen, ob es bei den Menschen, die Adam so sehr mochte, wirklich Unfälle oder Selbstmorde waren. Wie Sie selbst gesagt haben, warum die Salamitaktik?»

Fellowes' Bleistift verharrte in der Luft, und er starrte Jury an: «Verdammt, wer hat Ihnen denn das erzählt?»

«Ich.»

Melrose Plant stand am Tisch und sah auf seinen Freund Richard Jury herunter. «Es tut mir leid, daß –» Weil Francis Fellowes dabei war, brach er ab. «Ich war draußen wandern. Erst beim Abendessen in Tarn House habe ich erfahren, daß Sie angekommen sind und hier wohnen. Wo ist Sergeant Wiggins?»

Jury war zum Händeschütteln aufgestanden. Jetzt lächelte er. «Er muß sich erst mal ausschlafen – die fünfstündige Fahrt nach Penrith und dann mit dem Auto über die schlechteste Straße, die ich je erlebt habe…»

«Der Hard Knott Pass. Ich kenne das alles inzwischen ja schon wie meine Westentasche, falls Sie mal einen Chauffeur brauchen.» Endlich nahm er wieder Platz. «Ein Glas Bier, egal welches. Wo ist unsere liebe alte Con? Ah, da kommt sie.»

Fellowes sah vom einen zum anderen, die Arme verschränkt. «Sie beide kennen sich?»

«Ja», sagte Jury und lächelte Melrose an. «Schon seit Jahren.»

Fellowes lachte. «Daß Sie Bibliotheker sind, habe ich nie geglaubt.»

«Ich frage mich, ob es überhaupt jemand glaubt. Danke, Mrs. Fish.» Der Ärmel seiner Tweedjacke war zerrissen, einer der Ellenbogenflicken war halb lose und sein Gesicht zerkratzt.

«Sie sehen ganz schön mitgenommen aus», sagte Jury besorgt.

«Ich *bin* mitgenommen, aber egal: es hat sich gelohnt.» Munter begab er sich zu seinem Rucksack, öffnete ihn und zog Fellowes' Bild heraus, das gut geschützt zwischen zwei Pappdeckeln steckte. Daneben legte er den Lederbeutel und daneben wiederum eine Polaroidkamera. «So.» Er schob die Ärmel hoch, als treffe er die Vorbereitungen für eine kleine Zaubervorstellung.

Jury und Fellowes sahen zuerst die auf dem Tisch ausgebreiteten Gegenstände an und dann ihn.

«Was das alles soll?» Jury deutete mit dem Kopf auf das Bild, den Lederbeutel und die Kamera.

«*Das hier* ist im Grunde Mr. Fellowes' wertvoller Beitrag zur Lösung dieser Verbrechen.»

«Verbrechen?» Fellowes' Augenbrauen schossen hoch. «*Ich* habe sie gelöst?»

«Zumindest ein Verbrechen, und das weist stark auf ein weiteres hin.»

Jury nahm den Spiegel aus der Lederhülle und untersuchte ihn.

«Das ist ein Claude-Lorrain-Glas», sagte Fellowes. Als Jury verständnislos guckte, klärte Fellowes ihn auf. Auf Melroses Bitte erläuterte er dann auch, wie er das Bild gemalt hatte.

«Sie erinnern sich an das Bild von Broad Stand und der Agonie des fetten Mannes?»

Fellowes nickte. Melrose zeigte auf den Spalt im Gestein, in dem sich ein Lichtband zeigte. «Und auf diesem Polaroidfoto sehen Sie das Licht aus dem Ausgang kommen. Oder dem Eingang, je nachdem. Francis zufolge ist Virginia Holdsworth ein Stück vor ihm hergegangen. Sie war», erklärte Melrose Jury, «entschlossen, über den Broad Stand nach Mickledore zu gehen. Das ist hier.» Er zeigte es auf der Karte. «Als er da oben anlangte, auf diesem schmalen Plateau neben dem Broad Stand, hat er sie nicht gesehen.»

«Ich dachte, sie hätte es geschafft, nach Mickledore hinüberzukommen, weil sie nicht mehr zu sehen war.»

«War sie auch nicht. Ich vermute, daß sie jemand vom Broad Stand hinuntergestoßen hat.»

Fellowes machte große Augen. «Wie? Da oben war keiner!»

«Doch.»

«Reden Sie weiter.»

Fellowes versuchte erneut zu widersprechen: «Aber ich war eine gute halbe Stunde oder länger da. An mir hätte keiner vorbeigekonnt. Und gesehen habe ich keinen.»

«Aber Sie standen die ganze Zeit mit dem Rücken dazu. Sie haben das hier benutzt.» Er hielt den konvexen Spiegel hoch. «Das wußte die Person, die Mrs. Holdsworth ins Jenseits befördert hat, nicht. Sie oder er dachte, nur warten zu müssen, bis Sie weg waren.»

«Ich hätte ihn im Spiegel sehen müssen, oder?»

Melrose schüttelte den Kopf. «Nicht, wenn er sich in der Agonie des fetten Mannes versteckte, um abzuwarten.»

«Aber –»

«Sehen Sie sich mal an, wie Sie den Eingang zu der Öffnung gemalt haben.»

Fellowes und Jury sahen es sich an.

«Da ist eine Gestalt. Getreu den Regeln der Landschaftsmalerei haben Sie genau gemalt, was Sie gesehen haben. Nur ein winziger Lichtpunkt kommt durch. Wer auch immer darin war, er glaubte, er sei sicher, weil er annehmen mußte, daß Sie einfach eine Aussicht auf Wast Water malten, schließlich kehrten Sie ihm den Rücken zu. Die Agonie des fetten Mannes ist ein treffender Name; jeder, der auch nur ein paar Pfund zuviel am Leibe hat, steckt da drin wie in einem Schraubstock.» Eine weitere Runde Bier wurde gebracht, Connie Fish erntete die fälligen Dankeschöns. «Ich habe mich bemüht, das Polaroidfoto möglichst genau an der Stelle aufzunehmen, an der Sie mit dem Claude-Lorrain-Glas gemalt haben. Gut, es war nicht neblig, aber Sie können den Unterschied immer noch sehen. Sogar mit bloßem Auge können Sie es erkennen, mit einem Vergrößerungsglas können Sie sogar die Umrisse eines gebückten Menschen wahrnehmen. Fett ist er offensichtlich nicht.» Er reichte ihnen ein kleines Vergrößerungsglas.

Jury und Fellowes sahen beide eine Zeitlang von dem Bild zu dem Foto. «Verflixt und zugenäht.» Jury war herumgekommen, um über Fellowes' Schulter zu schauen. «Sie haben recht.»

«Ich weiß», sagte Melrose. «Ihre Laborleute oder Ihre hochtechnisierten Polizeiapparaturen könnten das hier doch gewiß so weit vergrößern, daß man die Person sehen kann.»

Jury zog die Stirn in Falten. «Es ist ein Bild, vergessen Sie das nicht, kein Foto. Ob die Gestalt ein Mann oder eine Frau ist, ist vielleicht nicht zu erkennen.» Er lächelte Plant an. «Gute Arbeit.»

Fellowes lehnte sich zurück und atmete tief aus. «Woher wissen Sie, daß dieser Mensch nicht *gesehen* hat, daß ich mit dem Claude-Lorrain-Glas gemalt habe?»

«Ganz einfach. Sie würden heute abend nicht hier sitzen und Bier trinken.»

«Apted? Sie meinen diesen Pete Apted, Queens's Counsel? Mein Gott, *Sie* haben ja Beziehungen. Ich weiß, angeblich hält man große Stücke auf Sie, aber es überrascht mich, daß die Metropolitan Police für Sie sogar Apted bezahlt.»

«Danke für das ‹angeblich›, und nein, die Met würde seine Honorare wohl kaum für mich zahlen. Aber ihm habe ich es zu verdanken, daß ich wieder im Dienst bin.»

Melrose war bei seinem dritten Glas Jennings, wurde aber gar nicht betrunken. Er machte sich zu viele Sorgen um Jury. «Es tut mir leid. Und ich bin nicht einmal auf den Gedanken gekommen, daß Sie ernsthaft in Schwierigkeiten sein könnten.»

«Es ist aber jemand anderem in den Sinn gekommen. Einem anonymen Jemand. Haben Sie eine Idee, wer es sein könnte?»

Melrose zog die Stirn in Falten. «Trueblood hätte das Geld... Ach, Quatsch! Trueblood anonym?» Seine Züge erhellten sich. «Vivian! Mein Gott. Es muß Vivian sein. Trueblood muß es ihr *stante pede* hinterbracht haben. Das wäre *viel* besser, als von einem Lastwagen angefahren zu werden.»

«Besser? Wofür?»

«Kleiner Scherz am Rande.» Er sprach schnell weiter. «Die werden Sie lesen wollen.»

Aus dem Rucksack zog er das Bündel Briefe und warf sie auf den Tisch. «Ich hab gedacht, ich behalte sie besser bei mir. Sie wurden mir gestern abend bei der Dinnerparty übergeben – einfach so, wenn Sie mir das glauben können.»

337

«Und von wem?»

«Einer Lady Cray.» Er stützte den Kopf in die Hände. «Sie ist Patientin oder Gast, nennen Sie es, wie Sie wollen, in Castle Howe. Sie ist mit Adam Holdsworth gekommen. Zu der Dinnerparty, meine ich. Sie ist ziemlich... ungewöhnlich.»

«Sie sind an Jane adressiert.» Jury saß ganz still. «Was steht drin?»

«Sie klingen wie... ich weiß nicht... wie Liebesbriefe, und trotzdem sind sie... hm, erstens sind sie sehr kurz... und zweitens sind sie getippt. Mit dem Computer.» Er sah Jury an. «Würden Sie Liebesbriefe auf dem Computer schreiben?»

«Nein.»

Melrose schwenkte sein fast leeres Glas in kleinen Kreisen. «Überhaupt mal welche geschrieben?»

«Einen oder zwei. Wie hat diese Lady Cray sie in die Hände bekommen?»

«Das ist noch merkwürdiger. Sie behauptet, sie sind aus Kingsleys Büro.»

«Und wie ist *sie* drangekommen?»

«Hat sie mir nicht gesagt; unser Gespräch war sehr kurz.» Melrose fuhr sich mit den Händen durchs Haar. «Ich nehme an, sie ist bei ihm in Behandlung, aber ich weiß es nicht genau. Es war alles – sehr geheimnisvoll. Ich meine, wie sie es *angestellt* hat. Ich hatte das Gefühl, mitten in einem Spionageroman zu sein.» Er beschrieb das Zimmer, den Spiegel, die Handtasche.

Jury sagte nichts.

«Hören Sie, es tut mir leid wegen Jane Holdsworth.» Melrose wischte mit einer zusammengeknüllten Serviette an den nassen Ringen herum, die das Glas hinterlassen hatte.

«Mir auch. Danke», sagte Jury ernst. Dann nahm er die Klammer von den Briefen.

«Alex hat gesagt, Kingsley war an dem Abend vor dem Haus. Glauben Sie, er wollte die hier zurückholen? Aber warum sollte er wegen der Briefe ein solches Risiko auf sich nehmen?»

«Wieso sind Sie so sicher, daß er sie geschrieben hat?»

«Wahrscheinlich, weil sie in seinem Büro waren. Versteckt, soweit ich verstanden habe. Aber sehen Sie sie sich doch an – sie sind so... verschlüsselt. Man versteht zum Beispiel gar nicht, was für eine ‹Krankheit› da gemeint ist. Homosexualität etwa?»

«Warum sollte Maurice Kingsley darüber schreiben? Und warum soll er sich über ihre zerrüttete Ehe Sorgen machen, wenn er sie selbst will? Man sollte doch meinen, er wäre erleichtert.»

«Sie sind so verschlüsselt, jeder hätte sie schreiben können – Kingsley, Fellowes – sogar Crabbe oder George. Oder ein Mann, von dem wir nichts wissen. Aber wer *tippt* Liebesbriefe?»

«Wenn es Liebesbriefe *sind*. Der Schreiber wollte nicht, daß die Handschrift analysiert werden kann – sollte es je dazu kommen.»

«Auch Schreibmaschinen haben charakteristische Merkmale. Aber was ist mit Computerausdrucken? Wenn die Programme gleich sind? Madeline hat einen IBM und Castle Howe auch, hat sie mir gesagt.»

«Egal, schauen Sie mal, wie kurz die alle sind. Sie können auf, sagen wir, Madeline Galloways Computer von jemandem aus Castle Howe getippt worden sein; oder auf einem in Castle Howe von einer Person aus Tarn House. Mist. Egal, wer es war, er hat an alles gedacht. Keine Handschrift, keine Unterschrift. ‹Du weißt, was ich empfinde – aber ich würde nie so weit gehen, Eure Ehe zu gefährden› – das kann alles bedeuten. ‹Empfinden› kann sowohl Wut als auch Liebe bedeuten. Und wir wissen nicht, was diese Person mit Grahams ‹Krankheit› meint. Nach dem, was Tommy Thale mir erzählt hat, muß ihre Schwester nicht zwangsläufig Bescheid gewußt haben. Obwohl ich jede Wette eingehe, daß dem so ist.»

Jury steckte alle Briefe wieder in ihre Umschläge, stapelte sie und klemmte sie zusammen. Dann drehte er sie um. «So hat Lady Cray sie Ihnen gegeben?»

«Ja.»

«Die Klammer ist garantiert noch keine fünf Jahre alt. Die sieht neu aus. Ich frage mich, wer entfernt hat, was sie vorher zusammengehalten hat?»

Plant runzelte die Stirn. «‹Zusammengehalten?›»

«Man kann die Dellen an den Seiten sehen. Und daß die Schrift oben heller ist. Mit irgend etwas waren sie zusammengebunden. Sie hat sie nicht gelesen?»

«Nein, sie hat gesagt, nein. Adam auch nicht.»

«Glauben Sie ihr?»

«Ja.» Melrose saß da, betrachtete die Briefe eine Zeitlang und sagte dann: «Ich glaube, wir sollten mit Alex reden, er hat gesagt, daß irgend etwas im Zimmer seiner Mutter gefehlt hat, vielleicht ist es ja das hier.»

Das folgende Schweigen wurde plötzlich von Melrose gebrochen: *«Mon amour premier.»*

Jury beugte sich vor und sah ihn genau an. «Was meinen Sie? Sie sehen zerstreut aus.»

«Treffen Sie manchmal Menschen, äh, Frauen, die Sie an andere Frauen, äh, erinnern?»

«Ja.»

«Helen Viner. Mir ist aufgefallen, daß Frauen einen oft an die eigene Mutter erinnern. Klingt verdammt albern.» Melrose lachte verlegen.

«Warum albern? Ist das die ‹erste Liebe›, die Sie gemeint haben?»

«Ich mag es nicht, wenn meine persönlichen Gefühle in einem Fall verhackstückt werden. Na ja, für Sie ist es sogar noch schlimmer. Die ganze Sache muß zum Gotterbarmen sein.» Er schob sein Glas zur Seite. «Lassen Sie uns einen Wein trinken. Chablis Contemptible. Neunzehnhundertneunzig ist ein guter Jahrgang. Was meinen Sie?» fragte Melrose Jury nachdrücklich. «Ich schlafe heute nacht hier. Es gibt noch ein Zimmer.»

«Dann sehen Sie zu, daß Connie Fish Ihnen nicht noch mal zwei Pfund für die eigene Toilette auf dem Flur berechnet.»

Jury saß da und drehte die Briefe immer wieder um, während Melrose den Wein holte. Er brachte auch zwei einigermaßen saubere Weingläser mit.

Als Melrose den mit einem zweifelhaften Etikett versehenen Weißwein ausschenkte, dachte Jury an den ersten Nachmittag, den Flug der Schwalben. *«Agnosco veteris vestigia flammae.»*

Melrose flüchtete sich in Ärger. «Hören Sie bloß auf damit.»

«Sie haben schließlich vorhin französisch palavert, oder etwa nicht? Egal, ich habe es nur zweimal gesagt», Jury zählte es an den Fingern ab, «in zehn Jahren.» Das dritte Mal vor über zwei Wochen erwähnte er nicht.

«Müssen Sie es sagen?»

«Ja.»

Melrose sah auf. «Warum?»

«Das ist die einzige lateinische Sentenz, die ich kenne.»

Die Gläser klirrten.

Durch die Ritzen neben den Jalousien schien graues Licht. Erst als Jury den Arm von den Augen nahm und den Kopf zum Fenster drehte, begriff er, daß es Morgen war.

Das Bett war übersät mit Notizen, Dokumenten, Briefen. Er hatte nicht geschlafen. Er hatte sich nicht ausgezogen. Er hatte gelesen und gedacht und gedacht und gelesen.

Jetzt schwang er die Beine über die Bettkante, setzte sich hin und starrte den Boden und die Kanne Kaffee an, mit der ihn Connie Fish gestern abend noch versorgt hatte. Die kalten Überreste in der Tasse sahen wie Kleister aus.

Jury zog die Jalousie hoch. Rauch stieg schlingernd aus den Schornsteinen der wenigen Cottages auf der anderen Seite der engen Straße, über die jetzt ein Viehtreiber und sein Sohn eine Herde Swaledale-Schafe führten. An der Ecke, wo die Straße auf eine andere mündete, war die Poststelle. Und das war Boone dann auch schon. In der Entfernung konnte er den dunstverschleierten Great Gable sehen.

Wenn er in besserer Stimmung gewesen wäre, hätte er das alles als ländlich-friedlich empfunden, die Bergkulisse als erhaben.

Seine Stimmung war nicht gut. Er fühlte sich ausgelaugt. Es befremdete ihn, daß seine Wut über Jane im Laufe eines kurzen Tages erloschen war. Sie hatte ihn benutzt, ja, aber nur in einem bestimmten Sinne. Sie mußte geahnt haben, was vor fünf Jahren passiert war, und ihr eigenes Verhalten als üble Komplizenschaft angesehen haben. Jury fand es verworren und widersprüchlich.

Arme Jane. Sie hatte gewollt, daß er und nur er ermittelte. Hätte ihr Selbstmord zu offensichtlich nach Mord ausgesehen, hätte es keinen Weg gegeben, die Konsequenzen abzumildern – wobei sie am meisten bedrückt hatte, daß Alex noch mehr Schmerz zugefügt werden könnte, als ihm ohnehin schon zugefügt worden war.

Wahrscheinlich hatte sie gedacht, er, Jury, könne die Dinge finden, die alles beweisen würden. Das konnte er aber nicht; es gab keine unumstößlichen Beweise; die Briefe waren es nicht und das Bild auch nicht. Es war eine Gestalt ohne Gesicht, und es konnte auch kein Gesicht geben, wenn Fellowes keins gemalt hatte.

Wenn die Wahrheit herauskam, würde Alex leiden.

Wenn sie nicht herauskam, würde Millie leiden.

39

«FÜR EINEN PSYCHIATER sind Sie ganz schön konfus», sagte Lady Cray. «Es ist erst neun; unser Termin ist heute nachmittag.» Obwohl sie es gar nicht gern zugab, war sie irgendwie eingeschüchtert und konnte nicht anders, als ihren Blick noch einmal über die Bücherreihen schweifen zu lassen.

Maurice Kingsley verschränkte die Hände im Nacken, lehnte sich zurück und lächelte. «Ich wollte Sie gern jetzt sehen. Ist das ein Problem?»

«Ein Problem? Keineswegs.» Er behandelte sie ein bißchen von oben herab. Aus ihrer schwarzen Ledertasche holte sie das schwarze Porschefeuerzeug und zündete sich eine Zigarette an.

«Meins ist weg», sagte Kingsley und deutete mit dem Kopf auf das Feuerzeug.

Sie zog eine Augenbraue hoch. «War es nicht auf dem Bücherregal? Wo Sie es hingelegt hatten?» Sie schaute nun auf das Regal hinter ihm, wo die Briefe gewesen waren. Das konnte sie jetzt auch noch riskieren. Voll Besitzerstolz fuhr sie mit dem Zeigefinger über das Feuerzeug. Da fühlte sie etwas auf dessen Unterseite. Verstohlen schaute sie hin und dann wieder dem Arzt in die Augen. Sie hatte es jetzt erst bemerkt – ein winziger goldener Streifen mit einer kleinen Gravur: *Von A.* O Schreck!

«Ich kann mich nicht entsinnen, es dort hingelegt zu haben.» Er wich ihrem Blick nicht aus. «Es wäre mir ziemlich egal, wenn ich es nicht von einer Freundin geschenkt bekommen hätte. Der ideelle Wert, Sie verstehen.»

«Ach, das tut mir leid. Und *ob* ich das verstehe. Meins habe ich von meinem Enkel bekommen. Sie wissen schon, von Andrew.» Sie fummelte an der Inschrift herum.

«Ach, ja, Andrew. Der Mensch, den Sie am meisten lieben.»

«Hm.» Sie rauchte vor sich hin. Unterdrückte er ein Lächeln? Bei Psychiatern mußte man auf der Hut sein. Sie führten einen aufs Glatteis, man konnte ihnen nicht vertrauen. «Und? Warum wollten Sie mich heute morgen sehen?» Was hatte er bloß im Sinn, fragte sie sich.

«Wegen gestern abend –»

Sie setzte sich in ihrem Stuhl zurecht, zeigte keinerlei Regung.

«Wird Ihnen schlecht, wenn Sie Blut sehen?» fragte Kingsley plötzlich.

Sie erstarrte. «Ich kann Ihnen nicht ganz folgen.»

Er legte die Arme auf den Tisch, lehnte sich darüber, kritzelte auf einem Block herum. «Sie sind beim Essen ganz weiß geworden, als Mr. Plant sich in die Hand geschnitten hat. Ich dachte sogar, Sie würden ohnmächtig. Woran haben Sie gedacht?»

«Gedacht? Eigentlich an nichts.» Sie legte das Feuerzeug auf den Schreibtisch, ungefähr in die Mitte zwischen ihnen. «Warum?»

«Das frage ich *Sie*, Lady Cray.»

Das Problem war, sie wußte es nicht. Es war mehr ein Gefühl gewesen. Halb Gefühl, halb Gedanke. Als ob Worte diesen Regungen aufgeprägt oder dazwischengeschmiert worden wären, wie Mörtel, der Ziegelsteine zusammenhält. Man kann Mörtel und Steine nicht trennen, ohne daß das ganze Gebäude in sich zusammenfällt – Was zum Teufel machte sie hier eigentlich? Sie blies ruhig eine dünne Rauchfahne aus und sagte: «Ich glaube, Sie haben da eine fixe Idee.»

Er setzte sich zurück und lächelte. «Stimmt.»

Wußte er es? Was wußte er? Warum hatte sie an diese Briefe gedacht... genauer, an das Band, das jetzt zwischen ihren Seidenschals versteckt war. Sie hatte es wegwerfen wollen, brachte es aber irgendwie nicht übers Herz. Ihr war tatsächlich zum Weinen zumute. «Spiegel», sagte sie plötzlich.

«Ach? Bei Blut denken Sie an Spiegel?»

An den Spiegel, in den sie gestern abend über Mr. Plants Schulter geblickt hatte, mußte sie denken, an das Spiegelbild des Arztes und Madeline Galloways darin. «Haben Sie zugesehen?» Ihre Stimme war angespannt, nervös. Ihr war überhaupt nicht wohl.

Er wurde sehr still. «Wobei zugesehen?»

«Ach, bei nichts.» Sie wollte das Thema wechseln. «Meine Mutter hatte einen dreiteiligen Spiegel. Ich habe als Kind immer davor posiert.» Mit dieser Bemerkung würde sie das Gespräch wohl kaum in eine andere Richtung lenken. Er blickte sie an – *wie mit Röntgenaugen*. «Ich sehe nicht gern in Spiegel.»

«Aber einmal haben Sie es doch gern getan.»

Sie lachte. «Na ja, als Kind. Da war ich so eitel. Bin ich immer noch. Äußerlichkeiten sind mir sehr wichtig.»

«Nein, das stimmt nicht. Das Gegenteil ist der Fall, würde

ich sagen. Sie sind sehr, sehr klug. Besonnen, scharfsinnig. *Sie* hätte ich nicht gern auf den Fersen.»

Eine Anspielung, dachte sie. Er war selbst sehr klug. «Wissen Sie, meine Mutter war außergewöhnlich schön. Und mein Vater –» Sie brach ab und schluckte.

Er sah sie auf diese komische Art an. «Weiter. Ihr Vater?»

«Waren Sie nie verheiratet, Dr. Kingsley?»

Schweigen. Und als wolle er sie bei Laune halten, antwortete er dann: «Doch. Vor ganz langer Zeit.»

Sie warf einen kurzen Blick auf das Feuerzeug. «Mit *A*.»

Wieder lächelte er. «Ja. Mit *A*.»

«Bei Dr. Viner habe ich mich auch schon oft gefragt. War sie...»

«Was? Verheiratet?» Er lehnte sich zurück. «Nein. Was hat dieses ausgeprägte Interesse am Familienstand von Psychiatern zu bedeuten?»

«Sie sind beide so attraktiv. Es kommt mir komisch vor, daß Sie beide nicht verheiratet sind. Besonders Dr. Viner.»

Er fing wieder mit seinen Kritzeleien an. «Und haben Sie irgendwelche Phantasien über mich und Dr. Viner?»

«Das wäre ja wohl ziemlich – dreist.»

Er lachte. «‹Dreist› – dieser Begriff gilt in der Psychiatrie nicht viel.»

Sie überbrückte ihr nachdenkliches Schweigen, indem sie sich noch eine Zigarette nahm. Aber sie benutzte das Feuerzeug nicht, sondern zog eins ihrer silbernen, mit Monogramm versehenen Streichholzbriefchen heraus. Sie mochte Streichhölzer. Vielleicht war sie als Kind ein Feuerteufel gewesen. Ja, das würde sie erwähnen, wenn das Gespräch wieder unersprießlicher wurde. Aber im Grunde ging ihr etwas ganz anderes im Kopf herum. Sie sagte. «Vor etlichen Jahren war ich einer außergewöhnlich schönen Frau sehr zugetan. Südländischer Typ.» Sie entzündete das Streichholz, beobachtete, wie die winzige Flamme zwischen ihnen aufflackerte und erstarb. «Ich erinnere mich nicht daran, daß meine Gefühle sexueller Natur waren, aber die Erfahrung brachte mich dazu, meine, hm, sagen wir, latenten Bedürfnisse zu hinterfragen. Sie war also eine dieser exotischen Europäerinnen. Ich muß Ihnen gleich sagen, zwischen uns ist absolut nichts passiert. Aber ich weiß, sie fühlte sich körperlich zu mir hingezogen. Ich weiß nicht, *wie* man so etwas erkennt.» Sie strich ihren Rock glatt. «Sie schenkte mir unentwegt Pralinen.» Sie rauchte, sah verträumt in das Licht, das Muster auf die große Fensterscheibe zauberte.

«Nein, das ist nicht richtig.»

«Was?» fuhr sie auf.

«Sie hat Ihnen keine Pralinen geschenkt.»

«Und woher wollen *Sie* das wissen?»

«Das haben Sie sich danach ausgedacht. Sie haben es ins Spiel gebracht, um die Geschichte über Ihre Südländerin glaubwürdiger zu machen.» Er lächelte: «Ich weiß, Sie stehlen Pralinen. Das ist offenbar eine echte Obsession. Wie die Bänder –»

«Das wollen wir doch jetzt mal beiseite lassen, vielen Dank … »

«Wenn Sie von dieser Südländerin wirklich so beeindruckt gewesen wären, hätten Sie sie genauer beschrieben. Und Sie, Lady Cray, machen auf mich nicht den Eindruck eines Menschen, der sich leicht beeindrucken läßt. Sie sind einfach viel zu klug.»

«Als nächstes werden Sie vermutlich sagen, daß ich eine pathologische Lügnerin bin.»

Er lachte. «O nein. Das sind Sie ganz bestimmt nicht.»

Wieder schwieg sie nachdenklich. «Vor einigen Jahren saß ich in der U-Bahn hinter einer jungen Dame, deren Haar mit einem Band hochgebunden war. Es war blaßblau; das weiß ich immer noch. Es hing bis auf den Sitz herunter. Eine Zeitlang habe ich das Band angestarrt. Dann zog ich ganz, ganz langsam an dem einen Ende und glaubte absurderweise, ich könnte es kriegen. Natürlich spürte sie das Ziehen. Sie drehte sich um und brüllte... ziemlich fiese Sachen. ‹Du alte *Lesbe*!› Es war sehr demütigend. Wirklich, ich frage mich, ob man es spürt – bei sich selbst, bei anderen.» Die dünne, nach oben ziehende blaue Rauchspirale sah aus wie das Band.

«Wenn man sensibel gegenüber den Signalen anderer ist, ja.»

«Und habe ich ein Signal ausgesendet?»

«An sie?»

«Aha, an *die* Dame glauben Sie also.»

«Ja. Aber Sie haben nicht ihr etwas signalisiert. Sie signalisieren mir etwas.»

«Warum sollte ich das?»

«Ich weiß nicht genau.» Kingsley kaute an seinem Bleistift. «Sie wollen etwas wissen.»

«Nein. Wie ich schon sagte, ich habe nur überlegt, ob einem irgendein Instinkt die... sexuellen Präferenzen anderer verrät.»

«Homosexualität, meinen Sie.»

Sie zuckte mit den Schultern, ließ ihren Blick auf dem Sonnenstrahl ruhen.

«Reden Sie von mir? Meinen Sie mich?»

«Lieber Himmel, nein.»

«Warum erinnert Blut Sie an Spiegel?»

Sie sprang auf. «Meine Güte, was hat *das* mit dem Thema zu tun?»

Er lächelte. «Aber das *ist* das Thema. Viel mehr als die Pralinen. Sie haben gedacht, ich hätte Sie gestern abend in dem Spiegel beobachtet.»

Sie antwortete nicht.

Er beugte sich vor, sein Kopf war weit über dem Schreibtisch. «Wissen Sie, was Verschiebung ist?»

Ihr Blick klebte am Fenster. «Wenn ich wollte, könnte ich die Bedeutung sicher erschließen. Ich will aber nicht.»

«Beispiel: diese ganzen Bänder mit verschiedenen Farben. Blaßblau, Grün, Gelb, unwichtig. Aber Rot. *Das* ist die Farbe, auf die es ankommt. All die anderen Farben bedeuten nämlich gar nichts, und nur wenn sie Rot als eine Farbe unter vielen ansehen, verliert es etwas von seiner Macht.»

Er mußte über die Briefe Bescheid wissen. Sie fühlte sich in irgendeiner schrecklichen Gefahr und dachte daran, wie er sie im Spiegel beobachtet hatte. Aber hatte er das? Dr. Kingsley? Sie versuchte zu schlucken, sie hatte einen Kloß im Hals. «Die Stunde ist wirklich um, und ich muß –»

«Setzen Sie sich. Jetzt erzählen Sie mal, Lady Cray, woran würde Sie ein rotes Band erinnern?»

«An Blut», sagte sie unwillkürlich.

«War es wirklich der dreiteilige Spiegel Ihrer Mutter? Oder schieben sie diese vermeintliche Erinnerung nur vor? Sie standen vor dem Spiegel und haben sich Bänder ins Haar gebunden? Sie haben posiert? Sie haben Blut gesehen. Aber wo?»

Sie konnte nicht schlucken. Ihr Mund ging auf und zu.

Er wartete.

Sie sagte nichts.

«Was ist passiert, bevor Ihr Vater gestorben ist?»

«Mein *Va* –» Und dann sah sie es. Das schwache Bild zog sie vom Stuhl. «Er rasierte sich. Er rasierte sich, und ich schlich mich an ihn heran. Überraschte ihn. Das Rasiermesser rutschte aus, und er schnitt sich.» Sie strich mit dem Finger vom Ohr zur Kehle. «Er war stinkwütend.»

«Ein Kratzer. Ein kleiner Kratzer. Wie lange danach ist er gestorben?»

Sie schüttelte den Kopf. Und sagte nichts. Sie dachte an das Band, das da lag, wo sie es versteckt hatte. Es war kein Schatz mehr. Es war überhaupt nichts mehr.

Sie empfand ein schreckliches Verlustgefühl.

«Es ist doch wirklich komisch, oder?» fragte Kingsley. «Am meisten quält uns das, was wir am meisten begehren. Eins der Bedürfnisse muß verschwinden.»

Nach ein paar Augenblicken erhob sie sich in der Hoffnung, daß sie ihre Würde noch nicht ganz verloren hatte. Schließlich war sie eine alte Dame. Schrecklich, als alte Dame von den Ängsten eines kleinen Mädchens umgetrieben zu werden. Sie ging zur Tür, jetzt konnte sie schlucken. Und sprechen. Sie drehte sich um. «Ich glaube wirklich, Sie haben es sich verdient.»

Er zog die Augenbrauen hoch. «Was?»

«Obwohl es sehr wichtig für mich ist – behalten Sie das Feuerzeug.»

Sie warf einen Blick auf den Tisch, wo es lag, und ging hinaus.

40

«SCHNELLER, SCHNELLER!» schrie Adam Holdsworth aus seinem Rollstuhl und hob den Arm wie ein Offizier, der seine Truppen befehligt.

Völlig außer Atem hielt Wiggins an. Es war neun Uhr morgens; Adam Holdsworth hatte sich zum Frühstück Rührei mit vier Scheiben Speck einverleibt und auch Wiggins genötigt, nicht nur Tee und Toast zu sich zu nehmen. Aber nun war Wiggins erschöpft. «Sie müssen verstehen, Sir, bei den vielen Ecken und Abzweigungen und Sackgassen *kann* ich nicht schneller!» Er zog sein großes Taschentuch heraus und wischte sich das Gesicht ab, während der alte Mann was von «Polizistenmemmen» murmelte.

Zwischen den einen Meter achtzig hohen Ligusterhecken des Irrgartens sah ein grüner Gang wie der andere aus, und Wiggins hatte das Gefühl, als seien sie schon Stunden hier. Macht nichts, sagte er sich. Er wollte Holdsworth bei Laune halten, damit er über die Familie redete, aber er weigerte sich schlicht, «einen Zahn zuzulegen».

«Ich muß mit Ihnen reden, Mr. Holdsworth.»

«So? Dann mal los, aber schieben Sie weiter, Sergeant.»

«Wenn es Sie nicht stört, ruhe ich mich mal einen Moment aus.» Wiggins wedelte mit dem Taschentuch über eine feuchte weiße Bank, setzte sich und ignorierte die demonstrativen Seufzer von Adam Holdsworth, der neben ihm Däumchen drehte.

«Ich nehme an, daß Sie sich um die Zukunft Ihres Urenkels Gedanken machen, Sir.»

Adams Kopf schnellte herum. «*Natürlich* mache ich mir Gedanken! Ich habe schon die entsprechenden Schritte in die Wege geleitet.» Er senkte den Kopf. «Gräßlich, was mit seiner Mutter passiert ist. Sie kennen vielleicht meinen Enkel.» Er sah weg. «Und Sie wissen über Alex' Vater Bescheid?» Wiggins nickte. «Graham war ein wirklich netter Junge. Vielleicht ein bißchen labil und viel zu leicht zu beeinflussen. Aber… Psychiater können eben auch keine Wunder wirken.» Er seufzte. «Depression und Verzweiflung können schließlich jeden von uns treffen, oder nicht?»

Wiggins fragte sich, ob Adam auch schon über die Ursache für Graham Holdsworths Verzweiflung nachgedacht hatte. «Hat die Ärztin Ihnen je den Grund angedeutet?»

«Hm? Nein. Ich habe mir allerdings so meine Gedanken über seine Ehekrise gemacht. Nach allem, was ich mitbekam, war es weitgehend Grahams Schuld – na ja, sein Wunsch, auszubrechen. Ich glaube nicht, daß es Jane das Herz gebrochen hat, aber erfreut war sie sicher nicht. Erfreut war Madeline.»

«Miss Galloway?»

«Na, sie wollte ihn ja ursprünglich heiraten. Wahrscheinlich war sie wahnsinnig eifersüchtig. Ich finde sie ziemlich langweilig, obwohl sie immer überaus freundlich ist. Das Geld. Es geht immer um Liebe oder Geld – oder um beides. Wissen Sie, es hätte mich nicht im geringsten überrascht, wenn sie gemeint hätte, sie könnte sich nach Virginias Tod Crabbe schnappen.»

«Was?»

«Warum nicht? Ist doch nichts Ungewöhnliches zwischen Chefs und ihren Sekretärinnen. Aber dann trat Genevieve auf den Plan. *Das* muß für das arme Mädchen wirklich ein Schlag in die Magengrube gewesen sein.»

«Für Miss Galloway und Mrs. Holdsworth haben Sie nicht viel übrig?»

«Verdammt, Sergeant, außer für Alex und Millie habe ich mittlerweile für niemanden mehr was übrig. Die anderen sind tot.» Er drückte sich fest aufs Nasenbein.

Als Wiggins ihm erzählte, was sie über Virginia Holdsworth herausgefunden hatten und was sie hinsichtlich Annie Thale vermuteten, erstarrte Adam zur Salzsäule. «Großer Gott.» Lange sagte er nichts, blickte sich um und konnte nur noch in die grünen Hecken starren. «Warum bringt man nicht einfach mich um und basta, wenn es ums Geld geht?»

Wiggins wollte Adam nicht daran erinnern, daß er neunundachtzig war. Lange würde es der alte Mann nicht mehr machen. Und, dachte Wiggins, dieser Mörder war sehr geduldig. Der Enkel und die Köchin waren schon vor fünf Jahren gestorben.

Nachdem Adam minutenlang seine blaugeäderten Hände geknetet hatte, sagte er: «Kommen Sie! Ich bin dieses Gerede von Tod und Elend leid. Los, Sergeant, auf geht's!»

Gehorsam erhob sich Wiggins und verbrachte weitere zehn Minuten damit, den alten Mann in flottem Laufschritt durch das Labyrinth zu schieben.

Bis er plötzlich so etwas wie ein Todesröcheln hörte. Er eilte vor den Rollstuhl, nur um festzustellen, daß der alte Adam lachend mit seinen kleinen Fäusten auf die Stuhllehnen trommelte.

Offenbar amüsierte er sich über etwas, das dem Sergeant leider entging. Als Wiggins wieder anfing zu schieben, wollte der alte Mann die Uhrzeit wissen.

«Gleich Viertel nach neun, Mr. Holdsworth.»

«Was? *Was?* Ich brauche meine Medizin. Ich muß sie immer um halb nehmen, also das nächste Mal um halb zehn, meine Güte, und gar nicht auszudenken, was passiert, wenn ich sie nicht nehme! Ich kriege Anfälle! Einen *Schlaganfall*. Ich hatte schon mal einen. Also los jetzt, schieben Sie mich aus diesem verdammten Ding hier raus!»

Wiggins, eindeutig besorgt, schob schneller, und dann wurde ihm klar, daß sie sich wirklich in einem Irrgarten befanden. Wenn er bisher den Ausgang nicht gefunden hatte, würde er ihn in den nächsten fünfzehn Minuten auch nicht finden. «Sie müssen sagen, wo es langgeht, Sir.»

«Was? Woher soll *ich* das wissen?»

Während Wiggins hinter dem Rollstuhl hertrabte und ihn mal nach rechts, mal nach links schob, verwandelte sich seine Sorge schnell in Angst und Schrecken. «Großer Gott, Sir! Ich kenne mich hier doch gar nicht aus! Woher soll ich wissen, wo der Ausgang ist?» rief er atemlos.

«Sie sind doch Bulle! Sie müssen doch so was wie deduktive Fähigkeiten haben! Die scheinen Sie aber, verdammt noch mal, nicht zu gebrauchen. Halten Sie mich für blöd und denken, ich wäre hier mit *jedem* reingegangen?» fragte Adam, während sie dahinholperten. Sein Kopf wackelte mit.

Wiggins indes hatte sein Arsenal Medikamente in der Manteltasche. «Wofür ist denn die Medizin?» fragte er schnaufend.

«Meine Innereien.»

Das brachte sie auch nicht weiter; aber unverdrossen langte Wiggins in seine Tasche und brachte ein Kohleplätzchen zum Vorschein; er blieb nur so lange stehen, daß er Luft schnappen konnte. «Das hier wirkt... Wunder», pustete er heraus. Seine Lungen fühlten sich an wie kurz vor einer Embolie.

Adam biß zu, würgte und spuckte aus.

«Ich habe eine Idee!» sagte Wiggins.

«Na, das wird aber auch Zeit! Was für eine?»

«Krümel. Ich lasse Krümel auf den Weg fallen, und dann wissen wir, ob wir in dem Teil schon mal gewesen sind. Dann gehen wir nicht im Kreis herum.» Bei dem Versuch, sie um eine Ecke herumzumanövrieren, rammte Wiggins eine Ligusterhecke.

«Hilfe! HILFE!» schrie Adam gen Himmel, versuchte es jedenfalls. Seine piepsige Stimme wurde immer schwächer, er bekam die Worte kaum raus. «Ah... ah... aaah. Gleich geht's los.» Dann ließ er den Kopf hängen.

Wiggins hatte den ganzen Weg lang Krümel fallen gelassen, was ihn auch wirklich davon abgehalten hatte, gewisse Abzweigungen zu nehmen, weil er sehen konnte, daß sie dort schon gewesen waren.

Aus dem Rollstuhl kam schweres, hohltönendes Atmen. Dann sagte Adam: «Ich glaube, ich brauche einfach einen verdammten Drink.»

Wiggins war erleichtert, daß seine Lebensgeister wieder zu erwachen schienen, und ruckelte ihn auf zwei Rädern über mehrere große Steine um eine Ecke.

«Wie spät?» wollte Adam wissen.

«Neun Uhr zweiundzwanzig.»

Jetzt fing Adam an zu stöhnen, und Wiggins rannte und schob, ließ weitere Krumen fallen, während er gleichzeitig die alten Krumenfährten mied. Er wußte, was diese Art körperlicher Anstrengung, verbunden mit der ganzen Aufregung, seinem Nervensystem antun konnte. Endlich sah er ihn: «Der Ausgang! Direkt vor uns!»

Keine Reaktion. Adam Holdsworths Kopf baumelte reglos herunter. Wiggins hielt an, schüttelte ihn sanft, fühlte den Puls. Noch war etwas zu spüren, aber wie lange noch? Schnell schob er den Rollstuhl aus dem Irrgarten und über den grünen Rasen. In einiger Entfernung konnte er jemanden sehen – ja, es war Schwester Rübe. Er rief sie herbei. Sie schaute ihn böse an, aber er ignorierte den Blick. Obwohl er gänzlich außer Atem war, schaffte Wiggins es, ihr Bescheid zu sagen.

Miss Rupert starrte ihn verständnislos an.

«Mr. Holdsworths Medizin! Sie sehen doch, es geht ihm nicht gut.»

Miss Rupert warf einen genauen Blick auf Adam Holdsworth. «Ich finde, er sieht völlig gesund aus. Bei seinem Alter! Immerhin ist er neunundachtzig, vergessen Sie das nicht. Da ist es normal, daß es manchmal ein bißchen langsamer geht.» Mit diesem für sie unwiderlegbaren Argument setzte sie ihren Weg den Pfad hinunter fort.

«Bei Mr. Holdsworth geht es aber ein bißchen langsamer als langsam. Gleich bewegt er sich überhaupt nicht mehr. Ich *bestehe* darauf, daß Sie sofort einen Arzt holen.»

«Regen Sie sich nicht so auf, Sergeant. Ich kenne ihn besser als Sie.» Sie ging einfach weiter.

Wiggins setzte sich auf die Kante der sanft abfallenden Rasenfläche und ließ den Kopf in die Hände fallen.

Aus dem Rollstuhl kam ein tiefer Seufzer. Durch die gespreizten Finger sah er zu dem alten Mann hinüber. Adam Holdsworth lachte und schlug sich auf die Oberschenkel – beziehungsweise auf die Decke, die darüber lag.

«Hab Ihnen ganz schön Beine gemacht, was?»

Mit versteinerter Miene stand Wiggins auf. «Heißt das, es war alles nur Theater?»

Wamm! krachte Adams Hand auf sein Knie. «Todesängste hat er durchgestanden! Aber das geb ich zu, Junge; das mit den Krumen war eine verdammt gute Idee. Aus dem Irrgarten kommt man nämlich schwer raus.»

«Sind Sie etwa schon mal hier drin gewesen?» fragte Wiggins mit erstickter Stimme.

«Aber ja doch. Ich kenne jede Ecke, und es gibt auch überall versteckte Hinweise. Gut, die zu erkennen, waren Sie nicht schlau genug, aber trotzdem, außer Alex ist bis jetzt noch keiner ohne Hilfe rausgekommen. Sie sind doch kein so schlechter Bulle, wie ich dachte.»

Während dieses Urteils über seine beruflichen Fähigkeiten ging der Sergeant langsam um den Rollstuhl; vor ihnen erstreckte sich der große, grasbewachsene Hang, hinten war das Steinhäuschen, das Helen Viner als Praxis nutzte. «Danke für das Kompliment, Sir. Jetzt muß ich gehen und sehen, ob der Superintendent schon da ist.»

Mit diesen Worten stieß Wiggins mit dem Fuß den Rollstuhl an, der daraufhin schwankend den Hang hinuntersauste. Am Ende war ein kleiner Hügel, der ihn zum Halten bringen würde.

Der alte Adam hob die Arme zum Firmament und johlte: «Halleluja! Bald trete ich vor ...»

Vor wen er treten würde, ging im Wind verloren.

Wiggins kaute ein Kohleplätzchen und lächelte müde.

Dann sah er, wie der Rollstuhl sich holpernd um die eigene Achse drehte, und hörte etwas, das wie ein Schrei oder ein keuchendes Lachen klang. Wiggins ging den Hang hinunter.

Ja, Adam lachte keuchend. «Glänzend, Sergeant! Noch einmal, bitte!»

«Schluß mit den Spirenzchen, Sir.» Er schlug dem alten Mann die Hand von der Bremse. «Superintendent Jury will Sie sehen.»

«Da kommt aber keine Freude auf.» Adam legte den Finger auf die Lippen und flüsterte: «Kein Wort; das hier bleibt unter uns.»

«Worauf Sie sich verlassen können», sagte Wiggins wütend.

Jury fiel auf, daß Wiggins' Blick mehr als üblich in seinem Notizbuch klebte. Er saß auf einem schwarzlackierten Stuhl neben einem großen Fenster.

In dem zweiten Stuhl saß eine hübsche Frau von zarter Statur mit einem wunderschönen maßgeschneiderten Kleid und gescheiten Augen. Wahrscheinlich in den Siebzigern, sie sah aber aus wie sechzig.

Adam Holdsworth erzählte Superintendent Jury gerade, wie nett sein Sergeant ihn im Irrgarten herumkutschiert habe. Er fügte hinzu, daß es ihm schwerfiele, zu glauben, daß Virginia und Annie Thale nicht durch Unfälle zu Tode gekommen seien.

«Wer um alles in der Welt sollte Ginny von dem Felsen gestoßen haben? Dieser blöde Fellowes bestimmt nicht. Aber wenn Sie warme Brüder suchen, sollten Sie ihn mal überprüfen.»

«Meine Güte, Adam», sagte Lady Cray und studierte die Zimmerdecke. «Das ist eine völlig idiotische Klischeevorstellung von einem Künstler.»

357

«Sie kennen ihn nicht», sagte Adam unwirsch. «Eine malende Tunte, wirklich.»

Sie schüttelte den Kopf, stand auf und murmelte, daß sie jetzt leider gehen müsse.

«Gehen Sie bitte nicht, Lady Cray.» Jury hielt das Bündel Briefe hoch.

Adam schlug krachend auf die Rollstuhllehnen. «Das Spiel ist aus!»

«Die haben Sie aus Dr. Kingsleys Büro, Lady Cray?»

«Ja, ich habe sie zufällig dort gefunden.» Sie inspizierte einen blutrot lackierten Fingernagel, verschränkte dann rasch die Arme und klopfte mit dem Fuß auf.

«Sie waren mit irgend etwas zusammengebunden», sagte Jury. «Vielleicht mit einer Schnur oder mit einem Band.»

Sie zog eine Braue hoch. «So?»

Jury nickte. «Nichts gefunden? Oder waren sie so zusammengeklammert, wie Sie sie Mr. Plant gegeben haben?»

Woraufhin Adam zu ihr sagte: «Erzählen Sie es ihm, um Gottes willen. Was interessiert es ihn, ob Sie Bänderfetischistin sind? Besser als anonym ins Telefon zu stöhnen.»

«Dann hole ich es eben.» Sie ging zur Tür. «Das ist vorbei, Adam. Inzwischen finde ich Bänder langweilig.» Sie ging.

«Meine Schwiegertochter», sagte Adam, und schon der Gedanke an sie schien ihn abzustoßen, «hat die Telefondrähte zum Glühen gebracht, nachdem Sie gestern im Tarn House waren. Hat tatsächlich gedacht, sie sei Hauptverdächtige im Mordfall Jane. *Falls* Jane ermordet worden ist. Und wer hat Ihnen das über Graham erzählt? Helen Viner? Sie hat ihn wegen seiner Depressionen behandelt.»

«Nein, sie wollte nicht gegen die ärztliche Schweigepflicht verstoßen. Millies Tante hat es uns gesagt.»

«*Die* alte Xanthippe?»

Jury lächelte. «Annie, ihre Schwester, hat es Thomasina erzählt.» Noch wollte Jury nicht Millies Märchen über Tante Tom ins Gespräch bringen.

Adam schüttelte den Kopf. «Verdammt, möglich ist es wohl. Was wäre nicht möglich? Aber warum hat er dann mit Annie angebandelt?»

«Hat er doch gar nicht; sie waren Freunde. Ich glaube, hier geht es aber ohnehin bloß darum, wer am meisten von Ihrem Testament profitieren würde. Könnte das sein?»

«Gott, das Geld.» Adam umfaßte die Rollstuhllehnen und sagte: «Alex ist der Haupterbe. Und dann Millie. Das überrascht sie wahrscheinlich, aber sie steht ganz allein da und ist noch ein kleines Mädchen.» Er strich sich mit der Hand über seinen kahlen Schädel. «Ich mache mir ziemlich große Sorgen um die beiden, das muß ich schon sagen.»

«Ich glaube nicht, daß sie in Gefahr sind, Mr. Holdsworth», sagte Jury freundlich. *Im Moment noch nicht.*

Bei diesem Stichwort erschien Lady Cray, ging zu Jury und ließ ein sorgsam aufgerolltes Band in seine Hand fallen.

Jury übergab Briefe und Band Wiggins. «Kümmern Sie sich darum.» Dann wandte er sich lächelnd und mit fragenden Blicken an Lady Cray.

«Die waren in seinem Bücherregal – aber das hat Ihnen Mr. Plant ja sicher schon erzählt. Er hat eine besondere kleine Reihe Bücher, ein halbes Dutzend, auf dem vierten Bord von unten. Es sind Attrappen. Er hat Schnaps da drin. Und in dem Fach darüber war auch so ein Buch. Dr. Kingsley ist Alkoholiker, aber egal, seine Wahrnehmungsfähigkeit ist dadurch nicht beeinträchtigt. Na ja, seine Augen sind nicht sehr gut, aber das kann er durch seinen Verstand ausgleichen. *Meine* Augen sind dagegen perfekt. Was Sie sehen, sind keine grauen Kontaktlinsen; ich kann auf fünfzig Meter Entfernung einen Raben in einer Schar Bussarde erkennen – oder von den Wällen aus einen Fuß auf einem Rollstuhl.»

Drohend hob Lady Cray den Finger, und Jury merkte, daß Adam und Wiggins einen schnellen verstohlenen Blick austauschten.

«Wissen Sie, es sah aus wie ein kleines Lesebändchen, das nicht ganz herausgezogen war. Ich habe zufällig eine Vorliebe für Bänder – besonders rote... hatte, sollte ich sagen. Also, dieses Band habe ich gestern morgen bei meinem Zehn-Uhr-Termin gesehen – ein Termin, um den *ich* zufällig nicht gebeten hatte. Erst ganz zum Schluß der Sitzung habe ich das Band in dem Buch bemerkt; dann habe ich darum gebeten, den nächsten Termin vorzuverlegen, und Dr. Kingsley empfing mich schon um drei Uhr wieder. Zwei, drei, vier – es war im Grunde einerlei, aber ich entschied mich einfach für die erstbeste Uhrzeit. Wenn man etwas will, wartet man nicht gern, finden Sie nicht auch? Na ja. Als ich um drei wieder in seinem Sprechzimmer war, schaute ich natürlich zu dem Regal, um sicher zu sein, daß das Band noch da war. Ich hatte natürlich einen Plan, um da ranzukommen. An das Regal zu kommen und das unechte Buch zu stehlen war nicht *ganz* so leicht, wie einen Stift mitgehen zu lassen. Wissen Sie, das schafft man immer, wenn man so tut, als wolle man an etwas anderes ran... Oh, Verzeihung, das interessiert Sie jetzt sicher weniger. Ich mußte ihn dazu bringen, das Zimmer zu verlassen. Also bat ich um ein paar Pralinen, sagte, ich spürte einen schrecklichen Anfall von Angst nahen, und er wußte natürlich über mein Problem mit Pralinen Bescheid. Über die Bänder auch. *Aber*, wissen Sie, meine Herren, an eine Sache hatte ich nicht gedacht. Hätten Sie auch nicht. Alkoholiker sind oft nach Süßigkeiten süchtig, besonders nach Schokolade. Der gute Doktor öffnete einfach seine Schreibtischschublade, lächelte und hielt mir einen Wispa-Riegel hin. Hm, das war ein Schlag ins Kontor. Bis mir klar wurde, daß ich bei meiner Inszenierung vergessen hatte, daß ich mich für Schokolade in *der* Form überhaupt nicht interessiere, nur für Pralinen. Ich frage mich, ob das mit dem Theater zu tun hat… mit diesem Stück im Haymarket, das mein Vater – entschuldigen Sie, das tut hier jetzt nichts zur Sache. Also gut, ich sagte ihm, daß ich unter ‹Schokolade› eher diese kleinen runden Dinger verstehe, jedes an seinem eigenen Platz, eher wie – wissen Sie, wie? Es fällt mir jetzt erst auf… wie Sitze im Theater. Aber ich schweife schon wieder ab. Dr. Kingsley jedenfalls hat *wirklich* eine Menge Gutes für mich getan. Also: Der gute Mann verließ sein Sprechzimmer, um eine Schachtel Pralinen zu suchen. Und so weiter. Und nachdem er eine winzigkleine Schachtel von dem Tisch von irgend jemandem gestohlen hatte – hm, da ist wohl der Wunsch der Vater des Gedankens –, gab er sie mir, sagte, er hoffe, daß es mir gleich bessergehen würde, lächelte dieses absolut unschuldige Lächeln und dann –» Sie sah ihre Zuhörerschaft an. «Stimmt was nicht?»

Es herrschte eine surrende Stille, als könnte Sprache im Ohr nachklingen, so wie ein Blitzlicht im Auge weiterleuchtet. Ein paar Augenblicke lang schien keiner von ihnen bemerkt zu haben, daß sie aufgehört hatte zu reden.

«Was passierte *dann*?» fragte Adam Holdsworth und drängte sie mit raschen kleinen Handbewegungen fortzufahren. «Wie ging's weiter?»

«Weiter geht's nicht.» Nachdenklich legte sie einen Finger an die Wange. «Nur eines noch: egal, was Sie vermuten, ich habe größte Zweifel, daß er es getan hat. Was ich von der anderen nicht behaupten würde. Kann man die Briefe jetzt richtig zusammenbinden, Sergeant?»

Wiggins saß immer noch da, den Stift über dem Notizbuch gezückt. Er sah sie an. «Was?»

«Das Band. Als ich es abgenommen habe, habe ich mir die Druckstellen angesehen. Es schien nicht richtig zu passen.» Sie sah von Wiggins zu Jury und wieder zu Wiggins.

Den Blick immer noch ihr zugewandt, warf Wiggins Jury das Briefpäckchen zu. Endlich wieder Routine. «Ich glaube nicht, daß es das ursprüngliche Band ist, Sir.»

Jury hielt die Briefe in Augenhöhe, schob das Band hin und her. «Ist es auch nicht. Zu neu, zu schmal.» Er sah Lady Cray an. «Wen meinten Sie mit ‹der anderen›, Lady Cray?»

«Die Psychiaterin. Sie wissen schon, Dr. Viner. Hm... ich weiß, Sie mögen sie sehr, Adam, wie alle anderen hier auch. Sie ist so – integer, nicht wahr? Aber mein Instinkt sagt mir, daß da irgendwas nicht stimmt.»

Jury lächelte und hielt immer noch die mit dem Band zusammengebundenen Briefe hoch. «Soll heißen?»

Sie sah sie nur alle drei an und seufzte: «Männer.»

«Ein Packen Karten.»

Diese neue Stimme in ihrer Runde kam von Alex, der plötzlich durch ein Fenster hereingestiegen war. Jetzt stand er sehr still im Zimmer und starrte auf die Briefe, als handelte es sich um eine Kobra.

Sein Urgroßvater sagte: «Verdammt, komm doch zur Abwechslung mal durch die Tür. Du benimmst dich immer, als würdest du steckbrieflich gesucht: Tot oder lebendig, wie im wilden Westen.»

Jury hätte ihn aufgrund der Fotos erkannt, er hätte ihn sogar ohne die Fotos erkannt, dachte er. Alex Holdsworth hatte die Gesichtfarbe seines gutaussehenden Vaters, aber *ihre* Mimik, ihre Bewegungen, ihre Art zu reden. Das erkannte Jury schon nach den paar Sekunden, die der Junge da stand. Wieder überwältigte ihn das Gefühl von Verlust. Wenn die Dinge anders verlaufen wären, hätte dieser Junge sein Stiefsohn werden können. Nein, dachte er. Nein. Es wäre nicht gegangen, selbst wenn sie nicht gestorben wäre. «Alex?»

Der Junge schob sich die Haare aus den Augen und sah Jury verständnislos an. «Sir?»

«Ich bin – wir sind – Polizisten. Von Scotland Yard. Wir untersuchen – eher inoffiziell – den Tod Ihrer Mutter.»

Einen Moment lang dachte Jury, Alex habe es nicht gehört und sei mit den Gedanken immer noch bei den Briefen.

Alex sagte: «S–U–P–E–R–I–N–T. R. Jury. Ich weiß Bescheid.»

Wiggins erhob sich, streckte die Hand aus und versuchte es mit einem Scherz, was äußerst ungewöhnlich für ihn war. «S–G–T. Wiggins. Guten Tag.» Sie gaben sich die Hand.

Jury fand, daß Alex fürchterlich blaß aussah; sein Gesicht war so hell wie ein See nach dem Regen. «Was meinten Sie denn gerade mit den Karten?»

«Nichts.» Er sah Jury an, blickte dann aber weg. Eine ziemlich dürftige Lüge. «Ich wollte nur Großvater besuchen.» Er schob die Hände in die hinteren Hosentaschen. Er trug Jeans und einen ziemlich ramponierten Schafswollpullover.

«Ich glaube, ich gehe mal», sagte Lady Cray, die während der gesamten Unterhaltung gestanden hatte. Jetzt schien sie den Eindruck zu haben, daß sie störte.

«Sie nicht, Alex», sagte Jury und ging auf den Jungen zu, der sich umgedreht hatte und fast schon wieder ein Bein über dem Fenstersims hatte. «Wenn es Ihnen paßt, würde ich gern mit Ihnen reden.»

Alex schien darüber nachzudenken. Dann nickte er nur.

VIERTER TEIL

DER TOD
– GELAUFEN

41

«SIE WAREN mit meiner Mutter befreundet?»

«Ja», sagte Jury.

«Sie hat es nicht gemacht. Sie hat nicht Selbstmord begangen. Das hätte sie nie getan.»

Er verteidigte sie geradezu aggressiv, fand Jury. Sie saßen im Wintergarten zwischen den eingetopften Palmen, den Gloxinien, den Hängepflanzen. Aus einer Kanne auf der Anrichte, die offensichtlich den ganzen Tag lang immer wieder aufgefüllt wurde, hatte Jury zwei Tassen Kaffee geholt.

Alex erzählte ihm, wie er die Medikamente seiner Mutter genau überprüft hatte. Und dann gab er ihm ein kleines Stück Papier.

«Was ist das?» Jury stellte seine Tasse auf dem Kachelfußboden ab.

«Eine Liste der Leute, die im Haus – hier oben, meine ich – waren, als Mum etwas von ihrer Medizin verloren hat. Jeder einzelne von ihnen hätte sie einstecken können. Und dann habe ich gedacht: Blödsinn. Ärzte, Schwestern. Sie kommen so schnell an Seconal, wie Fortune's Son hundert Meter rennt.»

«Das stimmt.» Verzweifelt studierte Jury die Liste. Er wußte nicht, was er sagen sollte. Deshalb fragte er ihn nach dem «Packen Karten».

«Es ist ein Traum. Er kommt immer wieder, wiederholt sich.» Alex erzählte Jury die Einzelheiten. «Ich wußte, in Mums Zimmer fehlte was, aber ich kam nicht drauf. Sie hatte diese Briefe in ihrer Nachttischschublade. Sie müssen wichtig gewesen sein.» Er hielt inne. «Ich verstehe die Herzdame nicht. Dr. Viner hat gesagt, daß es vielleicht damit zu tun hat, daß ich mich schuldig fühle, weil ich aus der Schule nach Hause geschickt worden bin.» Er sah Jury an. «Ich spiele Poker und bin erwischt worden. Und ich wette bei Pferderennen. Dabei bin ich auch erwischt worden.»

Jury wollte lachen. «Sie sind doch aber viel zu jung, um in Wettbüros zu kommen.»

«Wettbüros?» Er sah Jury verächtlich an. «Damit würde ich mich nicht abgeben. Ich spiele Gelaufene.»

«Was ist das?»

«Sie warten, bis das Rennen gelaufen ist und Sie wissen, wer gewonnen hat. Dann rufen Sie ihren Buchmacher an und wetten auf das Pferd. Aber natürlich prüfen die Buchmacher immer, wann das Rennen gestartet wurde, damit offiziell keine der Wetten eingeht, nachdem die Pferde die Startposition verlassen haben. Ganz blöd sind sie nicht. Aber sie sind geldgierig, wie die meisten Leute. Also muß man fix sein und den Buchmacher entsprechend vorbereiten. Verstehen Sie? Deshalb gibt man über einen langen Zeitraum telefonisch Wetten auf Außenseiter durch. Er nimmt die Wette erst an, wenn er das Rennen getimt hat, und weil es schon gelaufen ist, ruft er zurück und sagt entweder danke oder nein, danke. Und er geht davon aus, daß Sie sowieso nicht ganz dicht sind, weil Sie auf diese Außenseiter wetten. Sie müssen die Summen variieren – mal kleine, mal große –, um die große Wette vorzubereiten. Sie setzen gewagt, wirklich gewagt, aber dann variieren Sie auch das ein bißchen. Er denkt, er hat am anderen Ende der Leitung einen, der nichts von Pferden versteht und der bescheuert sein muß, weil er dauernd für Zwanzig- oder Dreißig-zu-eins-Quoten abschließt. Er überprüft immer, ob eventuell zu spät abgeschlossen worden ist. Endlich haben Sie ihn weichgekocht. Er ist völlig fertig, giftgrün vor Gier, und sähe nichts lieber als das wirklich große Geld. Ich habe natürlich einen Partner, weil die Anrufe wirklich *sehr* schnell gemacht werden müssen. Ich sitze mit dem Telefon im Baum; er ist unten mit *seinem* Telefon im Auto. In der Sekunde, in der das Pferd über die Ziellinie läuft, rufe ich ihn an, und er ruft den Buchmacher an. Diesmal haben wir vielleicht zwei Monate gebraucht, um ihn soweit zu haben. Es war eine große Wette mit einer dicken Quote, er sah die Fünfzigpfundnoten schon auf sich zugaloppieren. Also nimmt er die große Wette schließlich an, ohne das Rennen zu timen, und er kann nichts unternehmen, nicht mal, wenn er herausfindet, daß die Wette abgeschlossen worden ist, nachdem die Pferde aus der Startmaschine waren. Aus der Startmaschine? Meins war sogar schon über der Ziellinie, bereits fertig, verstehen Sie? Und bei Ned und mir war es so, daß wir überhaupt nicht verlieren konnten. Wenn er vorher eine kleine Wette angenommen hätte, na ja, dann hätten wir eben weniger Geld gekriegt. Aber verlieren? Fehlanzeige. Das heißt, ‹einen Gelaufenen spielen›. Falls Sie es mal ausprobieren wollen. Dem Biologielehrer habe ich erzählt, ich würde den Pilzbefall auf Blättern studieren. Deshalb sei ich immer oben in den Bäumen. Das Fernglas war unverdächtig, weil ich ihm erzählt habe, daß ich das Migrationsverhalten bestimmter Vögel studiere, wenn ich mich gerade nicht mit den Blättern beschäftige.»

Die Stille summte. Jury machte den Mund zu, räusperte sich und sagte: «Sie und Lady Cray wären ein gutes Team.»

«Warum das?»

«Ach, egal. Dr. Kingsley hat Sie gestern abend beim Abendessen nicht erkannt?»

«Nein, aber vielleicht ist er ja einfach nur ein guter Schauspieler.»

Jury erhob sich. «Gehen wir und finden es heraus, ja?»

Als sie durch den blauen Flur gingen und sich Kingsleys Tür näherten, sagte Alex: «Wissen Sie, was Millie zu der Herzdame gesagt hat?» Er blieb stehen und lächelte, als könne der Tag vielleicht doch noch ein wenig Freude bringen. «Daß es die rote Dame aus *Alice im Wunderland* sei.»

Jury war überzeugt, daß Millie recht hatte.

«Warten Sie hier, Alex, bis ich Sie hole.»

«Die hab ich nie gesehen.» Maurice Kingsley drehte mit melancholischem Blick die mit dem Band umwickelten Briefe um. «Was geht hier überhaupt vor, verdammt noch mal?» Die Melancholie wurde von Ärger überlagert.

«Ich dachte, Sie könnten helfen, diese Frage zu beantworten», sagte Jury. «Das Päckchen war auf Ihrem Bücherregal.» Jury ließ seine Augen prüfend über die Buchreihen schweifen, aber in Wirklichkeit waren es ja gar keine Bücher. «Sie waren in einem der hohlen Whiskybücher.»

Kingsley war perplex. «Wie...? Wer...?» Er schloß die Augen, lehnte sich zurück. «Lady Cray. Himmel, die Frau hat wirklich einen Röntgenblick.» Kingsley zog an dem Band. «Das hier ist es, ja? Sie hat das Band gesehen. Oh, mein Gott. ‹Nein, keinen Wispa-Riegel; ich *muß* Pralinen haben.›»

Jury mußte lächeln. Kingsley konnte Lady Crays Tonfall wirklich gut nachahmen. «Machen Sie sie nur auf. Sie können sie lesen.»

Kingsley entfernte schnell das Band und starrte auf den obersten Umschlag. «*Jane?*» Er breitete sie aus, sah auf die Stempel. «Sie sind alle an Jane. Fünf, sechs Jahre alt.»

Jury nickte.

Kingsley las die Briefe, ohne ein einziges Wort zu sagen. Dann steckte er jeden einzelnen in seinen Umschlag zurück, legte sie ordentlich übereinander und sah Jury an. Er schwieg noch immer.

Nachdem einige Augenblicke so verstrichen waren, sagte Jury: «Und?»

Kingsley bedachte ihn mit einem strengen Blick. «Ich denke, Superintendent.»

«Gut.» Das taten Verdächtige selten. Jury wartete.

Endlich sagte Maurice Kingsley: «Jeder hätte Ihnen erzählen können, daß ich am Tag ihres Todes nach London gefahren bin. Aber das sind Genevieve und Madeline auch – und alle anderen, außer Helen und Crabbe Holdsworth. Und nachdem die Polizei hier war, hatte sich herumgesprochen, daß ich sogar am *Abend* ihres Todes draußen vor ihrem Haus gesessen habe. Aber warum sollte ich es getan haben? Warum sollte ich Jane umbringen?» Mit den Fingerspitzen schob er die Briefe weg. «Ich habe diese Briefe jedenfalls nicht geschrieben.»

«Ich weiß. Ich weiß auch, daß Sie kein Motiv hatten, Jane Holdsworth zu töten. Aber Sie begreifen nicht, um was es geht.»

«Dann helfen Sie mir auf die Sprünge.»

«Werde ich tun, vorausgesetzt, das, was ich sage, bleibt unter uns.»

Kingsley nickte.

«Ich glaube, daß sie sich selbst umgebracht hat. Ich glaube, sie wollte, daß ich – ich war ein ... enger Freund – herausfinde, was Virginia Holdsworth und Annie Thale wirklich zugestoßen ist.»

Kingsley starrte ihn an, stand auf und ging zu dem Regal mit den hohlen Büchern. «Darauf muß ich einen trinken.» Er zog eine kleine Flasche Whisky aus einer der Buchattrappen und hielt sie Jury hin.

«Jetzt nicht. Ich bin sicher, das Motiv ist Geld. Genevieve zum Beispiel hätte ein Motiv gehabt, Virginia Holdsworth zu töten; sie wollte Teil der Familie werden, um Adams Millionen näher zu sein. Aber ‹nahe› kann immer noch weit entfernt sein. Und Madeline? Dito. George Holdsworth gehört zur Familie, hätte aber nichts davon gehabt, seine Schwägerin zu töten. Fellowes noch weniger. Und der ist sowieso aus dem Schneider. Und der Joker, der eigentliche Joker, ist Annie Thale. Und da fällt mir als einziger möglicher Grund nur ein, daß sie über Graham Holdsworth Bescheid wußte.»

«Sie meinen, sie wußte, daß er homosexuell war.»

«Nein. Sie war sich ziemlich sicher, daß er es nicht war.»

Kingsley trank seinen Daumenbreit Whisky und goß sich noch einen ein. Er sagte nichts, sondern sah Jury nur an.

«Diese Briefe handeln von Grahams Problemen; und es gibt mehr als einen Hinweis dafür, daß der Verfasser eine Scheidung für die beste Lösung hält.»

«Jeder x-beliebige hätte das schreiben können. Auf jedem x-beliebigen Computer – im Tarn House, in London, meinetwegen auf dem Mond.»

«Ich bitte Sie, Dr. Kingsley. Sie wissen –» Jury schob seinen Stuhl näher an den Schreibtisch. «Ich möchte, daß Sie mit Alex sprechen.»

Kingsley blickte von seinem Glas auf. «Warum?»

Jury ging zur Tür, öffnete sie und bat Alex herein.

Alex blieb mitten im Zimmer stehen, den Kopf leicht erhoben. «Erinnnern Sie sich an mich?» fragte er und starrte Kingsley an.

«Natürlich erinnere ich mich an Sie. Wir haben zusammen zu Abend gegessen.» Kingsley lächelte gezwungen.

Jury hatte noch einen Stuhl herangezogen, und Alex setzte sich. «Und außerdem haben wir zusammen eine Parkbank angewärmt.»

«Ich weiß nicht, wovon Sie reden.» Er sah Alex mit zusammengekniffenen Augen an.

Jury fragte ihn: «Waren Sie so betrunken, daß Sie einen Filmriß hatten?»

Kingsley schlug die Augen nieder und sah dann Alex an. «Nicht ganz. Ich erinnere mich vage daran, daß jemand neben mir gesessen hat. Vermutlich war es eine Bank; vermutlich war es – na ja, die Polizei hat mir *versichert*, es war draußen vor Janes Haus. Immer wieder wird mir der Schwarze Peter zugeschoben.» Er wechselte einen Blick mit Jury.

Alex saß starr auf seinem Stuhl. Schließlich sagte er: «Haben Sie meine Mutter umgebracht?»

«Nein.»

«Und warum sollte ich Ihnen das glauben, verdammt noch mal?»

«Sollen Sie ja gar nicht.» Kingsley zuckte mit den Schultern. «Ich bin faul, ich bin Alkoholiker, ich habe einen miesen Charakter.» Er sah Alex direkt in die Augen.

Alex entspannte sich. Er ertappte sich bei einem Lächeln und preßte die Lippen wieder zusammen, als er Jury ansah.

«Er hatte keinen Grund, Ihre Mutter umzubringen, Alex. Keinen.» Dann fügte Jury hinzu: «Warum erzählen Sie ihm nicht den Traum?»

Alex runzelte die Stirn. «Warum? Ich habe ihn schon Dr. Viner erzählt, das hat auch nichts genützt.»

«Jetzt wissen Sie mehr darüber. Erzählen Sie. Diese Sache mit der Herzdame wird Sie den Rest Ihres Lebens beschäftigen. Kingsley ist Psychiater.»

«Das bringt doch nichts», sagte Alex mit brennenden Augen.

«Dem kann ich nur voll und ganz zustimmen, mein Lieber.» Er griff hinter sich ins Regal. «Valium? Librium?» Er musterte ein paar Gläschen und dann Alex. «Na, machen Sie schon. Erzählen Sie. Schaden kann es nicht. Was ist das mit der Herzdame? Jetzt bin ich schon neugierig.»

Alex hatte den Fuß auf das Knie des anderen Beines gelegt und machte sich am Schnürsenkel seines Reebok-Turnschuhs zu schaffen. Dann erzählte er den Traum. Es sprudelte nur so aus ihm heraus: die Schule, die Wetterei, die Pferde, das Pokern. Voller Scham verstummte er plötzlich.

Kingsley zündete sich eine Zigarette an. Er hielt Alex die Packung hin, und als der Junge nickte, warf er sie ihm zu.

«Schönes Feuerzeug», sagte Alex.

«Ich liebe es.» Kingsley warf einen Blick auf die Unterseite. «Es ist von großem ideellem Wert für mich.» Dann saß er nur noch da und rauchte.

Alex rutschte hin und her. «Und?»

«Verzeihung. Ich denke nach.»

Er inhalierte, atmete aus und sah schweigend dem Rauch nach.

«Aber ich *fühle* mich nicht schuldig. Ich meine, wegen des Wettens», brach es aus Alex heraus.

«Warum sollten Sie?» fragte Kingsley. «Sie haben es getan, um Ihre Mutter zu unterstützen. Finanziell. Und um Ihrer Mutter Genevieve vom Leibe zu halten.»

Alex redete weiter. «Ich weiß ja, daß ich betrogen habe. Aber fast immer nur Buchmacher. Die meisten sind eh Halunken. Und die Karten. Ich habe mehr zur Aufwertung des Dollars beigetragen als die Zentralbank.»

Kingsley lachte laut. «Ist es ein Geheimnis?»

«Was?»

«Der Trick. Sie haben nicht gewonnen oder selten, aber Sie verließen den Tisch immer mit mehr, als Sie mitgebracht hatten.»

Alex zupfte sich schweigend am Ohrläppchen. Dann griff er in seine hintere Hosentasche und zog eine Brieftasche hervor. Er entnahm einen Zwanzigdollarschein und legte ihn auf den Tisch.

«Und?» Kingsley rührte ihn nicht an, betrachtete ihn nur.

Alex drehte ihn um. Es war ein Dollar. «Zusammengeklebt. Rückseite an Rückseite. Deshalb konnte ich keine Pfundnoten benutzen. Die Scheine sind unterschiedlich groß.»

Jury war fasziniert. «Das verstehe ich nicht. Da komme ich nicht mit.»

«Sie wechseln. Setzen die Zwanzig, ziehen sie mit anderen Scheinen als Einer heraus.» Er sah von einen zum anderen, dann an die Zimmerdecke. «Okay, ich bin nicht stolz darauf –»

«Darauf gehe ich jede Wette ein», sagte Kingsley trocken. «Das heißt, nein, mit Ihnen wette ich lieber nicht.»

Alex sah todernst aus. «Es geht ums Pokern, stimmt's? Diese Geschichte mit der Herzdame.»

«Scheint so. Und was schließen Sie daraus?»

Alex ließ sich zurückfallen. «Weiß ich nicht.»

Ganz unverbindlich sagte Kingsley: «Na ja, Sie haben Ihre Mutter an der Hand gehalten.»

«Herzdame.» Alex schwieg. «Und... noch eine im Spiel.»

Kingsley nickte. «Poker.»

«Ein Paar.»

«Sie und Ihre Mutter – also Sie kenne ich nicht, aber mit ihr war ich befreundet, und sie redete eigentlich immer nur über Sie.» Kingsley lächelte breit. «Ich sage Ihnen, Alex, Sie und Jane waren ein großartiges Paar.» Wieder ließ sich Alex zurückfallen, aber diesmal erleichtert, wie es schien. Er legte die Hand auf die Augen und gab keinen Ton von sich. Jury sah Tränen seine Wangen hinunterrinnen.

Kingsley holte eine Schachtel Papiertaschentücher aus einer Schublade. «Fangen Sie.»

Reflexartig streckte Alex die Hände aus. «Danke. Vielen Dank.»

«Keine Ursache. Ich habe nichts getan. Was hat denn Dr. Viner zu dem Traum gesagt? Ich will wissen, wer von uns schlauer ist.» Er lächelte.

Alex erzählte es ihm. «Was sie gesagt hat, ergab nicht viel Sinn.»

«Freie Assoziation muß irgendwo hinführen. Es hätte vermutlich beim Pokern geendet.»

«Ich habe etwas Merkwürdiges gedacht, als sie wegging.»

«Was denn?»

«Meine Assoziation. Ein Packen Karten. Ein Packen Lügen.» Er stand auf. «Ich gehe wieder zu Großvater.»

Jury nickte.

«Das war sehr gut, sehr klug. Aber das falsche Paar.»

«Ist mir klar. Wissen Sie, ich habe mich gefragt, warum Lady Cray immer wieder darauf zurückkam. Die ‹exotische› Frau, die ihr Pralinen geschenkt hat. Das Band, das sie langsam aus dem Haar einer Frau vor sich zog…» Kingsley nahm die Briefe wieder in die Hand. Er schüttelte den Kopf. «Es war doch ein ziemlich großes Risiko. *Ich* hätte die Briefe finden können.»

«Sie waren gut versteckt, außer für das Adlerauge von Lady Cray. Und wenn Sie sie gefunden hätten, was hätten Sie getan? Helen Viner damit konfrontiert? Die Briefe verbrannt? Vielleicht sah es dadurch so aus, als hätten Sie eine Affäre mit Jane, aber…» Jury zuckte mit den Schultern. «Graham Holdsworth hat Selbstmord begangen.» Er schwieg. «Alex hat gesagt, er habe sie nicht gelesen.»

«Das ist möglich. Er wirkt, als hätte er die Intimsphäre seiner Mutter respektiert. Es ist aber auch möglich, daß er der Versuchung nicht widerstehen konnte, als er jünger war.»

«Aber warum konnte der Junge sich bei seinem Gedächtnis – da bleibt alles hängen wie an einem Fliegenfänger, denken wir nur an die Pillen – nicht daran erinnern, was fehlte, obwohl er die Briefe immer wieder gesehen hatte?»

«Weil er es nicht wollte.» Kingsley blies einen Rauchring und steckte seinen Finger durch.

«Sie glauben doch nicht, daß er es *weiß*?»

«Halb. Der Schatten einer Erinnerung, ein Schleier, den er nicht wegwischen kann. Keine Sorge, er wird verschwinden, sich auflösen. Was aber nicht verschwinden würde, ist die Erkenntnis, daß sich seine Mutter selbst umgebracht hat. Für den Rest seines Lebens trüge er eine ungeheure Wut mit sich herum.» Er drückte die Zigarette aus und sah Jury über den Brillenrand an. «Was wollen Sie nun unternehmen?»

«Was trinken.»

Kingsley stellte noch ein Glas auf den Tisch.

«Geben Sie mir einen Doppelten. Ich gehe zu ihr.»

42

«Da sind Sie wieder.» Helen Viner öffnete einladend die Tür und lächelte; sie schien es nicht im geringsten zu bedauern, daß er wieder da war.

«Ja, ich bin wieder da.»

Sie trug ein Kleid aus weichem, glockig fallendem Stoff. Über den blassen Grund zog sich ein Muster von Weidenzweigen mit zarten Blättern, die sich sanft zu wiegen schienen, wenn sie ging.

«Ich hoffe, es stört Sie nicht, wenn ich eine Bemerkung mache, die vielleicht nicht, hm, gerade ein Kompliment ist –»

Aber sie schüttelte schon den Kopf. Natürlich störte es sie nicht.

«Sie wissen, Sie sind keine perfekte Schönheit –»

Sie lehnte sich zurück und lachte. «Ich hoffe, daß ich in nichts ‹perfekt› bin.»

«– Sie machen aber den Eindruck, als ob Sie es wären. Wenn ich emotional nicht so ausgebrannt wäre, würde ich mich sehr zu Ihnen hingezogen fühlen.»

«Das nennt man Übertragung.»

«Das kann man auch noch anders nennen.»

Sie zog die Brauen hoch und sah ihn aus ihren haselnußbraunen Augen, die jetzt die Farbe des verhaßten Sees hatten, fragend an. Flüssiger Stein. «Odysseus hatte vor den Sirenen Angst, dem Gesang der Sirenen», sagte er.

«Das ist sehr schmeichelhaft –»

«Nein, ist es nicht. Wenn das Schiff gegen die Felsen geprallt wäre, wäre seine Mannschaft tot gewesen.» Jury war schleierhaft, warum ihm dieses Bild so gegenwärtig war. «Wie Virginia Holdsworth, die Sie von dem tückischen Übergang zwischen Scafell und Mickledore gestoßen haben.» Jury zog Plants Fotos aus dem Umschlag und legte sie auf den Schreibtisch. «Sehen Sie sich das doch einmal ganz genau an.»

Erstaunlich, wie sie Fassung bewahrte. Sie stritt nichts ab, verhielt sich, als habe sie es mit einer Wahnvorstellung zu tun und tue einfach nur, worum sie gebeten worden war: Sie sah die Bilder an, dann ihn, nickte mit dem Kopf und sagte: «Ich verstehe nicht ganz, was Sie meinen.»

«Doch, das tun Sie. Das ist Mr. Plants Foto von diesem Spalt in der Felswand, der Agonie des fetten Mannes.» Als sie die Arme bewegte, schwebten die Weidenblätter so sanft über ihre Brüste wie das Lächeln über ihr Gesicht.

«So? Wenn Mr. Plant auf einem Spaziergang Fotos geschossen hat, was hat das mit mir zu tun?»

«Sehr viel. Er hat die Fotos gemacht, weil er sie mit einem Bild vergleichen wollte, das Francis Fellowes vor sechs Jahren gemalt hat. Als er mit Virginia Holdsworth den Scafell hinaufgegangen ist. Oder, um genauer zu sein: er ist *hinter* Virginia Holdsworth hergegangen. Das Bild selbst ist im Labor von New Scotland Yard. Keiner hat ernsthaft in Frage gestellt, daß Mrs. Holdsworths Tod ein Unfall war, denn nur Mr. Fellowes oder ein sehr erfahrener Wanderer hätte über den Broad Stand entkommen können –»

«Aber da war niemand. Ginny ist gestürzt.»

«Keiner ist auf die Idee gekommen, daß sich vielleicht jemand in dem großen Felsspalt versteckt und gewartet hat, bis Mr. Fellowes sein Bild zu Ende gemalt hatte. Nachdem er dann gegangen war, konnte der Mörder ebenfalls hinuntersteigen.»

Sie verzog keine Miene. Noch als sie bei dem Geräusch der sich im Wind bewegenden Zweige den Kopf zum Fenster und dann wieder zu Jury drehte, lächelte sie. «Also, worauf die Polizei da bloß gestoßen ist, daß Sie eine solch – schwerwiegende Anschuldigung vorbringen können. Aber es stimmt nicht; mit Ginny Holdsworth war ich gut befreundet.»

«Noch besser mit Jane Holdsworth.»

Wie angespannt sie gewesen sein mußte, merkte man daran, daß sie jetzt sichtlich lockerer wurde. «Ich dachte, mittlerweile sei weitgehend geklärt, daß Jane Selbstmord begangen hat. Ich war jedenfalls in Kendal.»

Sie sollte nicht so selbstgefällig gucken, dachte Jury; nein, das sollte sie wirklich nicht. «Oh, ich weiß, wo Sie waren; und ich weiß auch, wo Dr. Kingsley war. Sein Pech, daß er in Lewisham war und obendrein betrunken. Sie hätten besser daran getan, ihn in Ruhe zu lassen, statt sich die Mühe zu machen, diese Briefe in sein Sprechzimmer zu schmuggeln.» Jury warf ihr das kleine Päckchen auf den Schreibtisch.

Jetzt änderte sich ihr Gesichtsausdruck. Ein winziger Muskel in ihrer Wange zuckte. «Was ist das?»

«Briefe, die Sie an Jane Holdsworth geschrieben haben. Vor fünf Jahren, und Sie haben darauf geachtet, sich auf keinen Fall selbst zu belasten. Sie haben sie nicht einmal unterschrieben.»

Sie runzelte noch stärker die Stirn, löste das Band und nahm ein Blatt aus dem Umschlag. «Wie kommen Sie darauf, daß *ich* sie geschrieben habe?»

«Weil Graham Holdsworth Ihr Patient war. Und die Geschichte von der Ärztin, die ihren armen Patienten schützen muß, war wohl eher eine ausgemachte Posse. Wir wollen es mal so ausdrücken, Dr. Viner: Wir haben alle unsere latenten sexuellen Bedürfnisse; keiner von uns ist vollkommen heterosexuell, und vielleicht neigte Graham Holdsworth noch ein bißchen weniger in diese Richtung. Für mich persönlich hat der Begriff ‹latente Homosexualität› keinerlei Bedeutung. Für Leute, die eigentlich nicht homosexuell sind, ist es jedoch oft ein hochexplosiver Begriff. Ich glaube, Sie haben Graham dahingehend manipuliert, daß er glaubte, seine ‹latenten› Gefühle seien die eigentlichen und er habe nur zu große Angst oder sei zu prüde, sich zu ihnen zu bekennen. Aber er war nicht schwul. Ich habe mit niemandem gesprochen, der je einen Grund zu dieser Annahme hatte. Im Gegenteil, alle waren von der Vorstellung völlig überrascht. Aber Ihr Ziel bei all dem war, sowohl Graham als auch Jane Holdsworth unter ihre Kontrolle zu bringen, wobei derjenige, den Sie eigentlich kontrollieren wollten, Alex war. Um Alex zu beherrschen, mußten Sie Jane beherrschen.» Mit zitternden Fingern zündete sich Jury eine Zigarette an. «Und der Weg, Jane zu beherrschen, war, mit ihr eine Liebesaffäre zu haben. Wissen Sie, wer Sie durchschaut hat, Helen? Lady Cray. Mit ihrer geschickten, wenn auch etwas umständlichen Taktik, indem

sie nämlich vor Kingsley über ihre eigenen ‹latenten Bedürf-
nisse› grübelte, versuchte sie, etwas über Sie herauszufinden.
‹Sie ist nicht ganz heterosexuell, da stimmt was nicht›, hat
Lady Cray gesagt.»

Helen Viner erhob sich vom Stuhl, ging zu dem Flügelfen-
ster und sah hinaus.

«Jane…» Jury räusperte sich. «Jane war vielleicht bisexuell,
oder vielleicht hat sie herumexperimentiert. Aber sie war
nicht lesbisch; das weiß ich nun ganz genau. Es ist egal, wie
lange ihre Beziehung mit Ihnen gedauert hat; am Ende
konnte sie nicht mehr damit leben, daß sie, egal, in welcher
Form, am Selbstmord ihres Mannes mitschuldig war; wahrscheinlich konnte sie mit der Sache an sich nicht leben. Und
schon gar nicht mit der Ahnung, daß das alles auch noch mit
dem Mord an Annie Thale zu tun hatte.»

Während Jury das sagte, hatte sie die Hand auf den Fenster-
griff gelegt und das Fenster aufgestoßen – vermutlich, um frische Luft hereinzulassen: Nun erstarrte sie zu Stein. «Annie
Thale?» Sie stand mit dem Rücken zu ihm, die Hand noch am
Fenster, gegen das wie am Abend zuvor die Zweige klopften.
Sie wiederholte den Namen und schüttelte den Kopf. Dann
drehte sie sich um. «Das ist wahnsinnig.»

«Nicht ‹das›, wenn schon, dann Sie. Annie Thale war der
einzige Mensch, dem sich Graham anvertraut hat; vielleicht
war sie sogar in ihn verliebt. Sie wußte jedenfalls, daß er durch
und durch heterosexuell war, und sie wußte, daß Sie ihn vom
Gegenteil überzeugen wollten. Annie Thale war wie ihre
Schwester; eine gute, stabile, fast harte Frau. Nicht der Typ,
der sich selbst umbringt. Ich habe mit der Schwester gesprochen. Sie haben Tommy Thale außer acht gelassen.»

Helen Viner zog mit einer zornigen kleinen Bewegung an
dem Fenster und hakte es zu. «Superintendent», sie ging zu
ihrem Stuhl zurück und lehnte sich dagegen, «ich glaube,

Janes Tod hat Ihre Fähigkeit, klar zu denken, beeinträchtigt.»
Ihr Ton war penetrant mitleidig.

«Wenn meine Fähigkeit, klar zu denken, eingeschränkt
wäre, würde Ihre bloße Präsenz mich davon überzeugen, daß
Sie das unmöglich alles getan haben könnten. Sie geben sich so
– wie sagte Lady Cray? – integer. Was wollen Sie eigentlich?
Die Herrschaft über Castle Howe? Oder Herrschaft schlechthin? Sie sind eine Manipulateurin, und es war besonders geschickt, Mr. Plant gegenüber zu äußern, Alex brauche vielleicht eine Therapie, aber *nicht bei Ihnen*. So wollten Sie jeden
Verdacht entkräften, daß Sie ihn unter Ihren Einfluß bringen
wollten. Aber diesen Einfluß haben Sie längst, und das wissen
Sie auch. Und nur *das* zählt. Um Adam und Adams Geld in
Ihre Gewalt zu bekommen, müssen Sie nur Alex in Ihre Gewalt bekommen. Aber Alex ist viel gescheiter, als Sie denken.»

Sie lachte angestrengt. «Glauben Sie mir, ich unterschätze
seine Intelligenz keineswegs.»

«Vielleicht doch. Im Grunde weiß er, daß Ihre ganze Person
eine einzige Lüge ist. Ein Packen Lügen. Maurice Kingsley
weiß das auch, obwohl er viel zu anständig ist, es zu sagen.»

«*Das* ist ja amüsant. Er ist ein Dilettant.»

«O nein. Nein, das ist er nicht. Er ist als Arzt weitaus kom-
petenter als Sie. Dr. Kingsley mag Alkoholiker sein, aber dafür
ist bei Ihnen alles nur Fassade.»

Sie starrte ihn an, dann die Briefe. «Und deshalb habe ich die
hier in Maurices Sprechzimmer ‹geschmuggelt›?»

«Selbstverständlich. Es würde die Dinge doch sehr verein-
fachen, wenn die Polizei dächte, Kingsley sei Janes Geliebter
gewesen, oder? Ein eifersüchtiger Geliebter. Und Sie richteten
es so ein, daß Lady Cray zu *ihm* ging – weil Sie dachten, daß
ihre Obsession für rote Bänder schon dazu führen würde, daß
sie die Briefe findet.»

Helen Viner drehte einen kleinen, dolchähnlichen Brieföffner in der Hand. «Das wäre doch ein viel zu hohes Risiko gewesen. Was, wenn Maurice sie zuerst gesehen hätte?»

«Tja, was hätte er damit gemacht? Sie zur Polizei gebracht und gesagt: ‹Sehen Sie mal, die habe ich zwischen meinen Büchern gefunden, aber ich habe sie nicht geschrieben›? Aber das ist ja auch egal. Wenn es nicht funktioniert hätte, wären Sie einfach in sein Sprechzimmer gegangen und hätten sie wieder mitgenommen.»

Sie lächelte, als hätte Jury einen guten Witz erzählt. «Nein, das hätte er wohl nicht getan.» Sie legte den Brieföffner hin und zog eine Zigarette aus einer runden John-Players-Dose. Als sie sah, daß Jury ihr kein Feuer geben würde, holte sie Streichhölzer aus einer Schublade. Dann legte sie die Fingerspitzen gegeneinander, lehnte sich, die Zigarette zwischen den Fingern, zurück und blies nachdenklich Rauch in Richtung Zimmerdecke. «Also. Eigentlich waren wir doch bei Ginny Holdsworth.»

«Ganz recht. Vor sechs Jahren erfuhren Sie, daß sie einen Spaziergang nach Scafell vorhatte. Sie wußten, sie wollte über den Broad Stand gehen. Sie gingen vor Virginia dort hinauf. Aber als Sie dann sahen, daß auch Francis Fellowes die Szene betrat – nachdem Sie sie hinuntergestoßen hatten –, muß *das* selbst *Sie* nervös gemacht haben, Dr. Viner. Der einzige Weg hinunter führte an Francis vorbei.»

Sie sagte nichts. Jury wartete. Ihre Neugierde würde sie zwingen zu sprechen.

«Die Polizei hat Francis verhört, weil sonst niemand dort oben gewesen sein konnte, außer vielleicht ein erfahrener Kletterer. Und das bin ich nicht.»

«Sie waren dort; Francis hat Sie in sein Bild gemalt.»

Sie lachte. «Oh, mein *Gott*! Er konnte doch nicht sehen –»

Das war ein klitzekleiner Ausrutscher. «Er konnte Sie

nicht sehen, meinen Sie! Wie kommen Sie darauf? Weil er Ihnen den Rücken zukehrte? Weil Sie sich in dem Felsspalt versteckten, der Agonie des fetten Mannes?»

«Nein. Er konnte mich nicht sehen, weil ich nicht da war.»

Jury warf das Lederetui auf den Schreibtisch.

«Was ist das?» Sie nahm es an sich und machte es auf.

«Ein Claude-Lorrain-Glas.»

«Und –?» Ihr Lächeln war verzerrt. Sie schnippte die Asche von der Zigarette.

«Und er malte die Szene hinter sich.» Jury nickte in Richtung des kleinen Spiegels. «Deshalb haben die Landschaftsmaler das Claude-Lorrain-Glas benutzt. Fellowes hat den Spalt in der Felswand gemalt.»

Sie legte es auf den Schreibtisch zwischen sich und Jury und sah ihn an, die Mundwinkel immer noch zu einem Lächeln verzerrt. «Superintendent, selbst *wenn* es ein solches Bild gibt, glaube ich nicht, daß man darauf ein Gesicht erkennen könnte. Nicht einmal mit Ihren ganzen Laborapparaturen. Und soweit ich sehe, haben Sie keine Beweise, die mich vom Gegenteil überzeugen könnten.»

Hatte er auch nicht. «Ich werde Ihnen eine Chance geben.»

«Na, vielen Dank. Aber ob ich die ergreifen werde?»

«Ich denke schon. Sie glauben, ich spekuliere hier nur herum. Aber ich will Ihnen eins sagen: Von all den Leuten, die ein persönliches Interesse an Adam Holdsworths Geld haben, sind Sie die einzige mit einem Motiv für diese Morde – und für die Manipulation von Graham und Jane. Denn ansonsten haben nur noch Alex und Millie Thale Aussicht darauf, eine größere Summe zu bekommen. Adam würde sie sonst keinem hinterlassen. Da er Castle Howe jetzt schon unterstützt, kann man ziemlich sicher darauf wetten, daß er es auch in sein Testament einschließt. Und er ist überzeugt davon, daß Sie hier das Ruder in der Hand halten. Ich habe es schon gesagt: Sie wollen Alex in Ihre Gewalt bekommen; Sie dachten, Sie würden die Rolle seiner Mutter übernehmen können. Aber das werden Sie nicht.»

«Werde ich nicht? Und wie, bitte schön, wollen Sie mich davon abhalten?»

«Ich könnte Sie ruinieren. Hier ist Ihre Chance: Entweder mache ich Gebrauch von meinen ‹Spekulationen›, den Briefen, dem Bild und den Fotos, oder Sie kündigen hier. Und wagen sich nie wieder in Alex Holdsworths Nähe.»

Sie seufzte. «Machen Sie sich nicht lächerlich. Das sind doch alles Hirngespinste.» Die Bilder und den Spiegel bedachte sie mit einer wegwerfenden Handbewegung.

«Der Anwalt, den ich im Kopf habe, wird sich diese ‹Hirngespinste› bestimmt gerne vornehmen, und dann sitzen Sie im Handumdrehen in Old Bailey.»

«Wenn Sie so *sicher* sind, warum geben Sie mir dann diese Chance?»

Jury sah sie an, und das Schweigen zog sich in die Länge. «Wegen Alex. Er würde es nicht ertragen, wenn er erführe, daß seine Mutter Selbstmord begangen hat. Es wäre besser, wenn nichts von dem hier herauskäme.» Jury stand auf.

An der Tür drehte er sich um und sagte: «Nach meinem Dafürhalten müßte man Sie erschießen, Dr. Viner»

Als er zum Hauptgebäude zurückging, fühlten sich seine Beine wie Gummi an. Auf einer weißen Bank, ungefähr dreißig Meter entfernt, saß Lady Cray und winkte ihn zu sich.

«Hallo», sagte er und fühlte sich beim Anblick der alten Dame wie ausgehöhlt. Lady Cray saß kerzengerade da und umklammerte ihre Ledertasche. Über dem großen Saphir an ihrem Ringfinger war der weiße Knöchel zu sehen.

«Nicht daß Sie denken, ich hätte Ihnen nachspioniert. Aber sie ist eine schreckliche Frau, stimmt's?»

Da mußte Jury einfach lächeln. «Was haben Sie denn da drin, Lady Cray? Bänder? Ein Gewehr?»

Sie seufzte und entspannte sich ein wenig. «Ich habe es Ihnen doch gesagt, das mit den Bändern ist vorbei. Gott sei Dank. Und ich führe auch keine Waffe mit, wie es so schön heißt.»

Er lachte.

Sie öffnete die Tasche, verschloß sie aber gleich wieder. «Ich besitze zwar einen Revolver *und* den Waffenschein dafür. Aber Mrs. Colin-Jackson fand, er sei im Safe von Castle Howe besser aufgehoben.»

Jury sah sie einen Moment lang an. Dann sagte er: «Wissen Sie, woran Sie mich erinnern?»

«Vielleicht ist es besser, wenn ich es nie erfahre.»

«Das griechische Theater. *Deus ex machina*.»

«Aha», sie holte Luft, die Finger fest auf ihre Tasche gepreßt. «Das betrachte ich als Kompliment.»

«Ist es auch. Wollten Sie etwas von mir?»

«Von attraktiven Männern will ich immer etwas, aber eigentlich habe ich Sie hergewunken, weil Mr. Plant Sie sprechen will. Er hat aus dem Pub angerufen. Nicht mich, sondern Mrs. Colin-Jackson. Es klang ziemlich dringend.»

«Woher wußten Sie, wo ich war?»

Sie antwortete nicht.

Jury sah hinter sich, folgte ihrem Blick. «Warum ist ihr Sprechzimmer hier draußen, weit weg von allem anderen und inmitten von Blumen?»

«Ich glaube, im Paradies war die Situation ähnlich.»

43

Das Mädchen im Baum glitt an den Ästen herunter, die aussahen wie ausgebreitete Flügel, und fiel den letzten Meter in ein Blumenbeet.

Er beobachtete, wie sie sich aus genau den Stielen und Blütenblättern erhob, in denen er sie vor langer Zeit gefunden hatte. Sie lief durch das hohe Gras, und er ging hinterher, wobei die grüne Fläche sich kaum über ihm teilte.

Ein Rascheln. Reflexartig legte er sich flach auf den Boden, der Schwanz zuckte, die Zunge schnalzte. Er wollte gerade springen, aber da sah er, wie sie vor ihm weiterging, und er opferte die Neugierde auf den Geruch in der Nähe dem stärkeren Bedürfnis, ihr zu folgen.

Die ständige Überwacherei war ermüdend – immer an sie zu denken und sie unentwegt im Blick zu behalten. Aber er war für sie verantwortlich gewesen, seit er sie gefunden hatte. Sie war wie ein Sturm gewesen, der über den riesigen See blies. Donnerschläge der Wut, Blitze der Todesangst! Er war für sie verantwortlich und ließ sie besser nicht aus den Augen.

Ein weißes Wiesel raste plötzlich vorbei. Er hätte beinahe von seinem direkten Weg abgelassen und wäre ihm nachgejagt. Nein.

Geflatter. Flügelschatten sausten über ihn hinweg, ließen sich auf einer Hecke in der Nähe nieder, und er blieb erneut stehen. Nein.

Weil er so oft angehalten hatte und wieder losgegangen war, sah sie in der Entfernung schon ganz klein aus, und er rannte schneller.

Es schien ewig zu dauern, Felder und Himmel waren voller Leben, und er war spät dran. Sie war schon oben in dem alten Baum gewesen und nun wieder auf dem Erdboden.

Sie war schlimmer als Hunde, ihr Zorn war zwar eingezwängt, wirbelte aber wie ein dunkler See. Da, ein anderer Geruch, ein anderes Geräusch. Den hatte er schon einmal gerochen, das hatte er schon einmal gehört – den plötzlichen Schlag und das Zischen.

Dann drehte sie sich um und ging zurück, und der Saum des hohen Grases schloß sich hinter ihr wie die Wellen hinter einem Schiff.

Flitzen, Flüchten, Rennen. Mäuse, Rotkehlchen, Wiesel. Eines Tages würde er für all das Zeit haben, aber jetzt nicht.

Er raste auf das Haus zu.

Alex stand am Waschbecken und aß ein fades Sandwich: ein Klumpen Käse zwischen dicken Brotscheiben. Es war keiner da. Das einzige Geräusch, das er registrierte, war das Ticken der Standuhr drüben am Kamin.

Er blickte auf das Feld hinaus und dachte an seine Mutter. Er gab der tödlichsten aller Phantasien nach. Wie sein Leben hätte sein können, wenn...

R. Jury. Superint. Er kaute und phantasierte. Was, wenn seine Mutter ihn geheiratet hätte und ein Superintendent von Scotland Yard sein Stiefvater geworden wäre?

Er sah in das Spülbecken und warf beschämt das Sandwich hinein. Das war ein Kleinkinderwunsch.

Er starrte nach unten und versuchte, den alten Alex zurückzuholen, den, auf den man sich verlassen konnte, der ihm aber jetzt zu entfliehen schien. Er war kein kleines Kind, dachte er und zwinkerte wütend mit den Augen.

Alex schluckte und sah durch das Fenster, wie der Kater durch das Gras zur Küche gesaust kam.

Hexer? Er machte die Tür auf, ging durch den vollgestopften Vorflur und hinaus.

Hexer sauste wie ein Pfeil auf ihn zu, dann drehte er sich um und raste zurück. Hin und zurück, hin und zurück.

Alex folgte ihm.

Den Baum hoch. Sich umsehen. Jesus *Christus*! «Hexer?»

Der Kater flog fast durch die Luft, wie auf einer Leiter, und rannte in Richtung Castle Howe.

Alex folgte ihm stolpernd durch das lange Gras.

DER PARKPLATZ VOM OLD CONTEMPTIBLES war gerade groß genug für drei Autos. Ein Jaguar XJ12, ein Modell von diesem Jahr, schwarzglänzend, drängte Plants kleinen Japaner fast zur Seite; das Nummernschild war allein schon ein Vermögen wert. Die Buchstaben lauteten:

F A G.

Es war eine Spezialanfertigung – mit einem zusätzlichen G, man las also FANG, Vampirzahn. Sehr professionell, sehr illegal. Jury sah es an und schüttelte langsam den Kopf.

Er hatte nicht geglaubt, daß ihn jemals wieder irgend etwas zum Lächeln bringen konnte. Das hier schon.

«Superintendent!» rief Marshall Trueblood. «Sie hat darauf bestanden; wir haben aus Long Pidd angerufen; hier sind wir; Agatha hat nur noch unsere Rücklichter gesehen.»

Die Stammgäste hatten sich mittlerweile an Melrose den Bibliothekar gewöhnt. Aber mit diesen beiden Neuzugängen war es etwas anderes. Wiggins stand am Tresen und war gerade dabei, O. Bottemly davon zu überzeugen, ihm irgendein medizinisches Gebräu zu mixen.

Er hatte Vivian Rivington ewig nicht gesehen, und ihr Gesicht, an das er sich manchmal ganz genau und manchmal nur verschwommen erinnerte, war plötzlich doppelt so schön. Es war, als hätte sie den Zug im Januar nie bestiegen. Sie hatte dasselbe cremefarbene Wollkleid an, das sie getragen hatte, als Jury sie das letzte Mal gesehen hatte, und erhob sich geschmeidig von dem Stuhl; sogar der breitkrempige Hut lag auf dem Tisch neben ihrem Glas Sherry. Jury wußte, daß sie am liebsten auf ihn zugerannt wäre, aber wie es für sie typisch war, beherrschte sie sich und blieb einfach stehen.

Wenn Vivian ein Bild war, war Marshall Trueblood eine Inszenierung: Jackett aus Lamawolle, graues Crêpe-de-Chine-Hemd, aus dessen Kragen ein jadegrünes Tuch hervorlugte, das zu seiner Sobranie paßte, Kalbsledermokassins mit Fransen. Auf Armani hatte Trueblood vorläufig verzichtet, vielleicht fand er, daß italienisches Blut zu heiß für den Lakes District war.

«Vivian», sagte Jury, der meinte, sein Lächeln im ganzen Körper zu spüren.

Aber sie rang die Hände, als ob sie sich für etwas entschuldigen müsse, und sagte: «Als sie mir in Venedig erzählt haben, daß sie hei –»

«Einen Drink, einen Drink», schrie Trueblood, als ob sie alle in der Wüste gestrandet seien. Er stand auf und schob Vivian vor sich her – ziemlich unsanft, fand Jury.

Sie fuhr fort: «Als wir drei im Palazzo Gritti waren, haben sie mir erzählt –»

Melrose griff nach ihrer Hand und streichelte sie (auch ziemlich unsanft, fand Jury). «Vivian, Vivian», sagte er. «Darüber wollen wir doch jetzt nicht reden.»

Sie befreite sich aus Truebloods und Melroses Umklammerung, stand auf, machte zwei rasche Schritte und schlang langsam die Arme um Jurys Hals. «Es tut mir leid», sagte sie mit erstickter Stimme, den Kopf gegen seine Brust gedrückt.

Er konnte die kleinen stoßweisen Seufzer spüren. «Schon

gut, Vivian», sagte Jury in ihr Haar, die Arme um ihre Taille gelegt. «Es ist wunderbar, daß Sie gekommen sind.»

«Und vergessen Sie *mich* nicht, alter Junge!» sagte Trueblood. «Ich bin gefahren! Wir sind direkt von Long Pidd hochgekommen, nachdem Vivian wie der Blitz von Heathrow angesaust war.»

Jury nahm sein Gesicht aus Vivians Haar und deutete zum Fenster. «Ist das Ihr Jaguar da draußen?»

Trueblood sagte: «Nein, er gehört Viv. Hochzeitsgeschenk.»

Melrose sagte: «Den braucht sie ja auch in Venedig.»

«Der *ist* nicht für Venedig. Den soll sie fahren, wenn sie nach Hause kommt.» Trueblood sammelte die Gläser ein, um sie wieder füllen zu lassen. *Zu Hause* war Long Piddleton und würde es immer bleiben.

«Interessante Autonummer.»

Trueblood sagte nichts.

Vivian putzte sich die Nase. «Autonummer?»

«Hätte mich auch gewundert, wenn Sie sie bemerkt hätten, meine Liebe.» Er hielt sie auf Armeslänge entfernt. «Und übrigens, danke schön.»

«Wofür?»

«Dafür, daß Sie Pete Apted, Q.C., angeheuert haben.»

Sie war verblüfft. «Wen?»

Vivian war es also nicht gewesen? Wer dann?

Zu Melrose und Wiggins, der mit seinem Grog vom Tresen kam, sagte er: «Wir müssen nach Castle Howe zurück.» Wie der Blitz war Melrose auf den Beinen. Zu Trueblood sagte er: «Sie bleiben hier. Wir nehmen FANG.»

«Helen Viner», sagte Melrose. «Warum bin ich da nicht drauf gekommen?»

«Aus demselben Grund, aus dem auch Adam Holdsworth nicht drauf gekommen ist. Aus demselben Grund, aus dem Alex sie beinahe für eine Ersatzmutter gehalten hat», sagte Jury, als der Jaguar das Dörfchen Boone verließ.

«Was wird sie wohl tun, Sir?»

«Ich kann Ihnen genau sagen, was ich vermute, Wiggins: Ich glaube, sie wird versuchen, sich herauszureden. Sie ist überzeugt, einen so großen Einfluß auf Adam Holdsworth zu haben und für Castle Howe so unentbehrlich zu sein. Sie leitet es, nicht Colin-Jackson –, warum sollte sie jetzt aufgeben?»

«Es gibt keine harten Beweise», sagte Wiggins.

«Nein, keine», sagte Jury.

«Sie hat zwei Menschen eigenhändig ermordet und ist verantwortlich für den Tod von zwei weiteren. Vielleicht hat sie das Leben von zwei Kindern ruiniert.» Er hielt inne. «Ich glaube nicht, daß das Motiv nur Geld war.»

Wiggins drehte sich halb um und sah ihn an; Jury sagte nichts.

Melrose dachte an sein Gespräch mit Helen Viner. «Sie liebt die Macht – sie braucht sie wie Essen und Trinken. Sie lebt davon.» Er schaute nach oben in die grauen, dahinfliegenden Wolken. «Wissen Sie, an wen sie mich erinnert? An Coleridges Geraldine.»

«Geraldine?» fragte Jury.

«In ‹Christabel›. Die Dämonin, die brutale Vampirin. Helen Viner spielt mit sexuellen Bedürfnissen und Ängsten. Glauben Sie wirklich, sie hat schon genug Blut geleckt?» Er schwieg. «Ich habe gehört, daß Shelley vor Angst schreiend aus dem Zimmer rannte, als Byron einmal aus ‹Christabel› las.» Durch die Windschutzscheibe sah Melrose den Stein, der die Zufahrt zu Castle Howe markierte. «Keine harten Beweise? Man sollte sie erschießen.»

«Meine Rede», sagte Jury.

44

LADY CRAY SASS IMMER noch auf der Bank, von der aus man auf den weiten Rasen und den Park hinuntersehen konnte, und beobachtete so einiges.

Sie beobachtete, wie sich die vielen Osterglocken unten neben dem Steinhäuschen in der steifen Brise hin und her wiegten, aber schwerlich «tanzten» (daß Wordsworth immer so übertreiben mußte). Sie drückte sich den Kragen ihrer leichten Jacke fester um den Hals.

Sie beobachtete, wie Adam Holdsworth sich bei seinem höchst dämlichen Spiel vergnügte, das der Sergeant ihm beigebracht hatte: Er sauste unter großem Gejuchze in seinem Rollstuhl den Grashang hinunter und winkte ihr zu, wenn er gedreht hatte; dann kämpfte er sich wieder hoch, und dann das Ganze noch mal… Fast wäre er dabei in das Häuschen der Ärztin gekracht. Sie schüttelte den Kopf.

Mit wachsendem Interesse beobachtete sie das weite Feld auf der anderen Seite des Parks und das Steinhäuschen. Aus Richtung Tarn House bewegte sich eine Gestalt darauf zu. Sogar von hier aus erkannte sie das kleine Mädchen. Jetzt hatte Millie den Garten erreicht und hielt an. Adam Holdsworths Sondervorstellung bekam sie gar nicht mit (daß er im Rollstuhl den Abhang hochkam, schien dafür zu sprechen, daß die Schwerkraft nicht mehr funktionierte). Sie bückte sich, um einen Strauß Osterglocken zu pflücken.

Jetzt beobachtete Lady Cray eine Gestalt, die aus weiter Ferne aus derselben Richtung herbeirannte.

Lady Cray erhob sich so plötzlich, daß ihre Handtasche zu Boden glitt. Sie hob sie wieder auf.

Sie machte sich über den Rasen auf den Weg und erwiderte Adams Winken.

«Die habe ich Ihnen mitgebracht», sagte Millie Thale. Sie hatte einen riesigen Strauß Osterglocken in der Hand.

Helen Viner, die stocksteif dagesessen und angesichts der Bilder in ihrem Kopf die Stirn gerunzelt hatte, stand auf und lächelte nun mild. «Millie! Aber *Osterglocken*, Millie?» Sie kam hinter ihrem Schreibtisch hervor.

«Ich glaube, ich bin kuriert», sagte Millie und hielt ihr die Blumen mit beiden Händen entgegen.

«Ja, also, vielen Dank –»

Die Osterglocken flogen herunter und flatterten zu Boden.

Die Stoßkraft der Kugel drückte Helen Viner fest gegen die Wand. Ihr Körper schien dort angenagelt, die Handflächen waren an die Wand gepreßt, die Augen weit offen. Alex Holdsworth quetschte sich durchs Fenster und brüllte Millie an. Hexer sprang von der Fensterbank.

«Sie hat meine Mum getötet, und ich töte sie zehnmal!»

Alex riß ihr die Waffe aus den starren, ausgestreckten Fingern. Nach dem zweiten Schuß zuckte Helen Viner erneut zusammen. Vor der Tür war dumpfes Klopfen, Schreien und Rufen zu hören.

Durch die Tür kam Lady Cray, ließ ihre kleine, gepflegte Hand mit einem harten Schlag auf Alex Holdsworths Arm hinuntersausen und zwang ihn, die Webley fallen zu lassen.

Lady Cray schob sich vor Adam Holdsworths Rollstuhl, zielte sorgfältig und schoß auf Helen Viner. Der Körper glitt an der Wand hinunter und schlug auf dem Boden auf. Es floß nur wenig Blut.

«*Was zum Teufel –?*»

Lady Cray gab Adam die Waffe. «Schießen Sie!»

«Wenn Sie meinen.» Adams Hände hoben die Automatik schlotternd in die Höhe, und er drückte ab.

Schockiert sahen die vier auf die zusammengesunkene Gestalt Dr. Helen Viners.

Munter entnahm Lady Cray ihrer Tasche einen kleinen Revolver, ging zu Helen Viner hinüber, stellte sich hin, wo Helen Viner zuletzt gestanden hatte, und schoß sorgfältig auf die Stelle, wo Millie gestanden hatte. Dann drückte sie der guten Ärztin die Waffe in die Hand und ließ sie ganz natürlich wegfallen.

Millie hielt sich zitternd an Alex fest.

Adam bewegte die Lippen, er bekam kein Wort heraus.

Alex stand stocksteif da und starrte Lady Cray an.

«Sie ist ziemlich tot», sagte Lady Cray, «wofür wir und Castle Howe dankbar sein sollten.» Dann sah sie Millie und Alex streng an und sagte: «Aber man kann unmöglich wissen, welche Kugel sie getötet hat, und eine hat direkt die Wand durchschlagen. In dem Punkt sind wir uns also alle einig, oder etwa nicht?»

Sie nickten. Adam blubberte irgendwas über das Gesetz.

«Hart, aber gerecht», sagte Lady Cray schnippisch. «Aber jetzt müssen wir uns unsere Geschichte zusammenbasteln. Dr. Viner hat offensichtlich versucht, Millie zu erschießen –»

«*Mich* zu erschießen», sagte Alex mit hochrotem Kopf. «Es war schließlich *meine* Waffe.» Er ergriff Millies Hand. «Millie hat ihr dann die Waffe entrissen.»

«Sehr gut. Und wir mußten sie ganz eindeutig aus Notwehr erschießen.»

«*Sind Sie noch ganz bei Trost?*» rief Adam. «Die Waffe, die Sie ihr gerade zugesteckt haben, gehört Ihnen, nicht Dr. Viner!»

Lady Cray seufzte. «*Natürlich* gehört sie mir. Sie glauben doch wohl nicht, daß das Personal in Castle Howe den Gästen gestattet, mit Revolvern rumzulaufen? Sie hat ihn mir am ersten Tag, als ich ankam, abgenommen.»

«Oh», sagte Adam verwirrt. Er seufzte und drehte Däumchen. «Schade eigentlich. Sie war eine nette Frau.»

«Nett? Sie war von Grund auf niederträchtig. Der Kater hat eine bessere Menschenkenntnis.»

Hexer saß auf dem Schreibtisch und blinzelte träge.

«Sie hat meine Mum umgebracht und Alex' Dad in den Tod getrieben. Und noch andere Sachen. Ich habe da draußen im Baum gelauscht.» Millies Stimme war hoch und schrill.

«Aber mein Gott, jetzt kommen wir ins Kittchen!» sagte Adam. Dann juchzte er los und haute mit den Fäusten auf den Rollstuhl. «Mit neunundachtzig ins Kittchen!»

«Quatsch, niemand kommt ins Kittchen. Wir nehmen uns einen guten Anwalt. Welches Gericht würde schon ein hysterisches kleines Mädchen, einen Schuljungen, eine Kleptomanin und einen verrückten alten Tölpel verurteilen?»

«*Verrückten alten Tölpel?*» rief Adam empört.

«Also sind wir uns einig?»

Sie nickten.

«Dann bleibt alles an seinem Platz» – sie fegte die Schachtel Pralinen vom Bücherregal – «außer diesen Pralinen.»

Die Amerikanerin **Martha Grimes** gilt zu Recht als die legitime Thronerbin Agatha Christies. Mit ihrem Superintendant Jury von Scotland Yard belebte sie eine fast ausgestorbene Gattung neu: die typisch britische Mystery Novel, das brillante Rätselspiel um die Frage «Wer war's?».

Martha Grimes lebt, wenn sie nicht gerade in England unterwegs ist, in Maryland/USA.

Inspektor Jury küßt die Muse
Roman
(rororo 12176)
Für Richard Jury endet der Urlaub jäh in dem Shakespeare-Städtchen Stratford-on-Avon. Eine reiche Amerikanerin wurde ermordet.

Inspektor Jury schläft außer Haus
Roman
(rororo 5947)
Der Inspektor darf wieder einmal reisen – in das idyllische Örtchen Log Piddleton. Aber er weiß, daß einer der liebenswerten Dorfbewohner ein Mörder ist.

Inspektor Jury spielt Domino
Roman
(rororo 5948)
Die Karnevalsstimmung im Fischerdörfchen Rackmoor ist feuchtfröhlich, bis eine auffällig kostümierte, schöne Unbekannte ermordet aufgefunden wird.

Inspektor Jury sucht den Kennington-Smaragd *Roman*
(rororo 12161)
Ein kostbares Halsband wird der ahnungslosen Katie zum Verhängnis – und nicht nur ihr...

Inspektor Jury bricht das Eis
Roman
(rororo 12257)
Zwei Frauen werden ermordet - ausgerechnet auf Spinney Abbey, wo Jurys vornehmer Freund im illustren Kreis von Adligen, Künstlern und Kritikern geruhsam Weihnachten feiern will.

Inspektor Jury besucht alte Damen
Roman
(rororo 12601)

Inspektor Jury geht übers Moor
Roman
(rororo 13478)

Im Wunderlich Verlag sind außerdem erschienen:
Inspektor Jury lichtet den Nebel
Roman
224 Seiten. Gebunden

Was am See geschah
Roman
288 Seiten. Gebunden

«Es ist das reinste Vergnügen, diese Kriminalgeschichten vom klassischen Anfang bis zu ihrem ebenso klassischen Ende zu lesen.»
The New Yorker

Dorothy L. Sayers

Dorothy Leigh Sayers stammte aus altem englischem Landadel. Ihr Vater war Pfarrer und Schuldirektor. Sie selbst studierte als einer der ersten Frauen überhaupt an der Universität Oxford, wurde zunächst Lehrerin, wechselte dann für zehn Jahre in eine Werbeagentur. Weltberühmt aber wurde sie mit ihren Kriminalromanen und ihrem Helden Lord Peter Wimsey, der elegant und scharfsinnig Verbrechen aufklärt, vor denen die Polizei ratlos kapituliert. Dorothy L. Sayers starb 1957 in Whitham/Essex.

Ärger im Bellona-Club
Kriminalroman
(rororo 5179)

Die Akte Harrison
Kriminalroman
(rororo 5418)

Aufruhr in Oxford
Kriminalroman
(rororo 5271)

Das Bild im Spiegel *und andere überraschende Geschichten*
(rororo 5783)

Diskrete Zeugen
Kriminalroman
(rororo 4783)

Figaros Eingebung *und andere vertrackte Geschichten*
(rororo 5840)

Fünf falsche Fährten
Kriminalroman
(rororo 4614)

Hochzeit kommt vor dem Fall
Kriminalroman
(rororo 5599)

Der Glocken Schlag *Variationen über ein altes Thema in zwei kurzen Sätzen und zwei vollen Zyklen.*
Kriminalroman
(rororo 4547)

Keines natürlichen Todes
Kriminalroman
(rororo 4703)

Der Mann mit den Kupferfingern
Lord Peter-Geschichten und andere
(rororo 5647)

Mord braucht Reklame
Kriminalroman
(rororo 4895)

Starkes Gift *Kriminalroman*
(rororo 4962)

Ein Toter zu wenig
Kriminalroman
(rororo 5496)

Zur fraglichen Stunde
Kriminalroman
(rororo 5077)

rororo Unterhaltung

Adam Dalgliesh ist Lyriker von Passion, vor allem aber ist er einer der besten Polizisten von Scotland Yard. Und er ist die Erfindung von **P. D. James.** «Im Reich der Krimis regieren die Damen», schrieb die Sunday Times und spielte auf Agatha Christie und Dorothy L.Sayers an, «ihre Königin aber ist P. D. James.»In Wirklichkeit heißt sie Phyllis White, ist 1920 in Oxford geboren, und hat selbst lange Jahre in der Kriminalabteilung des britischen Innenministeriums gearbeitet.

Ein reizender Job für eine Frau
Kriminalroman
(rororo 5298)
Der Sohn eines berühmten Wissenschaftlers in Cambridge hat sich angeblich umgebracht. Aber die ehrfürchtig bewunderte Idylle der Gelehrsamkeit trügt.

Der schwarze Turm *Kriminalroman*
(rororo 5371)
Ein Kommissar entkommt mit knapper Not dem Tod und muß im Pflegeheim schon wieder unnatürliche Todesfälle aufdecken.

Eine Seele von Mörder
Kriminalroman
(rororo 4306)
Als in einer vornehmen Nervenklinik die bestgehaßte Frau ermordet wird, scheint der Fall klar – aber die Lösung stellt alle Prognosen über den Schuldigen auf den Kopf.

Tod eines Sachverständigen
Kriminalroman
(rororo 4923)
Wie mit einem Seziermesser untersucht P. D. James die Lebensverhältnisse eines verhaßten Kriminologen und zieht den Leser in ein kunstvolles Netz von Spannung und psychologischer Raffinesse.

Tod im weißen Häubchen
Kriminalroman
(rororo 4698)
In der Schwesternschule soll ein Fall künstlicher Ernährung demonstriert werden. Tatsächlich ereignet sich ein gräßlicher Tod... Für Kriminalrat Adam Dalgliesh von Scotland Yard wird es einer der bittersten Fälle seiner Laufbahn.

Ein unverhofftes Geständnis
Kriminalroman
(rororo 5509)
«P. D. James versteht es, detektivischen Scharfsinn mit der präzisen Analyse eines Milieus zu verbinden.»
Abendzeitung, München